BASTEI LÜBBE

Von Henrike Heiland sind bei Bastei Lübbe Taschenbücher lieferbar:

15505 Späte Rache

Über die Autorin:

Henrike Heiland, geboren 1975, studierte Neuere Englische Literatur in Gießen und Durham und sammelte währenddessen Theatererfahrung als Schauspieldramaturgin und Opernregieassistentin. Nach ihrem Studium war sie als Drehbuchlektorin tätig und arbeitete dann als Redakteurin für internationale TV-Koproduktionen bei KirchMedia. Heute lebt sie als freie Autorin in Berlin und schreibt u. a. für das ZDF.

Henrike
HEILAND

Verdeckte Ermittlungen

Zum Töten nah

Kriminalroman

BASTEI
LÜBBE

BASTEI LÜBBE TASCHENBUCH
Band 15 629

1. Auflage: Februar 2007

Bastei Lübbe Taschenbücher in der Verlagsgruppe Lübbe

Originalausgabe

Umschlaggestaltung: Atelier Versen, Bad Aibling
Titelabbildung: IFA Bilderteam/Rölle
Satz: hanseatenSatz-bremen, Bremen
Druck und Verarbeitung: Ebner & Spiegel, Ulm
Printed in Germany
ISBN 978-3-404-15629-0

MEINER MUTTER

(1939–2003)

When I'm not with you my dreams are so very dark
When I'm not with you I dream of my hair just falling out
When I'm not with you I walk dark tunnels of my heart
When I'm not with you everything just comes apart

(»It's you«, P. J. Harvey)

1.

Die frische Brise, die landwärts von der Ostsee her wehte, schaffte es nicht, den Gestank des verbrannten Leichnams erträglicher zu machen.

»Durch den Mund atmen!«, rief ihnen ein Spurensicherer zu. Erik Kemper nickte nur.

Es war drei Uhr an einem Samstagmorgen im September, und der Fundort im Überseehafen Rostocks war mit starken Scheinwerfern ausgeleuchtet. Die Männer von der Kriminaltechnischen Untersuchung fotografierten noch und suchten die Gegend ab. Erik sah sich langsam um, vermied es aber, direkt auf das Opfer zu sehen.

»Was legt hier nachher ab?«, fragte er Micha Anders, der sich gerade mit einem der Hafenpolizisten unterhalten hatte.

»Nur Frachter, wir können gut absperren. Im Moment liegen auch nur diese beiden Schiffe hier, und die waren definitiv die ganze Zeit dicht. Da konnte niemand rauf, um sich zu verstecken. Ich denke, die können raus.«

In Eriks Kopf hämmerte es. Er hatte fast nicht geschlafen, und als er sich endlich zwang, zu dem Opfer hinüberzusehen, schaffte er es kaum, seinen Blick scharf zu stellen.

Die Leiche und der Boden darum herum in einem Radius von ungefähr zwei Metern waren mit weißem Feuerlöschpulver bedeckt. Unmöglich zu sagen, ob es sich einmal um einen Mann oder eine Frau gehandelt hatte. Wie es aussah, hatte das Feuer Kleidung, Haut, Haare und Fleisch fast vollständig aufgefressen. Das Opfer lag auf dem Rücken, die Arme, die Hände zusammengekrampft, ob vom Feuer oder vom Todeskampf, war unklar. Die verkohlten menschlichen Überreste waren mit dem asphaltierten Boden des Parkplatzes, der an einer der Anlegestellen des großen Überseehafens lag, fast verschmolzen. Im gleißenden Scheinwerferlicht sah Erik noch Dampf aufsteigen.

»Wo ist der Typ mit dem Feuerlöscher?«, fragte er dann und sah sich suchend um.

Micha deutete auf einen kahlköpfigen, leicht übergewichtigen Mann Ende vierzig in Flanellhemd und Jeans, der mithilfe eines Sanitäters versuchte, das Feuerlöschpulver von Körper und Kleidung zu entfernen.

»Hat die Windrichtung in der Aufregung nicht beachtet«, erklärte Micha. »Dieter Lindpointner heißt er. Österreicher.« Er sagte es in einem Tonfall, als würde die Herkunft des Mannes alles erklären.

»Seine Hose ist offen.«

Micha nickte und fuhr sich mit beiden Händen durch die kurzen blonden Haare. »Er hatte hier eine geschäftliche Verabredung mit einer Dame.«

»Ah ja?«

»Aus dem Blow Job ist dann aber nicht mehr so viel geworden. Sie hatte noch nicht richtig angefangen, als er das Feuer gesehen hat und losgerannt ist.«

»Dann hat sie ihren Job aber nicht sehr gut gemacht«, bemerkte Erik trocken und massierte mit einer Hand seinen Nacken. Die Kopfschmerzen blieben. »Und dieser Lindpointner, oder wie er heißt, hat gleich mit dem Feuerlöscher herumgefuchtelt? Was, wenn das Opfer noch gelebt hätte? An dem Zeug kann man ersticken!«

»Die Kollegen haben ihn blasen lassen …« Angesichts der ungewollten Zweideutigkeit musste Micha grinsen, riss sich aber sofort wieder zusammen, als er Eriks ernstes Gesicht sah. Er räusperte sich umständlich und fuhr fort: »Jedenfalls hatte er so viel Promille, dass es mit der Logik nicht mehr so weit her war.«

Erik schüttelte langsam den Kopf. »Hat er irgendwas gesehen? Vielleicht, wie jemand weggelaufen oder weggefahren ist? Wo ist die Frau?«

»Die Frau ist abgehauen. Er hat zwar versucht, sie zu beschreiben, aber es wird eine Weile dauern, bis wir sie gefunden haben, wenn wir sie überhaupt finden. Gesehen hat er nichts, nur das Feuer.«

Erik sah wieder zu dem Mann, der sein weiß gepudertes Gesicht in den Händen hielt und offenbar weinte. Der Sanitäter, gerade mal Anfang zwanzig, sah reichlich überfordert aus und klopfte dem Österreicher hilflos auf die Schulter.

»Scheiße, der Arme. Erst ein Coitus Interruptus, und dann das hier. Hoffentlich war die Kleine nicht zu teuer.« Micha lachte kurz über seinen eigenen Witz, verstummte dann aber wieder, als Erik nicht reagierte.

»Was ist mit den Autos? Irgendwie muss der Tote doch hergekommen sein«, wechselte Erik das Thema.

»Wir haben bisher kein Auto gefunden, aber die Taxifahrer werden noch angefragt. Das dauert allerdings.«

»Was ist mit anderen Truckern? Und die Kollegen von der Hafenpolizei haben doch ihr Büro keine hundert Meter von hier! Ist denn nachts keiner von denen da? War da vorne nicht auch so eine Art Kneipe? Oder hat die nur tagsüber auf? Und ein Duty-free-Shop? Irgendwas gab's da doch immer!« Erik spürte, wie seine überreizten Nerven plötzlich mit ihm durchgingen. Hoffentlich merkte Micha nicht, dass er vor Erschöpfung zitterte.

»Hier hatte nichts mehr geöffnet. Außerdem hab ich schon alles veranlasst. Die Kollegen haben sich jeden vorgenommen, den sie finden konnten, und bis jetzt heißt es, dass niemand etwas gesehen hat. Bist du okay?«, fragte Micha seinen Chef leicht besorgt und verwundert.

»Ja, ja, ich hab nur schlecht geschlafen ... Vergiss es. Sag mal, war nicht eigentlich Kai für das Wochenende eingeteilt?«, fiel ihm plötzlich ein. »Wo ist er?«

»Kai hat heute Geburtstag und wollte reinfeiern. Wir haben getauscht«, erklärte Micha.

Erik rieb sich mit unsicheren Händen dic Augen und atmete tief durch. Seinen Fehler bemerkte er zu spät. Angewidert von dem Geruch verzog er das Gesicht. »Okay, lass uns gehen. Wir machen morgen weiter, die kommen hier auch ohne uns klar. Ruf die anderen an, das Wochenende ist gestrichen. Wir treffen uns gleich um ... na, sagen wir acht, ich muss wenigstens noch mal zwei oder drei Stunden schlafen.«

Micha setzte gerade dazu an, etwas zu sagen, als einer der Spurensicherer zu ihnen herüberbrüllte.

»Wir haben ein Handy!«

»Wo kommt das denn plötzlich her?«, rief Erik zurück. Die zwei oder drei Stunden Schlaf konnte er jetzt streichen.

»Wäre fast ins Hafenbecken gefallen, ist aber auf einem Mauervorsprung gelandet.«

Erik ließ sich eine Taschenlampe geben und ging zu dem Geländer, das den Parkplatz zum Wasser abgrenzte.

»Hier?«, fragt er. Der Kollege nickte. Erik sah zurück zu dem Toten, dann wieder zu der Stelle, an der das Handy gelegen hatte. »Gab offenbar ein Handgemenge«, überlegte er laut. »Gehört wahrscheinlich dem Opfer.«

»Oder dem Täter?«, warf Micha ein.

»Vielleicht ... Aber ich tippe auf das Opfer. Wenn der Täter genug Zeit hatte, einen Brand zu legen, hätte er doch auch nach seinem Handy gesucht.«

»Es war dunkel, er dachte, es sei ins Wasser gefallen.«

»Wir werden es bald wissen. Wenn wir Glück haben, kann uns der letzte Anrufer einige Fragen beantworten.« Erik zog sich Plastikhandschuhe über, nahm das Gerät vorsichtig in die Hand und klickte sich im Menü zu den Ruflisten durch. Micha schaute ihm neugierig über die Schulter.

»Hm, letzter ausgehender Anruf ... war gegen elf. Ein anderes Handy. Mal sehen.« Erik probierte die Nummer und hielt das Telefon so, dass beide mithören konnten, doch es kam nur eine automatische Ansage: »... versuchen Sie es später noch einmal.«

»Na gut, dann nicht. Letzter angenommener Anruf ... heute kurz nach Mitternacht. Ein Festnetzanschluss in Rostock.«

Er drückte auf die Verbindungstaste. Sie warteten auf das Freizeichen, und es klingelte fast zehnmal, bis sich endlich eine verschlafene Stimme meldete.

»Hallo?«, murmelte jemand undeutlich.

»Entschuldigung, wer ist denn da?«, fragte Erik.

»Hauser«, lallte es schlecht gelaunt in der Leitung. »Es is scheiße spät, verdammt, was soll das?«

»Hauser?«, wiederholte Erik verblüfft. »Kai, bist du das?«

Schlaf hatte er keinen mehr bekommen. Gleich würde er sich mit seinen Kollegen von der Mordkommission zusammensetzen und die Aufgaben für die nächsten Tage verteilen. Erik durchforstete seinen Schreibtisch nach Zigaretten. Er hatte sie zu Hause vergessen, als er zum Tatort gefahren war. Vielleicht ein Zeichen. Vielleicht sollte er endlich damit aufhören.

Micha war nicht an seinem Platz, ihn konnte er nach keiner fragen. Erik hatte nicht die leiseste Ahnung, wo sich der Kollege die meiste Zeit aufhielt, jedenfalls nicht in seinem Büro. Dennoch blieb seine Arbeit nie liegen. Eriks Theorie war, dass sich Micha an ruhigen Abenden und an den Wochenenden ins Büro setzte, um nachzuarbeiten, was zwischen Fußballgerede, Kaffeetrinken und Rauchen mit den Kollegen auf der Strecke geblieben war. Eine Vermeidungsstrategie. Micha mied so seine Freundin: Er machte Überstunden in der Hoffnung, sie würde seiner dadurch überdrüssig. Selbst Schluss zu machen, dazu fehlte ihm der Mumm, und vielleicht auch eine adäquate Nachfolgerin.

Erik sah auf die Uhr. Er hatte noch etwas Zeit. Was war schon dabei, einen Blick in Michas Schreibtisch zu werfen? Micha nahm sich auch ständig von seinen Kippen, ohne vorher zu fragen. Er wurde schnell fündig, zündete sich eine Zigarette an und sog gierig den Rauch ein. Was in den letzten Stunden passiert war, rechtfertigte diesen kleinen Diebstahl unter Kollegen, dachte er.

Sie hatten Kai sofort abgeholt und mit auf das Präsidium genommen. Kai war derart betrunken gewesen, dass er mit dem Telefonhörer in der Hand im Flur eingeschlafen war. So fanden sie ihn, als sie durch die nur angelehnte Tür sein Haus betraten. Als Micha und Erik ihn weckten, erschrak er kurz und freute sich dann über ihr Erscheinen bei seiner Party, um sofort wieder ins

Reich der Träume hinüberzugleiten. Erst als Micha ihn unter die kalte Dusche stellte, kam er wieder zu sich und konnte sich offenbar nicht entscheiden, ob er es prima finden sollte, die beiden zu sehen, oder ob er es eher als schlechtes Zeichen zu werten hatte.

Erik hatte sich derweil im Haus umgesehen. Die Party war zwar nicht mehr in vollem Gange, aber es saßen noch ein paar Gäste – vier junge Männer und ein Mädchen, alle etwa Anfang zwanzig – bei Kerzenschein in der Küche und rauchten Joints.

Erik hatte die Personalien der fünf aufgenommen. Micha gesellte sich nun zu ihm und teilte ihm mit, dass sich Kai gerade umzog. Außerdem hatte Micha vom Badezimmerfenster im oberen Stockwerk aus gesehen, wie zwei Personen aus dem Haus gerannt und mit Fahrrädern weggefahren waren. Er hatte im fahlen Morgenlicht nur sehen können, dass es zwei Mädchen waren, die eine blond, die andere dunkelhaarig.

»Wer war das?«, fragte Erik in die Runde.

Einer der Jungs antwortete liebenswürdig: »Richtig liebe Mädchen, wirklich. Wahnsinnig nett …« Er nickte mit Nachdruck.

Erik verdrehte die Augen und überließ ihn Micha. Dann ging er nach oben, um Kai zu suchen.

Kai saß auf dem Badewannenrand und rubbelte sich die kurzen rotblonden Haare trocken. »Was ist denn bloß los?«, lamentierte er mit schwerer Zunge, als ihm dämmerte, dass Erik und Micha nicht zum Gratulieren vorbeigekommen waren.

»Lass uns in Ruhe im Büro darüber reden«, sagte Erik.

Kai ließ das Handtuch sinken und starrte seinen Chef an. »Was ist denn los?«, wiederholte er. »War die Musik zu laut? Oder hat jemand Pillen eingeworfen, scheiße, das ist es, stimmt's? Dabei hab ich ihnen extra gesagt, nicht mit mir, Leute, hab ich gesagt, nicht in diesem Haus, ihr wisst ja, ich bin Polizist, also Finger weg. Ehrlich, Chef …« Kai sah plötzlich aus wie ein kleiner Junge, der mit seinem Fußball eine Fensterschcibe zertrümmert hatte.

»Wenn es bloß wegen der Gras rauchenden Witzbolde in deiner Küche wäre …«, begann Erik. »Nein, es geht um einen … äh … Todesfall.«

»Och Mensch, ich hab mir extra freigenommen und den Dienst getauscht, du kannst doch jetzt nicht im Ernst verlangen, dass ich mit zur Arbeit komme?«, protestierte Kai, der weit davon entfernt war, irgendetwas zu verstehen.

Also fasste Erik knapp das Wichtigste zusammen und packte Kai ins Auto, um mit ihm zur Kriminalpolizeiinspektion in der Blücherstraße zu fahren.

»Du musst doch wissen, wen du zwischen zwölf und halb eins angerufen hast«, drängte Erik, als von Kai immer nur verständnisloses Kopfschütteln kam. Sie saßen mittlerweile in Eriks Büro.

»Ich hatte ’ne Party, da hätte doch jeder das Telefon nehmen können … Außerdem haben wir alle um zwölf angestoßen! Ich hab heute Geburtstag«, fügte er leise anklagend hinzu und rieb sich die Stirn. Erik seufzte.

»Kai, bitte versuch dich zu konzentrieren. Hast du vielleicht jemanden gesehen, der von deinem Apparat aus telefoniert hat, oder hat dich jemand gefragt, ob er telefonieren kann?«

Kai schüttelte weiter einfach nur den Kopf. »Echt, keine Ahnung!«

»Du hast doch sicherlich Zeugen dafür, dass du die ganze Zeit auf deiner Party warst?«, fragte Erik eindringlich.

Kai wurde blass. Er griff nach dem Becher Wasser, den Erik

ihm hingestellt hatte, und trank ihn in einem Zug aus. Dann rieb er sich mit beiden Händen das Gesicht, und endlich antwortete er: »Nein. Ich war nicht die ganze Zeit da. Ich war zwischendurch an der Tankstelle, um Nachschub zu besorgen.«

»Du bist in dem Zustand noch gefahren?«

Kai hob nur die Schultern.

»Na gut. Egal. Das kann ja nicht so lange gedauert haben an der Tankstelle. Deine Freundin kann dir bestimmt ein Alibi geben oder jemand von den anderen …« Erik verstummte, als er sah, dass Kai den Kopf schüttelte.

»Hör mal, Erik, ich hab immer noch nicht ganz kapiert, was eigentlich passiert ist und warum du mich das alles fragst. Ich weiß nur, dass ich keinen Scheiß gemacht hab. Außer besoffen zu fahren, ja, das war ziemlicher Mist. Es war kurz vor zwölf, wir wollten anstoßen, und Tanja hat angefangen rumzunerven, dass nicht mehr genug zu trinken da ist. Wir haben uns gestritten, sie hat mir Vorwürfe gemacht, ich sei zu dämlich, meine eigene Party in den Griff zu bekommen, und außerdem hätte ich lauter fremde Schlampen eingeladen. Ihre Worte, nicht meine.«

»Wen meinte sie damit?«

»Ach, ein paar Freundinnen von mir. Sie ist wahnsinnig eifersüchtig, das war wohl der wahre Grund, warum sie fünf Minuten vor meinem Geburtstag ausgetickt ist.« Er winkte ab. »Sie hat mir nicht mal gratuliert, ich hatte schlechte Laune und bin dann irgendwann nach zwölf los, um noch Getränke zu holen. Dann ist mir unterwegs schlecht geworden, ich musste anhalten und kotzen, und dann hab ich ein bisschen im Auto gedöst. Ich war bestimmt über eine Stunde unterwegs. Und als ich wieder zu Hause war, muss ich gleich irgendwo eingeschlafen sein.«

»So wie deine Gäste aussahen, sind sie eh keine zuverlässigen Zeugen«, brummte Erik. Kai hob nur die Schultern. »Wir brauchen jetzt als Erstes die Namen von allen, die bei dir waren. Irgendeiner muss ja das Telefon benutzt haben.« Erik hatte keinen Zweifel daran, dass Kai die Wahrheit sagte. Aber als Micha hereinkam und mit steinerner Miene auf seinen Platz zusteuerte, merkte Erik, wie sich sein Magen zusammenzog.

»Was gibt's?«, fragte er den Kollegen. Micha setzte sich an seinen Tisch und rieb sich das Kinn.

»Wir haben einen Taxifahrer gefunden, der eine Fahrt zum Seehafen gemacht hat, und zwar gegen halb eins. Der Fahrgast war ein gewisser Dennis Scholz, wohnt in der Haedgestraße. Das Handy aus dem Hafen ist ebenfalls auf diese Person registriert. Ich hab eine Streife dort vorbeigeschickt, keiner macht auf, keiner geht ans Telefon, Durchsuchungsbeschluss ist beantragt. Scholz ist mehrfach vorbestraft wegen Körperverletzung und einiger Drogendelikte. Seit ungefähr einem Jahr ist er wieder auf Bewährung draußen, aber nicht mehr aufgefallen.«

»Dennis Scholz, kenn ich nicht«, murmelte Kai.

»Da warst du noch auf der Polizeischule, als der Ärger mit ihm losging. Es war ganz groß in der lokalen Presse. Na schön. Wir finden schon raus, wer angerufen hat. Die von der Tankstelle können bestimmt sagen, dass du da warst, und es gibt doch irgendwo einen Beleg«, sagte Erik zuversichtlich.

Kai schüttelte den Kopf. »Nein, ich war zwar da, aber dann hab ich gemerkt, dass ich gar kein Geld dabeihabe. Ich weiß noch, als ich zurückkam, war plötzlich wieder genug zu trinken da. Keine Ahnung, wo das herkam. Vielleicht war doch noch etwas im Keller gewesen, und jemand hat es geholt …«

»Kai«, unterbrach Micha plötzlich. »Der Taxifahrer hat gegen halb eins im Hafen einen dunklen 3er BMW gesehen, in dem jemand gewartet hat. Du hast einen dunkelblauen 3er BMW.«

»Aber den bin ich gar nicht gefahren!«

»Von deinem Haus in Hinrichsdorf ist es nicht weit zum Hafen. Vielleicht fünf Minuten, keine zehn«, überlegte Erik laut. Ihm wurde immer unwohler. »Wir müssen dringend alle deine Gäste befragen. Was du jetzt brauchst, ist ein Alibi.«

»Ich habe aber keins!«, rief Kai verzweifelt.

»Das mit dem Auto kann ein Zufall gewesen sein, ich meine, dunkle 3er BMWs gibt es doch wie Sand am Meer …«, versuchte Erik ihn zu beruhigen, aber Micha schüttelte den Kopf.

»Hansa-Aufkleber hinten links auf dem Kofferraumdeckel. Wie bei Kai. Sehr großer Zufall.«

»Ich bin doch gar nicht mit meinem Auto gefahren, sondern … mit dem von Tanja!«, verteidigte sich Kai.

»Eben hast du gesagt, deine Freundin wäre seit kurz vor Mitternacht verschwunden gewesen«, hakte Erik nach.

»Ja, aber ihr Auto stand da, und ich dachte, ich nehme ihres, dann kann ich es gleich noch volltanken und ihr einen Gefallen tun. Wir tauschen oft die Autos.«

»Hat sie vielleicht dein Auto gefahren? Hast du es gesehen, als du weggefahren bist?«, drängte Erik ihn.

Kai blickte unruhig im Raum umher. »Ich weiß es nicht, ich weiß es nicht …«, sagt er leise.

Mehr hatten sie danach nicht mehr aus ihm herausbekommen. Erik konnte sich noch immer keinen Reim darauf machen. War einer seiner Kollegen in einen Mord verwickelt? Welche Kontakte hatte Kai zu dem Drogendealer? Sagte der Junge die Wahrheit?

Scholz war mit dem Taxi gefahren, jemand anderes mit Kais BMW. Der BMW war nun nicht mehr im Hafen. Dafür eine Leiche und das Handy von Scholz. Der Fahrer des BMWs musste also der Mörder von Scholz sein. Oder machte er gerade einen riesigen Denkfehler? Erik drückte die Zigarette aus. Er wünschte sich endlich Schlaf und Klarheit im Kopf. Jetzt war es fast acht, die anderen warteten bestimmt schon auf ihn. Nur ein Telefonat musste er noch führen, diesmal mit seinem Chef, dem Fachkommissariatsleiter, und dazu schloss er die Tür. Die Entscheidung, die es zu treffen galt, wollte er auf keinen Fall alleine verantworten.

Als Erik in das Besprechungszimmer kam, brummte er kurz »Guten Morgen«, dann setzte er sich. Die Kollegen sahen zum Teil noch müde aus, doch die Stimmung schien gut. Nur Kai war sehr blass.

Micha, bis vor Kurzem noch bei der Spurensicherung, seit ein paar Monaten sein Stellvertreter, lümmelte wie üblich auf seinem Stuhl, rauchte scheinbar gedankenverloren vor sich hin, bekam aber ganz genau mit, worüber sich die anderen unterhielten. Die anderen, das waren neben Kai noch Olaf Nies und Andreas Reeken. Olaf war ein cleverer Ermittler, wenige Jahre älter als Erik, aber frei von jedem Ehrgeiz. Etliche Dienstaufsichtsbeschwerden, die er im Laufe der Jahre bekommen hatte, weil er sein Temperament nicht immer im Griff hatte, standen seinem beruflichen Weiterkommen im Weg, aber das störte Olaf nicht.

Andreas war erst seit gut drei Jahren in Eriks Abteilung. Erik gegenüber war er schon immer zurückhaltend gewesen, wohl wegen einer unverhohlenen Abneigung gegenüber Kollegen – oder Menschen generell –, die aus Westdeutschland kamen. Andreas sagte immer noch Westdeutschland, wie so viele andere auch. Man kam entweder aus dem Osten und wusste genau Bescheid, oder man kam aus dem Westen und hatte keine Ahnung, wie es in Rostock lief. Erik hatte einmal einen seiner langen Vorträge über die Faulheit der Wessis, für die sie auch noch mehr Geld bekamen, zufällig mit angehört. Direkt hatte er mit ihm aber nie darüber gesprochen.

Olaf und Andreas diskutierten das bevorstehende Spiel von Hansa Rostock gegen den VfL Bochum. Micha hörte zu und strahlte gelangweilte Herablassung aus. Er hielt sich für den einzig wahren Fußballexperten. Besonders, wenn es um Hansa Rostock ging. Normalerweise hätte Kai fleißig mitdebattiert, doch heute Morgen war alles anders.

In ein paar Minuten würde auch Helmut Reuter zu ihnen kommen. Seit einem Jahr war er der neue Fachkommissariatsleiter. Da Reuter erst gar keine Zweifel daran aufkommen lassen wollte, dass er den Job gut machen würde, ließ er sich so oft es ging bei Besprechungen blicken. Am liebsten wäre er außerdem an jedem Tatort, ungeachtet der Schwere des Verbrechens, mit dabei gewesen. Eines Tages wird er in seinem Übereifer noch selbst von Haus zu Haus gehen und Zeugen befragen, dachte Erik.

»Noch ein paar Minuten, wir warten auf Helmut«, erklärte er.

»Kurzes Update«, bat Olaf Nies. »Andreas und ich sind die Einzigen, die noch gar nichts wissen.«

»Ich werde nicht alles zweimal erzählen«, antwortete Erik. Olaf rollte daraufhin nur mit den Augen. »Wir könnten schon mal Malte aus dem Urlaub zurückpfeifen, ich bin mir sicher, dass wir Verstärkung brauchen.«

»Gerd könnte doch für ein paar Tage … Bei denen ist gerade

nicht so viel los. Soweit ich weiß, sitzt er an alten, ungeklärten Brandstiftungen«, schlug Olaf vor.

»Nur wenn es sich nicht vermeiden lässt. Ich habe keine Lust, unsere Kostenstelle mal wieder mit jemandem zu belasten, der acht Stunden am Tag Zeitung liest. Also, was ist mit Malte? Wo steckt der noch gleich? Micha, schick ihm doch schon mal 'ne SMS zur Vorwarnung.«

Malte Böttcher war ein junger Kollege, der wie Helmut Reuter vor einem Jahr aus Schwerin nach Rostock gekommen war. Zwar war er im Umgang mit Menschen sehr unsicher, und Erik schickte ihn stets nur mit Bauchschmerzen zu einer Zeugenbefragung, dafür kannte er sich mit Computern aus wie kein anderer. Im Zusammentragen von Daten war er ein Genie, und im Analysieren von Indizien ebenfalls.

Olaf Nies meckerte noch weiter vor sich hin, weil er nicht wusste, was los war. Andreas zog Micha mit dem 4:1-Debakel gegen die Sechziger auf, was Micha nur mit einem herablassenden Blick kommentierte, während er Malte eine SMS tippte. Er stieß langsam den Rauch aus und sagte dann: »Am Montag werden wir's sehen gegen Bochum. Einfach abwarten.«

»Gegen Bochum? Niemals! Wetten?«

»Mit dir wette ich doch nicht.«

Andreas wandte sich beleidigt von ihm ab, dann fragte er Kai: »Sag mal, was hältst du eigentlich von dem neuen Trainer?«

Noch bevor Kai reagieren konnte, ging die Tür auf, und Helmut Reuter kam herein. Er nickte und setzte sich neben Erik. »Wie besprochen«, sagte er nur.

Erik sah in die Runde. Stumm und erwartungsvoll saßen die Kollegen vor ihm.

»Heute Morgen gegen ein Uhr hat die Feuerwehr einen Notruf erhalten, dass es im Überseehafen im Bereich des Getreidehafens einen Brand gibt. Eine Frau hat den Notruf anonym gemacht. Als die Feuerwehr eintraf, war der Brand bereits von einem LKW-Fahrer, Dieter Lindpointner aus Graz, gelöscht worden. Lindpointner war kurz zuvor noch mit einer Prostituierten zusammen gewesen. Wir vermuten, dass es sich bei dieser auch um die Anruferin handelt. Die Fahndung nach ihr läuft bereits. Der Mann war schwer angetrunken und hat daher nicht gemerkt, was er zu löschen versuchte, nämlich den Leichnam eines vermutlich einunddreißigjährigen Mannes, und dass er mit dem Löschpulver des Feuerlöschers sämtliche Spuren zerstörte.« Erik machte eine kurze Pause und sah in die Runde. Die Kollegen nickten schweigend, machten sich Notizen.

»Demnach wissen wir schon, wer der Tote ist?«, fragte Olaf.

»Die Obduktion muss es noch bestätigen, aber es gibt Hinweise darauf, dass es sich bei dem Toten um Dennis Scholz handelt.«

»Sicher ist es nicht«, meldete sich Micha zu Wort, und Erik ärgerte sich darüber, dass er selbst so vorschnell mit seinen Schlussfolgerungen gewesen war. »Wir haben das Handy von Scholz direkt neben der Leiche gefunden. Scholz hat einige Vorstrafen wegen Körperverletzung. Die erste mit vierzehn. Dann kamen Verstöße gegen das Betäubungsmittelgesetz hinzu. In den letzten zehn Jahren ist er zweimal wegen Dealens geschnappt worden, die letzte Verhandlung hatte große Aufmerksamkeit in der Presse bekommen, weil er unter Verdacht stand, Drogen an Minderjährige abgegeben zu haben. Das konnte man ihm aber nicht nachweisen. Seit einem Jahr ist er wieder auf Bewährung draußen. Ich lasse gerade anfragen, was die Kollegen vom Rauschgiftdezernat dazu sagen.«

Helmut Reuter schaltete sich ein. »Ich habe eben noch ein bisschen telefoniert … Die vom Rauschgift sind der Meinung, dass, nachdem am Jahresanfang ein paar Nester gründlich ausgeräuchert wurden, die kleinen Dealer nachgerückt sind.« Zusammen mit den Zollfahndern hatten die Rauschgiftermittler mehrere hundert Kilo Kokain im Seehafen sichergestellt, einen Zigarettenschmugglerring gesprengt und die großen Drogendealer der Stadt festgenommen. Doch für jeden, der verhaftet wurde, gab es zwei neue, die seinen Platz einnahmen. Dennis Scholz, bis vor Kurzem selbst nur ein Gelegenheitsuser, der Stoff an Studenten vertickte, war in der Hierarchie aufgestiegen. Einen seiner Drogendeals im Hafen zu vermuten, lag nahe.

Erik übernahm wieder das Wort. »Wir haben eine Hausdurchsuchung in der Wohnung von Scholz beantragt. Andreas, kümmerst du dich bitte darum?« Er spürte, wie Helmut Reuter plötzlich unruhig wurde. Der Vorgesetzte tippte ihm leicht gegen den Ellenbogen. Erik seufzte. »Na gut. Bevor ich die Aufgaben verteile, muss ich Kai bitten zu gehen.«

Kai, der die ganze Zeit in einer Art Halbschlaf auf seinem Stuhl zugebracht hatte, reagierte zeitverzögert. Er starrte noch eine Weile vor sich hin, dann schüttelte er sich und fragte verwirrt: »Was ist los?«

»Kai, ich muss dich bitten zu gehen«, wiederholte Erik. »Helmut und ich sind der Meinung, dass du vorerst von den Ermittlungen ausgenommen sein solltest.«

»Warum denn? Nur weil irgendein Arsch auf meiner Party telefoniert hat? Was kann denn ich dafür?«

Nun mischte sich Helmut Reuter ein. »Junge, sieh mal, das kommt gar nicht gut an, wenn du einerseits auf der Zeugenliste stehst und andererseits selbst rumschnüffelst. In ein paar Tagen ist die Sache geklärt, dann kommst du wieder«, sagte er in seinem etwas altväterlichen Tonfall, der Erik noch nie so fehl am Platz erschienen war wie heute.

»Ihr suspendiert mich vom Dienst?«

»Natürlich nicht. Du bleibst ein paar Tage zu Hause und ruhst dich aus. Sieh es doch als Geburtstagsgeschenk an. Wenn wir dich im Dienst lassen und es rauskommt, gibt es spätestens beim Prozess Probleme. Und die Presse wird uns zerreißen. Das siehst du doch ein«, sagte Reuter beschwichtigend.

»Was hat er denn gemacht?«, fragte Olaf verständnislos.

»Ich hab gar nichts gemacht! Ich hatte nur 'ne Party am Laufen!«, rief Kai.

»Der letzte empfangene Anruf auf dem Handy des Toten kam aus Kais Haus«, erklärte Micha. »Und ein Wagen ist im Hafen gesehen worden, dessen Beschreibung auf Kais Karre passt.«

»Oh Scheiße, Kai, bleib mal echt lieber zu Hause ...«, begann Olaf.

Erik schnitt ihm das Wort ab. »Wir glauben dir, Kai, aber du musst uns auch verstehen. Gib vorsichtshalber auch deine Waffe ab, es ist besser so, okay?«

Kai stand mit einem Ruck auf und verließ wortlos den Raum.

2.

Kriminaloberrat Roland Behrens saß an diesem Samstagmorgen um halb zehn in seinem gemütlichen Ledersessel und las, wie üblich, Zeitung. Der Sessel war so gestellt, dass er, hob er den Blick von der Zeitung, durch die großzügige Terrassentür nach draußen in seinen Garten sehen konnte, den nur ein Deich von Strand und Meer trennte. Das Wetter war durchwachsen, in diesem Moment aber zauberte der Wind ein tänzelndes Spiel von weißen Wolkenfetzen auf den blauen Himmel.

Nur, dass sich Roland Behrens heute nicht daran erfreuen konnte. Er war nervös und fahrig. Dabei war es doch ein ganz normaler Samstagmorgen, versuchte er sich immer wieder einzureden.

»Schläft Lilly noch?«, rief er seiner Frau Karen zu, die eben aus der Küche in den offenen Wohnbereich kam.

»Ich habe gerade bei ihr geklopft, sie hat gesagt, sie kommt gleich.«

»Geklopft? Hat sie wieder abgeschlossen?« Behrens versuchte, möglichst gleichgültig zu klingen.

»Roland, du weißt, warum sie abschließt. Lass sie doch«, erwiderte seine Frau leicht gereizt, während sie begann, den Frühstückstisch zu decken. Er beobachtete sie einen Moment schweigend, bis ihm auffiel, dass sie für die ganze Familie deckte – für vier Personen. Schnell sprang er auf und ging auf sie zu, um sie in den Arm zu nehmen.

»Oh Liebes, wir sind doch nur zu dritt«, sagte er sanft. Seine Frau wand sich aus der Umarmung.

»Das vierte Gedeck ist nicht für Noemi. Lilly hat Besuch.«

Es klang gleichgültig, wie seine Frau es sagte, dachte Behrens erschüttert, so als sei ihre Tochter Noemi nur mal eben für ein paar Tage verreist. Doch in Wirklichkeit würden sie Noemi heute Nachmittag wieder im Krankenhaus besuchen. So wie jeden Tag, wann immer sie Zeit hatten. Behrens selbst ging oft auch zweimal täglich zu ihr, morgens und abends. Und jeden Tag redete er sich aufs Neue ein, dass es ihr bald wieder besser gehen würde, dass sie bald nach Hause kommen dürfte. Doch er wusste, es würde noch sehr lange dauern. Wenn sie überhaupt je wieder zurückkam.

»Hat Lilly einen jungen Mann dabei?«, fragte er, während er Karen half, den Tisch zu decken. Aber sie schüttelte den Kopf.

»Ich glaube, es ist einfach eine Freundin. Von hier aus wieder in die Stadt zu kommen ist ja nicht so einfach. Mitten in der Nacht so eine Strecke mit dem Fahrrad zu fahren ist viel zu gefährlich. Und die Mädchen haben kein Geld für Taxis.«

Plötzlich klingelte es an der Haustür.

»Erwartest du jemanden?«, fragte Karen erstaunt. Behrens runzelte die Stirn.

»Um diese Zeit? Sicherlich nicht.«

Er ging in den Flur, um die Haustür zu öffnen. Vor ihm standen Erik Kemper, der Leiter der Mordkommission, und Micha Anders, dessen Stellvertreter. Beide sahen sehr ernst aus.

»Ist was mit Noemi?«, fragte Behrens sofort, ohne eine Begrüßung abzuwarten. Die beiden warfen sich einen Blick zu, den er nicht deuten konnte, dann schauten sie ihn wieder an.

»Guten Morgen erst mal«, sagte Erik Kemper, und sein Kollege murmelte auch etwas in der Art. »Eigentlich geht es um deine andere Tochter. Um Lilly.«

Behrens wusste nicht, wie lange er dort vor den beiden stand, während sich seine Gedanken überschlugen. Was konnte mit dem Mädchen bloß sein? »Aber sie ist hier, ihr geht es gut«, brachte er endlich hervor.

»Dürfen wir reinkommen?«, fragte Erik und lugte über Behrens' Schulter.

»Natürlich, wir wollten gerade ... Aber ja, kommt rein.« Er ließ die beiden an sich vorbei ins Haus und zeigte ihnen den Weg ins Wohnzimmer. Erik kannte das Haus, er war hier schon öfter zu Gast gewesen. Für Micha Anders war es der erste Besuch, und Behrens bemerkte, wie er sich bewundernd – oder war es neidisch? – umsah.

Behrens' rotes Klinkerhaus in Hohe Düne war großzügig gebaut, stilvoll und teuer eingerichtet. So wie es eben war, wenn zwei Personen in einem Haushalt gut verdienten, dachte Behrens ärgerlich. Denn es gab derzeit keinen Grund, auf irgendetwas in seinem Leben neidisch zu sein.

Er bot den beiden einen Platz auf der eleganten englischen Ledercouch an und setzte sich wieder in seinen Sessel. Karen begrüßte die beiden nur kurz und zog sich dann wieder in die Küche zurück.

»Was ist passiert?«, fragte er, als seine Frau die Tür geschlossen hatte.

»Wie geht es Noemi?«, wich Erik der Frage aus.

»Gut, gut, jeden Tag besser. Sie kommt bald wieder nach Hause«, log Behrens, und noch als er es sagte, merkte er, wie sehr er sich mit dieser Antwort beeilt hatte. Viel zu schnell war sie gekommen. »Aber deshalb seid ihr nicht hier, sondern wegen Lilly …?«

»Es ist nichts Schlimmes mit ihr, wirklich nicht. Wir brauchen sie nur für eine Zeugenbefragung«, beruhigte ihn Erik.

»Wieso das?« Behrens versuchte, sich wieder ganz locker zurücksinken zu lassen, und hoffte, dass den beiden seine Nervosität nicht auffiel.

»Letzte Nacht ist im Seehafen jemand ermordet worden. Wie, wissen wir noch nicht. Der Täter hat danach Feuer gelegt und dadurch die meisten Spuren zerstört. Die Obduktion wird es zeigen. Aber darum geht es nicht direkt, sondern vielmehr – wir wissen vermutlich, wer der Tote ist. Wir haben ein Handy bei der Leiche gefunden. Und der letzte Anrufer auf dem Apparat war ein Kollege von uns. Kai Hauser.« Erik machte eine kurze Pause, um zu sehen, wie Behrens reagierte. Behrens wusste, er müsste jetzt bestürzt sein, aber die Erleichterung darüber, dass nichts Schlimmes mit Lilly zu sein schien, war größer. Trotzdem machte er ein Gesicht, von dem er hoffte, dass es angemessen betroffen aussah.

»Es war zumindest seine Festnetznummer. Kai hat von gestern auf heute eine Party gegeben, und er kann sich nicht erinnern, wer sein Telefon benutzt hat. Er sagt, er selbst war es nicht, und ich glaube ihm. Ich will ihm glauben«, fügte Erik mit Nachdruck hinzu.

»Das lässt sich doch bestimmt irgendwie feststellen?«, sagte Behrens zuversichtlich. »Keine schöne Sache, aber sicher auch kein Beinbruch. Wenn du dir sicher bist, dass er damit nichts zu tun hat!«

»Sein Auto wurde wahrscheinlich im Hafen gesehen, und er hat kein Alibi«, erklärte Micha Anders.

Behrens starrte ihn an. »Das ist … allerdings nicht gut. Verstehe. Ihr müsst ihn von den Ermittlungen fernhalten.«

»Haben wir schon.«

»Der arme Kerl … Ich hoffe, das klärt sich alles bald.« Behrens schüttelte den Kopf. Dann fiel ihm wieder ein, warum sie hier waren. »Aber was hat Lilly mit all dem zu tun?«

Erik und Micha sahen sich wieder kurz an, dann sagte Erik: »Wir müssen mit deiner Tochter reden, weil sie auch auf der Party war. Wir befragen alle Gäste, ob sie sich daran erinnern können, dass jemand Kais Telefon benutzt hat. Und zwar um kurz nach zwölf Uhr nachts.«

Behrens erhob sich, um den beiden zu signalisieren, dass für ihn das Gespräch beendet war. Er lächelte sie an.

»Kein Problem, ich frage sie und sage euch dann Bescheid.«

»Wir würden sie aber gerne selbst befragen«, sagte Micha Anders bestimmt.

»Nein, wirklich, sie schläft noch, ich mache das schon.« Er warf beiden einen auffordernden Blick zu und fügte abschließend hinzu: »Danke, dass ihr extra vorbeigekommen seid.« Endlich standen auch Erik und Micha auf und gingen widerstrebend in den Flur hinaus. Behrens hörte seine Frau in der Küche und die Schritte von zwei Personen im oberen Stockwerk. Er musste die Kollegen schnell loswerden, aber die beiden blieben noch einmal im Flur stehen.

»Wir brauchen eine offizielle Aussage, da wäre es gut, wenn einer von uns persönlich mit deiner Tochter reden könnte«, erklärte Erik noch, als Lilly mit einem jungen Mädchen auf der Treppe erschien.

»Hallo, Lilly«, sagte Erik freundlich. Lilly grüßte beiläufig zurück und war zu Behrens' Erleichterung schon wieder verschwunden, bevor Erik noch etwas zu ihr sagen konnte. Das andere Mädchen folgte Lilly auf den Fersen, nachdem sie den Männern kurz zugenickt hatte.

»Ist das Aline König? Uns wurde gesagt, dass sie mit Lilly auf der Party war«, fragte Micha Anders.

»Wer? Nein, ich weiß nicht … Das ist eine Freundin von Lilly, ich rede gleich mit den beiden und rufe euch dann an«, sagte Behrens und hielt mit einem gezwungenen Lächeln die Haustür noch ein Stück weiter auf. »Ihr entschuldigt mich, aber wir würden jetzt gerne frühstücken …«

Immer noch widerstrebend gingen die beiden Kommissare nach draußen, dann blieben sie ein zweites Mal stehen.

»Ist noch etwas?« Behrens bemühte sich, nicht ungeduldig zu klingen.

»Frag die beiden bitte, warum sie aus Kais Haus abgehauen sind, als sie uns gesehen haben«, sagte Erik, und seine Stimme klang ernst. »Es geht um einen Kollegen.«

»Ich ruf dich an«, erwiderte er nur und schloss die Tür. Er brauchte einen Moment, um sich zu sammeln und durchzuatmen. Die beiden mussten denken, er wäre völlig durchgedreht. Er, der Leiter der KPI, benahm sich, als hätte er etwas zu verbergen. Das hatte er ja auch. Und er hatte Angst davor, dass seine Tochter mehr erzählen würde, als ihm lieb war. Das wollte er verhindern, auch wenn er nicht wusste, wie lange es gut gehen würde. Lilly hatte ihren eigenen Kopf, und seit ein paar Wochen schien er keine seiner beiden Töchter mehr wiederzuerkennen. Sie waren für ihn unberechenbar geworden. Und wenn er mit etwas nicht klarkam, dann mit unberechenbaren Ereignissen in seinem Privatleben.

Behrens ging ins Esszimmer und gesellte sich zu den drei Frauen. Karen schien sich gerade mit Lillys Freundin bekannt zu machen. Die junge Frau war kleiner als Lilly und sehr dünn, sie wirkte fast schon zerbrechlich. Ihre Haut war von durchscheinender Blässe und stand in starkem Kontrast zu ihren langen braunen Haaren. Doch das Auffallendste an ihr war ihr schmales Gesicht. Alles darin schien zu groß geraten. Ihre Lippen waren ungewöhnlich breit, ihre Nase zu lang und spitz, ihre weiten dunklen Augen wirkten riesig wie in einem Manga. Es war unmöglich zu schätzen, wie alt sie war. Sie konnte fünf Jahre jünger, aber genauso gut auch fünf Jahre älter sein als Lilly.

»Das ist Aline«, stellte Lilly sie ihm lakonisch vor. Roland Behrens gab Aline die Hand, dann setzte er sich zu ihnen, und sie begannen das Frühstück. Karen glänzte wie üblich in der Rolle der perfekten Gastgeberin und plauderte mit den Mädchen über einen Film, der gerade angelaufen war.

»Wart ihr gestern noch auf einer Party?«, fragte er leichthin, nachdem er ein paar Minuten unbeteiligt zugehört hatte. Lilly sah ihn misstrauisch von der Seite an.

»Warum?«, wollte sie wissen.

»Bei Kai Hauser?«, fragte er weiter. »Nur, weil es da so einen Zwischenfall gab und meine Mitarbeiter mich gebeten haben … Du kennst doch Herrn Kemper und auch Herrn Anders, die beiden von eben …«, sagte er umständlich. Er spürte, wie ihn Karens Blick plötzlich fixierte. »Nichts Aufregendes, wirklich«, beeilte er sich zu sagen. »Nur, ob ihr euch erinnern könnt, ob gegen Mitternacht oder kurz danach jemand bei Kai telefoniert hat.«

Die beiden Mädchen sahen sich an.

»Wenn ihr nichts gesehen habt, ist das kein Problem. Das

erwartet niemand von euch. Ich rufe die Kollegen an und sage ihnen Bescheid«, sagte Behrens, und er fühlte sich merkwürdig erleichtert. »Außerdem haben sie sich noch gewundert, warum ihr weggegangen seid, als sie zu Kai kamen, aber ihr habt meine Kollegen wahrscheinlich gar nicht gesehen, und es war Zufall, weil ihr ohnehin auf dem Weg nach Hause wart.«

Er legte ihnen bereits die Antworten in den Mund. Er formulierte, was er Erik Kemper sagen würde. Mit einem erzwungen strahlenden Lächeln sah er die Mädchen an. »Dann wäre doch alles in Ordnung, nicht wahr, ihr müsst nicht mit denen reden. Falls euch jemand fragen sollte, verweist ihr einfach darauf, dass es schon eine Aussage gibt. Ich rufe gleich nach dem Frühstück Herrn Kemper in der KPI an.« Zufrieden griff er nach der Kaffeekanne, um sich einzuschenken.

»Du kannst denen gerne sonst was erzählen«, sagte Lilly gelassen. »Aber wenn du es genau wissen willst, wir haben telefoniert.«

Behrens kam erst wieder in der Realität an, als er seine Frau verärgert aufschreien hörte.

»Pass doch auf, Roland! Du verschüttest ja den Kaffee!«

Anne lag noch im Bett, als ihr Telefon klingelte. Sie hörte es im Wohnzimmer vor sich hin schrillen, reagierte aber nicht. Obwohl sie gestern kaum etwas getrunken hatte, fühlte sie sich verkatert. Hoffentlich war es nicht Erik Kemper, dachte sie. Jeder, nur nicht Erik Kemper.

Das Telefon hörte gar nicht mehr auf. Der Anrufer ließ es so lange durchklingeln, bis die Verbindung zusammenbrach, nur um dann erneut anzurufen. Es musste Erik sein. Wer sonst wäre so unverschämt. Verärgert darüber, dass sie mal wieder vergessen hatte, ihren Anrufbeantworter einzuschalten, taumelte sie aus dem warmen Bett und eilte über den Flur in das andere Zimmer ihrer kleinen Wohnung.

»Wahlberg«, meldete sie sich heiser. Sie räusperte sich, hatte aber nicht den Eindruck, dass ihre Stimme davon besser wurde.

»Warum ist Ihr Handy aus?« Sie erkannte Roland Behrens' Stimme.

»Vielleicht, weil Wochenende ist?«, antwortete sie irritiert.

»Hab ich Sie geweckt?«, wollte er wissen.

»Schon in Ordnung.« Sie räusperte sich wieder. »Ist etwas mit Noemi?«

»Mit Lilly. Ich muss mit Ihnen über sie sprechen. Kommen Sie bitte.« Dann legte er einfach auf. Anne starrte den Hörer in ihrer Hand an.

Behrens saß zusammengesunken in seinem Lesesessel und starrte zur Terrassentür hinaus.

»Ich verliere sie beide«, sagte er anstelle einer Begrüßung. Dabei sah er sie nicht einmal an. Anne setzte sich ruhig auf das Sofa und wartete ab.

»Sie rebelliert, glaube ich. Ich weiß es nicht. Rebellieren sie in dem Alter noch? Tun sie das denn nicht nur in der Pubertät?«

»Was ist passiert?«, fragte Anne, so ruhig sie konnte. Behrens hatte sich in den letzten Wochen sehr verändert. Er war nicht mehr höflich und aufmerksam, nicht mehr souverän und ruhig wie früher. Er war ein Nervenbündel, und sie konnte es ihm nicht verdenken. Die offizielle Variante lautete, dass seine Tochter Noemi mit einem schwierigen Infekt auf der Intensivstation lag.

Die Wahrheit aber kannten nur wenige Menschen, und sie gehörte dazu. Die Wahrheit war zu schrecklich, sodass sie es nicht einmal im kleinsten Kreis wagten, sie auszusprechen.

Behrens saß unbeweglich in seinem Sessel und starrte weiter nach draußen. »Ein Mord im Seehafen, der letzte Anruf für das Opfer kam vom Apparat eines Kollegen, Kai Hauser. Er feierte gerade seinen Geburtstag und kann sich nicht erinnern, wer telefoniert hat«, sagte er monoton. Dann drehte er sich zu ihr. »Und meine Tochter hat nichts Besseres zu tun, als mir zu sagen, dass sie diejenige war, die telefoniert hat! Verstehen Sie das? Ich verstehe es nicht!« Er sank wieder in seinem Sessel zusammen und schüttelte ungläubig den Kopf.

Anne hatte Mühe, ihm zu folgen. Sie fühlte seine tiefe Verzweiflung, seine Ratlosigkeit, sie konnte nachempfinden, wie ausweglos ihm alles erscheinen musste. Aber um ihm helfen zu können, musste sie zunächst alles verstehen. Nachdem sie von ihm die wichtigsten Fakten über den Toten im Seehafen erfahren hatte, kehrte sie wieder zu seinem eigentlichen Problem zurück.

»Ihre Tochter hat bei dem Mann, der jetzt tot ist, angerufen?«, tastete sie sich vor.

Behrens schüttelte den Kopf. »Sie macht sich einen Spaß daraus, mich genau das glauben zu lassen. Verstehen Sie das?«, fragte er wieder.

»Natürlich verstehe ich das«, sagte Anne, und Behrens sah sie überrascht an. »Sie will Ihre Aufmerksamkeit, die braucht sie gerade sehr dringend.«

Behrens betrachtete sie eine Weile schweigend, dann glitt zum ersten Mal seit Langem ein Lächeln über sein Gesicht. »Sie haben recht. Wäre ich nicht so mit mir selbst und mit Noemi beschäftigt, hätte ich auch von selbst darauf kommen müssen. Wie dumm von mir.«

»Sagen Sie's ruhig. Zu irgendwas müssen wir Psychotanten doch gut sein«, grinste Anne, und endlich war Behrens' Stimmung ein wenig besser.

»Sie haben sich wochenlang nur um Noemi gekümmert«, fuhr Anne fort. »Tag und Nacht gab es kein anderes Thema. Sie haben ihre gesamte Familie dazu gebracht zu lügen, wegen Noemi. Dass Lilly durcheinanderkommt, liegt doch auf der Hand. Sie kennt ihren Vater als grundehrlichen Mann, und nun zwingt er sie, eine Lüge zu leben. Sie haben die beiden mehr als zwanzig Jahre gleich behandelt, und plötzlich ziehen Sie eine der anderen vor. Lilly erkennt ihren Vater nicht mehr wieder, sie kennt ihre Position in der Familie nicht mehr, und – wohl das Schlimmste von allem – sie hat ihre Schwester nicht mehr, mit der sie über so etwas reden konnte. Aus der Vertrauten von einst ist plötzlich die Feindin, die Konkurrentin um die Liebe und Zuneigung der Eltern geworden.«

Behrens nickte nur langsam zu allem, was sie sagte, und sah dabei wieder durch die Glastür in die Ferne. Anne hatte seine Ehefrau bereits bemerkt, doch Behrens zuckte zusammen, als Karen sprach.

»Ich glaube, das stimmt nicht ganz. Noemi und Lilly haben sich schon vor einiger Zeit voneinander entfernt.« Karen hatte Tee gemacht, den sie nun den beiden einschenkte. »Seit Noemi einen Freund hatte, ist einiges anders geworden. Aber die beiden konnten sich schließlich nicht ewig wie siamesische Zwillinge benehmen.«

»Das haben sie doch gar nicht!«, warf Behrens scharf ein.

»Das haben sie sehr wohl, und wir hätten viel früher etwas dagegen tun sollen«, entgegnete Karen kühl und gefasst.

»Frau Behrens, ich glaube nicht, dass dies …«, begann Anne, aber die andere Frau ließ sie nicht ausreden.

»Du hast sie immer exakt gleich behandelt, und genau das war dein Fehler. Als gäbe es sie nur im Doppelpack, zu hundert Prozent identisch, nur weil sie gleich aussehen und dieselbe DNS haben.«

»Hätte ich etwa eine offensichtlich bevorzugen sollen? Dann hättest du mir jetzt genau das vorgeworfen!«, entrüstete sich Behrens. Er sprang auf und begann, im Zimmer umherzulaufen. Karen hob nur eine Augenbraue, während sie ihn distanziert musterte.

»Ich bin froh, dass du sie wenigstens auseinanderhalten kannst, wenn sie vor dir stehen«, erwiderte Karen in einem emotionslosen Ton, als kommentierte sie das Wetter. »Dir ist nie aufgefallen, dass sie ganz und gar nicht gleich ticken. Wir hätten sie früher trennen müssen. Aber das wolltest du ja nicht.« Mit diesen Worten verließ Karen den Raum.

Behrens brauchte einen Moment, um sich zu fangen. »Das kann sie doch nicht ernst meinen!«, keuchte er schließlich und ging zur Tür, um ihr nachzugehen.

»Lassen Sie sie. Wenn Sie sich jetzt anschreien, bringt das niemandem etwas.«

Behrens hielt inne, dann ging er wieder zu seinem Sessel und setzte sich. »Wenn sie mich wenigstens anschreien würde, ginge es mir vielleicht etwas besser, aber so …«, seufzte er. »Erkennen Sie sie wieder? Noch vor ein paar Wochen hätte ich sie als warmherzig, lebenslustig und einfühlsam bezeichnet. Und jetzt … Meine

Töchter drehen durch, meine Frau verwandelt sich in einen Eisblock, und ich belüge meine Kollegen!« Er lachte bitter. »Hab ich noch irgendwas vergessen?«

»Sie sprechen freiwillig mit einer Psychologin darüber«, ergänzte Anne trocken.

»Auch das noch«, stöhnte Behrens. »Wenn Lilly eine Aussage macht, kommt wahrscheinlich alles andere auch raus«, ergänzte er nachdenklich.

»Dann kommt ziemlich sicher alles andere auch raus«, sagte Anne. »Das hätte es vielleicht schon längst gemusst.«

Sie las den Horror in Behrens' Augen. »Dann bin ich meinen Job los«, sagte er tonlos.

»Wenn Sie Pech haben, ja«, sagte Anne ernst.

3.

Nicht träumen«, sagte Micha zu ihm. Erik schüttelte sich. Tatsächlich war er mit den Gedanken ganz woanders gewesen.

»Entschuldige. Gerade alles ein bisschen viel«, murmelte er. Sie standen in der Wohnung von Dennis Scholz. Die Kollegen von der KTU durchstöberten emsig jeden Winkel. »Haben wir schon was aus dem Krankenhaus gehört?«

»Er wird's überleben. In erster Linie war es der Schreck, der ihn umgehauen hat. Der Junge hat gerade seine Grundausbildung hinter sich und ist noch nicht richtig in die Uniform reingewachsen, und schon zieht ihm einer was über den Schädel.«

Erik musterte seinen Kollegen von der Seite. »Hat er nun wen gesehen oder nicht?«

»Er hat nichts mitbekommen. Er ist sich nicht einmal sicher, ob es einer oder mehrere waren.«

Erik seufzte. »Bestimmt erzählt er, es war ein Zehnereinsatzkommando, damit er nicht als Depp dasteht.«

Erik und Micha waren auf dem Rückweg in die Stadt gewesen, als der Anruf gekommen war. In die Wohnung von Dennis Scholz war eingebrochen worden, der uniformierte Kollege, der eigentlich hingeschickt worden war, um die Wohnung zu sichern, bis die Leute von der Kriminaltechnischen Untersuchung und der Mordkommission eintrafen, war von dem unbekannten Eindringling niedergeschlagen worden. Die KTU-Männer hatten den benommenen Kollegen in der von dem Einbrecher bereits gründlich durchwühlten Wohnung gefunden.

Einer Eingebung folgend hatte Erik nach Erhalt der Nachricht Micha dazu genötigt, den Wagen zu wenden und kurz bei Kai Hauser vorbeizufahren. Aber sie hatten weder ihn noch sein Fahrzeug zu Hause vorgefunden, sein Handy war ausgeschaltet.

Andreas Reeken und ein paar Spurensicherer, die gerade Kais Haus durchsuchten, hatten ebenfalls nichts von ihm gehört oder gesehen.

»Der BMW«, begann Erik. »Hat den schon jemand abgeholt?«

Micha schüttelte langsam den Kopf. »Ich weiß nicht …«, antwortete er zögerlich.

Erik schnaubte aufgebracht. »Muss ich euch denn alles diktieren?«

Andreas hatte das Gespräch mit angehört und mischte sich ein: »Seinen Wagen haben wir nicht gefunden, damit ist er vermutlich unterwegs. Da waren wir wohl zu spät.«

Erik hatte genervt mit den Augen gerollt und sich jeden weiteren Kommentar verkniffen. Dann waren sie zurück in die Stadt gefahren, um der Durchsuchung von Scholz' Wohnung beizuwohnen.

Es handelte sich um eine im Grunde recht hübsch und praktisch geschnittene Zweiraumwohnung mit einem kleinen Balkon. Der Bewohner hatte sie allerdings mit viel zu großen, alten Möbeln, die nicht zueinanderpassten, vollgestellt. In der Küche stapelten sich ungespülte Teller, Tassen und Gläser mit eingetrockneten Resten. Jedem Raum hätte eine Grundreinigung gutgetan, und doch war es nicht die hoffnungslose Verwahrlosung, die sie manchmal in Wohnungen von Drogenabhängigen und Alkoholikern vorfanden. Es sah eher aus, als fehlte dem Bewohner jeder Ordnungssinn.

»Was fehlt, kann uns wohl niemand wirklich sagen, oder?«, bemerkte Micha.

Erik nickte, mit den Gedanken nur halb bei der Sache. Dann sagte er abrupt: »Ich rede jetzt mal mit Kais Freundin, die wohnt nur eine Straße weiter. Wenn er da nicht ist, geht die Fahndung nach ihm und seinem Wagen raus. Wenn ich zurück bin, hat einer von euch alle Leute von der Party angerufen und kann mir haarklein erzählen, was da gestern los war. Und seht zu, dass ihr mir die Nutte vom Hafen ranschafft.« Dann drehte er sich um und ließ einen ziemlich verdutzten Micha zurück.

Tanja Schlüter wohnte nur zwei Minuten zu Fuß von Dennis Scholz entfernt. Viele junge Leute lebten hier in der KTV, der Kröpeliner Tor-Vorstadt. Es war die beliebteste Wohngegend für die Rostocker Studenten, voller Kneipen und Restaurants, voller Leben. Erik klingelte, und aus einem der oberen Fenster brüllte direkt darauf eine Stimme: »Verpiss dich endlich, Scheißbulle!« Erik trat einen Schritt zurück, um zu sehen, wer ihn da so freundlich begrüßte. Aus einem Fenster im dritten Stock starrte ein jungenhaftes Gesicht mit kurz geschnittenen, verwuschelten braunen Haaren. Erik brauchte einen Moment, bis er merkte, dass es kein Mann war, sondern eine etwa zwanzigjährige Frau, die nun nicht mehr fluchte, sondern etwas verwirrt stammelte: »Oh, ich dachte, es ist mein Freund … Zu wem wollten Sie denn?«

»Wenn Sie Tanja Schlüter heißen, dann zu Ihnen. Ich bin übrigens auch ein Scheißbulle.«

Das Mädchen wurde knallrot und zog sich sofort vom Fenster

zurück. Nur eine Sekunde später summte der Türöffner, und Erik konnte das Haus betreten.

Sie wartete schon an der Wohnungstür auf ihn. Ihr Gesicht war immer noch gerötet, vielleicht vor Aufregung. Vielleicht aber auch vom Weinen, ihre Augen waren verquollen. Aus der Nähe sah Tanja Schlüter immer noch sehr jungenhaft aus. Sie war ausgesprochen schlank, fast schlaksig, und ungewöhnlich groß für eine Frau. Ihr ungeschminktes Gesicht war hübsch, wirkte aber androgyn. Sie trug jedoch ein sehr knappes, tief dekolletiertes Jeanskleid. Erik vermutete, dass dies ihre Art war, ihre Weiblichkeit zu zeigen.

»Sie sind also sein Chef?«, fragte sie ohne Umschweife, als er seinen Namen nannte. Erik nickte. »Ich dachte, er sei zurückgekommen, also entschuldigen Sie den Ausbruch«, erklärte sie, nachdem sie ihm einen Platz in ihrer Küche angeboten hatte. Ein Brett war an der Wand angebracht, davor boten zwei Barhocker Gelegenheit zum Sitzen. Erik fühlte sich etwas unsicher in dieser Position. Sein Barhocker erschien ihm wackelig, Tanja Schlüter hingegen saß kerzengerade auf ihrem, als sei sie darauf geboren.

»Wann haben Sie ihn denn zuletzt gesehen?«, wollte Erik wissen, während er versuchte, die Balance zu halten.

»Braucht er ein Alibi?« Sie lächelte über ihren Scherz. Aber als Erik ihr Lächeln nicht erwiderte, wurde sie unsicher. »Er braucht nicht wirklich ein Alibi? Ich meine, er ist doch Polizist …« Ihre Stimme verlor sich.

Erik erklärte ihr knapp, worum es ging. Nachdem er sie noch einmal gefragt hatte, wann sie Kai zuletzt gesehen hatte, dachte sie einen Moment nach.

»Warum wollen Sie das wissen, wenn es doch um gestern Nacht geht?«

»Bitte antworten Sie einfach. Sie werden von Kai wissen, dass wir mit Zeugen nicht über alles reden können.«

»Er ist vor ein paar Minuten gefahren. Er kam früh am Morgen, vielleicht gegen halb neun. Ich habe ihn aber weggeschickt. Wir hatten uns am Tag zuvor gestritten, und ich wollte erst wieder mit ihm reden, wenn er ganz nüchtern ist. Mein Auto stand vor dem Haus. Ich glaube, da hat er sich zum Schlafen reingesetzt. Dann kam er eben noch mal, aber ich habe ihn wieder nicht reingelassen. Daraufhin ist er weggefahren.«

»Mit Ihrem Wagen?«

»Allerdings! Daran konnte ich ihn schlecht hindern.«

Kai war also die ganze Zeit hier in der Nähe gewesen.

»Hat Kai gestern Nacht zwischen Mitternacht und halb eins telefoniert, bevor er weggefahren ist?«

Tanja Schlüter sah ihn verwirrt an. »Er ist nachts weggefahren?«, fragte sie.

»Wo waren Sie nach dem Streit mit ihm? Er hat gesagt, Sie hätten ihm gar nicht mehr gratuliert. Aber Ihr Auto stand noch vor seinem Haus. Mit dem ist er dann gefahren.«

Sie machte große Augen. »Betrunken, mit meinem Auto? Das wird ja immer besser. Ich meine, heute Morgen mit dem Restalkohol … Aber gestern Nacht war er sternhagelvoll!« Nun war sie wieder richtig sauer auf ihn. Plötzlich hörte Erik Schritte, und ein Mann trat zu ihnen in die Küche.

»Die Party war ein ziemliches Durcheinander, müssen Sie wissen«, sagte der Mann. »Letztlich waren viel mehr Leute da als geplant, es ist unglaublich viel getrunken worden, und ich denke, Kai hatte schon lange vor Mitternacht keine Kontrolle mehr über irgendetwas, am wenigsten über sich.«

Die Ähnlichkeit Tanjas mit dem etwa zehn Jahre älteren Mann war nicht zu übersehen. Auch er war sehr groß und dünn mit kurz geschnittenem, widerspenstigem braunen Haar, und die Gesichtszüge, die ihr etwas Jungenhaftes verliehen, ließen ihn weicher wirken. Seine Stimme war heller, als Erik bei einem Mann seiner Körpergröße erwartet hätte. Er stellte sich vor als Thorsten Schlüter, Tanjas Bruder.

»Meine Schwester hat sich bei mir ausgeheult, nachdem sie gestritten hatten, und dann hab ich sie gleich in ein Taxi gesetzt. Das Beste, was man machen kann in so einer Situation. Dem anderen zeigen, dass er nicht so einfach alles bekommt.«

Erik wunderte sich etwas über Schlüters letzte Bemerkung, ging aber nicht darauf ein, sondern notierte sich nur den Namen des Taxiunternehmens.

»Demnach sind Sie noch länger geblieben als Ihre Schwester. Darf ich einmal fragen, worum es bei dem Streit ging?«

Die Geschwister sahen sich kurz an, der Bruder nickte aufmunternd. Tanja Schlüter antwortete: »Wie Thorsten gerade gesagt hat, plötzlich waren lauter Leute da, die niemand eingeladen hatte, die Getränke wurden knapp, und Kai hatte um zehn Uhr schon so viel getrunken, dass ihm alles egal war. Ich meine, er war doch der Gastgeber! Aber irgendwie hat er wohl erwartet, dass ich ihm die Party schmeiße, und das wollte ich nicht. Schon gar nicht, als diese komischen Weiber aufgetaucht sind.« Ihr Gesicht verdunkelte sich plötzlich, und sie fixierte schmollend einen Punkt auf dem Tisch. Ihr Bruder stellte sich hinter sie und fing an, ihre Schultern zu massieren.

»Was für ›komische Weiber‹? Sie meinen sicherlich keine Prostituierten oder Stripperinnen?«

Tanja Schlüter gab einen verächtlichen Laut von sich. »Würde mich nicht wundern, wenn sie da eines Tages landen.«

Ihr Bruder hielt in seiner sanften Massage inne. »Tanja, ich bitte dich«, sagte er leise. Aber sie war nicht so einfach zu besänftigen.

»Du hast doch gesehen, wie die schon ankamen. Billige Flittchen. Kommen rein, knutschen Kai ab, hängen sich an jeden Typen dran und tun so, als wäre es ihre Party. Und sich dann auch noch mit zehn Leuten in der Küche einschließen! Ich will gar nicht wissen, was die da getrieben haben ...«

»Tanja!«, unterbrach ihr Bruder sie energisch.

»Hören Sie, so geht das nicht. Sie müssen mir schon ein bisschen mehr von dieser Party erzählen, schließlich geht es dabei um Ihren Freund.«

»Ex!«, warf Tanja Schlüter trotzig ein.

»Jetzt warte doch mal ab, es ist doch sicherlich noch nicht das letzte Wort gesprochen«, sagte ihr Bruder.

»Sollten Sie den Verdacht haben, dass manche Gäste dort Drogen konsumiert oder etwas anderes Verbotenes getan haben, sagen Sie es mir ruhig, es ist mir nämlich egal. Mir geht es in erster Linie darum, einen Mord aufzuklären, nicht, Kai in irgendetwas hineinzuziehen«, erklärte Erik ungeduldig. »Also?«

Tanja schob die Hände ihres Bruders von ihren Schultern. »Na gut. Diese Mädchen, ich bin sicher, dass sie in der Küche Joints geraucht und mit irgendwelchen Typen rumgemacht haben. Außerdem kamen, seit die da waren, immer mehr Leute, die ich noch nie gesehen hatte. Wahrscheinlich hatten sie ihren gesamten Bekanntenkreis angerufen und zum Mitfeiern eingeladen.«

»Die Mädchen haben von Kais Telefon aus Gespräche geführt?«

Tanja nickte.

»Dann haben Sie also doch jemanden am Telefon gesehen. Nur eben vor Mitternacht.«

Sie nickte wieder. Thorsten Schlüter mischte sich nun ein. »Aber sie haben die halbe Nacht telefoniert. Ich glaube, sie fanden es witzig, Kais Rechnung in die Höhe zu treiben. Das Telefon machte die Runde, irgendwann waren wir alle so angeheitert, dass wir mitgespielt haben. Jeder hat irgendwen angerufen, manchmal einfach nur eine Fantasienummer, ganz egal. Ich zum Beispiel habe irgendwas eingetippt und dann so getan, als telefonierte ich mit jemandem in Island, nur um ein paar Lacher zu bekommen.«

»Und zum fraglichen Zeitpunkt …?«, hakte Erik nach.

»Unmöglich zu sagen.« Der Mann schüttelte nachdenklich den Kopf.

»Aber es war doch eine markante Uhrzeit. Kurz nach den Glückwünschen um Mitternacht.«

Thorsten Schlüter warf ihm einen langen Blick zu, den Erik nicht einordnen konnte.

»Die meisten waren so betrunken, dass sie nicht einmal mitbekommen haben, wie spät es war. Wir haben uns alle irgendwie auf das Haus verteilt, und irgendwann ist uns eingefallen, dass wir gratulieren sollten.«

»Aber Sie haben Ihrer Schwester ein Taxi gerufen und sie nach Hause geschickt? Wann war das?«

»Fragen Sie den Taxifahrer oder sehen Sie auf Kais Telefonrechnung nach. Ich habe wirklich keine Ahnung.« Schlüter sah aus, als bedauere er sehr, nicht hilfreicher sein zu können.

»Dass jeder oder fast jeder telefoniert hat, grenzt die Sache für mich nun nicht eben ein … Aber Sie können mir sagen, wer diese Mädchen waren, die die Party so aufgemischt haben? Warum hat Kai sie überhaupt reingelassen, wenn sie nicht eingeladen waren?«

»Sie waren bestimmt eingeladen«, lenkte Thorsten Schlüter ein.

»Waren sie nicht, das hätte er mir gesagt«, zischte Tanja.

»Hast du ihm das verboten?«, fragte ihr Bruder, und seine Stimme klang resigniert. Als sie nicht antwortete, sagte er: »Ich hab dir doch gesagt, das sollst du nicht tun! Du machst alles nur noch schlimmer!«

Erik begriff. Tanja Schlüter war eine dieser krankhaft eifersüchtigen Frauen, die ihre Männer am liebsten zu Hause anketten würden.

»Er hat sie bestimmt nicht eingeladen, weil ich das nicht wollte! Sie sind einfach so gekommen!« Ihre Stimme zitterte, und Tränen stiegen in ihre Augen.

»Also waren es Freundinnen von Kai«, stellte Erik fest.

»Keine Freundinnen«, keifte die junge Frau. »Bekannte! Ich bin Kais Freundin!« Dann brach sie weinend auf dem Küchentisch zusammen. Dass sie eben noch gerne die Exfreundin gewesen wäre, hatte sie offenbar vergessen. Ihr Bruder legte wieder seine Hände auf ihre Schultern, um sie zu beruhigen.

Erik wusste im Grunde, wer die beiden Mädchen waren, von denen Tanja Schlüter sprach. Er wusste, dass Kai mit den Behrens-Zwillingen schon seit Jahren befreundet war, wenn auch nicht sehr eng. Tanja meinte mit Sicherheit Lilly Behrens und deren Freundin Aline König. Sie hatten wild gefeiert, vielleicht Marihuana geraucht, vielleicht auch mit jungen Männern rumgemacht. Es war harmlos, auch wenn Erik, der eine siebzehnjährige

Tochter hatte, ebendieser in einer vergleichbaren Situation sicherlich am liebsten den Hintern versohlen würde.

Tanja und Thorsten Schlüter konnten nicht viel mehr sagen, was ihn weiterbrachte, weshalb sich Erik verabschiedete und in Richtung Scholz' Wohnung zurückging. Hatten die Mädchen den Dealer angerufen, weil sie etwas für die Party ordern wollten? Sicherlich nur ein bisschen was zum Rauchen. Das würde Kais Nummer auf Scholz' Telefon erklären. Vielleicht hatte dies alles mit dem Mord gar nichts zu tun, sagte sich Erik, und seine Laune verbesserte sich schlagartig. Nicht toll für Behrens, wenn das rauskäme, aber harmlos. Und damit war Kai aus der Sache komplett draußen. Ein kleines Gespräch mit Lilly, ohne dass ihr Vater etwas davon erfuhr, und schon wäre alles erledigt. Fast hätte er angefangen, vor sich hin zu pfeifen, doch er besann sich eines Besseren. Sein Handy klingelte, voller Energie nahm er das Gespräch an.

»Kommst du ins Büro, bitte?«, fragte Malte am anderen Ende der Leitung.

»Ich wollte noch mal zu Scholz in die Wohnung«, entgegnete Erik.

»Wir haben hier aber … Weißt du, die Telefonliste von Scholz, da stehen ein paar Namen drauf …«, stammelte Malte.

»Aha?«, fragte Erik vorsichtig.

»Ich fürchte, wenn wir anfangen, diese Leute alle als Zeugen zu vernehmen …«

»Sind es denn so viele, oder was ist das Problem?«

»Nein, es geht weniger um die Quantität als um die Qualität.«

»Was meinst du damit?«

Malte nannte ihm einige der Namen, und Erik blieb wie angewurzelt stehen.

»Das wird nicht schön«, sagte er, als Malte geendet hatte. »Ich komme gleich.«

Der neu gewonnene Hoffnungsfunke war soeben erloschen. Stattdessen fiel ihm der Song ein, der die schottische Band Travis vor einigen Jahren berühmt gemacht hatte: *Why does it always rain on me*; das fragte er sich auch gerade.

»Das ist halb Rostock!«, seufzte Erik und warf die Liste, die Malte Böttcher ihm gegeben hatte, in die Luft. »Das ist halb Rostock!«, wiederholte er und sah zu, wie das Blatt langsam zu Boden schwebte. Malte nahm seine Brille ab und begann umständlich, die Gläser zu putzen. Es war ihm peinlich, wie sein Chef reagierte. Emotionale Ausbrüche waren Malte in jeder Hinsicht peinlich, selbst wenn er sie nur beobachtete. Unruhig trat er von einem Fuß auf den anderen, während er mit seinem Mikrofasertuch herumwischte. Natürlich stand nicht halb Rostock auf der Liste. Aber doch einige sehr markante Namen, mit denen keiner gerechnet hatte.

»Ich habe es mehrmals überprüft«, sagte er vorsichtig, und als er die Brille aufsetzte und Erik wieder klar sehen konnte, hatte dieser den Kopf aufgestützt und blickte fast schon verträumt aus dem Fenster. Micha saß Erik gegenüber, er schnappte sich Maltes Liste, las sie durch und stieß einen Pfiff aus.

»Das hätte ich nicht gedacht«, sagte er. »Geben wir sie ans Rauschgift weiter?«

Erik schüttelte den Kopf. »Erst wenn wir hier fertig sind. Sonst kommen die uns in die Quere, und das muss nicht sein. Ich bespreche das mit Helmut. Vielleicht ist einer von denen auf der Liste der Mörder. Also möglich ist es, oder was denkt ihr?«

»Sobald die Presseerklärung draußen ist, werden alle, die auf dieser Liste stehen, nervös und sichern sich ab. Das heißt, wenn die Kollegen vom Rauschgift dann noch ein bisschen Zeit verstreichen lassen, diese Leute beobachten, bis sie sich wieder in Sicherheit wiegen … Da könnte einiges ans Tageslicht kommen«, überlegte Micha laut.

»Äh, aber wir sollten zumindest sagen, dass wir hier … also, dass wir was haben …«, merkte Malte an, woraufhin ihn die beiden anderen lange schweigend ansahen. »Sie erfahren es doch sowieso, die sind ja auch nicht blöd.«

Erik verdrehte die Augen. »Hast recht. Lieber sofort und mit denen eine Taktik besprechen, sonst funken sie uns noch aus Trotz in die Ermittlungen hinein. Wäre nicht das erste Mal.«

Malte wusste, worauf er anspielte. Die Kollegen, die sich mit Drogendelikten und organisierter Kriminalität beschäftigten, hatten am Anfang des Jahres die Lorbeeren für medienträchtige Ermittlungserfolge an den Hamburger Zoll abgeben müssen. Seitdem war die Laune in den beiden Abteilungen so schlecht, dass sie keine Gelegenheit ausließen, sich in den Vordergrund zu spielen, koste es, was es wolle.

»Also, Malte, formulier du mal ein internes Schreiben an die Herren und Damen Rauschgift, du weißt schon, sodass sie das tun, was wir wollen, und gleichzeitig denken, wir täten ihnen damit einen Gefallen«, sagte Erik zu ihm. Malte nickte. Das war eine seiner leichtesten Übungen. Solange er nicht mit seinen Mitmenschen direkt kommunizieren musste, fühlte er sich auf der sicheren Seite. Sein Platz war definitiv hinter einem Computer.

»Ich kann es nicht glauben, das ist halb Rostock!«, wiederholte Erik noch einmal. »Bin gespannt, was noch alles kommt, wenn erst mal die Liste mit den Anrufen der letzten Wochen und Monate von der Telefongesellschaft da ist. Ich meine, wenn sich allein sein Telefonbuch schon liest wie so ein *Who is Who* von Rostock!«

»Er hat ganz klar einen von denen beerbt, die jetzt sitzen«, sagte Micha. »So schnell kommt keiner an diese Kontakte. Hier, diese Nummer zum Beispiel, die hat wahrscheinlich sonst nur noch der Polizeipräsident persönlich ... Oje, das gibt noch Ärger.« Er seufzte.

Die Namen neben den Nummern hatte Dennis Scholz verschlüsselt eingegeben, aber Malte war es gelungen, den Code zu knacken. Darauf war er sehr stolz, und er verriet niemandem, wie lächerlich einfach es letztlich gewesen war. Erfolgserlebnisse waren nicht gerade alltäglich in seinem Leben. Es galt, sie auszukosten.

Seine Kollegen hatten ihn mitleidig angesehen, als er heute ins Büro gekommen war. So schnell hätte er nun auch wieder nicht kommen müssen, hatte Olaf Nies zu ihm gesagt, schließlich hätte er doch Urlaub gehabt. Ein paar Stunden hätte er sich ruhig noch Zeit lassen können. Malte hatte nicht gewusst, wie er darauf reagieren sollte. Denn in Wirklichkeit war er froh, wieder ins Büro zu dürfen. Seinen Urlaub hatte er ohnehin nur zu Hause am Computer verbracht, einen Tag war er bei seinen Eltern in Schwerin gewesen. Aber das konnte er den anderen schlecht erzählen. Also hatte er ein unbestimmtes Schulterzucken und ein undefinierbares Seufzen als Antwort gegeben und sich an die Arbeit gemacht.

Gerade wandte er sich zum Gehen, um Eriks Auftrag auszuführen, als er gegen jemanden prallte, der im Begriff war, einzutreten.

»Oh Entschuldigung, Herr Kemper?«, fragte der Mann.

»Äh, nein, das da drüben ist Herr Kemper«, antwortete Malte

und zeigte auf Erik. Der Besucher war vielleicht zehn Jahre älter als Malte, ungefähr Ende dreißig, und ein gutes Stück kleiner als er. Aber er sah sehr gut aus, kurzes dunkles Haar, dunkelbraune Augen und ein sonnenverbranntes Gesicht mit vielen Lachfalten, dazu noch eine sehr sportliche Figur. Malte war spontan neidisch auf diesen Mann. Der hat bestimmt keine Probleme, Frauen kennenzulernen, schoss es ihm durch den Kopf.

»Nicolas Freyer«, stellte er sich vor. »Gerichtsmedizin. Ich bin der Nachfolger von Dr. Gundlach.«

»Was denn, so schnell?«, fragte Erik erstaunt, als er ihm die Hand gab, und Malte, der schon auf den Flur getreten war, kam wieder zurück.

»Schnell? Dr. Gundlach ist doch nun schon seit ein paar Wochen fort.«

»Die Obduktion, meinte ich. Entschuldigung.«

»Wir haben sofort angefangen, als die Leiche da war. Natürlich sind noch nicht alle Gutachten da, und mein Bericht ist auch noch nicht fertig geschrieben, aber da es so außergewöhnlich ist, dachte ich, ich sag es Ihnen lieber so schnell wie möglich.«

Im Raum herrschte schlagartig Stille. Von Michas brennender Zigarette fiel die Asche herunter, ohne dass er es merkte. Erik blickte den Gerichtsmediziner erwartungsvoll an, während sich Malte vor Aufregung eine Hand vor den Mund hielt. Als er sich dessen bewusst wurde, nahm er sie schnell wieder herunter, verschränkte die Arme vor der Brust und lehnte sich gegen den Türrahmen, um einen möglichst abgebrühten Eindruck zu vermitteln.

Nicolas Freyer sah gelassen von einem zum anderen, dann erklärte er: »Sie gehen doch davon aus, dass es sich bei dem Opfer um einen Dennis Scholz handelt, einunddreißig Jahre alt. Dieser Scholz ist, wie ich vermute, ein Weißer?«

Sie starrten immer noch den Gerichtsmediziner an. Keiner konnte im ersten Moment mit dieser Frage etwas anfangen.

»Weiß? Wieso weiß?«, fragte Erik verwundert.

Malte schaltete etwas schneller. »Ja, weiß. Hier in der Gegend geboren und aufgewachsen, die Eltern ebenfalls …«

Nicolas Freyer strich sich mit der Hand durch das Haar und zuckte die Schultern. »Tja«, sagte er, »der Dennis Scholz auf meinem Tisch war mit Sicherheit noch keine zwanzig Jahre alt, eher siebzehn oder achtzehn, und bei der ethnischen Herkunft handelt es sich um einen Afrikaner. Also einen Schwarzen. Hatte ich erwähnt, dass sein Genick gebrochen war? Das war ziemlich sicher die Todesursache.«

Ein paar Sekunden war es totenstill. Dann sagte Erik: »Pressesperre! Sofort!«

4.

Es wäre einfacher gewesen, wenn sie sich hätte sagen können, dass sie einem Bekannten nur einen Gefallen tat. Ab und zu nach dem Mädchen zu sehen, um dann mit einem aufmunternden, aber mitfühlenden Lächeln die Eltern zu belügen: »Ihr geht es bestimmt bald wieder besser.«

Anne konnte sich aber nicht so weit zurücknehmen, dass sie die Begegnungen mit dem Mädchen nicht berührten. Zwar hatte sie gewusst, es würde ihr schwerfallen, Distanz zu wahren, als Behrens sie vor drei Wochen gebeten hatte, nach seiner Tochter zu sehen. Doch sie hatte damals noch nicht geahnt, dass es so schlimm um das Mädchen stand. Und seit dieser Zeit war sie völlig ratlos, wie sie Behrens oder seiner Frau gegenübertreten sollte, wie sie sich verhalten sollte, wenn sie nach Noemi fragten. Sie versteckte sich hinter dem, was die Psychiater sagten, und sie wusste, dass Behrens es wusste, aber er wollte ihr glauben, weshalb er nicht weiter nachfragte. Er wollte die Hoffnung aufrechterhalten, dass letztlich doch alles in Ordnung kommen würde.

Vom ersten Moment an, als sie Noemi gesehen hatte, war Anne klar gewesen, dass nichts je wieder für dieses Mädchen so sein würde, wie es einmal gewesen war. Sie kannte Noemi seit längerer Zeit von ihren Besuchen bei Behrens. Sie hatte die Harmonie zwischen den Zwillingen gespürt, die Leichtigkeit, mit der sie ihr Leben genossen, das Selbstverständnis, mit dem sie sich in ihrer

Welt bewegten. Zwei glückliche junge Mädchen, die noch eine Menge vorhatten und die sich so stark und unverwundbar fühlten, als ob ihnen nie etwas Schlimmes widerfahren könnte. So hatte sie Noemi und Lilith, die von allen nur Lilly genannt wurde, in Erinnerung gehabt. Und auch wenn der Kontakt zu den Zwillingen nicht eng gewesen war, hatte Anne etwas wie Freundschaft zu den beiden empfunden, die auch von beiden herzlich erwidert wurde.

Vor ein paar Wochen allerdings war Noemis Leben aus den Fugen geraten, und sie hatte sich vorgenommen, sich selbst zu zerstören und diejenigen mit in den Abgrund zu reißen, die sie für ihre Misere verantwortlich machte. Sie würde nie wieder so werden, wie sie früher gewesen war. Anne war dies im ersten Moment ihrer Begegnung klar gewesen, aber bis heute hatte sie es nicht fertiggebracht, es Behrens gegenüber in dieser Deutlichkeit zu formulieren. Stattdessen war sie zur Heuchlerin geworden.

Jetzt saß sie Noemi wieder gegenüber. Es war jedes Mal dasselbe. Anne kam, man brachte Noemi zu ihr, sie schwiegen eine Stunde lang, und in dieser Zeit versuchte Anne, die Gefühle des Mädchens zu erkennen, während sie sie betrachtete. Das einst hübsche Gesicht war verkniffen und aufgequollen, unter rot geränderten Lidern lagen tiefen Schatten. Die langen, glänzenden blonden Haare von einst hatte sie sich selbst abgeschnitten. Außerdem hatte sie versucht, sich das Haar dunkel zu färben. Die Farbe war fleckig und stumpf geworden, aber Noemi schien es nicht zu kümmern. Sie vernachlässigte sich bewusst und trug diese Hässlichkeit zur Schau.

Ein paarmal hatte sie sich sogar mit scharfen Gegenständen an Armen und Beinen verletzt, um sich noch weiter zu entstellen. Noemi ertrug den Körper, in dem sie steckte, nicht mehr. Zu

Hause hatte sie alle Spiegel zerschlagen, hier in der Psychiatrie versuchte man, alles von ihr fernzuhalten, was ihr Gesicht hätte reflektieren können.

Was half es Anne, dass sie die Emotionen ihres Gegenübers lesen konnte? Dass sie wusste, ob jemand die Wahrheit sprach oder nicht? Wenn Noemi nichts sagte, wenn sie nichts fühlte, weil sie sich bewusst in eine Leere hatte fallen lassen, was hatte diese Gabe dann für einen Sinn? War es überhaupt eine Gabe, war es nicht vielmehr ein Fluch?

Ein Fluch, weil sie nicht war wie andere und weil sie immer wieder auf Misstrauen und Ablehnung stieß, ein Fluch aber auch, weil sie völlig schutzlos Energien ausgeliefert war, die sie nicht beeinflussen konnte.

Am schlimmsten waren Annes Visionen. Da erkannte sie Ereignisse aus der Vergangenheit, sah, was mit einem anderen Menschen geschehen war, durchlebte, was ein anderer vor ihr hatte durchleben müssen. Und manchmal, zum Glück nur ganz selten, zeigte sich ihr die unmittelbare, nicht mehr veränderbare Zukunft in einem Traum. Manchmal bekam sie Angst vor sich selbst, und obwohl sie schon seit sie ein kleines Mädchen war damit lebte, musste sie immer noch lernen, damit umzugehen.

Sie hütete sich, leichtfertig mit anderen Menschen darüber zu diskutieren. Aber Roland Behrens hatte herausgefunden, was sie konnte, und sie im letzten Jahr aus genau diesem Grund zu der Mordermittlung hinzugezogen. Vordergründig war es ihm darum gegangen, dass sie seinen Mitarbeitern half, ein Täterprofil zu erstellen. Sie hatte über dieses Thema promoviert und einige Forschungsarbeiten dazu veröffentlicht. Sowohl Scotland Yard als auch das FBI hatten ihr Einblick in ihre Ermittlungsarbeit gewährt und ihre Forschungen unterstützt, zu dem Preis, dass sie sich bei Zeugenvernehmungen als – wie sie es genannt hatten – psychologische Beraterin eingebracht hatte. In Wirklichkeit wollten die Behörden sie als menschlichen Lügendetektor ausprobieren. Und immer mehr Menschen waren so auf ihre Gabe aufmerksam geworden. Als sie wieder nach Deutschland zurückgekehrt war, hatte sie begonnen, der Polizei bei der Ausbildung von Profilern zu helfen, und auf einem dieser Seminare hatte sie Roland Behrens kennen gelernt, den man zu einem Vortrag eingeladen hatte.

Behrens gehörte zu den wenigen Menschen, die ihre Gabe einfach akzeptierten. Die meisten reagierten mit offener Ablehnung. Nicht nur diese Ressentiments waren für sie schwer zu ertragen, sondern auch ihre eigene Hilflosigkeit. Denn obwohl sie mehr zu können, mehr zu sehen schien als andere, was konnte sie damit anfangen? Welchen Sinn hatten ihre Fähigkeiten? Es war, als kenne sie den Weg in eine Welt, in der es keine Fragen und nur noch Antworten gab, aber jemand hielt sie wenige Meter vor dem Eingangstor fest: Bis hierhin und nicht weiter! Das Ziel vor Augen, aber auf ewig unerreichbar.

So unerreichbar wie Noemis Gedankenwelt. Noemi war dazu übergegangen, an ihren Fingernägeln zu kauen. Sie tat es mit einem Ausdruck, der klinischem Interesse gleichkam. Dass Anne im selben Raum war, nahm sie in ihrer Selbstvergessenheit nicht wahr. Der psychische Zustand Noemis war mittlerweile mehr als bedenklich, weil sich das Mädchen mit eigener Willenskraft noch tiefer in diese Abgrenzung von der Außenwelt gebracht hatte. Die behandelnden Ärzte wussten nicht, wie sie sie in die Normalität zurückholen konnten. Medikamente verweigerte sie.

Man müsste ihr ein neues Leben geben, dachte Anne. Und

einen neuen Körper. Neue Eltern, eine neue Vergangenheit. Man müsste sie vergessen lassen und ihr die Erinnerungen nehmen, die sie krank machen. Die Festplatte ihres Gehirns löschen und neu aufspielen. Es gab für Noemi keinen Weg zurück.

Endlich stand Anne auf und ging. Noemi zum Abschied zu berühren, ihr die Hand zu geben, sie zu umarmen, daran war nicht zu denken. Sobald ihr jemand zu nahe kam, schlug sie zu. Anne verließ das Krankenhaus und ging zu ihrem Wagen. Es wurde bereits dunkel, und die Luft hatte sich merklich abgekühlt. Sie fröstelte und schaltete im Auto sofort die Heizung an. Als sie vom Krankenhausgelände fuhr und auf die Straße abbiegen wollte, hupte es plötzlich so laut, dass ihr vor Schreck fast das Herz stehen blieb. Perplex sah sie nach dem anderen Wagen, einem silbernen Volvo, und sofort erkannte sie Erik Kemper.

Erik wedelte mit seiner Hand herum und deutete ihr an, ihm nachzufahren. Zerknirscht folgte sie ihm bis zu seinem Haus in Gehlsdorf. Anne blieb im Wagen sitzen und wartete, bis er ausgestiegen und zu ihr gekommen war. Sie starrte ihn böse an, als er sich zu ihr herunterbeugte.

»Was soll das?«, fragte sie.

»Wir müssen unbedingt reden, steigen Sie bitte aus.«

»Wenn es um gestern geht …«, begann sie.

»Es geht nicht um gestern, es geht um die Tochter von Behrens, also steigen Sie bitte aus!«

»Wie reden Sie denn mit mir?«, protestierte Anne, gehorchte aber. Er musste Lilly meinen. Von Noemi konnte er nichts wissen. Widerstrebend folgte sie ihm hinauf in seine Wohnung, wo er ihr alles über den Mordfall erzählte, alles, was sie bisher wussten. Mehr, als Anne hätte wissen müssen.

»Jedenfalls habe ich die Vermutung, dass für Kai alles harmlos ist. Wahrscheinlich haben Lilly und ihre Freundin bei diesem Typen angerufen, um sich ein bisschen was zu rauchen zu kaufen. Damit wäre Kai raus aus der Sache, der Anruf geklärt, und die Mädchen könnten vielleicht sogar noch etwas zu den Ermittlungen beitragen. Es könnte ja sein, dass er ihnen gesagt hat, wo er gerade ist. Oder dass er ganz in der Nähe noch ein Treffen hätte und deshalb vorbeikommen kann.« Erik beobachtete Anne sehr genau, während er sprach, und sie wusste, ihm ging es um mehr, als er sagte. Sie nickte.

»Und Sie brauchen mich, um möglichst geschickt an Lilly ranzukommen, ohne dass ihr Vater etwas davon mitbekommt. Warum halten Sie sich nicht einfach an die Freundin?«

»Haben wir versucht, aber sie sagt, sie war so betrunken, dass sie sich nicht mehr richtig erinnern kann«, sagte er, und sein Blick schweifte zerstreut ab.

Da wusste sie, dass sie völlig danebengelegen hatte. »Ihnen geht es gar nicht um Lilly, Sie wollten mit mir über Noemi sprechen«, sagte sie leise. Erik nickte, und nun sah er sie wieder fest an.

»Und was hat dieser Mordfall mit Noemi zu tun?«

Erik stand auf und verschwand in der Küche. Sie hörte, wie er mehrere Schubladen und Schranktüren öffnete und wieder schloss. Man musste ihn nicht besonders gut kennen, um zu wissen, dass er auf der Suche nach Zigaretten war. Seit sie ihm das erste Mal begegnet war, versuchte er, mit dem Rauchen aufzuhören, schaffte es aber nicht. Einmal hatte er mit Nikotinpflastern experimentiert, doch auch diese Phase hatte wieder bei den Zigaretten geendet. Im Moment versteckte er die Zigaretten vor sich selbst, damit sie nicht in seinem Sichtfeld lagen. Wie er es schaffte, jedes Mal zu vergessen, wo er die Schachtel hingelegt hatte, blieb ihr ein Rätsel. Als er zurückkam, hatte er eine brennende Zigarette im Mund, in den Händen hielt er zwei Gläser Whisky. Ohne zu fragen hielt er ihr eines hin, sie nahm es wortlos entgegen. Er versuchte, Rituale zu etablieren und Vertrautheit zwischen ihnen zu suggerieren. Denn sie waren alles andere als vertraut miteinander.

Behrens hatte sie mehr oder weniger im letzten Jahr gezwungen, miteinander zu arbeiten. Erik hatte Anne von Anfang an abgelehnt und sich bis zuletzt gegen ihre Mitarbeit an dem Fall gewehrt. Sein Widerstand hätte sogar fast einen Zeugen das Leben gekostet. In der Zeit direkt nach dem Fall waren sie sich aus dem Weg gegangen, so gut es ging. Doch in den letzten Wochen waren sie sich mehrfach zufällig begegnet. Am Wochenende in der Fußgängerzone, abends in einem Lokal … Sie hatten jedes Mal ein wenig geplaudert, allerdings nie über den Fall, und schon gar nicht über Annes Fähigkeiten, denn Erik gehörte zu ihren größten Skeptikern. Dass er heute einen riesigen Sprung über seinen Schatten machte, konnte Anne ausschließen. Erik wollte Informationen von ihr, aber ganz sicher nicht ihre Meinung, wozu auch immer.

Erik nahm erst einen Schluck Whisky, bevor er sich setzte und weitersprach. »Ich bin nicht ganz dämlich, Frau Dr. Wahlberg.«

Sie zog die linke Augenbraue hoch. Wenn er ihren Doktortitel ins Spiel brachte, hieß das nie etwas Gutes.

»Sie sind Psychologin, keine Ermittlerin, und daher lange nicht so paranoid im Alltagsleben wie ich. Ich käme nie auf die Idee, ein Auto zu fahren, das jeder immer und überall als meins erkennen würde. Ich wohne hier und fahre jeden Tag an der Klinik vorbei. Ihr Auto steht ziemlich häufig davor, und zwar nach Feierabend.

Erzählen Sie mir nicht, dass Sie beruflich dort zu tun haben. Das Auto von Behrens steht oft genug gleichzeitig mit Ihrem davor. Ebenfalls nach Feierabend. Und Noemi ist im Krankenhaus als Patientin registriert.« Er zog an seiner Zigarette, blies den Rauch aus und sah eine Weile schweigend zu, wie dieser sich im Licht der kleinen Stehlampe, die er angeknipst hatte, verteilte. Anne wartete einfach ab, was noch kommen würde. Sie wusste aber jetzt schon, dass er den größten Teil des Rätsels um Noemi bereits gelöst hatte.

»Noemi ist seit drei Wochen in der Psychiatrie. Behrens ist seit drei Wochen ein anderer Mensch, und wenn ich mal nachsehe, was vor drei Wochen passiert ist, dann stoße ich auf einen Polizeibericht über einen jungen Mann, der in der Nacht vom neunzehnten auf den zwanzigsten August die Steilküste bei Nienhagen hinuntergestürzt ist. Tödlicher Unfall. Und die beiden Behrens-Töchter sind als Unfallzeugen zwar genannt, aber es gibt keine Aussage von ihnen. Das macht mich stutzig, zumal alles klar erscheint, wie es aussieht: viel gesoffen, viel gekokst, zum Pinkeln gegangen, im Dunkeln abgerutscht und fünfzehn Meter tief gefallen. Warum also sind die Mädchen nicht dazu befragt worden?« Er trank wieder einen Schluck und sah Anne lange an.

Als er nicht weitersprach, beschloss sie, ihm zu sagen, was er ohnehin schon wusste: »Steffen Lück, Noemis Freund, zu dem Zeitpunkt waren sie schon gute zwei Jahre zusammen.«

Erik nickte zufrieden. »Und Noemi verkraftet nicht, dass ihr Freund tot ist, und muss in die Psychiatrie.« Wieder warf er Anne einen langen, fordernden Blick zu.

Sie seufzte. »Ich verstehe immer noch nicht, worauf Sie hinauswollen. Ich denke, es geht um Lillys Befragung in dem Mordfall!«

Erik ließ sich nicht aus dem Konzept bringen. »Die Zwillinge gehen auf eine Party, und ein junger Mann stürzt in den Tod. Alkohol und Drogen sind im Spiel. Dann kommt die eine Schwester in die Psychiatrie, die andere geht wieder auf eine Party, telefoniert, und der Mann, mit dem sie telefoniert hat, ein Dealer noch dazu, verschwindet. Sein Handy wird neben einem Toten gefunden. Als die Polizei auftaucht, haut sie ab. Ich würde gerne denken, dass das arme Mädchen wirklich ziemliches Pech hat und das Unglück anzieht, aber da ist noch etwas.«

Nun war sich Anne sicher, dass er alles wusste.

»Vor ein paar Wochen wurde neue Munition eingeführt, die von einigen Pilotdienststellen, unter anderem auch von uns, getestet werden sollte«, fuhr er fort. »Vor zwei Wochen gab es einen Rückruf für die Munition. Und da ist mir etwas zu Ohren gekommen, was ich am liebsten gleich wieder vergessen hätte. Behrens hatte seine Waffe zu Hause herumliegen, und ihm fehlte bei der Rückgabe ein Schuss. Den hat er wegerklärt, irgendetwas von Schießübungen, bei denen er aus Versehen einen Schuss mit der neuen Munition abgefeuert hätte, und irgendwann demnächst wird er sicherlich einen sehr sauberen Bericht abgeben, der alles wasserdicht und haarklein erklärt.« Wieder machte er eine lange Pause, trank seinen Whisky aus und zündete sich eine neue Zigarette an.

Anne hatte ihm gespannt zugehört und nahm nun selbst ihren ersten Schluck. Der Whisky brannte auf der Zunge, sie erkannte den torfigen Geschmack. Lagavulin.

»Ich weiß allerdings, dass die letzten Schießübungen von Behrens so lange her sind, dass sie schon gar nicht mehr wahr sind. Da war diese neue Munition wahrscheinlich noch nicht mal erfunden. Außerdem glaube ich, dass Sie mir zu all dem etwas sagen können«, fuhr Erik fort.

»Ich weiß aber nicht, ob ich das will«, entgegnete sie.

»Ich habe nicht vor, Behrens in die Pfanne zu hauen oder bei den Kollegen herumzutratschen, das sollte Ihnen klar sein. Aber wenn ich eines hasse, dann sind es lose Enden in einer Ermittlung.«

»Was hat Noemis Zustand mit den Ermittlungen zu tun?«, fragte sie wieder. »Ich sehe immer noch keinen Zusammenhang.«

Erik wurde ungeduldig. »Ich weiß es nicht. Vielleicht gar nichts. Aber wenn doch, dann will ich es wissen. Die Mädchen sind in ihren Semesterferien für ein paar Wochen zu Hause, und es passieren seltsame Dinge. Und dazu muss ich noch einen meiner Leute vom Dienst freistellen, und Behrens, der normalerweise immer hinter seinen Leuten steht, weigert sich, Kai Hauser zu helfen, und lässt seine Tochter keine Aussage machen.«

Anne begriff, worauf er hinauswollte. »Sie wollen Behrens nicht im Ernst unter Druck setzen?«, fragte sie entgeistert.

»Dazu bin ich nicht in der Position«, antwortete Erik vage. »So weit sind wir auch noch gar nicht. Für den Mordfall habe ich in Absprache mit Reuter eine Pressesperre verhängen lassen, aber ich will auch nicht warten, bis es zum Äußersten kommt. Manchmal reicht der leiseste Verdacht, um eine Karriere zu ruinieren. Und Kai ist zu jung, als dass er sich so etwas leisten könnte. Er kann manchmal ziemlich unvernünftig sein, Sie kennen ihn ja. Gerade ist er so unvernünftig, dass er abgehauen ist und wir nach ihm fahnden lassen müssen. Ich denke, er wird wieder auftauchen, wahrscheinlich lässt er sich irgendwo volllaufen. Aber ich will wissen, was los ist, ob es nun mit der Sache etwas zu tun hat oder nicht. Ich brauche Lillys Aussage, die eventuell Kai entlastet, und ich will wissen, warum ich nicht mit ihr reden darf. Also sagen Sie es mir.«

Anne dachte einen Moment nach. Sie konnte Erik vertrauen, das wusste sie. Andererseits fühlte sie sich Behrens verpflichtet. Wenn sie mit Erik sprach, konnte sie allerdings verhindern, dass er mehr Staub aufwirbelte, als Behrens letztlich lieb sein würde.

»Behrens hat mich auch nicht mit Lilly sprechen lassen«, erklärte sie vorab. »Er hat mich nur gebeten, nach Noemi zu sehen, und Noemi spricht mit niemandem. Weder mit ihren Ärzten noch mit ihrer Familie noch mit mir. Einen Tag nach dem Tod von Steffen hat sie sich die Haare gefärbt und abgeschnitten. Dann hat sie sich die Waffe von ihrem Vater genommen – er sagt, er hätte sie kürzlich mit nach Hause genommen und dann vergessen, sie wieder zurückzulegen.«

Erik sah sie mit wachsender Beunruhigung an. »Noemi hat die Waffe ihres Vaters genommen? Und damit geschossen?«

Anne nickte. »Es ist aber nichts passiert. Jedenfalls wurde niemand verletzt. Sie kann schließlich nicht schießen, zum Glück. Sie war sehr durcheinander nach dem Tod ihres Freundes. Behrens hat gesagt, dass sie nicht an einen Unfall glauben wollte. Wahrscheinlich hat sie sich Vorwürfe gemacht, weil sie mit Steffen noch kurz vor seinem Tod gestritten hat. Danach hat sie wohl nach einem Schuldigen gesucht.«

»Noemi denkt, jemand hat ihren Freund absichtlich die Steilküste hinabbefördert?«

»Allerdings.«

»Sie hat auf diese Person geschossen und ist danach in die Psychiatrie gekommen«, fasste Erik zusammen. »Damit sie keine Gefahr mehr für sich und andere darstellt.«

»Genau«, bestätigte Anne und wartete unruhig auf die Frage, die noch zwischen den beiden in der Luft hing.

»Auf wen hat sie geschossen?«, fragte Erik leise.

Anne atmete tief durch. Sie trank ihr Glas in einem Zug aus und antwortete: »Auf Lilly.«

Wohl fühlte er sich nicht bei dem, was er tat. Aber er hatte sich dazu durchgerungen, denn schließlich tat es doch jeder, und war es nicht mittlerweile sogar von gewisser gesellschaftlicher Akzeptanz? Trotzdem haftete der Sache für seinen Geschmack immer noch etwas Beschämendes an.

Malte sah auf die Uhrzeitanzeige seines Laptops. Es war drei Uhr morgens. Wer außer ihm saß jetzt noch am Computer? Es war die Nacht von Samstag auf Sonntag, und sicherlich waren die meisten Leute unterwegs und amüsierten sich. Außer ihm. Keiner seiner Kollegen hatte ihn jemals gefragt, ob er mit ihnen ausgehen wolle, obwohl er nun schon seit einem Jahr mit ihnen zusammenarbeitete. Viele hatten feste Freundinnen oder Familie, oder sie ruhten sich nach einer anstrengenden Woche einfach nur aus. Manche waren zu alt, um durch Kneipen und Clubs zu ziehen, und wieder andere waren nicht daran interessiert, ihre Zeit mit ihm zu verbringen.

Er musste zwar morgen früh wieder raus, aber es hatte ihm keine Ruhe gelassen. Er hatte schließlich fast seinen gesamten Urlaub am Computer verbracht, sich sorgfältig alle ihm bekannten Kontaktseiten im Internet angesehen, um mit Bedacht eine auszuwählen, die für ihn infrage kam. Auf einigen ging es nur um heiße Flirts und schnellen Sex, auf anderen darum, die feste Partnerschaft fürs Leben zu finden. Er suchte irgendetwas dazwischen.

Nachdem er sich für einen Anbieter entschieden hatte, machte er auch dort eine gründliche Recherche. Da die Anmeldung für das weibliche Geschlecht kostenlos war, tarnte er sich zunächst als Frau, um die Konkurrenz abzuklopfen und ein Gefühl dafür zu bekommen, wie das Ganze ablief.

Es hatte ihn irritiert, dass er eindeutige Sexangebote bekam, obwohl seinem Profil nicht einmal ein Foto beigelegt war. Ihn schauderte bei dem Gedanken, welche Perversen sich hier ausprobieren konnten und in welche Gefahr sich Frauen hier begaben. Zwei, drei unbedachte Äußerungen über das, was sie beruflich taten oder wo sie wohnten, und der andere konnte mit etwas Geschick herausbekommen, wer sich hinter ihren Usernamen verbarg.

Nachdem er die Konkurrenz ausführlich begutachtet hatte, kam er zu dem Schluss, dass er auf virtueller Ebene mühelos mithalten könnte. Das Schwierige würde die Begegnung in der realen Welt sein. Aber daran wollte er zunächst nicht denken. Vielleicht fand er ein paar nette Chatpartnerinnen, mit denen er sich die Zeit am Computer vertreiben konnte. Und wer wusste schon? Vielleicht entwickelte sich auch mehr daraus.

Vor zwei Tagen dann hatte er sich durchgerungen, ein echtes Profil anzulegen. Mit Bedacht hatte er alle Fragen möglichst ehrlich beantwortet, und in der Kategorie, in der er angeben sollte, was ihm wichtig sei und wonach er suche, schrieb er etwas, von dem er hoffte, dass es halbwegs witzig und charmant klang. Er war sich erst nicht sicher gewesen, ob er ein Foto einstellen sollte, aber er hatte bei seiner Recherche gemerkt, dass ein Profil ohne Foto gar keinen Sinn machte. Also hatte er eines gewählt, von dem er hoffte, dass es nett aussah, auf dem ihn aber niemand, der ihn bereits kannte, ohne Weiteres erkennen würde.

Natürlich hatte er auch darauf geachtet, ob sich dort irgendwelche Bekannten herumtrieben. Er hatte niemanden entdecken können, aber ein Restrisiko blieb. Dennoch hatte er es gewagt. Dann war es so weit gewesen, das Geld war von der Kreditkarte abgebucht worden, sein Profil online gegangen, und er hatte losgelegt.

Ein paar Frauen, die ihm interessant erschienen, hatte er sich herausgesucht und ihnen kleine, leichte und hoffentlich humorvolle Nachrichten geschrieben. Manche dieser Frauen hatten geantwortet, belangloses Geplänkel war ausgetauscht worden, und die Abstände zwischen den Antworten waren immer länger geworden. Als er nun in seinem Postfach nachsah, hatte er überhaupt keine neuen Nachrichten. Zwei Tage nur hatten die Frauen gebraucht, um ihn auszusortieren. Das war schnell. Besonders, wenn man bedachte, dass sie alle auf der verzweifelten Suche nach Männern waren. Sie suchten nun mal nicht nach ihm.

Plötzlich aber ging ein neues Fenster auf. Eine der Frauen, die er bereits innerlich abgehakt hatte, war ebenfalls online und schrieb ihn an. Sie arbeitete freiberuflich als Journalistin, das wusste er bereits aus ihrem Profil. Da käme es schon mal vor, dass sie ganze Nächte an ihren Reportagen bastele, erklärte sie nun auf die Frage, was sie um diese Zeit noch am Computer machte. Malte hatte in seinem Profil angegeben, er arbeite im öffentlichen Dienst, was die Frau, die sich den Namen Luna72 gegeben hatte, nun zum Anlass nahm, ihn zu fragen, ob er auch von den Rostocker Bestechungsaffären Anfang des Jahres betroffen gewesen sei. Natürlich mit einem Smiley dahinter, aber Malte merkte, wie er schlagartig unsicher wurde. Sein Plan, sich hinter dem Rechner zu verstecken, um souverän auftreten zu können, ging nicht auf. Das

Gefühl, angreifbar und verletzlich zu sein, blieb sogar auf dieser anonymen Ebene bestehen.

Er schrieb zurück, ebenfalls mit einem Smiley, er sei total unbestechlich, dafür aber als Mensch umso bestechender, in der Hoffnung, sie fände das witzig. Doch sie antwortete nicht mehr. Prima, auch die letzte Frau hatte er nun vertrieben. Sein Ausflug in die virtuelle Welt des Datings war komplett in die Hose gegangen. Ganz wie im realen Leben. Enttäuscht fing Malte an, im Netz zu surfen.

Wie viele Frauen von dieser Datingseite würde er noch ansprechen müssen? Hatte es überhaupt noch einen Sinn? Warum hatte diese Journalistin nun aufgehört, ihm zu schreiben? Wo es doch ganz nett begonnen hatte? War sein Spruch so schlecht gewesen? Vielleicht. Vielleicht war er ihr auch einfach zu jung, Frauen wollten schließlich Männer haben, die ein paar Jahre älter waren als sie. Wenigstens verabschieden hätte sie sich können, dachte er noch verärgert, als plötzlich wieder ein Fenster aufging:

Luna72 hatte nun doch geschrieben, und was sie schrieb, versetzte ihn in Erstaunen: *sorry war am telefon für ne info. hab verdammt heiße story ausgegraben, gerade bestätigt worden. bist hoffentlich keiner von den jungs in grün?*

Malte atmete tief ein. Sie war nah dran, aber noch bestand keine Notwendigkeit, sie anzulügen. Er hatte Angst, sie würde sich sofort verabschieden, wenn sie erst einmal wusste, was er machte. Aus seiner beschränkten Erfahrung wusste er, dass die meisten Frauen eher zurückhaltend auf Polizisten reagierten. Oder lag es nur an ihm? Weil er nicht dem Bild des Ermittlers entsprach, das das Fernsehen täglich in die Wohnzimmer brachte? Micha Anders zum Beispiel schien sein Beruf eher zum Vorteil zu gereichen, wenn er auf Frauenjagd war.

uniformen fand ich schon immer scheiße. warum?, tippte er zurück.

weil offenbar einer von denen jemanden umgebracht hat. das wird der renner! regional bestimmt die titelseite, vielleicht sogar überregional!

Malte las ihre Antwort viermal durch. Sie meinte Kai. Wen sonst? Sie hatten hier im Moment keinen anderen Mordfall. Oder hatte er sich geirrt, und sie wohnte gar nicht in Rostock? Schnell überprüfte er noch einmal ihren Eintrag, aber dort stand Rostock als Wohnort. Sie musste Kai meinen. Woher hatte sie diese Information? Und wie viel wusste sie eigentlich? Malte überlegte fieberhaft. Dann schrieb er:

wow, hört sich nach ner richtig coolen sache an! wen hat er denn umgebracht, seine freundin?

Und die Antwort: *nö, nen dealer … nicht etwa im dienst, sondern privat. aber das kannste alles nachher lesen!* ☺

Auf dem neuesten Stand war ihr Informant nicht. Sonst hätte sie gewusst, dass der Tote nicht Dennis Scholz war.

woher bekommst du deine infos? bin voller bewunderung! Vielleicht halfen Schmeicheleien? Sie halfen.

jeder hat seinen preis, auch die polizei! mehr wird nicht verraten!

Aus den eigenen Reihen. Wer nur, wer konnte das sein?, fragte er sich und rieb sich die Finger. Er musste Luna72 dazu bringen, ihm mehr zu erzählen.

das ist ja wahnsinn! einfach so nen bullen um den finger zu wickeln … respekt! hätte nie gedacht, eine so tolle frau hier zu treffen!

Ob sie darauf einging? Er holte sich schnell ein Glas Wasser aus der Küche, sein Mund war so trocken, dass er kaum noch schlucken konnte. Endlich ging ein neues Fenster mit ihrer Antwort auf:

Ach … so geil ist es auch wieder nicht. wenn man sich schon eine weile kennt und der rock kurz genug ist, lassen die jungs schon das eine oder andere raus. hoffe, du bist jetzt nicht geschockt. heißt nicht, dass ich mit jedem gleich vögel, das hab ich nicht nötig!

Er glaubte ihr nicht. Wahrscheinlich ging sie mit einem seiner Kollegen ins Bett, vermutlich mit einem, der verheiratet und somit erpressbar war. Und hier im Internet suchte sie einen Singlemann für eine »richtige« Beziehung. Grimmig schrieb er zurück:

und selbst wenn! wen stört's? dann kennst du privat polizisten? ☺

Er hoffte, sein Smiley würde die Dringlichkeit, mit der er die Antwort auf diese Frage erwartete, verbergen.

nicht so neugierig, kleiner! lass mal lieber morgen weitermachen, ich muss jetzt weiter an der story arbeiten.

Dann schickte sie ihm die Internetadresse der *Rostocker Rundschau*, wo ihr Artikel online gehen würde, und verabschiedete sich.

Ihr Fehler, dachte Malte. Nun würde er herausfinden, wie ihr richtiger Name lautete. Er machte sich an die Arbeit – es war bereits vier Uhr. Wenn er erst ihre Berichte gefunden hatte, würde er sicher auch ein Gefühl dafür bekommen, wer der mitteilsame Kollege war, der sich von kurzen Röcken beeindrucken ließ.

Zwei Stunden und einige illegal gehackte Internetseiten später wusste er, was er wissen musste. Ein Wettlauf gegen die Zeit begann. Er musste Erik anrufen, sie mussten erwirken, dass der Artikel nicht online ging. Er wählte Eriks Nummer und wartete, dass sein Chef sich meldete.

Malte zitterte vor Aufregung. Zu spät fiel ihm ein, dass er keine Ahnung hatte, wie er Erik erklären sollte, woher er von dieser Frau wusste. Währenddessen machte er ein Update der Onlineausgabe der *Rostocker Rundschau*.

»Was?«, brummte Erik am anderen Ende der Leitung in den Hörer.

»Entschuldige, hier ist Malte, ich habe …« Er stockte, als er die aktualisierte Seite im Internet sah.

»Kommissar der Mordkommission ein Mörder?«, prangte ihm entgegen. Es war bereits zu spät. Der Artikel war in dieser Sekunde online gegangen.

»Was ist denn los?«, fragte Erik ungeduldig.

»Ich fürchte, wir sollten uns sofort treffen«, sagte Malte leise.

5.

Es war wie ein Déjà-vu, als das Telefon am Sonntagmorgen, wie schon am Tag zuvor, ohne Unterbrechungen zu klingeln begann. Anne tastete nach ihrem Wecker: Elf Uhr, sie hatte länger geschlafen als geplant, aber es war gestern Nacht mit Erik Kemper spät geworden, und zu viel getrunken hatten sie auch. Verschlafen tappte sie über den Flur ins Wohnzimmer und hob den Hörer ab.

»Ich habe gestern den ganzen Tag versucht, dich anzurufen«, sagte Tom Barner.

Anne schlug sich mit der flachen Hand vor die Stirn. »Mein Handy … Ich weiß. Ich hab es mal wieder ausgeschaltet zu Hause liegen lassen.«

»Wo warst du denn?« Er klang vorwurfsvoll.

»Ach, entschuldige, ich wollte dich anrufen, aber ich war den ganzen Tag beruflich unterwegs, und da hab ich …«

»Bis nachts?«, unterbrach er sie.

Sie zögerte. »Ja, allerdings …« Da war es wieder, das Gefühl, dass sich jemand zu sehr in ihr Leben einmischte, was ihr die Luft zum Atmen nahm.

»Du willst mir erzählen, dass du bis nachts an einem Wochenende beruflich unterwegs warst.«

Nun wurde Anne ungeduldig. »Worauf willst du hinaus?«

»Ich habe mich nur gefragt, was das für ein beruflicher Termin gewesen sein kann, bei dem du die halbe Nacht unterwegs bist, das Auto stehen lässt und mit dem Taxi nach Hause kommst.«

»Woher weißt du …« Endlich verstand sie. Sie ging zum Fenster und sah hinaus. An der Kreuzung schräg gegenüber konnte sie seinen Wagen sehen. Tom saß hinter dem Steuer, das Handy am Ohr. Sein Blick war direkt auf ihr Fenster gerichtet. Instinktiv ging sie einen Schritt zurück.

»Hast du die ganze Nacht hier gestanden?«, fragte sie verärgert.

»Nein, aber ich war zufällig da, als du heimgekommen bist. Und jetzt bin ich wieder da.«

Sie wusste, dass er log.

»Findest du das richtig, mir nachzuspionieren? Und warum kommst du nicht rein?«

»Ich will auf keinen Fall stören«, war die giftige Antwort. »Warst du wieder bei dem Typen von Freitagabend?« Er meinte Erik Kemper.

»Ich habe dir doch erklärt, dass er der Polizist ist, mit dem ich schon einmal zusammengearbeitet habe. Ich verstehe nicht, warum du so eifersüchtig auf ihn reagiert hast, dass du gleich kommentarlos das Lokal verlassen musstest!«

Das war nun von ihrer Seite aus nicht so ganz fair. An Toms Stelle wäre sie auch gegangen. Nur ungern erinnerte sie sich an die Szene, die sich vorgestern im Warmbad, einer Kneipe in der KTV, abgespielt hatte: Gerade als Tom zur Toilette gegangen war, war Erik Kemper zufällig hereingeschneit. Er hatte sich zu Anne gesetzt und gar nicht richtig zugehört, als sie versucht hatte, ihm zu erklären, dass sie mitten in einer Verabredung wäre. Und als Tom in dem Moment wieder zurückkam und Kemper auf die Schulter tippte, weil er sich auf seinen Platz setzen wollte, hatte der ihn abgewiesen in dem Glauben, ein Fremder wolle Anne anmachen. Ungeschickterweise gab er Anne auch noch als seine Frau aus, was Tom wiederum stutzig machte, und Anne konnte die Situation nur notdürftig aufklären, bevor es zu Handgreiflichkeiten zwischen den beiden kam. Tom war daraufhin übellaunig gegangen, weil er sich vorgeführt fühlte. Die gesamte Kneipe starrte ihn an, einige Leute grinsten. Sie dachten, er hätte sich die Frau ausspannen lassen. Anne war ihm nachgelaufen, hatte ihn aber nicht mehr finden können. Sie hätte ihn gestern anrufen müssen, dachte sie wieder. Sie war ihm mehr als nur eine Erklärung schuldig, allein schon aus Höflichkeit. Aber je länger sie jetzt miteinander sprachen, desto mehr sträubte sich etwas in ihr gegen ihn.

»Aha, du warst also bei ihm.«

Was sollte sie darauf erwidern? Welches Recht hatte er, sich einzumischen? Ihre Beziehung funktionierte einfach nicht mehr. Und auf diese Weise schon dreimal nicht.

Erst vor ungefähr einem Jahr war sie nach Rostock gezogen. Sie sollte einen Forschungsauftrag an der Universität annehmen. Noch bevor sie die Stelle antrat, hatte die hiesige Kriminalpolizei sie um ihre Mithilfe als beratende Kriminalpsychologin in einem Mordfall an einer Kindergärtnerin gebeten. Die Jagd auf den Mörder, der insgesamt sechs Menschen töten würde, war das Schlimmste gewesen, das sie je erlebt hatte.

Etwa zu dieser Zeit hatte sie sich auch von ihrem langjährigen Geliebten getrennt. Nicht allein der Umstand, dass er verheiratet gewesen war, auch die Erkenntnis, dass es zwischen ihnen schon lange nicht mehr um Liebe ging, hatte sie dazu bewogen. Rostock hatte ein Neuanfang sein sollen, aber sie musste nun einsehen, dass das mit dem Neuanfangen nicht so einfach war. Wer einmal auf die falschen Männer hereinfiel, tat es so lange wieder, bis sich etwas ganz Entscheidendes im Bewusstsein verändert hatte. So weit war sie aber ganz offensichtlich noch nicht.

Sie hatte Tom im Mai auf einer Psychologie-Fachkonferenz in Berlin kennen gelernt. Tom hatte keinen Zweifel daran gelassen, wie sehr sie ihm gefiel. Nach der Konferenz hatte er sie zum Abschied geküsst, völlig überraschend und ohne sie zu fragen, und war dann einfach gegangen. Ohne weitere Verabredungen, ohne ein »Telefonieren wir mal?«.

Erst einen Monat später erhielt sie eine E-Mail von ihm. Vier Wochen hatte er ihr gegeben, um über ihn nachzudenken, sich über ihn zu ärgern, in ihrer Eitelkeit gekränkt zu sein, sich zu wundern, was der Kuss zu bedeuten hätte. Und dann hatte er sich einfach so gemeldet. So hatte es begonnen. Witzige Korrespondenz, stundenlange Telefonate, und endlich einige Treffen, mal in Berlin, mal in Rostock. Sie waren sich bald nähergekommen, und Anne hatte sich der Faszination, die er auf sie ausübte, nicht länger entziehen können.

Tom brachte sie zum Lachen. Sie genoss seine Intelligenz ebenso sehr wie seine Komplimente, selbst wenn er sie sofort wieder zurücknahm, um sie zu verunsichern und zu necken. Sie liebte es, sich mit ihm über alles und nichts zu streiten und gleich darauf zu versöhnen.

Doch nach einer Weile hatte sie sich unwohl gefühlt. Sie hatte nicht sagen können, woran es lag. Es war einfach nur ein Gefühl. Wurde es ihr zu eng? Wollte er zu viel Nähe? War sie nicht fähig, Beziehungen, die über drei Monate hinausgingen, zu führen? Sollte ihr verheirateter Ex der Einzige sein, mit dem sie es länger aushielt, und das vermutlich nur, weil sie wusste, dass sie ihn nie für sich haben konnte? Sie hatte schon immer ein Problem mit Nähe gehabt. Daran hatte sich nichts geändert.

Als sie bei ihrem letzten Besuch in Berlin mit ihm über ihre Ängste, zu sehr vereinnahmt zu werden, sprechen wollte, hatte er tief verletzt reagiert. Ohne ein Wort hatte er seine Wohnung verlassen und war stundenlang nicht wiedergekommen. Irgendwann hatte sie aufgegeben, auf ihn zu warten, und war nach Rostock zurückgefahren. Am Freitag hatten sie sich wiedergesehen, um sich auszusprechen. Es hatte nicht funktioniert. Und das hatte nicht allein an Erik Kempers Auftritt gelegen.

Anne war mit dem Telefon in die Küche gegangen, um sich etwas zu trinken zu holen. Es klingelte an der Haustür.

»Bist du das?«, fragte sie ihn.

»Nein, das scheint einer von deinen Liebhabern, entschuldige, beruflichen Kontakten zu sein, die du vergessen hast, mir gegenüber zu erwähnen! Ich wusste gar nicht, dass du auch auf deutlich jüngere Männer stehst.«

Nun konnte sie ihre Wut nicht mehr zurückhalten. »Was bildest du dir eigentlich ein? Ich habe mit keinem anderen Mann etwas, ich weiß nicht, wovon du redest!«

»Ach so, klar. Und weil du keinen anderen hast, willst du auch schon die ganze Zeit mit mir Schluss machen. Verstehe«, entgegnete er bissig.

»Ich glaube, du hast ein massives Eifersuchtsproblem, das du in den Griff kriegen solltest, bevor wir weitermachen. Falls wir weitermachen! Und daran glaube ich im Moment ehrlich gesagt immer weniger.«

Voller Zorn beendete sie das Gespräch. Wieder klingelte es an der Tür, und sie betätigte den Türöffner. Dann fiel ihr ein, dass sie gerade erst aufgestanden war und vermutlich schrecklich aussah. Sie öffnete ihre Wohnungstür nur einen Spaltbreit und lugte in den weiten Hausflur, um zu sehen, wer ihr Besucher war. Ein junger Mann Anfang zwanzig mit sommersprossiger Haut und rötlichen Haaren kam auf ihre Wohnungstür zu. Er sah übernächtigt aus und roch sogar aus einiger Entfernung nach Alkohol. Außerdem hatte er ein blaues Auge, Blutreste klebten unter seiner Nase, und seine Lippen waren geschwollen. Es war Kai Hauser.

»Kann ich reinkommen?«, fragte er ohne Umschweife. »Ich fürchte, meine Kollegen sind hinter mir her.«

Es war bereits Mittag, als endlich die Journalistin Marlen Lubanski in die Mordkommission gebracht wurde. Micha musterte sie unauffällig, während sie sich bei Erik darüber beschwerte, dass man sie vor ihren Nachbarn wie eine Verbrecherin behandelt hätte. Mit dem Streifenwagen hatte man sie abgeholt! Unverschämt.

Marlen Lubanski war keine übermäßig schöne, aber dennoch attraktive dreiunddreißigjährige Frau mit blond gefärbten Locken und einer üppigen, weiblichen Figur, die sie mit einem modisch knappen Kleid in Szene setzte. Sie trug sehr viel Make-up, um Aknenarben zu verbergen, strahlte aber ein gesundes Selbstvertrauen aus. Nun setzte sich die Journalistin auf einen der Besucherstühle und lächelte Micha und Erik kalt an. Sie warteten noch auf Helmut Reuter. Als Reuter endlich erschien, lehnte er sich an die Fensterbank, verschränkte die Arme und forderte seine Mitarbeiter mit einem Nicken auf, mit der Befragung zu beginnen. Micha hatte zuvor mit Erik die Rollenverteilung besprochen. Erik würde versuchen, sie unter Druck zu setzen. Wenn sie so nicht weiterkamen, sollte Micha seinen unwiderstehlichen Charme spielen lassen.

»Als Geheimwaffe, sozusagen«, hatte Erik voller Ironie gebrummt. Micha hatte es gelassen hingenommen. Was konnte er dafür, dass er bei Frauen einfach besser ankam?

»Wir haben Herrn Meyerbrinck, Ihren – äh – Bekannten von unserer Polizeipressestelle, zu dem Sachverhalt befragt«, begann Erik, »und er sagte uns, Sie hätten von ihm nur eine Bestätigung verlangt, die Informationen selbst seien aber nicht von ihm gekommen. Da es keine Pressemeldung zu dem Vorfall gab, müssen wir davon ausgehen, dass Ihr Informant, wenn es nicht ein weiterer Kollege von uns ist – und Sie haben schon angedeutet, dass dem nicht so sei –, dass also Ihr Informant jemand ist, der einiges über den Tathergang weiß, sich bisher aber noch nicht als Zeuge gemeldet hat. Würden Sie uns dazu etwas sagen?«

»Ich wäre eine schlechte Journalistin, wenn ich Ihnen meine Quellen verraten würde«, war ihre herablassende Antwort. »Es gibt eindeutige Gerichtsurteile zu diesem Thema.« Sie hatte keine sehr angenehme Stimme, ihr Tonfall war zu hoch und zu dünn. Aber Micha konnte sich vorstellen, was Meyerbrinck an ihr fand. Meyerbrinck war alles andere als ein Weiberheld. Der untersetzte kleine Mann litt sehr darunter, dass er mit vierzig bereits fast vollständig kahl war. Und zu Hause stand er unter der Fuchtel einer zumeinst schlecht gelaunten, tyrannischen Ehefrau. Geduldig hörte Micha zu, wie Erik weiter vorging. Die beiden sollten sich ruhig noch eine Weile anzicken.

»Sie behindern unsere Ermittlungen, wenn Sie nicht mit uns reden, das sollte Ihnen klar sein. Wissen Sie, was Sie mit Ihrem Bericht ausgelöst haben? Die Telefone stehen seitdem nicht mehr still, die gesamte deutsche Presse stürzt sich auf den Fall, und dabei hat unser Kollege, den sie zu Unrecht und ganz ohne Beweise als

Täter bezeichnet haben, mit der Sache nicht das Geringste zu tun! Das ist Rufmord! Und zu dem Thema gibt es ebenfalls eindeutige Gerichtsurteile.«

»Hören Sie mal, ich arbeite freiberuflich, ich verkaufe meine Artikel an die Zeitungen hier in der Gegend, und die Redakteure verlassen sich darauf, dass alles gut recherchiert ist, sonst kaufen sie mir nie wieder was ab. Ich habe Ihren Kollegen nicht als Mörder bezeichnet, ich habe lediglich die Frage gestellt, ob er in den Mord verwickelt ist. Wollen Sie mir jetzt im Ernst weismachen, dass dieser Kai Hauser nichts damit zu tun hat? Ihre Pressestelle hat es doch bereits bestätigt! Und außerdem hab ich nicht mal seinen Namen genannt!«

»Nichts hat unsere Pressestelle bestätigt. Sie haben inoffiziell mit einem falsch informierten Kollegen gesprochen. Was Sie von ihm erfahren haben, ist völlig haltlos«, polterte Erik.

»Wie ich bereits sagte, ich habe von ihm nichts erfahren. Er hat nur meine Informationen nicht dementiert, was ich als Bestätigung sehe. Warum hat man denn Kai Hauser vom Dienst suspendiert, wenn das, was ich erfahren habe, ›völlig haltlos‹ ist?« Sie markierte mit ihren Zeigefingern die Anführungszeichen in der Luft.

»Er ist nicht vom Dienst suspendiert«, antwortete Erik.

»Und wo ist er im Moment? Ich habe heute Morgen versucht, ein Interview mit ihm zu bekommen, aber ich habe ihn nirgendwo gefunden. Haben Sie ihn schon in Untersuchungshaft genommen?«

Erik schüttelte fassungslos den Kopf. Micha sah, dass sein Chef mittlerweile richtig wütend geworden war. Nun war der richtige Zeitpunkt für ihn gekommen.

»Ich habe einige Ihrer Artikel gelesen, und sie sind wirklich sehr gut recherchiert, das muss ich zugeben«, sagte er wie beiläufig. »Ich könnte mir vorstellen, dass manchmal auch Leute auf sie zukommen, um Ihnen Informationen zu geben. Schließlich sind Sie schon lange und gut im Geschäft.« Er hatte, während er sprach, in seinem Schreibtisch herumgesucht, und nun förderte er ein Päckchen Zigaretten zum Vorschein. Er bot ihr keine an, fragte nicht einmal, ob es sie störte.

»Tja, Sie haben recht, ich werde oft einfach von Leuten angesprochen, die meinen, sie wüssten etwas, womit sie aber nicht zur Polizei gehen wollen«, sagte sie und warf die blonden Locken zurück.

»Leute, die Angst haben, zur Polizei zu gehen.« Micha legte die Füße auf den Schreibtisch und blies den Rauch seiner Zigarette an die Decke. Marlen Lubanski rückte ihren Stuhl so, dass sie ihn besser ansehen konnte.

»Sie glauben gar nicht, was man mir alles erzählt …« Sie rollte mit den Augen, als sei ihr die Mitteilsamkeit ihrer unzähligen Informanten lästig.

»Ich wette, diese Leute wissen, dass sie bei Ihnen in guten Händen sind«, erwiderte er lässig.

Sie lächelte über die zweideutige Bemerkung. Sie hatte angebissen.

»Und dieser Informant jetzt war ein großer Glücksgriff«, fuhr Micha fort. »Wusste von dem toten Dealer und dass Kai Hauser etwas damit zu tun hatte.«

Sie zögerte.

»Meyerbrinck sitzt schon tief genug in der Scheiße, schlimmer können Sie es nicht machen. Also reden Sie ruhig.«

»Was wird mit ihm passieren?«, wollte Marlen Lubanski wissen.

»Die nächsten Beförderungen werden an ihm vorbeigehen, seine Kollegen werden ihm das Leben zur Hölle machen, und er wird mindestens zwei Wochen lang auf einen täglichen Anschiss von seinem Vorgesetzten hoffen dürfen«, zählte Micha lakonisch auf.

»Wird seine Frau davon erfahren?«, fragte die Journalistin.

»Kennen Sie sie?«, fragte Micha.

Die Frau nickte.

»Na dann ... Man braucht nicht viel Fantasie, um sich vorzustellen, was bei ihm zu Hause los sein wird, wenn sie davon Wind bekommt.« Er lächelte leicht.

»Tja ...«, begann sie zögerlich. »Ganz so, wie Sie denken, war es nicht. Ich bin angerufen worden, es gäbe eine Leiche im Überseehafen. Und dass ein Polizist damit zu tun hätte. Dieser Kai Hauser eben.«

»Die Namen, also den von unserem Kollegen und den des Toten, haben Sie von Meyerbrinck?«, warf Micha ein und drückte akribisch seine Zigarette aus.

»Könnte ich vielleicht auch eine haben?«, fragte Marlen Lubanski mit einem Lächeln. Micha kramte seine Packung Zigaretten wieder hervor und warf sie ihr zu. Sie nahm sich eine heraus, zündete sie an und legte die Schachtel zurück auf Michas Schreibtisch.

»Ehrlich gesagt, Meyerbrinck ist lange nicht so informativ, wie ich es mir wünschen würde«, sagte sie abfällig, nachdem sie den ersten Zug inhaliert hatte. »Ich wusste bereits alles, als ich ihn anrief. Auch die Namen.«

Sie lügt, dachte Micha. Hätte ein echter Zeuge sie angerufen, hätte dieser gewusst, dass der Tote eben nicht Dennis Scholz war. Sie wollte Meyerbrinck wohl nur decken. Andererseits hätte Meyerbrinck – Affäre hin oder her – sicher nicht grundlos einen Kollegen ans Messer geliefert, gegen den es zu diesem Zeitpunkt keinerlei Beweise, sondern nur vage Vermutungen gegeben hatte.

»Aber Sie haben nachts mit ihm telefoniert? Und seine Frau?«, wunderte sich Reuter.

»Die beiden haben getrennte Schlafzimmer.«

»Ihr Informant wusste aber immerhin schon eine Menge mehr als nur ein zufälliger Zeuge«, gab Erik zu bedenken. »Was schließen Sie selbst daraus? Ich bin sicher, Sie haben sich dazu schon Ihre eigenen Gedanken gemacht.«

»Allerdings, das habe ich. Wenn Sie es genau wissen wollen, der Anruf war anonym. Ich tippe auf jemanden aus dem direkten Umfeld des Polizisten, vielleicht gab es da eine offene Rechnung, und jetzt war die Gelegenheit zur Rache günstig.«

»Ist Ihnen an der Stimme noch irgendetwas aufgefallen, vielleicht ein Akzent, ein Dialekt, oder wie alt der Mann gewesen sein könnte?«

»Wieso der Mann?«, fragte Marlen Lubanski. »Mich hat eine Frau angerufen. Habe ich das nicht erwähnt?« Sie lächelte ein berechnendes Lächeln. »Hatte Hauser Streit mit seiner Freundin? Vielleicht eine Eifersuchtsaktion? Ich tippe, das Mädchen war ungefähr Anfang zwanzig, mehr ist mir nicht aufgefallen. Sie sprach Hochdeutsch. Ich dachte mir noch, dass sie sich vorher ganz genau überlegt haben muss, was sie sagen will. Es klang ein wenig wie auswendig gelernt oder zumindest aufgeschrieben und abgelesen. Mehr weiß ich leider auch nicht.« Nun zwinkerte sie Micha zu. Wie die meisten Frauen fand natürlich auch sie ihn attraktiv. Warum auch nicht. Besonders im Vergleich mit Meyerbrinck, der ihm nun wirklich nicht das Wasser reichen konnte. Micha sah aus dem Augenwinkel, wie Erik hinter dem Rücken der Frau genervt die Augen rollte.

»Also wenn das alles war, Frau Lubanski, dann herzlichen Dank für Ihre Hilfe«, sagte Helmut Reuter und löste sich von der Fensterbank, um sie hinauszubegleiten.

Die Journalistin zögerte. »Also eine Kleinigkeit wäre da noch«, sagte sie und kramte in ihrer Handtasche herum. Dann zog sie ihr Handy hervor. »Was wäre denn, wenn ich die Nummer der Anruferin in der Telefonliste hätte?«

»Warum sagen Sie das denn nicht gleich?«, fragte Micha.

»Weil ich sie nicht habe. Und wenn ich sie hätte, würde ich sie Ihnen nicht geben.« Sie grinste spitzbübisch und ging. Reuter folgte ihr mit einem Kopfschütteln.

»So viel zum Thema Charme«, grollte Erik. »Sie hat uns verarscht. Es gab nie einen anonymen Anrufer! Sie hat alles von Meyerbrinck.«

»Aber würde der einen Kollegen derart hinhängen?« Micha schüttelte den Kopf. »Das kann ich mir einfach nicht vorstellen.«

»Wir haben keine Wahl, wir sollten die Möglichkeit, dass es einen weiblichen Zeugen gibt, nicht außer Acht lassen. Vielleicht war es sogar die Prostituierte, nach der wir immer noch suchen?«, warf Erik ein.

Micha widersprach. »Die spricht kein Hochdeutsch, sondern hat vermutlich einen polnischen Akzent, nach dem, was der Österreicher gesagt hat.«

»Hatte ich vergessen. Stimmt. Also was jetzt?«

»Klar, es ist möglich, dass Meyerbrinck alles ausgeplaudert hat. Laut Dienstplan war er nicht mehr im Büro, als Freyer uns gesagt hat, dass der Tote nicht Scholz ist.«

»Unser Glück, sonst hätten wir jetzt eine echte Katastrophe am Hals. ›Polizist zündet unbekannten Schwarzen an‹. Stell dir das mal vor«, warf Erik ein.

»Jedenfalls«, nahm Micha wieder den Faden auf, »Meyerbrinck ist die eine Möglichkeit. Sie will ihn schützen und tut so, als habe er zwar den Namen des Opfers verraten, nicht aber den seines Kollegen – das wäre nämlich eine echte Schweinerei. Also behauptet sie, es hätte ein anderer, vielmehr eine Frau, Kai hingehängt. Andererseits gibt es aber trotzdem noch die Möglichkeit, dass wirklich jemand bei ihr angerufen hat und ihr gesagt hat, dass er oder sie Kai Hauser im Hafen gesehen hat.«

»Und wir wissen alle, was das bedeuten würde.«

»Dass Kai uns angelogen hat.«

»Weißt du was? Ich finde Journalisten zum Kotzen.«

Micha war ratlos. Ihre Vernehmungstaktik hatte gar nichts gebracht, sie hatte nur noch mehr Verwirrung gestiftet. Ausgerechnet bei so einer Frau war er auf Granit gestoßen, und dann auch noch vor den Kollegen.

»An dem Anruf muss was dran sein …«, sagte er nachdenklich.

»Wieso bist du dir da so sicher?«, fragte Erik ihn verwundert.

»Na, wieso sollte sie ausgerechnet Meyerbrinck in Schutz nehmen? Von dem hat sie doch nichts mehr.«

Erik hob die Augenbrauen. »Vielleicht mag sie ihn ja wirklich? Schon mal daran gedacht?«

»Meyerbrinck?« Micha schüttelte energisch den Kopf. »Glaub ich nicht.«

»Nur, weil sie bei dir nicht sofort dahingeschmolzen ist?« Nun grinste Erik. »Zum Glück gibt's unterschiedliche Geschmäcker.«

Und Micha dachte nur: Scheißweiber.

Während die Journalistin Marlen Lubanski von Helmut Reuter zum Ausgang gebracht wurde, zitterte Malte in seinem Büro vor Aufregung. Wusste sie, dass der Angestellte des öffentlichen Dienstes, mit dem sie gestern Nacht gechattet hatte, ihr diese Sache eingebrockt hatte?

Die Stunden, die er damit verbracht hatte, ihre Identität herauszubekommen, waren vertane Zeit gewesen, denn die Veröffentlichung im Netz hatte er nicht mehr verhindern können. Doch dadurch war ihm wenigstens erspart geblieben, erzählen zu müssen, wie er auf die Journalistin gestoßen war.

Wenigstens hatte es die Polizeipressestelle durchsetzen können, dass die *Rostocker Rundschau* den Artikel wieder offline nahm. Seit der Chefredakteur der Rundschau, Gero Helm, sich im letzten Jahr mit Erik angelegt und dabei den Kürzeren gezogen hatte, fackelte er nun nicht mehr lange, wenn es um Gefälligkeiten für die Mordkommission ging. Malte hatte keine Ahnung, wie Erik diesem als komplett gewissenlos bekannten Schreiberling solchen Respekt hatte einflößen können.

Malte hatte aber abgesehen von der unberechtigten Angst, Marlen Lubanski könnte ihn als Chatter der vergangenen Nacht erkennen, noch etwas ganz anderes auf dem Herzen, das ihn in Aufregung versetzte. Er war die Berichte über die Hausdurchsuchung bei Kai Hauser durchgegangen, doch sie hatten nichts ergeben. Die Prostituierte aus dem Seehafen, die eventuell noch eine brauchbare Aussage machen konnte, war nirgendwo aufzutreiben, die Aussagen der Zeugen auf Kais Party hatten nichts Neues gebracht, die Fahndung nach Dennis Scholz verlief bislang erfolglos. Erik hatte in Betracht gezogen, dass Scholz ebenfalls ermordet worden war, und deshalb Taucher losgeschickt und die Kollegen von der Wasserschutzpolizei informiert. Aber außer einem Fahrrad, ein paar alten Angelruten, einem leeren Benzinkanister und ähnlichem Kram hatten die Taucher im Hafenbecken bisher noch nichts gefunden. Keine Leiche. Kai würde vielleicht etwas zu dem Benzinkanister sagen können. Wenn er wieder aufgetaucht war.

Bei der Hausdurchsuchung des Dealers hatte sich das, was nicht gefunden worden war, als wesentlich interessanter herausgestellt als das, was in der Wohnung vorhanden war. Man hatte kleine Drogenvorräte erwartet, Adressen von Kunden und Bargeld, aber nichts davon entdeckt. Es gab auch keine andere Immobilie, die unter seinem Namen gekauft oder angemietet worden war. Über eine feste Freundin oder irgendwelche Verwandte hatten die Nachbarn keine Auskunft geben können.

In Aufregung hatte ihn etwas anderes versetzt: Malte hatte sich noch einmal genau die Fotos angesehen, die vom Inneren der Wohnung gemacht worden waren. Ihm fielen weitere Dinge auf, die fehlten. Im Badezimmer zum Beispiel ... Er blätterte noch einmal die Fotos durch, bis er sich ganz sicher war. Und nun brannte er darauf, mit Erik zu sprechen. Gerade wollte er zu ihm hinübergehen, als sein Telefon klingelte.

»Wir haben das Auto von Kai Hauser gefunden«, teilte ihm ein Kollege namens Lemke von der Streife mit.

»Wo ist es?«

»Zochstraße, Richtung Ecke Neue Werderstraße.«

Malte lebte zwar erst seit einem Jahr in Rostock, aber den Stadtplan hatte er im Kopf. Die Zochstraße war eine kleine Straße in der KTV, die die Haedgestraße mit der Neuen Werderstraße verband. Und: Sie verlief zwischen den Wohnungen von Dennis Scholz und Tanja Schlüter.

»Und wo ist er?«

»Keine Ahnung«, antwortete Lemke am anderen Ende der Leitung. »Auf jeden Fall steht die Karre hier schon eine ganze Weile. Ist nämlich gegen die Fahrtrichtung geparkt und hat deshalb ein Knöllchen bekommen. Und zwar bereits Samstagmorgen um elf Uhr dreiundzwanzig. Im Übrigen war sie nicht abgeschlossen.«

»Ist was geklaut worden?«, fragte Malte und wusste selbst nicht genau, warum er diese Frage stellte.

»Das glaube ich nicht«, sagte Lemke trocken. »Denn wenn jemand die Kiste durchsucht hätte, hätte er zu viel übersehen. Wir haben im Kofferraum was Schönes gefunden.«

Maltes Augen wurden immer größer, als er hörte, um was es sich handelte. Er bedankte sich und ging rüber in Eriks Büro, in dem sich Erik und Micha wieder mit dem gerade zurückgekehrten Helmut Reuter unterhielten. Als sie Malte in der Tür stehen sahen, winkten sie ihn herein.

»Eine Weile werden wir die Presse noch zurückhalten können«, sagte Reuter gerade. »Dennoch müssen wir vielleicht schon heute mit einer plausiblen Geschichte aufwarten und erklären, wie der Bericht heute Morgen zustande gekommen ist. Und was wir über den Toten im Seehafen sagen wollen, ist mir auch noch ein Rätsel. Wissen wir über den mittlerweile schon mehr?«

Erik schüttelte den Kopf. »Es liegen keine Vermisstenmeldungen vor, die auf den Toten passen.«

Reuter nickte nachdenklich. »Das ist ein Ding. Wir müssen sehr behutsam vorgehen. Denn das Schlimmste, was uns passieren kann, ist, dass herauskommt, dass ein Schwarzer im Hafen in Flammen aufgegangen ist.«

Die Kommissare schwiegen betreten, denn sie wussten, was

gemeint war: Rostock litt noch immer unter dem Ruf, extrem fremdenfeindlich zu sein. Die Übergriffe auf das Asylantenheim in Lichtenhagen im August 1992 hatten weltweit für Aufregung gesorgt und waren bis heute nicht vergessen.

»Ich hätte da was«, wagte Malte die Stille zu unterbrechen. Erik, Micha und Helmut sahen ihn fragend an.

»Ja, bitte«, sagte Helmut Reuter.

»Also, ich habe mir noch mal die Wohnung, vielmehr die Bilder der Wohnung von Scholz angesehen.« Es fiel ihm nicht leicht, vor mehreren Leuten zu reden. Und vor drei Vorgesetzten schon gar nicht.

»Aber da war doch nichts«, gab Micha zu bedenken.

»Genau das ist es. Es geht um das, was fehlt. Im Badezimmer, zum Beispiel: keine Zahnbürste, kein Rasierer … Da war außerdem ein DSL-Splitter an der Telefondose, aber ich habe nirgendwo einen Computer oder einen Laptop gesehen. Ich glaube, Dennis Scholz hat geplant abzuhauen, und er selbst war derjenige, der seine Wohnung durchwühlt und alle Beweise mitgenommen hat, und vielleicht ist er auch der Mörder gewesen.«

»Da ist was dran«, nickte Erik

»Äh, also da wäre noch was«, druckste Malte, und nun kam für ihn der schwerste Teil. »Wisst ihr, wegen Kai …«

»Ist er endlich aufgetaucht?«, fiel Erik ihm ins Wort.

»Nicht direkt. Aber sein Auto, und zwar in der Zochstraße. Dort steht es schon länger, zumindest seit Samstag gegen elf – es war ein Strafzettel dran.«

Erik überlegte einen Moment. »Das ergibt keinen Sinn. Am Samstagmorgen war er doch mit dem Wagen seiner Freundin unterwegs.«

»Oder es ergibt gerade Sinn«, sagte Malte mit zitternder Stimme. »Wenn er uns angelogen hat und nachts damit gefahren ist. Zum Hafen, um Scholz zu treffen. Und dann ist Scholz mit Kais Wagen gefahren, erst, um Kai nach Hause zu bringen, wo ihr ihn auch angetroffen habt, und danach, um sich selbst nach Hause zu fahren.«

»Wieso Scholz?«, wollte Erik irritiert wissen.

»Wegen … weil man in Kais Auto das gefunden hat, was in der Wohnung von Scholz gefehlt hat.«

»Was denn, etwa seine Zahnbürste?«, fragte Erik ungeduldig.

»Schön wär's«, seufzte Malte. »Aber es handelt sich um ein Kilo Kokain.«

6.

Sie sieht jeden Tag schlechter aus«, sagte Roland Behrens leise zu seiner Frau Karen. »Jeden Tag schlechter.«

»Und was, bitte schön, soll ich jetzt deiner Meinung nach tun?«, war die eisige Antwort. »Meinst du etwa, dass ich das nicht selbst sehe? Falls du es vergessen hast, ich bin ihre Mutter.«

Sie fuhren von der Psychiatrie zurück nach Hohe Düne und passierten die Plattenbauten von Toitenwinkel, dem jüngsten Neubaugebiet der ehemaligen DDR. Heute wirkte es auf Roland Behrens noch trostloser und beklemmender als sonst.

»Dann ist dir doch bestimmt auch aufgefallen, dass es ihr viel schlechter geht als gestern oder vorgestern!«

Karen antwortete nicht. Sie sah nur aus dem Fenster. Nie hätte Behrens gedacht, dass etwas zwischen ihn und seine Frau kommen könnte. Sie war seine große Liebe, sie war es vom ersten Tag an gewesen. Nicht ein einziges Mal in all der Zeit hatte er auch nur im Traum mit dem Gedanken gespielt, sie zu betrügen. Niemals hätte er sich ein Leben ohne sie ausmalen wollen. Jetzt hatte sich alles geändert, und er erkannte die Frau, die er geheiratet hatte, nicht mehr wieder. So wie er seine Töchter nicht mehr erkannte und sein Leben nicht mehr sein Leben war.

»Und Lilly schließt sich nur noch in ihr Zimmer ein oder hängt mit irgendwelchen seltsamen Leuten rum! Kümmern wir uns denn genug um sie?«

»Ich weiß nicht, ob wir uns genug um sie kümmern, aber ich denke, dass ich mich durchaus genug um sie kümmere«, sagte Karen kalt.

Behrens seufzte in seiner Verzweiflung. »Warum bist du nur so? Was hab ich getan?«

Doch Karen schwieg. Es war dumm von ihm, diese Fragen zu stellen, denn er hatte sie schon so oft gestellt, und anfangs hatte sie sie ihm auch beantwortet. Sie hatte ihm gesagt, dass die Mädchen für ihn immer nur Vorzeigepuppen gewesen wären. Und dass auch sie nur eine Vorzeigepuppe für ihn sei. Vorwürfe, die Behrens nicht begreifen konnte.

»Ich habe doch immer alles getan! Ich habe den beiden alles im Leben ermöglicht, ich habe dich in allem unterstützt, beruflich wie auch privat, ich habe mich so oft ich konnte von der Arbeit freigemacht! Ich habe Elternabende besucht, wir haben gemeinsame Hobbys … Ich habe mehr getan als jeder andere Ehemann, nur um euch drei glücklich zu machen, so wie ihr mich glücklich gemacht habt!«

»Es ist die Last deiner Erwartungen«, sagte seine Frau. Ihre Stimme klang weit entfernt und unbeteiligt. »Der Zwang zur Perfektion. Du bist nach Hause gekommen und wolltest eine perfekt funktionierende Familie mit perfekten Kindern und einer perfekten Frau haben. Und weil wir dich nicht enttäuschen wollten – wir wussten ja, was wir an dir hatten und waren dir auch dankbar für alles –, weil wir dich nicht enttäuschen wollten, haben wir so lange wie möglich mitgespielt. Aber irgendwann ist jedes Spiel vorbei.«

»Erzähl mir jetzt nicht das Märchen von der schönen Fassade, hinter der sich die depressive Hausfrau versteckt. Du hattest immer deinen Job, und ich habe genauso viel auf die Kinder aufgepasst und genauso viele Termine abgesagt und verschoben, wenn sie krank waren, wie du!«

»Du willst es offensichtlich nicht verstehen.«

»Dann erkläre mir, was ich nicht verstehe!«

Aber sie schwieg, bis sie zu Hause angekommen waren. Jeden Tag, seit sie dieses Haus gekauft und bezogen hatten, war er mit Freude im Herzen heimgekommen. Es war nicht einfach nur ein wunderschönes Haus in einer fantastischen Lage. Für ihn war es von Anfang an eine Heimat, ein Ort gewesen, an dem er sofort tiefe Wurzeln geschlagen hatte. Jedes Mal hatte er Stolz auf seine Familie und das wundervolle Zuhause verspürt, und er hatte sich für einen glücklichen Mann gehalten. Doch seitdem eine seiner Töchter versucht hatte, in diesem Haus ihre Zwillingsschwester zu töten, fühlte es sich an, als hätte man ihn samt seinen Wurzeln aus dieser Heimaterde herausgerissen.

Als sie das Haus betraten, konnten sie gerade noch hören, wie Lilly schnell in ihr Zimmer ging und die Tür hinter sich zuschloss. Es war immer das Gleiche. Solange sie weg waren, hielt Lilly sich im Haus auf, holte sich, was sie brauchte aus Küche und Keller, benutzte das Bad. Doch kaum waren sie zurück, verkroch sie sich in ihrem Zimmer.

»Karen, was tun wir denn jetzt?« Es war schon längst keine Frage mehr, nur noch Ausdruck seiner Verzweiflung.

»Als ob irgendetwas anders wäre als gestern oder vorgestern oder an sonst einem Tag in den letzten drei Wochen«, antwortete Karen abweisend.

»Natürlich ist etwas anders! Erik will mit Lilly reden! Und ich kann Lilly schließlich nicht davon abhalten, wenn sie mit ihm reden will. Sie ist volljährig. Aber ich verstehe nicht, warum sie mir das alles antut.«

»Was tut sie dir denn an?«

»Ach!« Er winkte ab und sagte abwiegelnd: »Dieses Rumgetue, sie hätte telefoniert an dem Abend bei Kai. Das kann gar nicht sein. Der Anruf von Kais Haus ging an einen Dealer. Aber sie muss unbedingt solche Märchen in die Welt setzen, damit sie genug Aufmerksamkeit bekommt, aus Angst, man könnte sie wegen Noemi vergessen.«

»Natürlich braucht sie deine Aufmerksamkeit!«

»Die bekommt sie doch auch! Deshalb gibt es keinen Grund, mich derart schockieren zu wollen. Als hätten wir nicht schon genug Aufregung, seit Steffen ... Oder seit ... du weißt schon.«

Karen verschränkte die Arme und sah ihn lange an. Er glaubte, so etwas wie Hohn in ihren Augen zu lesen.

»Und du glaubst also, deine Tochter könnte niemals bei einem Dealer angerufen haben, weil deine Tochter deine Tochter ist.«

Behrens verstand sie nicht. »Was willst du damit sagen? Natürlich hat sie nicht bei diesem Dealer angerufen! Ich kenne doch meine eigene Tochter!«

»Ich dachte, du bist bei der Polizei! Du solltest wissen, was Jugendliche und junge Erwachsene heutzutage alles treiben.«

Er wusste immer noch nicht, worauf sie hinauswollte. »Wenn du meinst, dass sie vielleicht mal auf einer Party an einem Joint gezogen haben ... Die beiden sind doch viel zu vernünftig für so etwas!«

Karen Behrens ging zu dem eleganten antiken Wohnzimmertischchen und nahm eine der Zeitschriften, die darauf lagen. Sie ließ sich in das Sofa fallen und begann, in dem Magazin zu blättern.

»Es war wirklich sehr großzügig, dass du den beiden ein eigenes Musikzimmer eingerichtet hast, sogar mit zwei Flügeln. Das hätte wohl kaum ein anderer Vater getan. Die wenigsten würden es tun. Und weißt du was, ich hätte es auch nicht getan, ganz ehrlich. Aber mich hast du weder gefragt, noch hast du auf mich gehört, als ich sagte, tu es nicht!«

»Wieso? Sie sind begabt, sie studieren sogar Klavier. Sie wollten es doch so!«

»Sie sind Zwillinge«, lautete ihre unverständliche Antwort, während sie weiter in dem Magazin blätterte.

»Eben! Genau! Sie wollten es beide, also haben beide einen Flügel bekommen, jede einen für sich.«

»Falsch! Sie haben als Zwillinge zwei Flügel bekommen, die im selben Raum gegeneinander aufgestellt sind, sodass sie gemeinsam spielen können. Wäre es nicht besser gewesen, nur einen anzuschaffen? Damit sie erst gar nicht auf die Idee gekommen wären, gemeinsam zu spielen und gemeinsam zu studieren? Oder wenigstens zwei Flügel in zwei Räumen. Aber du hast sie immer nur zusammen sehen wollen, als eine Einheit. Das konnte nicht gut gehen!«

Nun verlor Behrens die Fassung. »Ich bin schuld? Ich?«, schrie er. »Aber Noemi hatte einen Freund und Lilly nicht! Da haben sie zum ersten Mal etwas Unterschiedliches gemacht, und seitdem ist alles schrecklich! Wie wäre es, wenn du dir die Dinge mal so herum ansiehst?«

Seine Worte hallten noch immer im Raum. Er wusste nicht, wann er zuletzt in seinem Leben so laut geschrien hatte, doch seine Frau hatte ihn noch nicht einmal angesehen.

»Fertig?«, fragte sie kühl.

»Ja. Entschuldige, ich …« Er wusste nicht, wie er den Satz zu Ende bringen sollte. »Sie hat seitdem nicht mehr Klavier gespielt«, sagte er schließlich.

»Besser so, gesünder für sie«, murmelte Karen.

»Wie meinst du das schon wieder?«

Karen legte endlich das Magazin weg und lehnte sich zurück. Sie kniff ihre Augen leicht zusammen, als sie ihn ansah.

»Ein paarmal auf Partys an Joints gezogen, denkst du?«

»Na, was weiß denn ich, vielleicht auch öfter. Ich kann nicht sagen, dass ich es gut finde, aber das ist noch lange kein Grund, sie zu verhaften«, versuchte er zu scherzen.

»Dann sag ich dir jetzt mal was, und ich sage es zu dir als Vater, damit du deine Töchter endlich kennenlernst. Und sollte der Vater Roland Behrens zum Kriminaloberrat Roland Behrens gehen und ihm auch nur ein Sterbenswörtchen davon erzählen, lasse ich mich scheiden. Das ist mein Ernst.«

»Was willst du mir sagen?«, fragte er atemlos.

»Dir ist bekannt, dass Leistungssportler dopen.«

»Natürlich, aber was haben Noemi und Lilly …«

»Sie sind Leistungsmusiker«, unterbrach Karen ihn.

Schwach dämmerte ihm, was nun kommen könnte, aber noch wollte er nicht daran glauben.

»Ich wünschte mir geradezu, dass sie nur hin und wieder mal an einem Joint ziehen würden. Klingelt es immer noch nicht?«

Dunkel erinnerte sich Behrens an einen Kinofilm, den er vor über zehn Jahren gesehen hatte, als sich bereits abzeichnete, dass seine Töchter mehr Talent hatten als angenommen. Es war ein Film über Glenn Gould, den weltberühmten kanadischen Pianisten gewesen, der in zweiunddreißig aneinandergereihten

Episoden erzählt worden war und »Zweiunddreißig Variationen über Glenn Gould« hieß. Eine dieser Variationen hatte vom Tablettenmissbrauch des genialen Musikers gehandelt: Beruhigungstabletten, Aufputschmittel, Mittel gegen deren Nebenwirkungen, und wiederum weitere Mittel gegen die Nebenwirkungen der Nebenwirkungen dieser Mittel ... Damals hatte er gedacht, so weit würde es mit seinen Töchtern nie kommen können. Sie waren stark, lebensfroh und kontaktfreudig.

»Sie nehmen Tabletten?«, fragte er vorsichtig.

Karen lachte spöttisch. »Tabletten? Wo lebst du? Sie ziehen sich ihr Taschengeld durch die Nase.«

Und als sie merkte, dass er sie immer noch nicht verstand, fügte sie hinzu: »Sie koksen.«

Micha stand am Rand des Fußballfelds und sah den jungen Fußballern beim Training zu. Sie waren hier im Hansa Internat für talentierte Nachwuchsfußballer untergebracht. Das Hansa-Internat beherbergte die Fußballhoffnungen außerhalb ihrer regulären Schulzeit, damit sie jeden Tag auf hohem Niveau trainierten und – ganz wichtig – so früh wie nur möglich Teamgeist entwickelten.

Im Büro war die Großfahndung nach Kai und dem Auto seiner Freundin angelaufen, also hatte Micha sich für ein paar Stunden abgeseilt. Er ging nämlich gerade seiner eigenen Idee nach, wollte aber noch nicht mit Erik darüber reden. Denn wenn er etwas nicht leiden konnte, dann war es, mit einer Theorie Wellen zu schlagen, die sich am Ende als falsch herausstellte. Außerdem wurmte ihn noch die misslungene Befragung der Journalistin, die ihn von vorne bis hinten verarscht hatte.

Micha hatte das Gefühl, dass er hier suchen musste, wenn er

herausfinden wollte, wer der tote Junge war. Er hatte nämlich nachgedacht, womit er einen schwarzen Jungen in der Stadt in Verbindung bringen würde. Jugendclubs, hatte er überlegt, Sportvereine, und dann: Fußball. War ihm nicht unter den jungen Nachwuchsspielern, die sich bei den Hansaspielen als Zuschauer herumtrieben, ein Schwarzer aufgefallen? Ihn hatte außerdem beschäftigt, warum niemand bisher einen Jungen vermisst gemeldet hatte. Und am wahrscheinlichsten fand er, dass die Eltern des Toten dachten, er sei woanders, und dass man bei diesem »woanders« davon ausging, er sei bei seinen Eltern. Vielleicht, so Michas Überlegung, vielleicht war der Tote im Hansa-Internat untergebracht. Die Jungs schliefen zwar dort, gingen aber normal in ihre Schulen und besuchten natürlich auch oft ihre Familien. Es war einen Versuch wert.

Micha sah nicht ohne Wehmut zu, wie die Jungs trainierten. Schließlich wäre er selbst gerne Fußballer geworden. Es war sein Jugendtraum gewesen. Zwar hatte er immer recht passabel gespielt. Das Talent zum Fußballprofi hatte letztendlich aber gefehlt, auch wenn er heute der Star der Polizeifußballmannschaft war.

Nun ging er der Nummer zwei auf der Liste seiner Traumberufe nach: Polizist. Als kleiner Junge war die Vorstellung, ein Polizist zu sein, natürlich eine deutlich andere gewesen, und seine Eltern hatten von diesem Berufswunsch nicht sehr viel gehalten. Um genau zu sein, sie hatten versucht, es ihm mit allen Mitteln auszureden. Ihr Sohn bei der Volkspolizei? Das bitte nicht! Aber Micha war fasziniert gewesen von den Uniformen und den Motorrädern, die die Vopos fahren durften, und in den Träumen, die er als Sechsjähriger gehabt hatte, sah er sich mitten auf der Kreuzung stehen und souverän den Verkehr regeln, zwischendurch ganz gelassen ein paar Einbrecher schnappen, die er in heißen Verfolgungsjagden mit dem Motorrad gestellt hatte … Sein Wissen über den Beruf verdichtete sich mit den Jahren, und er verstand die Reaktion seiner Eltern. Aber mit der Wende kamen für ihn gute Chancen, sich diesen Kindertraum doch noch zu erfüllen, ohne in politische Fettnäpfchen zu treten.

Was den Fußball betraf, blieb er ein begeisterter Amateur und ergebener Hansa-Fan, obwohl der Verein zuletzt in die zweite Liga abgestiegen war. Er verzieh seinen Kickern nicht nur eine schlechte Saison, er würde sogar noch im Stadion sitzen und sie anfeuern, wenn sie in der Kreisklasse spielten.

Gerade brüllte der Trainer seine Jungs zusammen und schickte sie Liegestütze machen, als ein großer, schlaksiger Mann auf Micha zukam. Micha wusste, wer er war, denn Kai hatte ihm diesen Mann schon mehrfach gezeigt. Es war Thorsten Schlüter, der Bruder von Kais Freundin, einer der Physiotherapeuten des Vereins.

»Spielt Ihr kleiner Bruder mit?«, fragte ihn Schlüter.

Micha schüttelte den Kopf und stellte sich unter Nennung seines Dienstgrades vor. »Ich wollte nur kurz mit dem Trainer sprechen.«

»Kriminalpolizei? Hat einer von denen denn was ausgefressen?«, fragte Schlüter hastig.

»Nein, wir suchen nur nach jemandem. Wir haben die Beschreibung eines jungen Mannes bekommen, der uns eventuell bei unseren Ermittlungen weiterhelfen kann.« Micha hatte sich diese Geschichte zurechtgelegt, um kein Aufsehen zu erregen.

»Aha, und wer soll das sein? Passt denn die Beschreibung auf irgendjemanden hier?« Schlüter hatte die Augen zusammengekniffen und sah abwechselnd von Micha zu den Spielern, die sich jetzt beim Sit-ups-Machen anbrüllen ließen.

»Nicht wirklich, es geht nämlich um einen Afrikaner. Oder zumindest um einen Schwarzen.« Er überlegte noch, was aktuell die politisch korrekte Bezeichnung war, als Schlüter ihm auch schon antwortete.

»Oh, der ist krank.«

»Ah. Aber hier trainiert normalerweise einer, der …«

»Genau. Er trainiert nicht nur hier, er wohnt auch im Internat.«

»Dann könnten Sie mich sicher zu ihm bringen? Wenn er krank ist, müsste er doch auf seinem Zimmer sein?« Micha deutete vage in Richtung des Gebäudes, in dem die Fußballer untergebracht waren.

»Er ist bei seiner Familie, soweit ich weiß.« Schlüter sah auf seine Armbanduhr. »So spät schon, meine Güte! Ich bin mit meiner Frau verabredet, und die wartet nicht so gerne, Sie entschuldigen mich.«

Hastig eilte Schlüter zu seinem Wagen, noch bevor Micha nach dem Namen des Jungen fragen konnte. Er sah, wie Schlüter in sein Auto sprang und schnell losfuhr. Musste ein ziemlicher Drachen sein, diese Ehefrau, dachte Micha mit einem Grinsen.

»Gibt's was Bestimmtes?«, gellte es ihm plötzlich aus nicht einmal zwei Metern Entfernung ins Ohr. Es war der Trainer. »Bist du von 'nem anderen Verein oder was?«

Micha zeigte ihm schnell seinen Ausweis und erzählte dieselbe Geschichte, die er Schlüter schon aufgetischt hatte. »Herr Schlüter meinte, es gäbe hier einen dunkelhäutigen Nachwuchsspieler?«

Der Trainer, der es nicht für nötig hielt, sich namentlich vorzustellen, nickte. »Einen Schwarzen! Oh ja, den gibt's. Aber nicht mehr lange.«

»Was soll das heißen?«, fragte Micha.

»Kommt in letzter Zeit nicht mehr so regelmäßig, wie er sollte. Er ist angeblich immer mal wieder krank oder hat zu viel für die Schule zu tun. Das geht jetzt schon seit ein paar Wochen so. Hält sich gerade noch im Rahmen, sodass wir es durchgehen lassen. Aber wenn er nicht aufpasst, verschenkt er sein Talent! Gerade mal siebzehn! Ganz kritisches Alter. Da denken sie plötzlich, sie könnten alles wie von selbst.«

»Wohnt er denn nicht hier?«, unterbrach Micha den sozialpädagogischen Ausflug des Trainers.

»Doch, aber seine Mutter ist schwer krank, irgendwas Chronisches, deshalb ist er meistens zu Hause. Das haben wir ihm erlaubt. Für einen Jungen in seinem Alter sicher 'ne Belastung, hat keinen Vater, viele Geschwister zum Aufpassen, deshalb sind wir auch nicht ganz so streng mit ihm.«

»Wie heißt er denn?«

Micha zog einen Notizblock aus der Innentasche seiner Jacke.

»Jean-Claude Yaméogo, aus dem schönen Burkina Faso. – Noch mal fünfzig!«, brüllte er seinen Schützlingen zu und fuhr dann wieder in normalem Tonfall fort. »Weiß bis heute nicht, wo das liegt. Warte, ich buchstabier dir den Namen.« Das tat er auch, und Micha schrieb gehorsam mit.

»Wann wurde er zuletzt gesehen?« Da ihn der Trainer konstant duzte, er selber aber nicht wusste, ob er ihn ebenfalls duzen oder beim formellen Sie bleiben sollte, versuchte Micha, die direkte Anrede zu umgehen.

»Lass mich mal nachdenken«, sagte der Trainer und kratzte sich den Dreitagebart. »Freitag, ganz normal zum Training. – Nicht einschlafen! Ich kann euch sehen! Fünfzig hab ich gesagt, ohne Pause! Hopp! – Samstag hatten wir schon vereinbart, dass er nicht kommen muss, aber heute hätte er hier sein sollen.«

»Und die Mutter?«

»Wohnt irgendwo in der Südstadt.«

So erfuhr Micha auch noch die Adresse von Claudine Yaméogo. Er bedankte sich und ging dann, ohne den Namen des Trainers erfahren zu haben, denn dazu hätte er ihn direkt ansprechen müssen. Und irgendwie hatte er darauf keine Lust gehabt, so wie der herumgebrüllt hatte. Vielleicht war die Polizei doch die bessere Wahl gewesen als die des Fußballprofis.

Micha fuhr sofort bei Claudine Yaméogo vorbei. Die junge Frau – sie schien nicht älter als er selbst zu sein – war alles andere als krank, sie machte vielmehr einen sehr vitalen Eindruck auf ihn, als sie ihre drei kleinen Kinder mit lauter, scharfer Stimme in der engen Dreiraumwohnung herumdirigierte. Ihr Ton war dem des Fußballtrainers nicht unähnlich.

Claudine Yaméogo war sehr hübsch und schlank. Sie hatte ihre Haare in unzählige kleine Zöpfchen geflochten und zurückgebunden. Gekleidet war sie mit einer olivfarbenen, weiten Cargohose und einem schlichten gelben T-Shirt, und an den Füßen hatte sie flauschige rosafarbene Hausschlappen. Micha wusste nicht, was er erwartet hatte, diese Frau jedenfalls nicht. Ihre Wohnung lag ihm sechsten Stock einer wenig ansprechenden Wohnanlage in der Ziolkowskistraße. Nach Jean-Claude, ihrem Ältesten befragt, schüttelte sie nur grimmig den Kopf.

»Ist er wieder nicht beim Training gewesen? Er verschleudert die einzige Chance, die er im Leben haben wird! Dabei wollte er doch immer Fußballer werden!«, lamentierte sie in flüssigem, beinahe akzentfreiem Deutsch. »Aber seit sein Vater abgehauen ist und mich mit vier Kindern allein gelassen hat … Männer! Mir erzählt er, er muss trainieren, dem Trainer erzählt er, er sei bei mir. Er hat sogar behauptet, ich sei krank. Natürlich spiele ich mit, damit er nicht noch mehr Schwierigkeiten bekommt. Die werfen ihn dort sonst raus! Und dabei ist es so eine fabelhafte Lösung. Ich habe hier einfach keinen Platz mehr für einen Jungen in seinem Alter. Das verstehen Sie doch, oder?«

Micha nickte.

»Ehrlich gesagt weiß ich nicht, wo er ist. Manchmal ist er übers Wochenende einfach weg. Jean-Claude setzt sich auf sein Fahrrad, und dann …« Sie wedelte unbestimmt mit der Hand.

Das Fahrrad im Hafenbecken, das die Taucher gefunden hatten, dachte Micha, hatte aber keine Gelegenheit, sie zu unterbrechen.

»Woher soll ich wissen, ob er im Internat ist oder in der Schule oder beim Training?«, fuhr die aufgeregte Frau fort, scheinbar ohne Luft zu holen. »Ich kann ihn doch nicht überwachen, er ist schon fast erwachsen, und meine anderen Kinder brauchen mich wirklich mehr als er! Er meldet sich nicht jeden Tag. – Nicht die Küche auseinandernehmen!«, brüllte sie in die Wohnung, als es laut schepperte. Dann wandte sie sich wieder Micha zu. »Dabei ist er so ein guter Junge, ehrlich, nie würde er etwas Schlimmes tun. Ich glaube, er versucht nur, seine Freiheiten auszuloten. Er hat so viel für mich getan, seitdem sein Vater weg ist. – Seid mal leise dahinten! – Ich weiß, dass er noch nicht volljährig ist, aber was soll ich denn machen?« Jetzt holte sie kurz Luft. »Worum geht es eigentlich? Sind Sie hier, weil die Schule Sie geschickt hat?

Schwänzt er jetzt auch noch den Unterricht? Er soll doch Abitur machen! Er ist so ein intelligenter Junge! Ich sehe das manchmal im Fernsehen, wenn die Polizei bei den Eltern vorbeikommt, um die Kinder abzuholen und zur Schule zu bringen, aber er ist wirklich nicht so wie diese Kinder im Fernsehen. Außerdem ist doch heute Sonntag!«

»Hat er ein Handy?«, fragte Micha.

»Ja, wieso? – Könnt ihr vielleicht mal still sein?«, rief sie, als ihre drei Kinder kichernd mit einem Gummiball und Hula-Hoop-Reifen bewaffnet über den Flur hopsten. »Glauben Sie mir, ich versuche seit zwei Tagen, ihn anzurufen. Erst ist er nicht rangegangen, da war nur die Computerstimme, die mir gesagt hat, dass ich es später wieder versuchen soll.«

»Vielleicht könnten wir uns irgendwo hinsetzen?«

Nun begriff sie, dass es Micha nicht darum ging, ob ihr Ältester etwas ausgefressen hatte oder die Schule schwänzte. Sie presste ihre vollen, schönen Lippen zusammen und sagte dann: »Ihm ist etwas zugestoßen, hab ich recht?«

»Das wissen wir noch nicht. Aber wir würden gerne ausschließen, dass ihm etwas passiert ist. Im Moment gibt es keinen Grund zur Aufregung. Sie sagten doch selbst, dass er sich manchmal tagelang herumtreibt.«

Claudine Yaméogos Stimmungswandel war bemerkenswert. Sie fing laut und hemmungslos an zu heulen. »Ich hab immer gewusst, dass es einmal schlimm mit ihm endet! Er ist wie sein Vater!« Dass sie vor zwei Minuten noch überzeugt gewesen war, Jean-Claude könne keiner Fliege etwas zuleide tun, hatte sie schon wieder vergessen. Micha war sich sicher, dass alle Mieter dieser Etage in diesem Moment hinter ihren Türen standen und durch die Gucklöcher spähten. Tatsächlich öffnete sogar einer der Nachbarn seine Wohnungstür und meckerte: »Können Sie Ihre Geschäfte nicht wie sonst in Ihrer Wohnung regeln?«

Unter Tränen schrie Claudine Yaméogo plötzlich wilde Beschimpfungen zurück und machte klar, dass sie keine Nutte sei, sondern eine Mutter von vier Kindern und eine respektable Hausfrau mit einer sauberen Wohnung noch dazu. Außerdem sei sie gelernte Übersetzerin, und das sei wahrscheinlich mehr, als er an Ausbildung vorzuweisen habe, und er solle sich doch lieber darum scheren, was seine Frau den ganzen Tag treiben würde, während er arbeiten sei. Es war offensichtlich, dass dies nicht der erste Schlagabtausch dieser Art zwischen den beiden war, und so blieb Micha nur, die Frau hastig in ihre Wohnung zurückzuschieben, bevor sie völlig die Fassung verlor.

Zur gleichen Zeit an diesem Sonntag war Kai Hauser schon längst über den Punkt hinaus, an dem er die Fassung verlieren würde. Alles, was er jetzt noch fühlte, war Resignation.

Kai war zu Anne Wahlberg gegangen, obwohl er sie noch nie sonderlich hatte leiden können, was eine Menge mit ihrem Beruf, ihren empathischen Fähigkeiten und ihrer Mitarbeit an dem Mordfall im letzten Jahr zu tun hatte. Generell hielt er nichts von Psychologen. Ihre so genannte Wissenschaft stellte für ihn eine Mischung aus Hokuspokus und leerem Gerede dar, und Annes angebliche Fähigkeiten waren die Krönung all dessen.

Aber obwohl er nicht daran glaubte, sah er im Moment für sich keine andere Chance, als mit ihr zu reden.

Er hatte ihr gesagt, dass er keine Ahnung von dem habe, was gerade in seinem Leben passierte. Wie es möglich war, dass sein

Auto im Hafen gesehen worden war, und ebenso, warum man ihn mit einem toten Dealer in Verbindung brachte. Den ganzen Samstag hatte Kai getrunken, durchgesoffen bis in die frühen Morgenstunden, dann hatte er im Auto seiner Freundin, mit dem er unterwegs gewesen war, ein paar Stunden geschlafen, nur um danach gleich wieder in die nächste Kneipe zu gehen und weiterzutrinken, nicht lange und nicht viel, denn schon bald hatte man ihn nicht mehr bedienen wollen. Der Wirt war ihm sogar noch nach draußen nachgelaufen und hatte ihm die Autoschlüssel gewaltsam abgenommen, sie hatten sich geprügelt. Kai hatte dabei den Kürzeren gezogen, und danach war er zu Fuß zu Anne getappt.

Anne hatte ihm versichert, dass sie von seiner Aussage überzeugt war und dass sie ihm helfen und mit Erik reden würde. Dann hatte sie bei Erik angerufen, der gleich gekommen war, um Kai abzuholen. Seine eigenen Kollegen glaubten ihm im Gegensatz zu Anne offenbar kein Wort, und nun wünschte er sich, er hätte in den letzten Stunden nicht so viel getrunken. Es war eine blödsinnige Idee gewesen, mit der Psychologin zu reden.

Noch immer hatte er nicht wirklich verstanden, warum man ihn dem Haftrichter vorgeführt und danach in Untersuchungshaft gesteckt hatte. Was hatte er mit Kokain zu tun? Und was machte das Zeug in seinem Auto? Er wusste nicht einmal, wo sein Auto war! Und nun war doch nicht der Dealer tot, sondern ein schwarzer Junge.

Als sich die Zellentür hinter ihm schloss, legte er sich auf das schmale Bett und schlief sofort erschöpft ein.

7.

»Großartig, wirklich ganz großartig. Das haben Sie ja mal wieder ganz toll hinbekommen!«

Anne war sauer, als Erik am Montagabend vor ihrer Tür stand. »Er hat mir vertraut, und das Ergebnis davon ist, dass Sie ihn hinter Gitter bringen! Ich wusste gar nicht, dass man in diesem Land so schnell ins Gefängnis kommen kann!« Sie warf Erik einen vernichtenden Blick zu und schob ihn in ihr Wohnzimmer.

»Ich hole uns was zu trinken«, murmelte sie unfreundlich.

»Kann ich einen Kaffee bekommen?«, rief Erik ihr hinterher. Anne verdrehte nur die Augen. »Ich habe keinen, Sie werden Tee trinken müssen.«

»Was ist denn los mit Ihnen? So gereizt hab ich Sie ja noch nie gesehen!«, hörte sie ihn aus dem Wohnzimmer rufen.

Als sie mit dem Tee zurückkam, hatte er es sich auf ihrem Sofa bequem gemacht und blätterte in einer Fernsehzeitschrift. »Montags ist echt ein Scheißprogramm«, meckerte er.

»Dann machen Sie nächstens Überstunden«, erwiderte sie ungnädig und stellte ihm eine Tasse hin. Er verzog das Gesicht, schnupperte jedoch vorsichtig, um dann mit Todesverachtung den ersten Schluck zu nehmen.

»Warum mussten Sie ihn verhaften? Er hat absolut nichts damit zu tun! Weder mit dem Mord noch mit den Drogen!«

»Mag sein, allerdings hat Ihre Aussage vor dem Haftrichter

weniger Beweiskraft als jeder Lügendetektortest. Auch wenn Sie besser sind als jeder Lügendetektor«, fügte er hastig hinzu. »Kai hat kein Alibi für die Tatzeit, im Gegenteil, er fehlt auf seiner eigenen Party, und wir haben Zeugen, die seinen Wagen im Seehafen gesehen haben, und wenn wir Pech haben, gibt es sogar noch eine weitere Zeugin, die ihn höchstselbst ebenfalls gesehen hat. Von seinem Haus aus ist telefoniert worden, zwar nicht mit dem Opfer, aber mit jemandem, der ebenfalls direkt bei der Tat dabei gewesen sein muss. Ein Drogendealer, von dem er vielleicht die Drogen hatte, die wir dann auch noch in seinem Wagen gefunden haben.«

»Stopp«, unterbrach Anne. »Der Anruf. Sie haben selbst gesagt, Lilly Behrens hätte telefoniert, und nicht Kai.«

»Wir haben mit der Telekom gesprochen. Nicht nur der fragliche Anruf, sondern noch achtundzwanzig weitere wurden nach Mitternacht getätigt. Teilweise dauerten sie nur ein paar Sekunden, fast so als ob jemand irgendwo anruft, wartet, bis der andere abnimmt, um dann gleich wieder aufzulegen. Kinderspiele. Manche dauerten etwas länger, eine Minute oder zwei, so wie das mit Dennis Scholz. Ich weiß es von Lilly selbst. Sie war heute Morgen bei mir im Büro und hat es mir gesagt. Sie sagte auch, das Telefon machte die Runde, und sie sei sich fast sicher, dass Kai telefoniert habe, und zwar länger als nur drei Sekunden. Ihre Freundin Aline König bestätigt Lillys Aussage, auch wenn sie immer wieder sagt, sie sei zu betrunken gewesen, um zuverlässig aussagen zu können. Den meisten anderen geht es ähnlich, sie wissen nur, dass telefoniert wurde, aber nicht genau, wann und von wem wie lange, weil es insgesamt zu viele waren. Aber wir haben nun mal Lillys Aussage, auch wenn sie nur vage ist.«

Anne hob die Augenbrauen. »Aber Kai hat nicht …«

»Kai war die letzten Tage komplett betrunken. Man könnte sagen, er hatte Blut im Alkohol, nicht Alkohol im Blut. Es ist also möglich, dass er einen Filmriss hatte, einen totalen Aussetzer. Dass er sich an nichts mehr erinnern kann.«

Sie seufzte. »Kein Grund, ihn einzusperren! Das sind alles …« Spekulationen, wollte sie sagen, aber das Telefon klingelte, und sie war sich sicher, dass es Tom war. Er hatte seit gestern, als Kai zu ihr gekommen war, nicht mehr angerufen. Deshalb entschuldigte sie sich bei Erik und nahm den Hörer ab.

»Das ist jetzt wohl auch geschäftlich«, hörte sie Tom am anderen Ende der Leitung, und ihr war klar, dass er wieder vor ihrer Wohnung lauerte. Sie bereute zum ersten Mal, ins Erdgeschoss gezogen zu sein.

»Ich glaube es einfach nicht«, war alles, was ihr dazu einfiel. Sie ging zum Fenster und sah hinaus, konnte ihn aber nirgendwo entdecken. Es war schon zu dunkel. Sie wusste aber, dass er irgendwo da draußen war. Und ihr Entschluss, ihn nie wiedersehen zu wollen, stand mit einem Mal fest.

»Du kannst es mir ruhig sagen. Du hast einen anderen, und deshalb machst du Schluss!«

»Lass mich in Ruhe! Am besten für immer!« Sie beendete das Gespräch. Als sie sich wieder zu Erik drehte, sah sie, wie dieser sie besorgt musterte.

»Was war denn das gerade?«, wollte er wissen.

»Nichts. Gar nichts.«

»Sie lügen so schlecht, dass es schon wieder eine Freude ist.«

»Nein, es ist alles in Ordnung. Das war … niemand.«

»Klar. Und weil alles in Ordnung ist, haben Sie diesem Niemand auch gesagt, er soll Sie am besten für immer in Ruhe lassen. Und Sie haben am Fenster nachgesehen, ob dieser Niemand vor der Tür steht! Hab ich recht?«

»Ich … ich regel das alleine.«

»Jemand belästigt Sie?«

Anne schwieg. Sie wusste nicht mehr, was sie ihm noch sagen sollte. Sie spürte, wie der Polizist in ihm schon längst die Fährte aufgenommen hatte. Der Polizist? Der Beschützer wohl eher.

»Es ist ganz anders, wissen Sie, es ist …«, versuchte Anne ihn aufzuhalten. Aber Erik war schon auf dem Weg nach draußen.

»Ich sehe mir das mal an«, rief er noch, und schon hörte sie, wie die Haustür ins Schloss fiel. Anne stand einen Moment mitten in ihrem kleinen Wohnzimmer, ihr Kopf war völlig leer. Dann rannte sie hinter Erik her.

Sie kam zwei Sekunden zu spät. Erik jagte gerade hinter Tom her, der die enge Augustenstraße in Richtung des Penny-Marktes entlangrannte. Vielleicht hatte er dort irgendwo sein Auto geparkt. Anne konnte es nämlich nirgendwo entdecken. Er musste weiter weg geparkt haben, um ihr nicht aufzufallen. Ein Mitarbeiter des Jüdischen Gemeindezentrums, das Annes Haus gegenüberlag, war gerade aus dem Gebäude herausgetreten und stehen geblieben, um den beiden nachzusehen.

»Stehen bleiben!«, hörte sie Erik schreien.

»Geht es um Sie?«, fragte der Mann. Er war etwa Mitte sechzig, etwas beleibt, hatte einen weißgrauen Vollbart und sprach mit einem starken russischen Akzent. Anne nickte und zuckte zugleich die Schultern. Erik hatte Tom nun eingeholt und sich auf ihn geworfen. Die beiden rangen miteinander.

»Der junge Mann mit den blonden Haaren treibt sich seit dem

Wochenende hier herum. Ich habe heute Mittag schon die Polizei informiert, weil ich Angst hatte, er sei wegen uns hier, um uns Juden Ärger zu machen.«

Anne sah ihn überrascht an. »Haben Sie? Und was ist passiert?«

Gerade stieß Tom einen Schmerzensschrei aus. Anne und der ältere Herr zuckten zusammen.

»Die Streife ist öfter vorbeigefahren. Sie haben das Nummernschild überprüft, aber er selbst hat es irgendwie immer geschafft, gerade dann nicht da zu sein, wenn die Polizei vorbeikam. Ich wusste nicht, dass es ein – äh – Freund von Ihnen ist!« Er sah sie neugierig an.

»Glauben Sie mir, Freund ist ganz bestimmt nicht mehr das richtige Wort«, stöhnte Anne. Erik richtete sich gerade auf und zerrte an Toms Armen, damit sich auch dieser hinstellte.

»Dann verhafte mich doch, du Scheißbulle!«, schrie Tom wütend.

»Was glaubst du, was ich hier gerade mache?«, entgegnete Erik, mindestens ebenso wütend.

»Ach, der andere ist Polizist?«, wollte der Mann wissen. Anne nickte stumm und hielt sich die Hand vor den Mund. Tränen standen in ihren Augen, so wütend, so verzweifelt war sie. Erik hatte Tom im Polizeigriff und schob ihn unsanft vor sich her.

»Dann bekommt er jetzt ja Verstärkung«, fuhr der Mann fort und zeigte auf einen Streifenwagen, der von der anderen Seite über das Kopfsteinpflaster der Augustenstraße heranruckelte. Die Beamten gaben etwas Gas und machten sogar kurz das Blaulicht an, als sie Erik erkannten, und kamen schließlich mit einem scharfen Bremsen direkt neben ihm zum Stehen. Sie sprangen aus dem Auto, die Hände an den Waffen, und innerhalb kürzester

Zeit hatte Erik alles erklärt, Tom war in Gewahrsam genommen, der Streifenwagen fuhr davon, und der Mann von der jüdischen Gemeinde, der seine Aussage gleich zu Protokoll geben wollte, trottete gemütlich in Richtung des KPI-Gebäudes los.

Als Erik einen Schritt auf sie zuging, drehte sich Anne mit einem Ruck weg.

»Lassen Sie uns wieder reingehen«, sagte sie und versuchte, ihrer Stimme einen festen Klang zu geben.

Doch als sie die Haustür öffnen wollte, musste Anne feststellen, dass sie ihren Schlüssel in der Wohnung gelassen hatte.

»Ausgerechnet jetzt! Wissen Sie, wie oft die Tür nur angelehnt ist, weil sie nur richtig zugeht, wenn man sie mit Schwung ins Schloss knallt? Aber nein, jetzt muss sie natürlich zu sein!«, seufzte sie.

Erik probierte die Klingeln der anderen Hausbewohner, aber niemand schien da zu sein. Ihre Handys, mit denen sie den Schlüsseldienst hätten rufen können, hatten sie nicht dabei, und da sie sich nicht danach fühlten, loszugehen und nach einer Telefonzelle zu suchen, setzten sie sich einfach auf die Treppenstufen vor dem Haus. Der Himmel war sternenklar, und es war zwar etwas kühl, aber noch angenehm.

»Der Junge, der so oft Klavier spielt, müsste eigentlich bald zurückkommen. Er probt montags immer bis zehn mit seiner Band in der Musikschule, danach kommt er normalerweise direkt nach Hause.«

»Sie kennen Ihre Nachbarn aber schon gut!«

»Nach einem Jahr! Was haben Sie denn erwartet?«

Erik zuckte die Schultern. »Ich habe nach zehn Jahren immer noch keine Ahnung, was der Typ unter mir von Beruf ist.«

Anne sah ihn kurz von der Seite an. »Buchhändler.«

»Oh? Woher wissen Sie das? Ist das mit in Ihrem Fähigkeitenpaket dabei?« Erik war ehrlich beeindruckt. Anne lächelte.

»Nein. Ich habe schon bei ihm Bücher gekauft. Und er hat mir mal erzählt, dass er in Gehlsdorf wohnt. Also hab ich ihm von Ihnen erzählt, dass Sie auch dort wohnen, und er hat gesagt, er kenne Sie, er wohne schließlich im selben Haus.«

»Oh!«, sagte Erik wieder. Und dann: »Aber er wusste bestimmt nicht, was ich von Beruf bin.«

»Er wusste es ganz genau. Er weiß auch von Ihrer Tochter, dass sie Cordelia heißt und siebzehn Jahre alt ist, dass Sie seit vierzehn Jahren geschieden sind und gar nicht gut mit Ihrer Exfrau können, dass Sie früher in Hamburg in einer ganz noblen Gegend gewohnt haben …«

»Hören Sie schon auf. Cordelia hat mal mit ihm gequasselt, oder?«

»Fragen Sie ihn doch! Wäre ein guter Anfang, nachdem man schon so lange im selben Haus wohnt.«

»Hm.«

Sie schwiegen eine Weile.

»Wer war das gerade?«, brach Erik die Stille.

»Kann ich Ihnen später davon erzählen?«

Erik sah sie verwirrt an, ging dann aber darauf ein: »Na gut. Worüber wollen Sie reden?«

»Kai«, sagte Anne.

»Genau. Unser ehrenwerter Haftrichter Dr. Wittmann war der Meinung, es bestehe sowohl erhöhte Flucht- als auch Verdunkelungsgefahr. Außerdem hatte er gewaltig schlechte Laune, weil er meinte, es sei der blanke Hohn, dass wir wertvolle Steuergelder mit einer Großfahndung nach einem von uns verschwenden müssten. Und dann gibt es noch diese Verbindung zum Opfer.«

»Wie bitte? Davon weiß ich noch gar nichts!«

»Sie sind ja auch nicht bei der Polizei. Wir haben herausgefunden, wer der Tote ist. Genauer gesagt, Micha hat es herausgefunden.«

Erik fasste alles zusammen, was sie bislang über das Opfer in Erfahrung gebracht hatten. »Seine Eltern stammen aus Burkina Faso, beide sind aber schon seit fast zwanzig Jahren in Europa und seit der Wende in Rostock. Zumindest die Mutter spricht nahezu perfekt deutsch. Die beiden haben sich als Auswanderer in Frankreich kennengelernt und geheiratet. Auswanderer, nicht Flüchtlinge, denn sie kommen aus verhältnismäßig gut situierten Familien und sind nach Frankreich zu Verwandten geschickt worden, um dort eine bessere Ausbildung zu erhalten. Die Schwangerschaft hat zumindest ihr einen Strich durch die Rechnung gemacht. Der Junge, Jean-Claude Yaméogo, wurde in Marseille geboren, seine Mutter Claudine war zu dem Zeitpunkt selbst noch keine achtzehn. Ihr Mann bekam dann einen Job als Bauingenieur in Rostock, sie hat eine Ausbildung zur Fremdsprachenkorrespondentin oder etwas Ähnlichem gemacht, irgendwas mit Übersetzen halt, aber als sie richtig hätte anfangen können zu arbeiten, bekam sie noch drei weitere Kinder. Ihr Mann verließ sie dann vor ungefähr fünf Jahren. Jean-Claude war damit der Mann im Haus, viel zu jung mit seinen zwölf Jahren. Die Mutter wollte sein Fußballtalent fördern und hat alles getan, um ihn ins Hansa-Internat zu bringen.«

»Die arme Frau«, sagte Anne voller Mitgefühl.

»Wir haben sofort beim LKA einen DNS-Test beantragt. Da

dieser allerdings eine ganze Weile dauern kann, bei uns aber die Zeit drängt, hat unser neuer Gerichtsmediziner, so ein schnieker Kerl aus dem Westen …«

»Wie wir beide auch«, unterbrach Anne.

»Jedenfalls«, fuhr Erik unbeirrt fort, »dieser Gerichtsmediziner hat ein privates Labor für DNS-Tests an der Hand, da haben wir uns für den kleinen Dienstweg entschieden und schon mal einen Vergleich machen lassen. Das Ergebnis war positiv, damit steht die Identität des Opfers fest. Frau Yaméogo ist uns zusammengeklappt, als wir es ihr sagen mussten. Sie liegt jetzt im Krankenhaus.«

»Und wo ist die Verbindung zu Kai?«

»Wir haben uns für Zeugenbefragungen Fotos von Jean-Claude geben lassen. Und Kai ist auf einigen davon ebenfalls zu sehen.«

»Mit dem Jungen?«

»Na ja, mehr so im Hintergrund, aber immerhin auf denselben Partys. Hansa-Feste, aber auch Privatpartys. Die Wahrscheinlichkeit, dass sie sich kannten, ist also gegeben. Die Fotos haben wir auf seinem Laptop gespeichert gefunden. Schnappschüsse mit Digikameras.«

»Früher waren Fotos auf Fotopapier, und nur reiche Kinder hatten Computer«, sagte Anne nachdenklich. »Als ich mit meinem Vater von Irland nach Bonn zog und dort in die Schule kam – das war Anfang der achtziger Jahre –, dauerte es nicht lange, und einer unserer Mitschüler, ein Diplomatensöhnchen, hatte einen C64 zu Hause, kaum dass das Ding in Deutschland auf den Markt gekommen war. Wir sind damals schier geplatzt vor lauter Neid, weil sich unsere Eltern das nicht leisten konnten oder wollten. Und jetzt?«

»Es ist ein recht alter Laptop, den er in seinem Zimmer im Internat hatte. Seine Kameraden haben uns gesagt, dass er ihn gebraucht gekauft hat. Wir haben ihn natürlich aufs Revier mitgenommen, morgen wissen wir mehr. Und eine Digitalkamera hat heute doch wirklich jeder oder zumindest ein Handy, mit dem man Bilder machen kann.«

»Trotzdem kostet das alles Geld. Wo hat er die Sachen her? Es hört sich nicht so an, als hätte seine Mutter viel Geld. Steuert der Vater etwas bei?«

»Wir überprüfen noch, Frau Kommissarin.« Erik lächelte.

»Weiß man schon die Todesursache?«, wollte Anne wissen.

»Genickbruch. Er ist erschlagen worden. Als man ihn angezündet hat, war er schon tot. Glück für ihn, so gesehen.«

»Und Sie glauben also, dass Ihr Kollege einem siebzehnjährigen Jungen das Genick gebrochen und den Leichnam danach verbrannt hat?«, fragte Anne verzweifelt.

»Der Haftrichter hat Angst, dass Kai abhaut, nach der Show, die er seit Samstag abgezogen hat. Zudem können wir ihn so auch vor der Presse schützen.« Als Erik von Marlen Lubanski erzählte, kam endlich Annes Nachbar, der ihnen die Haustür öffnete. Ihre Wohnungstür war zum Glück nur angelehnt gewesen.

Als sie drin waren, kam Erik wieder auf Tom zu sprechen. »Lassen Sie sich eine Geheimnummer geben. Damit dieser Kerl nicht mehr anrufen kann. Okay?«

»Ja, mal sehen«, antwortete Anne widerwillig. »Ich will mich eigentlich nicht wegen eines Mannes, der aus der Spur geraten ist, einschränken müssen.«

Sie fragte sich, ob sie nicht früher hätte merken müssen, dass Tom so reagieren würde. Vielleicht war sie deshalb unsicher geworden. Nicht ihre alte Angst vor einer festen Bindung hatte ihren Rückzug ausgelöst, sondern ihr Instinkt hatte sie vor der Obsession, die in Tom schlummerte, gewarnt.

»Er wird jetzt zwar vernommen, aber die Kollegen müssen ihn dann auch gleich wieder laufen lassen. Woher kennen Sie den Typen?«

»Erinnern Sie sich nicht mehr? Sie haben ihn schon mal gesehen«, sagte sie. »Meine Verabredung am Freitag.«

»Im Warmbad? Der war das? Ach … Jetzt versteh ich das erst. Denkt er jetzt, wir beide …?«

Anne nickte. »Allerdings«, und sie spürte genau in diesem Moment, wie unwohl sich Erik mit einem Mal fühlte. Seine Körperhaltung änderte sich, sie spürte Ablehnung. Erik wollte ihr nicht zu nahe kommen.

Erik räusperte sich umständlich. »Sie sind gerade davon ausgegangen, dass ich den Mann kenne«, sagte er sachlich. »Aber hatten Sie das Gefühl, dass ich lüge, als ich nicht gleich wusste, wer er ist?«

»Natürlich nicht! Sie haben ja geglaubt, ihn wirklich noch nie gesehen zu haben.«

»Ganz genau«, stellte Erik fest. »Sie können nur sagen, ob jemand von dem, was er gerade sagt, überzeugt ist oder nicht, aber dadurch kennen Sie noch lange nicht die Fakten. Sie kennen nur die Gefühle, richtig? Was ist also, wenn Kai einen Filmriss hatte?«

»Dann würde ich ihm glauben, obwohl die Wahrheit eine ganz andere wäre.«

Nach einem schweigsamen Abendessen saß Karen Behrens in ihrem Arbeitszimmer und versuchte, sich auf die Theaterkritik zu konzentrieren, die sie schon längst hätte abliefern müssen. Doch ihre Gedanken schweiften immer wieder ab. Diesmal aber nicht zu Noemi, sondern zu ihrem Mann und Lilly. Die beiden hatten gestern Nacht ein langes Gespräch hinter verschlossenen Türen miteinander gehabt. Karen hatte nicht einmal versucht zu lauschen, so sehr hatte ihr Herz gehämmert, so verängstigt war sie gewesen, dass ihre Enthüllung die Familie nun endgültig zerstört haben könnte.

Aber waren sie nicht schon längst am Ende angelangt? Wie konnten sie nach allem, was geschehen war, noch weitermachen? Ihr Mann würde die ganze Wahrheit nicht vertragen, da war sie sich sicher. Bislang kannte er nur einen Bruchteil und war bereits am Boden zerstört.

Lilly klopfte an ihre Tür und kam zögerlich herein. Sie sah übernächtigt und mitgenommen aus.

»Alles in Ordnung?«, fragte Karen ihre Tochter mit einem gezwungenen Lächeln. Lilly setzte sich schweigend in den Sessel der kleinen Leseecke, die sich Karen neben ihrem Schreibtisch eingerichtet hatte. Sie nahm ein Buch, das gerade herumlag, es war ein Gedichtband von Carol Ann Duffy. Lustlos blätterte sie darin herum, blieb dann an einer Stelle hängen und las aufmerksam.

»Schön«, sagte sie unerwartet.

»Welches Gedicht hast du gelesen?«, wollte Karen wissen.

»Oppenheim's Cup and Saucer«, antwortete Lilly, klappte das Buch zu und las den Text auf dem Einband. »Carol Ann Duffy. Ich hab noch nie von ihr gehört.«

»Sie ist eine schottische Dichterin, Jahrgang fünfundfünfzig. Hattet ihr sie nie im Englischunterricht?«

Lilly schüttelte den Kopf.

»Eigentlich eine sehr bedeutende Autorin. Sie wäre fast Poet Laureate geworden, aber Tony Blair hat sich dann doch für jemand anderen entschieden.«

»Was ist ein Poet Laureate?«, fragte Lilly, und ihr Blick schweifte wieder zu dem Buch zurück.

»Das ist sozusagen das Amt des Berufsdichters und wird in Großbritannien auf Lebenszeit verliehen. Diese Dichter schreiben dann für offizielle Anlässe Gedichte, zum Beispiel für nationale Ereignisse. Die Königin ernennt sie, nachdem sie vom Premierminister vorgeschlagen wurden.«

»Ah. Und warum ist sie es nicht geworden?«

Karen zuckte die Schultern. »Manche sagen, weil sie lesbisch ist. Dabei ist meines Wissens das Gedicht, das du gerade gelesen hast, das einzige, in dem sie sich so offen und bekennend mit der Homosexualität auseinandersetzt. Die Gesellschaft gibt sich zwar tolerant, ist letztlich aber doch noch nicht so weit.«

»Ich frage mich, ob es jemals so etwas wie eine vorurteilsfreie Gesellschaft geben wird. Wahrscheinlich ist es ein genetisches Programm, das uns immer nach jemandem Ausschau halten lässt, der anders ist oder schwächer, um uns selbst aufzuwerten.« Lilly nahm das Buch wieder in die Hand und zog eine Augenbraue hoch. »Schwarze, Behinderte, Juden, Ausländer, Homosexuelle ... Habe ich sonst noch irgendeine diskriminierte Minderheit vergessen?« Sie schnaubte verächtlich durch die Nase. »Frauen. Keine Minderheit, aber gerne immer wieder diskriminiert. Ich leihe es mir mal aus, oder brauchst du es gerade?«

Karen lächelte über Lillys erwachtes Interesse an der Dichtkunst. Ihre Töchter hatten sonst immer nur Romane gelesen, meistens etwas Zeitgenössisches aus den aktuellen Bestsellerlisten. Wenigstens lasen sie, was heutzutage auch bei Gymnasiasten keine Selbstverständlichkeit mehr war. Karen war zwar mit fünfundvierzig noch immer zehn Jahre jünger als ihr Mann, aber was

Bildung anging, war sie eindeutig konservativ, ja bildungsbürgerlich eingestellt.

»Nimm es ruhig mit. Und wenn du möchtest, können wir später auch über das ein oder andere Gedicht reden.«

Lilly schüttelte den Kopf. »Nein. Lass sie mich einfach so lesen.«

Dann fragte Karen etwas, von dem sie wusste, dass es falsch war. Aber die Frage brannte ihr auf dem Herzen. »Wann fängst du wieder an zu spielen?«

Lilly stand auf und wandte sich zur Tür. »Ich bin noch verabredet und bin schon spät dran. Gute Nacht.«

»Warte, es tut mir leid. Willst du darüber reden, was dein Vater gestern mit dir besprochen hat?«

Lilly blieb stehen und drehte sich zu ihr um. Sie schüttelte traurig den Kopf. »Besser nicht.« Dann ging sie.

Was war gestern vorgefallen? Roland sprach seitdem nicht mehr mit ihr, und Lilly hatte zwar ihre Aufsässigkeit abgelegt, sie aber gegen eine unheimliche Stille und tiefe Traurigkeit eingetauscht. Karen konnte sich die schlagartige Veränderung in ihrem Verhalten nicht erklären. Hatte Roland ihr mit etwas gedroht? Hatte er ihr den Kopf zurechtgerückt, ihr Vorwürfe gemacht? Sie wusste, dass sie mit Fragen nichts erfahren würde. Sie würde warten müssen, bis es ihr einer von beiden erzählte.

Seufzend wandte sie sich wieder ihrem Laptop zu und versuchte, ihre Kritik fertig zu schreiben. Danach würde sie sich ins Gästezimmer zum Schlafen legen. Roland würde denken, dass sie ihn so spät nicht mehr stören wollte. Doch in Wirklichkeit wollte sie nicht mehr neben ihm schlafen und mit ihm aufwachen. Noch eine Wahrheit, die er nicht ertragen würde.

8.

Kevin Harms war ganz in seinem Element, wenn er auf einer Bühne stand. So wie vorhin bei der Kostümprobe. Der Regisseur war begeistert, und sogar die Bühnentechniker hatten – was sie sonst nie taten – spontan applaudiert. Er hatte ein gutes Gefühl für die Premiere. Die Provinz würde er aus ihrem Tiefschlaf erwecken! Und dann würde er auf den richtigen, auf den ganz großen Bühnen spielen. In wenigen Jahren würde er nicht nur im ganzen deutschsprachigen Raum von den ersten Häusern umworben werden, nein, auch die Filmproduzenten würden sich dann um ihn reißen. Nicht kleckern, sondern klotzen. Deshalb lautete seine Parole schon jetzt: richtig durchstarten.

Die Schauspielerei war sein Leben. Er war zwar erst dreiundzwanzig, aber diese Überzeugung hatte er nicht erst seit gestern, sondern seit er denken konnte. Die Aufnahmeprüfung für die HMT, die Hochschule für Musik und Theater in Rostock, hatte Kevin nach dem Abi heimlich gemacht, um seine Eltern vor vollendete Tatsachen zu stellen.

Überhaupt, seine Eltern! Vielleicht sollte er sich eine neue Biografie ausdenken? Etwas Glamouröseres? Andererseits, das Leiden gehörte zum Beruf, und wer sich hochgearbeitet hatte, verdiente Respekt. Seine Mutter, eine begriffsstutzige Hausfrau, die ihm unterstellte, er sei schwul, weil doch alle beim Theater in ihrer Vorstellung schwul oder anderswie pervers waren, und die sich deshalb in hysterischen Heulkrämpfen auf dem Boden herumrollte, wann immer sie sich stritten. Sein Vater, ein eindimensionaler Lagerist, der seit der Wende arbeitslos war und seine Tage vor dem Fernseher verbrachte. Fälschlicherweise nahm er an, dass die Zukunft seines Sohnes aus Auftritten in den nachmittäglichen Gerichtsshows bestehen würde, weshalb er gerne immer wieder von brotlosen Künsten sprach und davon, dass das ja wohl jeder dahergelaufene Trottel machen könnte. Seinen Eltern die Ziele, die er im Leben hatte, zu erklären, wäre Zeitverschwendung. Sie verstanden nichts.

Kevin war damals Hals über Kopf aus dem Dorf etwas außerhalb von Greifswald weggezogen, hatte in Rostock einen Kneipenjob bekommen und das harte, zeitintensive Schauspielstudium geradlinig und mit großem Erfolg durchgezogen – mit so viel Erfolg, dass man ihm sogar ein Stipendium bewilligt hatte.

Nun war es so weit, das Studium neigte sich dem Ende zu, und ein Engagement am Volkstheater Rostock war ihm sicher. Doch dorthin wollte er nicht. Er wollte ans Thalia Theater. Erst mal. Und dann Burgschauspieler in Wien werden.

Zurzeit spielte er den Hamlet. Er, der noch Student war! Was für ein Triumph!

Am Dienstag war die öffentliche Generalprobe. Ein paar Tage später dann die große Premiere. Was konnte noch passieren? Er vergaß nie seinen Text. Er vergaß nie seine Auftritte. Er war gut im Improvisieren, falls einer der anderen einen Hänger hatte. Was also konnte noch passieren?

Er würde sich heute einen schönen Abend machen und morgen ausschlafen. Er wusste, was er zu tun hatte, um wieder fit zu sein, bis sich der Vorhang hob. Er hatte sich im Griff.

Die Hospitantin, ein schüchternes Ding aus Magdeburg, hatte er sich für den heutigen Abend vorgenommen. Hospitantinnen waren, besonders wenn sie frisch ans Theater kamen, in ihrer Naivität völlig begeisterungsfähig und empfänglich für die Aufmerksamkeiten, die ihnen die Darsteller erwiesen. Kurz: Sie waren eine hervorragende Partybeute. Bei dieser Hospitantin ging es ihm allerdings nicht darum, sie flachzulegen. Sie war ohnehin nicht sein Typ, viel zu dünn und auch nicht hübsch genug. Er hatte einen ganz anderen Plan.

Sie war nämlich befreundet mit Lilly Behrens. Und Lilly Behrens, wenn ihn seine gründlichen Recherchen nicht völlig fehlgeleitet hatten, war die Tochter von Karen Behrens. Wenn jemand in der hiesigen Kritikerszene einen Namen bis Hamburg hatte, dann Karen Behrens.

Bei einigen Partys hatte er überlegt, ob er Lilly ansprechen sollte. Unauffällig natürlich. Bei jemandem wie ihr musste man taktisch klug vorgehen und durfte nicht gleich sein ganzes Pulver verschießen. Hätte man es sich einmal mit ihr verscherzt, gäbe es bestimmt keinen Weg mehr zurück. Eine Frau wie sie war nun mal Luxusklasse. Bisher hatte sich nie wirklich eine gute Gelegenheit ergeben. Aber über die Hospitantin, Aline, würde es sicher klappen, denn sie traf sich dauernd mit Lilly. Kein Wunder, dass die beiden befreundet waren. Suchten sich denn nicht die schönen Mädchen immer eine hässliche beste Freundin?

Durch geschicktes Nachfragen hatte er erfahren, wo sich die beiden heute Abend treffen würden. Ganz zufällig würde auch er auf der Bildfläche erscheinen – wie denn, ihr seid auch hier? Darf ich mich zu euch setzen?

Er musste heute Abend also nur ins K2 gehen, charmant sein,

Lilly um den Finger wickeln, erstaunt tun, sobald er offiziell erfuhr, wer ihre Mutter war, und alles würde gut werden. Warum auch nicht? Es gab keinen Grund, warum Lilly ihn nicht mögen sollte, sich nicht von ihm begeistern lassen würde. Und sie würde ihrer Mutter von ihm erzählen. Private Kontakte waren das Wichtigste, wichtiger noch als Talent. Am Theater ging es nicht anders zu als überall sonst auf der Welt. Er konnte nur gewinnen.

Als er das K2 betrat, dachte er für eine Sekunde, sich geirrt zu haben. Die beiden waren nicht zu sehen. War er zu früh? Oder – schlimmer noch – zu spät? Doch als er durch das Lokal die Treppe hinab zu den unteren Tischen ging, sah er die beiden dort vor ihren Cocktails sitzen und rauchen. Beide waren komplett in Schwarz gekleidet und trugen, wie im Partnerlook, Poloshirts und Cordhosen. Aline wirkte plötzlich gar nicht mehr so verschüchtert auf ihn wie sonst am Theater. Sie sah ihn zuerst und hörte auf zu reden, woraufhin sich auch Lilly umdrehte, dem Blick ihrer Freundin folgend. Das war sein Stichwort.

»Was denn, Aline! Du hier? Wow, toll! Darf ich mich zu dir setzen?« Ihm als Schauspieler fiel es leicht, den Überraschten täuschend echt zu geben.

»Klar, warum nicht«, sagte Aline und rückte mit ihrem Stuhl etwas herum, während er sich einen leeren Stuhl von einem der angrenzenden Tische schnappte.

»Eigentlich wollte ich früh ins Bett gehen, morgen ist ja Generalprobe, aber dann hat es mich doch noch gepackt. Bin ein bisschen unruhig … Hab aber niemanden mehr erreicht. Und dann dachte ich, ich geh einfach mal los und sehe, wen ich so treffe«, erklärte er beiläufig, während er interessiert die Cocktailkarte studierte. »Seid ihr schon lange hier?« Dann ließ er die Karte abrupt sinken und machte ein bestürztes Gesicht. »Oh Mann, sorry, ich hab gar nicht gefragt, ob ich störe!«

»Nein, gar nicht«, sagte Lilly. Sie wirkte eher belustigt als belästigt.

»Ich bin übrigens Kevin, wir haben uns einander noch gar nicht vorgestellt.«

»Lilith«, antwortete sie, und er war kurz verwirrt. Lilly musste ihr Spitzname sein. »Du hast morgen eine Generalprobe? Bist du Schauspieler?«

Es lief alles, wie er es geplant hatte. Nein, es lief besser als geplant.

»Na ja. Noch nicht ganz. Ich studiere noch«, erwiderte er bescheiden. »Aber ich habe gerade meine erste Hauptrolle außerhalb der Hochschulproduktionen bekommen«, fügte er hinzu. »Daher kenne ich auch Aline. Prima Hospitantin! Tolle Atmosphäre, so ein großes Haus, oder?«

Bevor Aline antworten konnte, fragte Lilly: »Und welche Rolle spielst du?«

»Oh, den Hamlet.« Er ließ es fast schon verschämt klingen.

»Super! Da bist du bestimmt sehr stolz darauf, oder?«

»Ach …«, seufzte er, zog die Schultern hoch und schaute auf den Boden, ganz als ob es ihm peinlich wäre, ein Kompliment erhalten zu haben. »Mal abwarten, ob ich das wirklich schaffe. Und wie die Reaktionen sind.« Er vermied absichtlich das Wort Kritiken.

»Hab ich dich schon mal gesehen? Auf irgendwelchen Partys, kann das sein? Irgendwann in den letzten paar Wochen?«, sagte Lilly plötzlich.

Kevin tat so, als müsste er eine Weile überlegen. »Vielleicht bei

Ole? Das ist einer von den Technikern. Er hat vor ungefähr zwei Wochen seine neue Wohnung eingeweiht.«

Lilly sah Aline fragend an, und Aline nickte. »Da waren wir, das kann gut sein!«, bestätigte Aline.

Lilly lachte. »Meine Güte, das war vielleicht eine Nacht!« Und dann beugte sie sich zu ihm hinüber und raunte ihm zu: »Wo hatte er eigentlich das Meskalin her? Das ist im Moment wirklich nicht mehr so leicht zu bekommen! Schließlich ist es doch total out.«

Und schon war das Eis gebrochen. Lilly fand ihn super, das konnte er fühlen, während Aline lächelnd dabeisaß und nur hin und wieder etwas sagte. Es lief prima. Er würde sie zur Generalprobe einladen. Sie würde ihn großartig finden, ihrer Mutter von ihm vorschwärmen, die bereits von der Pressestelle eine Einladung zur Premiere bekommen hatte. Sollte es immer so leicht sein, die Frauen zu beeindrucken, würde er eine großartige Karriere hinlegen, privat wie auch beruflich. Kevin war sich einmal mehr sicher, dass er genau das Richtige in seinem Leben tat.

Wie hätte er auch wissen sollen, dass er seine erste große Premiere gar nicht erleben würde?

»Das kann nicht sein, das geht so nicht«, schimpfte Erik in der morgendlichen Sitzung. »Diese Prostituierte muss doch zu finden sein, stellt euch nicht so an.«

Andreas Reeken reagierte gereizt. »Ich habe mir die Nächte am Seehafen um die Ohren geschlagen, ich habe alle Taxiunternehmen befragt. Diese Frau ist einfach verschwunden! Ich kann es nicht ändern!«

Erik seufzte. Es waren schon mehr als drei wertvolle Tage vergangen, und der einzige Verdächtige, den sie hatten, war einer aus den eigenen Reihen. Nun ging es ihnen darum, seine Unschuld zu beweisen. Keiner konnte glauben, dass Kai Hauser den jungen Fußballer ermordet hatte. Aber zu hundert Prozent sicher, dass er es nicht getan hatte, war sich ebenfalls keiner.

»Haben wir was über den angeblichen Anruf bei der Journalistin?«, fragte Erik.

»Nichts Neues«, antwortete Micha. »Tanja Schlüter hat uns bereitwillig ihr Handy überlassen und war auch einverstanden, dass wir uns bei der Telefongesellschaft ihres Festnetzanschlusses erkundigen. Von diesen Apparaten aus wurde nicht bei dieser Lubanski angerufen.«

»Es gibt Telefonzellen«, gab er zu bedenken. »Aber nach wie vor glaube ich nicht, dass dieser Anruf je stattgefunden hat. Diese Frau wollte uns verarschen. Sie hat alles, was sie wusste, von Meyerbrinck, da wette ich drauf. Und sollte ich sicher herausfinden, dass es so war, dann können die beiden was erleben. Was hat der Hintergrundcheck über Jean-Claude Yaméogo ergeben?«, wechselte Erik das Thema und sah in die Runde. Olaf Nies meldete sich zu Wort.

»Über eine Verbindung zu Kai können wir nur spekulieren. Sie sind ein paarmal zusammen bei denselben Festen gewesen, aber Kai war sicherlich nicht wegen ihm da, sondern wegen seiner Freundin und deren Bruder.«

»Glaubt der Haftrichter ernsthaft, dass Kai es war?«, fragte Malte schüchtern.

»Sonst hätte er ihn wohl kaum einkassiert. Was wissen wir über das Koks in Kais Karre?«

»Ziemlich miese Qualität«, sagte Micha. »Der Drogentest hat

ergeben, dass Kai außer Alkohol keine Drogen im Körper hatte. Die Haaranalyse steht aber noch aus.«

»Das beweist erst mal gar nichts. Mit dem Zeug dealen könnte man auch, ohne es selbst zu nehmen. Dennis Scholz?«

»Wie vom Erdboden verschwunden. Wir lassen ihn bundesweit suchen, der Zoll ist auch informiert, aber bisher hat sich noch nichts ergeben.«

»Wenn wir davon ausgehen, dass es nicht Kai war, sondern Dennis Scholz, ist die Sache recht einfach. Dennis Scholz hat sich mit dem Jungen im Seehafen verabredet, hat ihn umgebracht und versucht, seine Spuren durch das Feuer zu verwischen. Dabei hat er sein Handy verloren. Danach ist er nach Hause gefahren, um seine Flucht vorzubereiten. Gerade als er abhauen wollte, steht unser Kollege vor der Tür, denkt, Scholz sei tot und will in die vermeintlich leere Wohnung. Scholz zieht ihm eins über und haut ab. Wissen wir, wie oder womit er zurückgekommen ist? Hingefahren ist er mit dem Taxi.«

»Zurück aber nicht. Kein einziges Taxi aus Rostock hat diese Fahrt gemacht«, sagte Andreas.

Erik stöhnte. »Kann er die Strecke gelaufen sein? Wie weit ist es ungefähr vom Hafen in die KTV?«

»Zehn Kilometer? Zwölf?« Andreas zuckte die Schultern.

»Das ist schon eine ganze Ecke. Niemand läuft freiwillig mitten in der Nacht so weit. Bleibt nur Kais Wagen, und dann frag ich mich schon wieder, wie er an den gekommen ist. Er fährt doch nicht mit dem Taxi in den Hafen und läuft dann nach Hinrichsdorf, wo er das Auto klaut. Also doch der unbekannte Dritte?«

»Hoffen wir, dass der Dritte ein Unbekannter ist«, sagte Micha.

Alle schwiegen.

»Was ist mit Scholz' Wagen?«, fragte Erik weiter.

»Der ist ebenfalls verschwunden«, antwortete Micha.

»Selbst wenn Scholz der Mörder ist, bleiben einige Dinge ungeklärt: Was ist mit dem Anruf, der von Kais Haus ausging? Wieso wurde Kais Auto im Hafen gesehen? Wieso finden wir Kais Auto dann bei Dennis Scholz quasi vor der Haustür mit einem Riesenpacken Koks? Und aus welchem Grund hätte Scholz den Jungen umbringen sollen? Oder ist Scholz ebenfalls tot und der unbekannte Dritte, der mit Kais Wagen gekommen ist, hat die beiden umgebracht? Oder ist der unbekannte Dritte tot und Scholz ist mit dem Wagen, den der Unbekannte von Kai geklaut hat, zurück in die Stadt gefahren? Oder ist Yaméogo mit dem Wagen von Kai dorthin gefahren?«

»Das Fahrrad, das die Taucher gefunden haben, gehört ihm«, gab Micha zu bedenken.

»Na und? Er könnte mit dem Fahrrad nach Hinrichsdorf zu Kai gefahren sein, dort das Auto geklaut haben, das Fahrrad in den Kofferraum gepackt haben und danach in den Hafen gefahren sein.«

Micha schüttelte den Kopf. »Dann müsste es Spuren im Auto gegeben haben, die auf das Fahrrad hinweisen. Öl von der Kette, Dreck von den Reifen, aber nichts davon gibt es. Außerdem hatte der Junge keinen Führerschein. Ich glaube nicht, dass er Auto fahren konnte.«

Erik fuhr sich durch die Haare und stützte seinen Kopf dann in die Hände. »Hier passt nichts zusammen! Was sagen die anderen Jungs im Internat über Yaméogo?«

Micha, der die Befragungen geleitet hatte, antwortete: »Cooler Typ, super Talent, nur sei er in den letzten Monaten recht schlampig mit der Schule und dem Training gewesen. Er fehlte oft, angeblich, weil seine Mutter krank war. Wir wissen ja nun, dass das gelogen war. Seine Mutter konnte uns auch nicht sagen, was er während der Zeit gemacht hat, von der alle dachten, er sei bei ihr.«

»Hatte er was mit Drogen am Hut?«, fragte Olaf Nies.

»Und wenn, würden das seine Kameraden wohl kaum ausplaudern, oder? Frag doch mal einen Leichtathleten zum Thema Doping!«, spöttelte Micha.

»Gibt es denn keinerlei Hinweise auf eine Verbindung zu Scholz? Was ist mit seinem Handy? Was hatte er alles auf seinem Computer?« Erik schüttelte verzweifelt den Kopf. »Malte, gib mir irgendetwas!«

»Ich wünschte, ich könnte«, begann Malte, hustete ein wenig und wedelte mit der Hand den Zigarettenrauch weg, der von Michas Kippe in seine Richtung zog.

»Mach doch mal ein Fenster auf«, bat Erik seinen Stellvertreter, und Micha erhob sich gelangweilt, um dieser Bitte nachzukommen.

Malte bedankte sich und sprach weiter. »Der Junge hatte nur ein Handy mit Guthaben zum Abtelefonieren, er hat es kaum benutzt. Eigentlich nur, um mit seiner Mutter zu reden, und sie war diejenige, die ihn auch am häufigsten angerufen hat. Ein paar Anrufe sind vom Internat oder von seinen Kameraden. Und natürlich gibt es auch eingehende Anrufe von unbekannten Teilnehmern, die nicht mehr nachvollzogen werden können. Aber er selbst hat nie bei Scholz angerufen.«

»Seine Nummer ist auch nicht in der Liste von Scholz?«

»Nicht direkt. Aber ich habe etwas anderes gefunden. Scholz

hatte noch eine zweite Handykarte, die auf seinen Namen lief. Wir haben sie aber nicht bei ihm gefunden. Klar, das heißt erst mal nichts, schließlich ist er abgehauen, und vielleicht hat er sein zweites Handy mitgenommen. Andererseits …« Malte zögerte.

»Lass hören. Die Theorien, die wir bis jetzt haben, führen uns keinen Schritt weiter. Eigentlich haben wir überhaupt keine brauchbaren Theorien im Moment. Also?«

»Gut. An diese zweite Handynummer hat Scholz ziemlich häufig Textnachrichten geschickt. Er hat diese Nummer auch öfter angerufen, manchmal hat er sogar eine ganze Viertelstunde über diese Nummer telefoniert. Und er wird wohl kaum an sich selbst getextet oder Selbstgespräche geführt haben.«

Während die anderen das Gesagte noch überdachten, fuhr Malte fort: »Wenn wir davon ausgehen, dass Jean-Claude Yaméogo diese Handykarte besessen hat, würde das bedeuten, dass die beiden in sehr intensivem Kontakt miteinander standen. Und in der Nacht von Freitag auf Samstag hat Scholz diese Nummer mehrfach angerufen, zuletzt gegen elf. Jetzt müssen wir diese Karte nur noch finden.«

»Gab es zu dieser zweiten Karte auch ein Handy?«, fragte Micha. »Ich meine, wir haben Jean-Claudes Handy in seinem Zimmer gefunden. Er wird aber nicht ohne Handy zum Seehafen gefahren sein, und die Uhrzeit, zu der diese Nummer zuletzt angerufen wurde, passt zu der Zeit, zu der Jean-Claude zum Seehafen gefahren ist. Wenn er also diese Karte von Scholz benutzt hat, musste er entweder dauernd die SIM-Karten wechseln, oder er hat noch ein zweites Handy gehabt.«

»Gut möglich, die Dinger gibt es doch mittlerweile gebraucht für ein paar Euros. Oder vielleicht hat Scholz ihm ein altes von sich gegeben«, sagte Olaf.

»Dann hat der Junge also das Zweithandy von Scholz dabeigehabt ... Wäre es verbrannt, hätten wir es gefunden. Also muss es der Täter ins Wasser geworfen haben, und die Taucher haben es nicht gefunden, oder er hat es mitgenommen oder woanders weggeworfen«, schlussfolgerte Micha.

»Oder Scholz hat es wieder eingesteckt und mitgenommen. Hat mal jemand die Nummer angerufen?«, wollte Erik wissen.

»Ausgeschaltet«, antwortete Malte.

»Ein ziemliches Herumgetelefoniere, seit es Handys gibt«, überlegte Andreas. »Gut für uns, klar, aber ich frag mich immer wieder, wie unsere Eltern ohne Handys klargekommen sind.«

»Sie haben ihre Verabredungen getroffen und eingehalten«, antwortete Olaf trocken und kassierte dafür von Andreas einen Stoß in die Seite.

»Hey, keine Schlägereien!«, mahnte Erik.

Olaf grinste. »Stimmt, davon hattest du gestern ja schon genug.«

Andreas und Micha mussten unwillkürlich lachen.

»Sollst dich aber wacker geschlagen haben!«, kommentierte Micha.

»Das gehört hier nun wirklich nicht her. Außerdem war es keine Schlägerei, sondern eine stinknormale Festnahme. Zurück zum Thema. Wir brauchen noch mehr, um die Vermutung von Malte zu stützen, aber die Richtung gefällt mir. Grabt aus, was ihr finden könnt. Irgendwer hat die beiden vielleicht mal zusammen gesehen. Seht euch die Fotos auf dem Computer von dem Jungen noch mal ganz genau an. Mir reicht schon, wenn Scholz im Hintergrund herumschwirrt. Ich brauche eine Verbindung!«

Erik verteilte die Aufgaben für den Tag und schickte seine Mitarbeiter los. Er selbst blieb noch eine Weile im Besprechungsraum sitzen und dachte nach. Ohne ein klares Bild vom Opfer zu haben, war es schwer, den Täter zu finden, besonders, wenn es keine verwertbaren Spuren am Tatort gab. Woher sollten sie wissen, wo sie suchen mussten, wenn sie keinen Schimmer hatten, mit wem das Opfer Umgang gehabt hatte? Dessen Fußballkameraden waren komplett aus dem Schneider, sie waren in der fraglichen Nacht alle im Internat gewesen, und ihr Trainer ebenfalls. Es gab Überwachungskameras von sämtlichen Türen, sie hatten sich die Bänder geholt und durchgesehen. Niemand hatte in dieser Nacht das Gebäude verlassen. Wer sonst könnte es noch gewesen sein?

Jean-Claudes Kameraden wussten kaum etwas über ihn. Nach allem, was Erik von Micha gehört hatte, sprach einerseits Neid wegen seines Talents aus ihnen, andererseits gab es auch Berührungsängste.

Erik erhob sich, um das Fenster zu schließen. Dann ging er zurück in sein Büro. Micha war nicht da, was Erik erleichtert zur Kenntnis nahm. Auch wenn er mittlerweile die Mordkommission leitete, war Erik doch im Grunde immer noch ein Einzelkämpfer. Nie war er ein Teamplayer gewesen, anders als Micha, der sich mühelos ein- und unterordnen konnte, ständig mit Kollegen diskutierte und dauernd im Gebäude unterwegs war. Erik brauchte Ruhe und Abgeschiedenheit, um nachdenken zu können.

Zum Beispiel darüber, wie es mit der Presse weitergehen sollte. Momentan gab es einen riesigen Streit mit dem Chef der Polizeipresseabteilung, weil Erik sich wegen des Vorfalls mit Meyerbrinck weigerte, Ergebnisse an die Presseabteilung weiterzugeben. Roland Behrens hatte dies allerdings abgenickt, sodass Erik die alleinige Kontrolle über den Informationsfluss nach außen hatte. Zumindest, was den offiziellen Weg anging.

Aber früher oder später würden sie damit herausrücken müssen, dass ein schwarzer Junge ermordet worden war. Seine Kameraden aus der Schule und vom Fußball würden sich ohnehin schon wundern, warum nichts über seinen Tod in den Zeitungen stand. Wie er umgekommen war, hatte ihnen niemand gesagt. Aber dass er tot war, würde bald an die Zeitungen durchsickern. Rostock funktionierte wie eine Kleinstadt, und bei den Hansaspielern trieben sich ständig Journalisten herum, die bestimmt Interesse an dem plötzlichen Ableben eines jungen Spielers entwickeln würden.

Aber was waren die Konsequenzen? Würde man nicht wieder ein Pogrom in Rostock vermuten? Sie mussten geschickt formulieren, wenn sie damit an die Öffentlichkeit gingen, und es musste heute geschehen, sonst wäre der Skandal umso größer.

Eine andere Frage war: Wie ging es mit Kai weiter? Wie war er in die Sache verstrickt? Zu viele Ungereimtheiten blieben, selbst wenn man einen anderen als Täter in Betracht zog. Falls es diesen anderen gab.

Der Ärger mit der Pressemitteilung hielt Erik länger auf als geplant. Er verschwendete einen ganzen Tag damit. Recht schnell hatte er sich mit Helmut Reuter auf einen Wortlaut geeinigt gehabt, aber der Chef der Pressestelle war damit nicht zufrieden gewesen. Es war seine Art, Machtspielchen mit der Mordkommission auszutragen, weil sie einen seiner Mitarbeiter vorgeführt hatten. Zur Mittagszeit schlug Reuter vor, den Leiter der KPI mit einzubeziehen, aber Roland Behrens war in Sitzungen und konnte wegen so etwas Profanem wie einer Pressemitteilung – so drückte es jedenfalls seine Sekretärin aus – nicht gestört werden. Erik und Reuter standen wie die Schulbuben vor ihr in dem mit weichem Teppich ausgeschlagenen Raum im obersten Stockwerk des Gebäudes, doch sie blieb unerbittlich. Dann stiegen sie wieder die Treppe hinunter zu ihren eigenen Büros und diskutierten weiter.

Dauernd wurden sie unterbrochen, weil es Neuigkeiten gab. Der Obduktionsbericht war nun vollständig, inklusive toxikologischer Befunde, die letzten ausstehenden Berichte der KTU tröpfelten herein, weitere Zeugenbefragungen waren abgeschlossen und hatten nichts ergeben. Erst am Abend tauchte Behrens mit versteinerter Miene auf, sah sich den Pressetextvorschlag von Erik an, genehmigte ihn und brachte ihn höchstpersönlich zur Pressestelle. In spätestens einer Stunde würden Radio und Fernsehen darüber berichten, noch früher würde die Sache online gehen. Später in der Nacht gäbe es sicherlich schon erste Spekulationen, aber Erik hoffte, es würde nicht so schlimm werden, hatten sie sich doch darauf verständigt, dass von dem Verbrennen des Leichnams nichts bekannt werden würde. Außerdem hatten sie das Verbrechen als reine Beziehungstat dargestellt und einen ausländerfeindlichen Hintergrund definitiv ausgeschlossen. Nach außen taten sie so, als besäßen sie eine gute Vorstellung, wo sie suchen mussten. Was hätten sie auch sonst tun sollen?

Es würde schon gut ausgehen, dachte Erik. So lange keiner diese Meldung mit der, die Marlen Lubanski ins Netz gestellt hatte, in Verbindung brachte. Sonst würde noch jemand Kai als rechtsradikalen Schläger beschimpfen, Anschuldigungen, die sich gerne auf den gesamten Berufsstand übertrugen.

Es war bereits später Nachmittag, als Erik seine Tochter in Hamburg anrief. Das hatte er schon die ganze Zeit tun wollen, aber er hatte nicht gewusst, was er zu ihr sagen sollte. Dass er sich Sorgen machte? Jetzt plötzlich aus heiterem Himmel? Aber so war es nun mal. Wenigstens freute sie sich, ihn zu hören.

»Sag mal, Cordelia, du weißt doch, dass ich immer für dich da bin, wenn du mich mal wirklich brauchst«, begann er hilflos.

Seine Tochter erwiderte misstrauisch: »Irgendetwas stimmt doch nicht mit dir! Was denkst du, was ich angestellt haben könnte?«

Wie gut sie ihn kannte. »Na, ich dachte nur, falls du mal in eine Situation kommst, in der dir jemand Drogen anbietet, oder falls du denkst, du müsstest so was auch mal ausprobieren …«

»Hattest du gerade einen Lehrgang über Drogenmissbrauch bei Jugendlichen?«, unterbrach sie ihn lachend.

»Nein, wie kommst du denn darauf? Ich dachte nur … Jetzt in deinem Alter …«

»Papa, das Thema wäre – wenn – dann schon lange durch. Ich bin schließlich schon siebzehn!«

Erst siebzehn, dachte Erik. Sie fühlt sich schon so erwachsen, dabei ist sie noch so jung! So jung wie Jean-Claude Yaméogo.

»Wie meinst du das, das Thema wäre – wenn – dann schon lange durch?«, wollte Erik wissen.

»Na, über so was macht man sich spätestens mit vierzehn zum ersten Mal Gedanken. Ihr bekommt schon noch was mit in Rostock, oder?« Sie lachte wieder fröhlich. Ihr alter, provinzieller Vater und die weltmännische Tochter. Das Angebot, am Wochenende vorbeizukommen, nahm sie trotzdem an.

»Aber du musst mir versprechen, dass du mir keinen Drogenvortrag hältst! Und wir gehen auch auf keine Wahlparty, okay?«

Erik freute sich auf den Besuch seiner Tochter und hoffte nur, dass er bis dahin mit dem Fall weit genug sein würde, um Zeit für sie zu haben. Sie plapperte noch eine Weile über die Schule und wie sehr sie von ihrer Mutter genervt war, und als sie aufgelegt hatten, musste Erik schmerzlich feststellen, wie sehr sie ihm fehlte, wie sehr er sie vermisste. Wie leer er sich plötzlich fühlte.

Die anderen Telefonate, die er heute noch hatte führen wollen, würden warten müssen. Dazu war er nun nicht mehr in der Stimmung. Zurück in seine Wohnung wollte er allerdings auch vorerst nicht. Warum er beschloss, Anne Wahlberg anzurufen, wusste er selbst nicht so genau. Vielleicht, weil er das Gefühl hatte, sich erkundigen zu müssen, wie es ihr ging.

»Mir geht es gut, danke«, sagte sie freundlich.

»Er hat sich also nicht mehr bei Ihnen gemeldet?«

»Nein …« Sie klang unsicher.

»Ist wirklich alles in Ordnung bei Ihnen?«, hakte Erik nach.

Am anderen Ende der Leitung war es einen Moment still, dann sagte Anne endlich: »Ach, es ist albern, aber wenn ich ehrlich bin, ist mir schon ein bisschen mulmig, wenn es jetzt draußen dunkel wird.« Ihre Stimme verlor sich.

»Soll ich vorbeikommen?« Erik ärgerte sich, kaum, dass er es gesagt hatte. Würde sie ihn als zu aufdringlich empfinden? Warum in aller Welt sollte sie ihn den ganzen Abend bei sich herumsitzen haben wollen? Abgesehen davon, dass sie irgendwann sowieso wieder anfangen würden zu streiten. Aber bevor er sein Angebot wieder zurücknehmen konnte, sagte sie:

»Ich glaube, das würde mich sehr beruhigen. Sagen wir acht Uhr? Ich koche Ihnen etwas zur Entschädigung, dass Sie sich bei mir herumlangweilen, nur weil ich Angst im Dunkeln habe.«

Es war schon kurz nach acht, als Erik endlich sein Büro verließ. Er beschloss, den halben Kilometer bis zu Annes Wohnung zu Fuß zu gehen. Ein wenig Bewegung würde ihm guttun. Unterwegs sah er sich aufmerksam in der Dämmerung um, ob sich Tom Barner irgendwo verborgen hatte, aber er konnte nichts sehen. Sicher war ihm der Ausflug im Streifenwagen eine Lektion gewesen, und jetzt hatte er den Rückzug angetreten. Erik pfiff ein bisschen vor sich hin, und nach wenigen Minuten war er vor dem Haus angekommen, in dem Anne wohnte. Er klingelte, dann sah er, dass die Haustür nur angelehnt war. Wieder einmal hatte ein Besucher sie wohl nicht richtig zugezogen.

Erik ging hinein und sah, dass Anne ihre Wohnungstür offen gelassen hatte. Sie erwartete ihn wohl bereits, denn er war gute zehn Minuten über der Zeit. Trotzdem musste er ihr sagen, dass sie nicht so unachtsam sein durfte. Er rief nach ihr, erhielt jedoch keine Antwort. Im Badezimmer lief das Wasser. Duschte sie noch schnell? Wie alle Frauen war sie wohl doch eitler, als sie zugeben würde, und wollte sich eben noch den Küchendunst aus den Haaren waschen. Kurz war er versucht, in der Küche nachzusehen, was sie gekocht hatte, doch er beschloss, sich überraschen zu lassen. Also setzte er sich ins Wohnzimmer.

Dort inspizierte er als Erstes die Stereoanlage und ihre CDs. Es war fast nur klassische Musik. Einige Jazz- und Blues-CDs: Aufnahmen von Gershwin-Songs verschiedener Interpreten, aber auch vom Meister selbst, Lieder von Cole Porter, ein bisschen Miles Davis, Sammy Davis jr., Frank Sinatra, Fats Waller, Nat King Cole, Duke Ellington. Er überlegte, in eine ihrer CDs reinzuhören, entschied sich dann aber dagegen. Schließlich hatte er ihr etwas mitgebracht, von dem er sich sicher war, dass sie es mögen würde, auch wenn sie zur aktuellen Musik nur wenig Bezug hatte.

Es war ein älteres Album von Rufus Wainwright. Er zog die CD, die er vorhin noch schnell aus seinem Auto gefischt hatte, aus seiner Jackentasche und legte sie in den CD-Player.

Erik setzte sich auf das Sofa, schloss die Augen und genoss den ersten Song, *Cigarettes and Chocolate Milk*. Ein Song über die Verführungen des Lebens, die einem nicht guttaten, denen man aber nicht widerstehen konnte.

Anne war noch immer im Bad. Nun, da er sich zum ersten Mal seit einigen Tagen ganz entspannt niedergelassen hatte, merkte er, wie erschöpft er eigentlich war und wie tief es ihn erschütterte, dass einer seiner Kollegen in diesem Moment in Untersuchungshaft saß. Kai war damit eigentlich in der klassischen Situation, in der manche Unschuldigen Selbstmord verübten, weil ihnen niemand glauben wollte, schoss es ihm durch den Kopf. Wenn er denn unschuldig war! Unruhig erhob Erik sich, um nicht weiter darüber nachdenken zu müssen. Kai ist nicht so, sagte er sich. Nicht Kai. Aber vielleicht hätte er ihn heute besuchen und mit ihm reden sollen, um ihm zu sagen, dass alles wieder gut werden würde. Gleich morgen früh musste er nach ihm sehen. Erik ging im Zimmer auf und ab und wartete.

Als eine Pause zwischen zwei Liedern war, bemerkte er, dass im Badezimmer noch immer das Wasser der Dusche lief. Vielleicht hatte sie es aus einem anderen Grund laufen lassen und war in Wirklichkeit die ganze Zeit in der Küche, hatte ihn aber nicht gehört? Erik ging zur Küche und öffnete die Tür.

Er verfluchte sich, dass er seinem Impuls, in die Küche zu sehen, nicht sofort nachgekommen war. Ein langes Küchenmesser lag auf der Anrichte, eines, wie man es zum Fleischschneiden benutzte. Es war voller Blut. Blut klebte auch auf dem Fußboden.

Am Küchentisch und an der Innenseite der Küchentür befanden sich blutige Handabdrücke. Er dachte nicht daran, sich zu bewaffnen oder die Wohnung zu sichern, nachzusehen, ob noch jemand da war. Er rannte einfach ins Bad, und dort fand er sie auf dem gekachelten Fußboden, die Beine an den Körper gezogen, die Hände zusammengefaltet wie zum Gebet.

9.

Zuerst dachte er, sie sei bewusstlos. Aber dann öffnete sie die Augen und sah ihn mit einem leeren Blick an, so als erkenne sie ihn gar nicht. Er half ihr, sich aufzurichten, klappte den Toilettendeckel runter und ließ sie sich setzen. Dann stellte er die Dusche ab. Fast hätte er sich an dem heißen Wasser verbrannt. Spiegel und Fenster waren beschlagen, die Luft im Badezimmer war feucht, warm und schwer wie in einem Treibhaus. Sie hielt noch immer ihre Hände gefaltet, und nun sah er, dass Blut an ihnen klebte. Nicht nur an ihren Händen, auch an ihrer Kleidung. Sie trug ein weißes Poloshirt und eine Jeans. Soweit Erik sehen konnte, hatte sie selbst aber keine Verletzungen, und ihre Kleidung war nicht zerrissen. Das Blut musste von jemand anderem stammen.

»Sind Sie verletzt?«, fragte er trotzdem. Sie starrte auf den Boden. Soweit er sehen konnte und so wie sie sich verhielt, war ihr zumindest kein physischer Schaden zugefügt worden.

»Was ist passiert? War das der Typ von gestern?« Nun nickte sie langsam. »Wo ist er jetzt? Er muss schwer verwundet sein, wie es aussieht! Hat er Sie angegriffen?« Anne zuckte schwach mit den Schultern. »Sie müssen mit mir reden!« Er war vor ihr in die Hocke gegangen, hielt ihr Gesicht in seinen Händen und versuchte, ihren Blick einzufangen. Aber sie schloss die Augen.

»Bitte, sprechen Sie mit mir!«, flehte er, als es an der Tür Sturm zu klingeln begann. Erik richtete sich auf, um nachsehen zu gehen, und öffnete gerade die Wohnungstür, als zwei Uniformierte durch die Eingangshalle auf ihn zukamen.

Erik waren die beiden von einem Einsatz her bekannt, er wusste aber nicht mehr genau, wann und wo das gewesen war. Der Kleinere von beiden, der zugleich auch der Ältere mit dem höheren Dienstgrad war, hieß Hettmann. Er hatte semmelblondes kurzes Haar und blaue Augen in einem runden Allerweltsgesicht. Der große Dünne, Kruse, vielleicht Anfang zwanzig, war dunkelblond und trug einen Schnauzer.

»Wohnt hier eine Frau Dr. Anne Wahlberg?«, fragte Hettmann.

Erik nickte, drehte sich um und ließ sie in den Flur, ging dann aber keinen Schritt weiter.

»Kennen wir uns nicht?«, begann Kruse plötzlich verwirrt. Erik nannte seinen Namen und Dienstgrad.

»Wie ging das denn so schnell an die Mordkommission?«

»Er ist privat hier«, unterbrach ihn sein Vorgesetzter hastig. Erik verfluchte derweil innerlich die Effizienz, mit der im Büro Gerüchte über das Privatleben der Vorgesetzten auch über die einzelnen Abteilungen hinaus die Runde machten. Der Vorfall mit Thomas Barner hatte sich also herumgesprochen, und offensichtlich hatte es Rückschlüsse darauf gegeben, warum Erik Kemper von der Mordkommission so schnell zur Stelle gewesen war, um die attraktive Frau Dr. Wahlberg vor ihrem Stalker zu beschützen.

Hettmann wandte sich wieder an Erik: »Wir müssten uns mit Frau Dr. Wahlberg unterhalten.«

»Das geht nicht, sie ist völlig fertig. Wer hat euch eigentlich hergeschickt?«

»Das Südstadtkrankenhaus hat eine schwere Körperverletzung gemeldet und uns diese Adresse gegeben.«

»Ruft mal einen Arzt, es geht ihr wirklich nicht gut«, unterbrach Erik schnell. Er musste erst mit ihr reden, unbedingt. Er musste zuerst erfahren, was zwischen ihr und Tom Barner vorgefallen war. Erik schob die beiden Beamten ins Wohnzimmer, wo er als Erstes die Musik wieder ausmachte.

»Ich komm gleich zu euch.«

Wieder bei Anne, sagte er leise: »Zwei Kollegen von mir sind gerade gekommen. Sie rufen gleich einen Arzt, der nach Ihnen schaut. Ich werde so lange hier bleiben, wenn Sie wollen. Sie brauchen keine Angst mehr zu haben, okay?«

Er hatte keine Ahnung, ob sie ihn gehört hatte. Vorsichtig kam er etwas näher und ging vor ihr in die Hocke.

»Hey«, sagte er leise und versuchte, sie anzulächeln. Er sprach mit ihr, so wie er immer mit seiner Tochter gesprochen hatte, wenn sie sich als kleines Kind das Knie aufgeschlagen hatte. »Alles wird gut, hm?« Er strich ihr über das Haar, ohne darüber nachzudenken, ob diese Form von Nähe und Vertrautheit zwischen ihnen überhaupt angebracht war.

»Ich gehe jetzt raus zu den beiden und sage, dass es Notwehr war. Sie müssen jetzt nur nicken, ja?«

Anne starrte weiter vor sich auf den Boden.

»Nur nicken. Ich muss wissen, dass es Notwehr war«, flüsterte er. Nicht ob, sondern dass es Notwehr war, dachte er. Er legte ihr die Worte in den Mund.

Er nahm wieder ihr Gesicht in die Hände, in der Hoffnung, sie würde ihn endlich ansehen. Doch sie schloss wieder die Augen.

»*Is he dead?*«, fragte sie, und er verstand sie erst nicht. Dann begriff er. Er hatte vergessen, dass sie nicht ihr ganzes Leben in diesem Land verbracht hatte und dass Deutsch nicht ihre Muttersprache war, auch wenn sie zweisprachig aufgewachsen war. Dann fiel ihm ein, dass die Betroffenen in Schocksituationen oft regressive Verhaltensweisen zeigten. Auf irgendeinem Lehrgang musste er das wohl aufgeschnappt haben, oder hatte er es gelesen? Wahrscheinlich gehörte der Rückfall in die Muttersprache auch dazu. Sollte er jetzt auf Englisch antworten? Hatte sie ihn etwa die ganze Zeit nicht verstanden? Sie hatte doch auf ihn reagiert. Auf einmal war er sich nicht mehr sicher.

»*I want him dead*«, sagte sie tonlos.

Erik hatte keine Ahnung, wie er reagieren sollte. Er würde improvisieren müssen. Also stand er auf, schloss leise die Badezimmertür hinter sich und ging zu den beiden Kollegen ins Wohnzimmer.

»Habt ihr einen Arzt angerufen?«

Hettmann nickte. »Es kommt gleich einer. Aber wir müssen eigentlich mit ihr reden.«

»Ich habe schon mit ihr gesprochen, es war Notwehr. Außerdem war ich direkt danach hier.« Das hätte er wohl besser nicht sagen sollen, fiel ihm ein.

»Wieso hast du nicht gleich angerufen? Sollen wir die KTU …?«, wollte Hettmann wissen.

»Ich kümmere mich um alles. Wo ist der Typ jetzt eigentlich? Im Krankenhaus? Was genau hat er?«, lenkte er schnell ab.

»Du weißt, wer es war?«, wunderte sich Kruse.

»Ich hatte schon gestern hier vor der Haustür eine kleine – äh – Auseinandersetzung mit ihm. Erzählt mir jetzt nicht, dass ihr davon noch nichts gehört habt!«

»Ah«, sagte Hettmann und wurde ein wenig rot, während er sich Notizen machte. »Das nehmen wir dann auch noch gleich in den Bericht auf.« Er schrieb eine ganze Menge auf. Dann erklärte er: »Es geht also um Thomas Barner, Dr. Thomas Barner, genauer gesagt. Wieso haben die alle Doktortitel? Sind das Ärzte?«

»Psychologen«, half ihm Erik weiter, während er angestrengt auf Geräusche aus dem Badezimmer lauschte. Aber es blieb alles ruhig.

»Ah«, sagte Hettmann wieder. »Jedenfalls ist dieser Dr. Barner, nachdem das hier passiert ist, aus dem Haus gegangen und hat zufällig ein Taxi erwischt. Der Taxifahrer hat ihn ins Südstadtklinikum gebracht. Er hat Glück gehabt, der Fahrer ist Medizinstudent, ein anderer hätte vielleicht Gas gegeben, um keine Schwierigkeiten zu bekommen, für den Fall, dass er im Auto gestorben wäre. Barner hat stark geblutet, aber es sind keine inneren Organe verletzt, nichts Lebensgefährliches, sagen die Ärzte. Das Allererste, was er im Krankenhaus gesagt hat, war, dass Frau Dr. Wahlberg versucht hätte, ihn umzubringen. Darum hat uns das Krankenhaus sofort verständigt.«

»Wann genau war das?«, fragte Erik.

Hettmann sah ihn verwundert an. »Das müsstest du doch …«

»Die genaue Uhrzeit! Ich weiß nicht mal, wie spät es jetzt ist! Also?«

»Gegen halb acht muss es passiert sein, der Anruf aus dem Krankenhaus kam um zwanzig Uhr neun, wir sind dann sofort losgefahren«, fasste Hettmann zusammen, und Kruse nickte andächtig.

»Tja, egal, was dieser Barner auch erzählt, es war Notwehr«, sagte Erik in einem Ton, der keine weitere Diskussion zuließ. »Daran gibt es nicht viel zu rütteln. Er hat eine Vorgeschichte, was Belästigung angeht, um nicht zu sagen Stalking.« Hier nickten die Kollegen beide sehr eifrig, hatte es doch erst kürzlich eine interne

Schulung zu diesem Thema gegeben. »Er hat sie angegriffen, und sie hat sich verteidigt, nun fantasiert er herum. Ich rede mit dem Staatsanwalt. Einer von euch muss ins Krankenhaus und sein Zimmer bewachen, damit er nicht abhaut.« Erik stand auf und brachte die beiden zur Tür.

Genau wie Behrens vor ein paar Tagen, dachte er. Genau so hatte Behrens sich verhalten, als er und Micha mit Lilly hatten sprechen wollen. Behrens hatte Lilly schützen wollen. Weil er gewusst hatte, dass seine Tochter etwas zu verbergen hatte. Weil er gewusst hatte, dass sie etwas getan hatte, von dem niemand etwas erfahren sollte.

Er sah wieder nach Anne, die sich immer noch nicht bewegte. So setzte er sich einfach stumm auf den Boden und wartete. Zum Glück klingelte bald darauf die herbeigerufene Ärztin, die Anne eine Beruhigungsspritze geben wollte. Doch nun wurde Anne plötzlich aktiv, sie lehnte mit einem entschiedenen Kopfschütteln ab, stand auf und stellte die Dusche wieder an. Erik drehte sich sofort um und ging hinaus, damit sie sich ausziehen konnte.

»Ach, Sie sind nicht der Freund oder Ehemann?«, fragte die Ärztin, deren Namen er nicht verstanden hatte.

»Nein, wir arbeiten nur zusammen. Sie ist Psychologin und berät die Polizei.«

»Und dann lassen Sie sie duschen?«, fragte die Ärztin. Sie war vor der Dusche stehen geblieben und betrachtete Anne prüfend, während sich Erik noch über ihre Äußerung wunderte. Die Kleidung, die Anne ausgezogen hatte, sammelte die Frau auf und reichte sie ihm.

»Brauchen Sie die für die Spurensicherung?«, fragte sie.

Erik nahm die Sachen entgegen, öffnete die Schlafzimmertür

und warf sie achtlos auf Annes Bett. Dann machte er die Tür schnell wieder zu. Ihm war, als hätte er ihre Intimsphäre schon genug verletzt. Endlich verließ auch die Ärztin das Badezimmer und machte die Tür hinter sich zu.

»Hat sie eine Freundin, die auf sie aufpassen kann?«

»In Rostock? Ich weiß nicht, ich glaube nicht. Ich könnte noch eine Weile hierbleiben.«

»Na ja, wenn sie das akzeptiert, ist es gut«, sagte sie voller Skepsis. Erik musterte sie zum ersten Mal genau. Die Ärztin strahlte Kompetenz und Entschlossenheit aus, und in ihrem Blick las er genau die Art von Dickfelligkeit, die man sich zulegen musste, wenn man täglich mit Krankheit und Tod zu tun hatte. Erik kannte diesen Blick besonders von den Gerichtsmedizinern, mit denen er im Laufe der Jahre zu tun gehabt hatte.

»Was meinen Sie? Wieso sollte sie es nicht akzeptieren?«

»Na, weil Vergewaltigungsopfer im Allgemeinen nicht so gut auf Männer zu sprechen sind. Schon gar nicht direkt nach dem Vorfall«, sagte sie voller Zynismus.

»Verge… was?«, fragte Erik verstört. »So weit ist es doch gar nicht … Sie hat ihn doch …«

Die Ärztin zuckte die Schultern. »Ich dachte, deshalb bin ich hier? Ich weiß nur, was ich sehe. Sie hat Kratzspuren an den Oberschenkeln und im Brustbereich, sie hat dort auch überall Druckstellen. Aber ich kann sie nicht dazu zwingen, einen Vaginalabstrich vornehmen zu lassen oder was sonst erforderlich wäre, außerdem haben Sie sie ja schon duschen lassen, was es nicht einfacher macht.«

Erik wusste immer noch nicht, was er sagen sollte.

»Sehen Sie sich die Kleider an, die sie eben ausgezogen hat«, fuhr die Ärztin fort. »Ich weiß ja nicht, wie Ihr Verhältnis zu Frauen ist, aber vielleicht ist Ihnen nicht entgangen, dass keine Unterwäsche dabei war.«

»Das würde heißen …«, begann Erik und stockte sofort, denn den Gedanken, der ihm gerade durch den Kopf schoss, wollte er mit niemandem teilen.

»Sie sind der Polizist, und ich habe als Ärztin getan, was ich zu tun habe. Fragen Sie sie, falls sie was aus ihr rausbekommen. Ich schreibe ein Rezept aus, falls sie doch noch Beruhigungstabletten nehmen will.«

Sie ging ins Wohnzimmer, setzte sich an den Schreibtisch und kramte aus ihrer Tasche einen Rezeptblock hervor.

»Ich brauche die Krankenkassenkarte.«

Erik glaubte, nicht richtig zu hören. »Was?«

»Die Krankenkassenkarte, sonst kann ich nichts aufschreiben. Außerdem bekomme ich noch zehn Euro, dann hat sie einen Notfallschein für dieses Quartal.«

Kopfschüttelnd sah sich Erik um, bis er Annes Handtasche fand. Mit spitzen Fingern tastete er in ihr herum, fand den Geldbeutel und darin auch die Plastikkarte, die die Ärztin so dringend brauchte. Sie füllte gelbe, weiße und rosa Zettel aus, ließ einen Teil der Papierflut auf dem Tisch liegen und teilte ihm mit, welche Apotheke Nachtdienst hatte.

»Die Spritze wollte sie ja nicht, und ich hab nur noch ein Zäpfchen zur Beruhigung dabei, keine Tabletten. Zäpfchen werden wir jetzt wohl kaum in sie reinbekommen«, bemerkte sie trocken, und Erik wunderte sich nicht zum ersten Mal, wie hart und erbarmungslos Frauen gegenüber anderen Frauen sein konnten, wo man Mitgefühl und Wärme erwartet hätte.

Sie musste seine Gedanken erraten haben: »Sehen Sie mich nicht so an. Sie ist nicht die Erste, die ich so sehe. Man stumpft äußerlich ab mit der Zeit.«

»Wie soll ich mich ihr gegenüber jetzt verhalten?«

Die Ärztin zuckte mit den Schultern. »Erst mal nicht anfassen und nicht nachbohren, es sei denn, sie kommt von selbst auf sie zu. Geben Sie ihr Zeit. Es wird noch ein paar Tage und Wochen die Hölle sein. Kann sein, dass heute Nacht schon die Albträume anfangen, deshalb hätte ich gerne, dass sie ein starkes Beruhigungsmittel nimmt, damit sie schlafen kann.«

Erik hatte sich auf das Sofa fallen lassen, nachdem die Ärztin gegangen war. Er fühlte sich, als sei er tagelang pausenlos Achterbahn gefahren. Bis eben hatte er noch gedacht, Thomas Barner sei hereingekommen und habe sie in der Küche angegriffen, und weil sie zufällig gerade ein Messer in der Hand gehalten habe, hätte sie sich damit verteidigt. Jetzt musste er umdenken.

Thomas Barner war hereingekommen. Wie? Hatte sie ihn reingelassen, um noch einmal in Ruhe mit ihm über alles zu reden? Hatte sie gedacht, es sei Erik und deshalb einfach die Tür offen gelassen? Wo hatte er sie vergewaltigt, im Schlafzimmer? Hatte sie sich danach Poloshirt und Jeans übergestreift, war in die Küche gegangen und hatte ihn mit dem Messer angegriffen? Hatte sie ihn töten wollen? Gab es eine andere Erklärung für die Blutspuren auf der Kleidung, die fehlende Wäsche, die Male an ihrem Körper? Wenn sich alles tatsächlich so abgespielt hatte, war es keine Affekthandlung. Würde sie Barner wegen Vergewaltigung anzeigen, würde man gegen sie wegen schwerer Körperverletzung oder versuchten Totschlags ermitteln müssen.

Das Beste war, Thomas Barner wegen versuchter Vergewaltigung und tätlichem Angriff – so als hätte sich all das in der Küche abgespielt – anzuzeigen, dann wäre Anne wegen Notwehr aus dem Schneider. Aber würde sie bei der Verhandlung gegen Barner lügen wollen? Würde ausgerechnet Anne lügen?

Erik stand auf und ging in ihr Schlafzimmer. Eben, als er ihre Kleidung auf das Bett geworfen hatte, hatte er sich das Zimmer nicht genau angesehen. Nun knipste er das Licht an. Das Bett sah zerwühlt aus, war aber nicht aufgedeckt. Auf dem Stuhl, der neben dem Bett stand, lag zusammengeknüllt ein großes weißes Handtuch. Erik fasste es an, es war feucht. Darunter lag weiße Unterwäsche. Sie war noch zusammengefaltet, ganz als ob sie gerade aus dem Schrank genommen worden war. Er legte das Handtuch wieder über die Wäsche auf den Stuhl zurück und suchte weiter, auch wenn er nicht wusste, wonach. Nach Spermaspuren auf der Bettdecke?

Plötzlich bemerkte er, dass Anne in der Tür stand. Wie lange sie schon dort stand und ihm zusah, konnte er nicht sagen. Sie hatte einen Bademantel übergezogen und die langen braunen Locken in ein Handtuch gewickelt.

Er wollte sich gerade entschuldigen und erklären, was er tat, als sie mit ruhiger, fester Stimme sagte: »Fahren wir zu Ihnen, bitte.« Dann ging sie an ihm vorbei zum Bett, zog eine Reisetasche darunter hervor und begann, ein paar Sachen zusammenzupacken.

Anne setzte sich auf das Bett, in dem sie heute Nacht schlafen würde. Es war das Bett von Eriks Tochter Cordelia, und es war Cordelias Zimmer. Erik hatte es liebevoll für das Mädchen hergerichtet. Anne wusste, dass dieser Raum als einziger immer in Ordnung, immer sauber, immer aufgeräumt war.

Erik war sehr zurückhaltend gewesen. Er hatte keine einzige Frage mehr gestellt, seit die Ärztin gegangen war. Während sie ein paar Dinge zusammengepackt hatte, war er zur Nachtapotheke gefahren, um die Tabletten für sie zu holen. Und während der Fahrt zu seiner Wohnung hatte er erzählt, dass seine Tochter Cordelia wahrscheinlich am Wochenende zu Besuch kommen würde. Die Art, wie er ihr Zimmer für sie in Ordnung hielt, musste mit seinem schlechten Gewissen ihr gegenüber zu tun haben.

Annes müder Blick glitt über die Möbel. Es waren alte, sehr schöne Holzmöbel, vielleicht nicht unbedingt das, was man in dem Zimmer eines Teenagers erwartete. Andererseits hatte die Einrichtung Charme und Stil und wirkte nicht altmodisch, sondern einfach nur gemütlich. Cordelia hatte ihren Beitrag geleistet, indem sie ihre eigenen Bilder aufgehängt hatte, zumeist Poster von ihren musikalischen Helden, Bands, deren Namen Anne nur vage etwas sagten: Beatsteaks, The White Stripes, Gorillaz. Hier standen Cordelias Bücher, ihr Fernseher, eine kleine Stereoanlage. Im Kleiderschrank hingen ein paar Sachen von ihr, die sie offenbar nur in Rostock trug, nicht aber in dem schicken Viertel in Hamburg, in dem sie mit ihrer Mutter und Eriks Eltern lebte, und auch nicht in ihrer anspruchsvollen Schule, die sie auf Geheiß ihrer ehrgeizigen und standesbewussten Mutter besuchte.

Anne stand auf und begann, ihre eigenen Kleider aus der Reisetasche zu nehmen und in den Kleiderschrank zu räumen. Sie wusste nicht, wie lange sie hierbleiben würde. Vielleicht nur diese eine Nacht, vielleicht noch eine zweite, nicht länger. Aber das Auspacken und Einräumen tat ihr gut und lenkte sie ab. Sie wollte nicht mehr an das, was eben mit Tom geschehen war, denken. Sie wollte nicht einmal wissen, wie es ihm ging.

Als sie ihre Reisetasche ausgeräumt und weggestellt hatte, fiel ihr Blick auf eine Programmzeitschrift, die Erik neben den Fernseher gelegt hatte. Die Titelseite versprach einen Bericht über die diesjährige Kulturhauptstadt Europas. Es war Annes Geburtsstadt Cork. Es versetzte ihr einen Stich, wie sehr sie den Kontakt zu dem Ort ihrer Kindheit verloren hatte.

Die ersten vierzehn Jahre ihres Lebens hatte sie dort verbracht, sie war durchdrungen und geprägt von der Kultur und spürte das irische Erbe noch in sich. Wann aber war sie zuletzt dort gewesen, vor wie vielen Jahren? In diesem Moment sehnte sie sich nach einem Zuhause, das sie seit dem viel zu frühen Tod ihrer Mutter nicht mehr gehabt hatte.

Sie schlug die Zeitschrift auf und suchte den Artikel. Der Text gab nicht viel her, aber das Foto, das sich über eine ganze Doppelseite erstreckte, rührte sie tief in ihrem Innersten. Es zeigte den Blick von Sullivan's Quay über den südlichen Arm des River Lee. Eine Reihe bunter Häuser duckte sich entlang des Wassers unter dem Elizabeth Fort, einer Festung aus dem sechzehnten Jahrhundert. Im Bildhintergrund ragte St. Finn Barre's Cathedrale hervor. Dahinter brannten die Wolken flammendrot in der untergehenden Sonne, der Himmel und die Reflexion des Wassers boten ein Farbenfeuerwerk von hellgelb bis dunkelviolett.

Anne trat ans Fenster und blickte hinaus. Von Eriks Dachwohnung aus konnte man über die Warnow sehen. Es waren nur wenige Meter bis zur Anlegestelle, von der aus man mit einer Fähre in den Rostocker Stadthafen gelangen konnte.

Endlich wieder eine Stadt mit einem Hafen, mit Schiffen, mit dem Meer in der Nähe, dachte sie. Damit war Bonn, wo sie mit ihrem Vater gelebt hatte, nicht zu vergleichen. Und Tübingen, ihr

Studienort, schon gar nicht. Rostock hingegen, die alte Hansestadt …

Sie dachte an die Wochenenden, als sie noch ein Kind gewesen war. Sie hatte Geld für Süßigkeiten bekommen, wie die anderen Kinder. Aber sie hatte ihr Geld immer für Zugkarten nach Cobh ausgegeben. Manchmal war sie schon früher aus dem Zug gestiegen, in Little Island zum Beispiel, um die Vögel zu beobachten und um am Wasser entlangzulaufen. Meist aber war sie bis zur Endstation Cobh gefahren und hatte sich die Schiffe angesehen und die bunten Häuser. Sie war durch die engen Straßen gelaufen, war aber immer wieder zum Wasser und zum Hafen zurückgekehrt. Sie hatte davon geträumt, wie ihr Leben später sein würde, und sie hatte nichts anderes als die meisten Mädchen in ihrem Alter geträumt. Eines Tages würde sie wunderschön sein und einen tollen Mann heiraten, sie würde glücklich und zufrieden sein und in einem riesigen, wundervollen Haus im Südwesten der Insel wohnen mit großen grünen Wiesen rundherum und den nächsten Nachbarn mindestens eine Meile entfernt. Sie hatte geträumt, bis die Sonne blutrot untergegangen war und ihre Mutter sie seufzend mit dem Auto eingesammelt und nach Hause gezerrt hatte, ohne jedoch wirklich böse auf sie zu sein. Denn wer hätte Anne besser verstehen können? Die Magie des Wassers, die Atmosphäre des Hafens, nie wieder hatte sie so etwas in ihrem Leben erfahren.

Was war nun aus ihr geworden? Einsam in einer fremden Stadt, in der sie außer ihrer Arbeit nichts zu suchen hatte. Sollte der Job Grund genug sein, an einem Ort zu leben? Konnte die Tatsache, dass man irgendwo Geld verdiente, dass man eine Wohnung gemietet und sich bei der Meldestelle eingetragen hatte, die Heimat ersetzen?

Als vor nicht ganz zehn Jahren der Schriftsteller Frank McCourt das Buch *Die Asche meiner Mutter* herausgebracht hatte, war darin zu lesen, schlimmer als die unglückliche Kindheit sei die unglückliche irische Kindheit, und noch schlimmer die unglückliche irische katholische Kindheit. Was er geschrieben hatte, war ihr fremd, denn sie war in einer anderen Zeit aufgewachsen. Über dreißig Jahre später, außerdem als Kind privilegierter Eltern in der zweitgrößten Stadt des Landes. Und es war eine glückliche Kindheit gewesen. Glücklich und wenig katholisch, denn sie war durch Mutter und Großmutter geprägt von altem keltischen Brauchtum und geheimnisvollen Sagen. Das hatten sich die beiden Frauen, obwohl sie in einer modernen, technisierten Zeit lebten, bewahrt und an Anne weitergegeben, genau wie die seltsame Gabe, die sie von Geburt an in sich trug wie offenbar die meisten Frauen in ihrer Familie. Ihr Erbe. Ihr irisches Erbe, das Einzige, was ihr geblieben war von ihrer Mutter, von der Heimat. Und noch immer wusste sie nicht, ob es ihr guttat. Sie hatte es noch nie gewusst.

Anne wischte sich mit den Händen die Tränen von den Wangen. Sie war schon zu lange von zu Hause fort. Die Stadt würde sich zwischenzeitlich verändert haben, die Menschen ebenfalls. In Cork kannte sie niemanden mehr. Es gab kein Zurück. Diese Tür blieb für immer verschlossen.

Was zwischen Tom und ihr geschehen war, zeigte ihr, wie sehr nun der Weg zu allem, wovon sie als junges Mädchen geträumt hatte, verbaut war. Welche ihrer Beziehungen hatte gehalten? Welche Beziehung war unkompliziert gewesen? Nicht eine einzige. Es lag an ihrer Gabe, immer zu wissen, wie sich der andere fühlte. Zu wissen, wann er log und wann er sich zurückzog. Es war ein Fluch, so viel über seinen Partner zu wissen. Jeder Mensch brauchte seine Geheimnisse, seine Zweifel und Unsicherheiten, die er manchmal einfach mit sich alleine ausmachen musste und nicht mit dem Partner. In Annes Gegenwart waren Geheimnisse so gut wie unmöglich. Sie wusste sofort, wenn ihr Partner sich unwohl fühlte, und sie bezog es immer auf sich, auch wenn es in Wirklichkeit nichts mit ihr zu tun hatte. Das Ergebnis dieses Verhaltens war eine langjährige Beziehung mit einem verheirateten Mann gewesen, die keine echte Nähe zugelassen, dafür aber Geheimnisse als Voraussetzung mitgebracht hatte. Und nun Tom, wieder ein Reinfall, weil sie nicht fähig gewesen war, den Ursprung ihrer oder seiner Gefühle richtig zu deuten. So war es nun einmal: Sie kannte sich mit Gefühlen aus, nicht aber mit Fakten. Ihre Interpretation eines Gefühls war nicht immer richtig, und darin lag eine große Gefahr für sie selbst.

Anne war über diesen Gedanken eingeschlafen, und der Traum hatte sie in eine ganz andere Welt geführt. Sie wusste nicht, wie lange sie geschlafen hatte, als sie von Erik wachgerüttelt wurde. Sie sah, dass er aufgeregt auf sie einredete, hörte ihn aber nicht. Erst nach einer Weile arbeiteten ihre Sinne wieder, und sie begriff, dass sie im Schlaf geschrien hatte.

Erik wartete einen Moment, bis sie ganz zu sich gekommen war, und sagte dann beruhigend: »Haben Sie schlecht geträumt? Die Ärztin sagte mir, dass das passieren würde. Aber machen Sie sich keine Sorgen. Hier sind Sie sicher.«

Aber davon hatte Anne nicht geträumt. Nervös blickte sie sich um und versuchte, die Fragmente ihres Traumes zu deuten, bevor sie sich verflüchtigten.

»Noemi«, sagte sie. »Rufen Sie sofort in der Klinik an, sie sollen nach ihr sehen. Schnell!«

Ihr war klar, dass Erik keine Ahnung hatte, worum es ging, aber er handelte sofort. Während er noch telefonierte, zog sie sich an. Sie wusste bereits, was er ihr sagen würde, als er zurückkam.

»Sie ist verschwunden!«

»Ziehen Sie sich etwas über. Sie ist tot.« Anne zog den Reißverschluss ihrer Strickjacke hoch. Sie zitterte, vor Aufregung, vor Schwäche und Überanstrengung, aber sie musste zu Noemi, jetzt sofort, wenn sie noch eine Chance haben wollte zu begreifen, warum sie sterben musste. Erik starrte sie mit offenem Mund an.

»Wie …?«

»Beeilen Sie sich! Wir müssen zu Behrens, aber rufen Sie ihn noch nicht an. Noemi ist dort, und ich will sie als Erste sehen.«

10.

Als Erik am nächsten Mittag aus dem Fenster seines Büros sah, die Stirn gegen die Glasscheibe gelehnt, die Hände auf die Fensterbank gestützt, hatte er das Gefühl, langsam den Verstand zu verlieren. Anders konnte er sich nicht erklären, wie sich das, was er bislang als Realität anerkannt und akzeptiert hatte, langsam aufzulösen begann.

Er sah auf die Richard-Wagner-Straße hinunter. Wahlplakate zur bevorstehenden Bundestagswahl waren überall aufgehängt, der böige Wind zerrte zornig an ihnen, als wollte er sie abreißen. Würde es doch bloß gelingen, dachte Erik. Man konnte keinen Schritt durch die Straßen und Gassen gehen, ohne dass von allen Seiten irgendein Politiker auf einen herabgrinste. Um jede einzelne Stimme wurde geworben, nie waren ihm die Parteien so verzweifelt vorgekommen, und gleichzeitig hatte er noch nie so viele Menschen erlebt, die sich gegenseitig verstört fragten, was sie bloß wählen sollten. Und der Medienrummel um diesen Wahlkampf trug nur noch mehr zur allgemeinen Verwirrung bei. Er schüttelte den Kopf darüber, wie die Politiker sich gegenseitig mit Dreck bewarfen und bloßzustellen versuchten: Wahlkampfwahnsinn.

Aber der echte Wahnsinn lag gerade vor ihm auf seinem Schreibtisch, er fand sich in den Akten, die sich in den letzten Tagen angesammelt hatten.

Ein Teenager, dem man das Genick gebrochen und dessen

Leichnam man anschließend verbrannt hatte. Ein Kollege, der Kokain in seinem Auto hatte. Eine junge Frau, die versucht hatte, ihre Zwillingsschwester mit der Waffe ihres Vaters zu töten. Und die sich nun in ihrem Elternhaus das Leben genommen hatte.

Wenn er bloß die Zusammenhänge verstehen könnte, doch das konnte er nicht, noch nicht. In einer halben Stunde würde er sich mit Karen Behrens treffen. Er hatte sie darum gebeten, und als sie sich gesträubt hatte, hatte er sie nicht etwa mit Charme, sondern mit etwas, das man Erpressung nennen könnte, davon überzeugt, dass sie beide unbedingt in aller Ruhe und weitab von den Protokollen der Polizeireviere miteinander reden sollten.

Er hatte seit Annes Albtraum nicht mehr geschlafen, nicht einmal eine Stunde. An die Mengen Koffein, die er täglich in sich hineinschüttete, hatte er sich zu sehr gewöhnt, als dass sie noch helfen würden, und wie viele Zigaretten er rauchte, wusste er schon lange nicht mehr.

Vielleicht nahm es ihn so mit, weil er selbst eine Tochter hatte. Bereits der Tod von Jean-Claude Yaméogo war ein Schock gewesen. Es war immer schwer zu verarbeiten, wenn jemand starb, der noch gar nicht richtig erwachsen war. Auch Noemi war, trotz ihrer einundzwanzig Jahre, in seinen Augen noch ein Kind gewesen. Das Kind von Roland Behrens.

Erik hatte die Zwillinge in den letzten fünfzehn Jahren aufwachsen sehen, und Behrens hatte ihm regelmäßig erzählt, was sie gerade machten. Auch wenn sich Erik nicht immer alles gemerkt hatte, was die beiden Supertöchter so taten, das Bild der glücklichen, sorgenfreien, hübschen Kinder hatte sich in seinem Kopf festgesetzt. Vorzeigetöchter aus einer Vorzeigefamilie, hatte er oft voller Neid gedacht. Nicht, weil er seine Tochter nicht auch überall vorzeigen könnte. Sein Neid hatte sich auf das Elternsein bezogen. Er wusste, dass er nur ein unzulänglicher Vater war und eigentlich auch mit neuen Fotos von Cordelia hätte herumlaufen müssen, um seinen Kollegen in jedem zweiten Gespräch zu erklären, wie großartig sein Nachwuchs war. Doch er hatte es nie getan, weil es ihm peinlich gewesen war, mit seiner Tochter zu prahlen. Heute war es ihm peinlich, dass er es nie getan hatte. Und jetzt, da Noemi tot war, dachte er: Was, wenn es Cordelia wäre? Wenn die Vorzeigetochter Noemi aus der Vorzeigefamilie Behrens in Wirklichkeit so verzweifelt war, dass es dazu hatte kommen können, ohne dass es jemand gemerkt hatte, wie leicht könnte es dann bei Cordelia passieren?

Er war nie ein guter Vater gewesen, und er redete sich gerne ein, dass die Schuld für sein Versagen bei seinen Eltern lag. Wie sollte man ein guter Vater sein, wenn man kein entsprechendes Vorbild hatte? Was ihm seine Eltern vorgelebt hatten, war eine verlogene Zweckehe, die mit Liebe nichts zu tun hatte. Ihre drei Söhne hatten sie nie gleichberechtigt behandelt. Die Favoriten standen schnell fest, und es war klar, dass Erik den letzten Rang in der Gunst von Vater und Mutter einnahm. War es da ein Wunder, dass er rebelliert hatte? Gegen die Familie und das Umfeld, in das sie ihn geboren hatten? War es da ein Wunder, dass er selbst nicht fähig gewesen war, eine Beziehung zu führen und ein Kind zu erziehen?

Aber Erik wusste auch, dass dies nur die halbe Wahrheit war. Als er Inga kennengelernt hatte, war er noch zu jung gewesen, um zu erkennen, dass sie sich ausschließlich für seine Familie, die Villa in Othmarschen und das viele Geld interessierte. Als Inga nach kurzer Zeit von ihm schwanger war, hatte er nicht begriffen, dass es sein größter Fehler war, wieder in die Kempersche Villa einzuziehen. Alle hatten ihm gesagt, wie vernünftig dieser Schritt doch sei. Sie würden mietfrei wohnen, und seine Eltern könnten das junge Paar tatkräftig unterstützen. Wenn er heute daran zurückdachte, konnte er nicht mehr begreifen, dass er einmal so blind, so dumm gewesen war. Natürlich war es schon zum Krach gekommen, noch bevor die schwangere Inga und er ihre Koffer ausgepackt hatten. Um seinen Eltern zu entkommen, hatte er sich gleich nach der Wende aus Hamburg wegbeworben und die Versetzung nach Rostock freudig angenommen. Inga war für ihn im Laufe der Zeit immer mehr zu einem Teil seiner Eltern geworden.

Er hatte gewusst, dass Inga nicht mitkommen würde. Und er hatte auch gewusst, wie seine Eltern reagieren würden, die seine Berufswahl ohnehin stets missbilligt hatten und ihm am liebsten noch heute vorwerfen würden, dass er keine Karriere in der Wirtschaft gemacht hatte. Seine Eltern drohten also mit Enterbung, ließen sich dann aber dank Ingas Eingreifen – sie wollte natürlich keinen armen Vater für ihre Tochter – auf einen Deal ein, der bizarrer nicht hätte sein können: Sie zahlten ihn aus und behielten Inga und ihre Enkeltochter Cordelia bei sich in der Villa wohnen. Von nun an behandelten sie Inga, als sei sie ihre richtige Tochter und finanzierten ihr Leben. Und Erik hatte sich von seiner Abfindung die exklusive Wohnung in Gehlsdorf geleistet. Das andauernde Schweigen zwischen ihm und seinen Eltern sah er als Bonus, nicht als Belastung.

Vielleicht aber hätte er sich zusammenreißen müssen, statt so egoistisch zu handeln. Vielleicht hätte er für Cordelia einfach bei seiner Frau bleiben sollen, statt nach Rostock zu flüchten. Nun sah er Cordelia nur selten, denn selbst wenn ihm jedes zweite

Wochenende mit ihr gehörte, konnte er nicht immer die ihm zustehende Zeit wahrnehmen. Deshalb fühlte er sich als schlechter Vater, der seine Tochter aufgegeben hatte, und immer seltener gelang es ihm, die Schuld für sein Versagen seinen Eltern, seinen Genen und seiner Erziehung zu geben.

Warum also war aus seiner Tochter so ein wundervoller, gesunder, stabiler Mensch geworden? Wie hatte sie in diesem Scherbenhaufen zu dem, was sie heute war, heranwachsen können? Und wie kam es, dass die Behrens-Zwillinge auf ihrem Idealnährboden offenbar keine Chance gehabt hatten?

Auf dem Weg zu Behrens' Haus in Hohe Düne hatte Anne gestern Nacht still geweint. Ihre Stimme war ruhig, ihre Gedanken waren klar gewesen. Sie hatte nicht von ihrem Traum erzählt. Aber sie hatte ihm gesagt, dass Noemi tot war, dass sie sich selbst getötet hatte. Mehr würde sie wissen, wenn sie neben der Toten stände.

Sie klingelten Sturm bei Behrens, und als ihnen dieser verschlafen und verwundert die Tür öffnete, stürmte Anne wortlos an ihm vorbei, die Treppe hinauf in das Musikzimmer der Zwillinge. Erik hielt Behrens zurück, als er ihr folgen wollte, und bat ihn nur, mit ihm in der Küche auf Anne zu warten. Karen Behrens allerdings war ebenfalls wach geworden, und sie hörten sie schreien, denn sie war nicht ihrem Mann nachgegangen, sondern dem Lichtstrahl gefolgt, der aus dem Musikzimmer schien.

Als die beiden Frauen zu Erik und Behrens hinunterkamen, lehnte Karen mit ihrem ganzen Gewicht auf Annes Arm und schluchzte hysterisch, während Anne, die eigentlich kleiner und zierlicher als Karen Behrens war, plötzlich sehr stark und robust wirkte. Mit fester Stimme teilte sie ihnen mit, dass Noemi Selbstmord verübt hatte. Erik informierte die Gerichtsmedizin, die KTU und einen Arzt, der sich um das Ehepaar kümmern sollte. Anne hatte Erik leise gebeten, Tee mit viel Zucker für die beiden zu kochen und nach ihnen zu sehen. Sie selbst wollte noch einmal fünf Minuten mit Noemi alleine sein. Er wusste, sie würde nichts berühren, keine Spuren zerstören, nichts verändern. Sie war dort, um zu begreifen, was in Noemi in den letzten Minuten ihres Lebens vorgegangen war.

Wie es ihm gelungen war, Noemis Eltern diese fünf Minuten zurückzuhalten, wusste er nicht mehr. Ob sie in Annes Bann standen, die überraschend eine ungewöhnliche Autorität ausstrahlte? Oder lag es einfach daran, dass Roland Behrens zu viel Selbstdisziplin hatte und Karen von den wenigen Sekunden, die sie Noemi gesehen hatte, schon zu sehr mitgenommen war?

Erik bekam Noemi erst zu sehen, als die KTU schon da war. Das Mädchen war von der Klavierbank, die vor einem der beiden schwarz lackierten Flügel stand, auf den Boden gesunken. Wie Anne ihm berichtet hatte, waren ihre einst langen blonden Locken nur noch etwa kinnlange Fransen in einem schwer definierbaren, schlammigen Farbton. Das Blut aus ihrer Nase hatte sich schnell ausgebreitet, zwar war es nicht viel, aber es stand in starkem Kontrast zu dem hellen Teppichboden. Keiner der Flügel war geöffnet, auch die Deckel, die die Tastatur schützten, waren geschlossen. Die Obduktion würde die endgültige Antwort erbringen, aber wie es aussah, hatte sich Noemi für einen ungewöhnlichen Tod, eine Überdosis Kokain, entschieden. Auf dem Deckel des Flügels, vor dem sie lag, fand sich noch immer eine Menge Pulver. Noemi hatte vorgesorgt.

Erik hatte später nach Anne gesucht und sie im Auto gefunden, wo sie vor Erschöpfung auf dem Beifahrersitz zusammengebrochen war. Der Arzt kümmerte sich gerade um sie, und endlich bekam sie die Spritze, die sie noch Stunden zuvor verweigert hatte. Erik brachte sie wieder in seine Wohnung zurück, nahm eigenmächtig und ohne sie zu fragen ihr Handy – sie würde ihn dafür wohl in eine Kröte verwandeln, wenn sie könnte, dachte er noch – und rief ihre beste Freundin an.

Er kannte Emma Wagner nicht persönlich, erinnerte sich nur daran, dass Anne sie manchmal erwähnt hatte. Als er ihr erklärt hatte, wer er war und worum es ging, nahm sie es ihm nicht übel, dass er sie mitten in der Nacht aus dem Schlaf gerissen hatte. Sie versprach, sofort ihre Koffer zu packen und sich ins Auto zu setzen. Sie rechnete mit sechs Stunden Fahrtzeit von Bonn nach Rostock. Erik sah auf die Uhr. Es war drei Uhr morgens, wenn Emma gegen neun Uhr eintraf, würde Anne noch schlafen. Er erklärte ihr den Weg zur KPI und gab ihr seine Handynummer.

Emma Wagner war tatsächlich morgens um kurz nach neun bei ihm aufgetaucht, hatte sich seine Schlüssel geben lassen und war weiter zu seiner Wohnung gefahren, um nach Anne zu sehen.

Annes Freundin hatte langes glattes honigblondes Haar, grüne Katzenaugen und eine bemerkenswerte Figur. Die junge Frau wirkte fröhlich, kommunikativ und sehr pragmatisch. Erik entschuldigte sich noch einmal bei ihr und fragte, wie sie es denn beruflich hatte einrichten können, so schnell aufzutauchen. Er bot ihr an, wenn nötig bei ihrem Arbeitgeber anzurufen. Aber Emma Wagner schüttelte nur gut gelaunt den Kopf. »Ich bin arbeitslos«, erklärte sie ohne Scham. »Das geht schon klar.« Als sie verschwunden war, war er sich sicher, dass Anne in guten Händen sein würde.

Wenn er jetzt zurückdachte, wurde ihm bewusst, wie unwirklich diese Ereignisse in seiner Erinnerung waren. War das tatsächlich alles geschehen? Es musste ein Traum gewesen sein. Konnte er nicht einfach aufwachen? Und nun das Gespräch mit der Frau seines obersten Vorgesetzten. Ihm graute davor, aber es musste sein. Und niemand durfte vorerst davon erfahren, am wenigsten ihr Mann.

Erik verließ das Gebäude und fuhr mit dem Wagen zum Yachthafen, wo pünktlich zur Hansesail vor einem Monat die Hafenterrassen eröffnet worden waren. Karen Behrens erwartete ihn dort bereits in der Bacio Lounge. Außer ihnen und der Bedienung, die an der in wechselnden Farben beleuchteten Theke stand, saßen noch drei Männer auf dunklen Lederhockern um einen Tisch herum und unterhielten sich wichtigtuerisch über Musikveranstaltungen, die sie in Rostock planten.

Karen Behrens saß in einer Ecke auf einer schwarzen Couch und sah durch das Panoramafenster auf die Warnow.

»Kann man von hier aus eigentlich sehen, wo du wohnst?«, fragte sie, als er sich zu ihr setzte.

»Nein, ich wohne weiter flussabwärts.« Aber ein Stück weiter geradeaus in Luftlinie befand sich die Psychiatrie, dachte er. Irritiert verjagte er eine Fliege, die sich auf sein Knie setzte.

Sie starrte weiter nach draußen, als wollte sie vermeiden, ihn anzusehen. »Roland habe ich erzählt, ich ginge noch einmal zum Arzt«, sagte sie.

Sie war mit einem blauen Jogginganzug und weißen Turnschuhen bekleidet, das Haar hatte sie einfach zusammengesteckt, ihr Gesicht wirkte grau und faltig, frei von Make-up. Der Blick ihrer fiebrig glänzenden Augen schweifte umher, die Pupillen waren geweitet.

»Du wirst es ihm doch nicht verraten, oder? Nicht in dieser Situation?«, fragte sie nervös und nahm ihren Espresso, den sie schon zuvor bestellt hatte.

Erik sah sie forschend an. »Ehrlich gesagt weiß ich nicht mehr, was ich sagen oder denken soll. Ich verliere gerade den Überblick, wessen Weste ich möglichst sauber halten muss.«

Karen Behrens sah ihn böse an. »Wie kannst du es wagen, in diesem Ton mit mir zu reden?«

»Es tut mir leid um Noemi, das solltest du wissen. Ich habe mir die ganze Zeit über vorgestellt, wie es wäre, wenn meine Tochter sterben würde. Weißt du was? Ich kann es mir nicht vorstellen. Ich kann es nur ganz entfernt erahnen, und das allein tut schon unglaublich weh. Also denke nicht, ich hätte keinen Respekt vor deiner Situation.« Er sah sie fest an, aber sie wich seinem Blick aus. »Aber weißt du, wovor ich keinen Respekt habe?«, fuhr er fort. »Vor Müttern, die zusehen, wie sich ihre Töchter zugrunde richten. Du hast es die ganze Zeit gewusst, oder?«

Karen Behrens schloss die Augen und presste die Lippen aufeinander. »Ich wollte mit den beiden reden«, begann sie. »Aber ich wusste nicht, wie ich es tun sollte.«

»Hingehen und es einfach zur Sprache bringen? Wie wäre es damit gewesen?«

»Es war nie … der richtige Moment.«

»Klar. Jahrelang hast du auf den richtigen Moment gewartet. Verstehe«, sagte er zynisch.

»Nicht in diesem Ton! Was denkst du dir eigentlich? Hast du vergessen, wen du vor dir hast?«

Ein letzter Versuch, ihre Würde zu bewahren. Erik ignorierte es. Er hatte seine Achtung vor ihr verloren, endgültig.

»Seit wann nimmst du das Zeug eigentlich?«

Sie schwieg, während sie ihren Blick durch das Lokal gleiten ließ. Nervös zupfte sie mit Daumen und Zeigefinger an ihrer Nasenspitze.

»Woher weißt du das? Das wolltest du mir eben am Telefon ja nicht sagen.«

»Deine Handynummer taucht in den Verbindungsnachweisen von Dennis Scholz auf. Deine Nummer, die von deinen Töchtern, und noch viele viele andere Nummern, die mich sehr nachdenklich machen.«

»Wenigstens fragst du nicht, warum ich damit angefangen habe. Wird Roland davon erfahren?«, fragte sie noch einmal.

»Ich tue alles, was ich kann, um dich, Roland und eure Töchter aus dieser Mordsache im Hafen rauszuhalten. Aber garantieren kann ich für nichts!«

Ihr Blick wurde flehend. »Erik …«, begann sie. »Wir kennen uns doch nun schon so lange …«

»Lange. Vielleicht. Aber offenbar nicht besonders gut. Weißt du, worüber ich seit gestern Nacht nachdenke?«

Karen Behrens schüttelte den Kopf.

»Darüber, wie sie sich wohl umgebracht hätte, wenn sie kein Koks gehabt hätte. Darüber, ob sie es überhaupt getan hätte.«

Ihre Augen weiteten sich, und sie sah ihn unsicher an. Die Augenlider flatterten nervös. Karen Behrens nahm ihre Espressotasse hoch und fing an, darin herumzurühren.

»Was meinst du?«

»Das weißt du doch besser als irgendjemand sonst. Was wäre wohl passiert, wenn Noemi nicht genau gewusst hätte, wo ihre Mutter ihr Kokain für den Eigenbedarf hortet?«

Ihre Tasse fiel mit einem lauten Klirren zu Boden und zersprang in tausend Teile.

Zum Mittagessen verabredete sich sowieso nie jemand mit Malte, und er hatte sich daran gewöhnt, dass er nach einem Jahr Dienst in Rostock wieder der Außenseiter war. Doch wenn er an seine Kollegen in Schwerin zurückdachte, dann war nun einiges anders: Die Rostocker Kollegen wussten seine Arbeit zu schätzen. Hier erhielt er mehr Aufmerksamkeit und Anerkennung, als er jemals zuvor in seinem Leben bekommen hatte.

Anfangs hatte er Vorbehalte gegen Erik und dessen Arbeitsweise gehabt. Er hatte nicht gewusst, ob er je Fuß fassen würde, aber nach wenigen Wochen hatte er bewiesen, was in ihm steckte, und die Bewunderung der Kollegen für seine technischen Fähigkeiten und seine Recherchesicherheit war offenkundig. Dass sie privat eher nichts mit ihm anfangen konnten, war Malte klar. Umgekehrt wusste er auch nicht, worüber er mit ihnen reden sollte.

Anne war die einzige Ausnahme gewesen, aber sie arbeitete leider nicht mehr mit ihm zusammen. Mit ihr hatte er sich in den wenigen Tagen, die sie im letzten Jahr die Mordkommission beraten hatte, irgendwie angefreundet. Auch wenn sie sich seitdem nur selten sahen. Er hielt sich sehr zurück mit dem Kontakt zu ihr, denn er hatte Angst, sich in sie zu verlieben: eine intelligente und attraktive Frau, die ihm Aufmerksamkeit schenkte, die ihn zu verstehen schien, die ihm die Unsicherheit nahm, die er sonst verspürte – viel zu gefährlich! Denn sie würde seine Gefühle nie erwidern. Doch durch Anne wusste er wenigstens, wonach er suchte. Er brauchte jemanden, der ihn so akzeptierte, wie er war.

Seitdem Malte sich bei diesem Datingforum im Internet angemeldet hatte, dachte er viel zu oft darüber nach, wie es wohl wäre, jemanden kennenzulernen. Gut, sein Start war ziemlich danebengegangen. Jemanden wie Marlen Lubanski wollte er nun wirklich nicht in seinem Leben haben. Aber er hatte sich ja auch gerade erst angemeldet.

Nun aber musste er sich ganz auf die Ermittlungen im Mordfall Jean-Claude Yaméogo konzentrieren. Nachdem er so ziemlich jeder Spur nachgegangen war und von einer Sackgasse in die nächste gestolpert war, nachdem er mit seinen Kollegen jedes Detail durchgesprochen hatte, sah er nur noch eine Möglichkeit, um etwas mehr Klarheit zu gewinnen: Er musste noch einmal mit Kai sprechen. Und wenn es nur zu dessen Entlastung diente. Kai konnte durch den aktuellen Stand der Ermittlungen sehr viel gezielter vernommen werden.

Gerade hatte Malte seine Unterlagen zusammengepackt und die Jacke angezogen – es stürmte mittlerweile draußen ganz ungemütlich –, als er bemerkte, dass Micha, Andreas und Olaf im Türrahmen standen. Als er sie ansah, prusteten sie los.

»Was – was ist denn mit euch?«, fragte Malte vorsichtig, und im hintersten Winkel seines Gehirns wusste er bereits die Antwort.

»Ach, nichts … Schon in Ordnung!«, sagte Micha, und wieder brachen die drei in Gelächter aus, ohne sich von der Stelle zu bewegen.

Verärgert versuchte Malte, an ihnen vorbei aus dem Raum zu kommen. »Ich muss los«, sagte er. »Lasst mich mal durch, bitte.«

Andreas und Olaf stießen sich grinsend gegenseitig an. Micha tat furchtbar erschrocken und hob die Hände, als würde man ihn mit einer Waffe bedrohen.

»Oje, Leute, gehen wir besser zur Seite, schließlich hat er die

Lizenz ...« Nun war es ganz vorbei, und die drei brüllten vor Lachen, trommelten mit den Fäusten gegen Wand und Türrahmen und hielten sich die Bäuche.

»Die Lizenz zum Töten«, kreischte Olaf in das Gelächter. Andreas ging dazu über, sich japsend Luft zuzufächeln, während er keuchte: »Mein Name ist Bond, Malte Bond!«, und Micha wischte sich die Tränen aus dem Gesicht.

Mit hochrotem Kopf quetschte sich Malte an ihnen vorbei und lief schnell den Gang hinunter. Bloß raus hier, dachte er. Und als er draußen war, rang er erst einmal nach Luft. Er lehnte sich gegen die Mauer des großen grauen Gebäudes und ließ sich sein heißes Gesicht vom Wind kühlen.

Sie hatten ihn also auf der Datingseite im Internet gefunden, und jetzt lachten sie über ihn, und natürlich auch über den Namen, mit dem er sich angemeldet hatte, MB, seine Initialen, und dann, weil MB ein bisschen kurz war, 007. Nicht sehr kreativ, aber er war ein großer Fan der James-Bond-Filme. Und wenn andere Männer sich BradPittBerlin und Dreamlover77 oder Sex4You nannten, dann war MB007 sicher noch eine harmlose Variante, die durchaus auf Selbstironie schließen ließ. Oder etwa nicht?

Was machten die Kollegen auf einer Datingseite? Und warum sahen sie sich die Profile anderer Männer an? Hätte er doch bloß nicht sein Foto reingestellt. Er hätte es nicht tun sollen, dachte er wieder. Nun hatte er die Rechnung dafür bekommen. Wie sollte er sich je wieder da oben sehen lassen?

Die Ermittlungen, ermahnte sich Malte. Konzentriere dich auf die Ermittlungen. Dein Privatkram ist Nebensache! Darüber würde er später nachdenken, jetzt ging es um Kai, um einen Mord, um seinen Job.

Als er Kai im Vernehmungsraum gegenübersaß, war Malte überrascht: Kai sah ausgesprochen gut aus. Er wirkte erholt und ausgeruht. Nur rasiert hatte er sich seit dem Wochenende nicht.

»Meine Freundin findet so was richtig scheiße, aber ich wollte das schon immer mal ausprobieren«, scherzte er und strich sich über die rötlichen Barthaare. Malte bewunderte ihn. Er selbst hätte an Kais Stelle nicht diese Souveränität bewahren können.

Es war eine seltsame Situation. Normalerweise arbeiteten sie zusammen, und gerade Kai gehörte zu denen, die mit einem Spaß auf Maltes Kosten rasch bei der Hand waren. Kai war ziemlich vorlaut, selbst Erik gegenüber hatte er sich schon einige Respektlosigkeiten erlaubt. Nun befand sich Malte ausnahmsweise einmal in der stärkeren Position, allein dadurch, dass er Kai vielleicht helfen konnte. Sofern Kai unschuldig war.

»Ich kann dir nichts mehr sagen. Ich habe schon jede Kleinigkeit von meiner Party erzählt. Immer wieder. Und ich habe so oft darüber nachgedacht, dass ich mittlerweile nicht mehr weiß, was ich mir nachträglich zusammengereimt habe und was wirklich passiert ist«, sagte Kai zu Malte. »Ich weiß nur, dass ich nichts damit zu tun habe und absolut nicht verstehe, wie Erik es zulassen konnte, dass mich der Haftrichter hier reinsteckt!«

Malte wusste nicht, was er darauf sagen sollte. Er erklärte seinem Kollegen, dass es ihm gar nicht um die Mordnacht ging. Kai sah ihn fragend an, und eine Mischung aus Interesse und Hoffnung huschte über sein Gesicht.

»Ich brauche von dir ein paar Hintergrundinformationen. Zum Beispiel, woher du den Jungen kennst.« Malte sah in seine Unterlagen, obwohl er sie nicht brauchte. Er hatte alles im Kopf, wollte aber seine Unsicherheit gegenüber Kai verbergen. »Du hast ausgesagt, er sei dir auf verschiedenen Veranstaltungen begegnet, aber es hätte keinen näheren Kontakt zwischen euch gegeben.«

Kai nickte. »Der Bruder von meiner Freundin ist schließlich einer von den Physiotherapeuten bei Hansa. Da läuft man sich schon mal über den Weg.«

»Dann kennst du auch die anderen Nachwuchsspieler aus dem Hansa-Internat?«

Kai dachte nach, dann zuckte er die Schultern. »Keine Ahnung. Bestimmt habe ich die auch mal irgendwann irgendwo gesehen, aber – hey, die waren schließlich nicht …« Er fuchtelte in der Luft herum, so als hoffte er, das richtige Wort zu fangen.

»Schwarz?«, half Malte ihm aus.

»Darf man das heute noch sagen?«, fragte Kai. »Du weißt jedenfalls, was ich meine. Da sind viele Leute, und einer von ihnen ist halt irgendwie auffällig, weil er eine andere Hautfarbe hat, den merkt man sich dann.«

»Kannst du dich erinnern, mit wem er Umgang hatte? Wir haben versucht herauszufinden, wer seine Freunde waren, aber weder in der Schule noch beim Fußball war er mit irgendjemandem wirklich eng. Seine Mutter weiß so gut wie nichts über ihn, und seine Geschwister sind noch viel zu klein. Es ist, als hätte er überhaupt keine privaten Kontakte gehabt. Aber das kann ich mir bei einem siebzehnjährigen Jungen nicht vorstellen.«

Kai war ehrlich überrascht. »Keine privaten Kontakte? Also, ich weiß nicht, mit wem ihr so gesprochen habt, aber der war ständig mit Leuten am Schnattern …«

»Seine Teamkollegen sagten, er wäre eher zurückhaltend gewesen. Sie meinten, er hätte nie viel über sich erzählt«, erklärte Malte. »Micha hat mit ihnen gesprochen, und er denkt, dass die anderen Jungen umgekehrt auch nicht auf ihn zugegangen sind, weil sie ihm gegenüber Hemmungen hatten. Sie haben noch nie direkt mit einem Schwarzen zu tun gehabt und hatten Berührungsängste. Einerseits fanden sie ihn cool und exotisch, andererseits war er aber keiner von ihnen.«

»Ich dachte immer, die sind eine Clique und halten zusammen, Sportsgeist oder wie man das nennt. So kann man sich täuschen«, sagte Kai nachdenklich.

Da fiel Malte etwas ein. »Sag mal, Kai, ganz ehrlich, Fußball interessiert dich nicht wirklich, oder?«

»Nein. Du hast recht. Aber Tanja.« Kai rieb sich die Augen und lächelte. »Durch ihren Bruder haben wir ständig damit zu tun. Und ich als Kerl, wie sieht das denn aus, wenn ich danebenstehe und sage«, und nun verstellte Kai seine Stimme, um wie eine Schwulenparodie zu klingen: »Was denn, wir haben einen Fußballclub in Rostock? Das wusste ich bisher gar nicht!« Er lachte fröhlich. »Du glaubst nicht, wie erleichtert ich bin, dass die abgestiegen sind, und seitdem haben sie viermal in Folge verloren. Allein dass ich diesen Schwachsinn jetzt weiß – vor zwei Jahren absolut undenkbar!«

Malte musste lächeln. »Du hoffst jetzt, dass du dich langsam aus der Affäre ziehen kannst, wenn der Verein insgesamt an Attraktivität verloren hat?«

Kai schlug mit der flachen Hand auf den Tisch und beugte sich leicht vor. »Ich würde sonst was geben, um die in der Kreisliga rumkriechen zu sehen! Aber strick mir daraus bloß kein Motiv! Ich seh schon die Schlagzeile: Polizist tötet Hansas Nachwuchshoffnung! Er wollte nicht mehr mit seiner Freundin ins Stadion gehen!« Kai grinste. »Irgendwann muss ich beichten, dass ich Fußball scheiße finde. Dann bin ich meine Freundin wahrscheinlich los. Wobei, die bin ich wahrscheinlich eh los. Wer will mit ’nem Bullen zusammen sein, der wegen Mordverdacht einsitzt? Sie wollte sich doch schon an meinem Geburtstag von mir trennen. Eigentlich kann ich das ganze Schmierentheater auch gleich vergessen.«

Malte schüttelte langsam und nachdenklich den Kopf. Ein Mann, der seiner Freundin monatelang vorheuchelte, er habe dieselben Interessen wie sie, nur um sie davon zu überzeugen, dass er der Richtige für sie war. »Vielleicht passt ihr einfach nicht zusammen?«, merkte er schüchtern an, wofür er einen bösen Blick von Kai erntete.

»Weißt du, wie lange ich vorher solo war? Das willst du nicht wissen! Irgendwann ist man so weit, da würde man alles erzählen, nur um jemanden zu haben. Nicht zum Flachlegen!« Er hob warnend den Zeigefinger. »Denk das nicht! Das ginge auch einfacher. Aber für eine längere Beziehung …«

Am liebsten hätte Malte gesagt, dass seiner Meinung nach eine längere Beziehung auf Ehrlichkeit basieren sollte. Aber er wusste schon, wie das für Kai klingen würde. Der würde ihn wieder als Weichei und hoffnungslosen Romantiker verhöhnen. Außerdem war dies nicht der richtige Ort für eine solche Diskussion. Doch er begriff langsam Kais gute Laune. Kai fühlte sich wohl, weil er sich endlich auf sich selbst konzentrieren konnte und nicht ständig nachdenken musste, wie er die Rolle des perfekten Freundes für Tanja Schlüter spielte, damit sie ihn nicht verließ. Auch wenn er nicht allein sein wollte, würde ihm eine Trennung guttun, und das hatte er in der Untersuchungshaft ganz offenbar für sich herausgefunden.

»Zurück zu Jean-Claude Yaméogo«, sagte Malte. »Kannst du dich erinnern, mit wem er sich auf solchen Veranstaltungen unterhalten hat?«

»Na ja, der Einzige, den ich kannte, war natürlich Tanjas Bruder Thorsten, ist ja klar, dass die miteinander reden. Und sonst ... Keine Ahnung. Andere Spieler, Leute vom Verein, ich weiß es wirklich nicht. Es waren immer andere, von Kontaktschwierigkeiten kann da nicht die Rede sein.«

»Hatte er eine Freundin?«, wollte Malte wissen.

Kai schüttelte den Kopf, dachte aber noch einen Moment nach, bevor er antwortete. »Nicht, dass ich wüsste ...« Aber es klang, als hätte er noch mehr dazu zu sagen. Malte wartete einfach ab. Und endlich fuhr Kai fort, langsam und bedächtig. »Ich habe ihn noch nie mit einem Mädchen sprechen sehen.«

»Was meinst du damit?«

»Ich meine gar nichts«, antwortete Kai eilig. »Ich hab ihn nur noch nie mit einem Mädchen reden sehen. Es waren genug da, aber er hat nie mit einer geredet. Er sprach nur mit Männern. Wahrscheinlich Zufall ...« Es klang nicht so, als glaubte er daran, dass es ein Zufall war. »Vielleicht bin ich paranoid. Aber einmal hab ich ihn abends in eine von diesen Bars gehen sehen, die in erster Linie für ihre schwul-lesbischen Stammtische bekannt sind.«

»Und deshalb denkst du, er war ...?«, fragte Malte vorsichtig.

»Wer weiß. Es ist nichts Konkretes, nur so ein Gefühl. Wie er mit Männern gesprochen hat. Seine ganze Art. Manchmal sieht man jemanden und denkt sich seinen Teil.«

»Hm, gehen wir einfach mal davon aus, dass er wirklich homosexuell war. Wohin führt uns das?«

»Dann hätte er zwei sehr gute Gründe gehabt, sich von den anderen im Team fernzuhalten«, sinnierte Kai und starrte nachdenklich vor sich hin. »Er war schon der Außenseiter, weil er aus einer anderen Kultur kam.«

»Moment, er ist in Deutschland aufgewachsen!«

»Ja, aber du weißt doch, wie das ist. Er sah nun mal anders aus! Jean-Claude war erst seit ein paar Monaten im Internat. Die Pubertät ist noch mitten im Gange, und er merkt, dass er sich gar nicht für Mädchen interessiert, so wie die anderen.« Kai stand auf und ging in dem kahlen Raum auf und ab. »Ich stell mir das so vor: Jean-Claude bekommt einen Platz im Internat. Er ist bereits ziemlich durcheinander, weil er weiß, dass er in seiner sexuellen Orientierung anders als die anderen ist, und er hat keine Ahnung, wie er damit umgehen soll. Wir leben nun mal in der Provinz. Rostock ist Provinz«, fügte Kai überflüssigerweise hinzu. »Das ist nicht so wie Hamburg oder Berlin.« Er blieb stehen, starrte mit verschränkten Armen auf den Boden, dann fuhr er fort. »Als schwuler Fußballer bist du weg vom Fenster. Da hast du keine Chance, einen Verein zu finden! Lass uns mal weiterüberlegen: Er zieht also im Internat ein. Überall junge Männer. Teamkollegen! Was soll er tun? Du weißt, was mit den Hormonen in dem Alter los ist. Er zieht sich zurück. Sie denken, er tut das, weil er ein Schwarzer ist. Er ist schwarz, er ist komisch, da wird es schon seine Richtigkeit haben. Einfach mal abwarten, was er so macht. So geht keiner auf den anderen zu.«

Malte nickte. Kais Theorie war gar nicht so schlecht, die Frage blieb nur, inwieweit sie stimmte. »Bist du dir sicher?«

Kai zuckte die Schultern und setzte sich wieder hin. »Vielleicht weiß Thorsten mehr? Als sein Physiotherapeut? Frag ihn doch mal, so ganz im Vertrauen. Dem Trainer kannst du mit so was nicht kommen. Der bekommt einen Herzinfarkt, wenn er dich nicht vorher zusammenfaltet und höchstpersönlich ins Tor tritt.«

Malte hatte noch eine Frage, die er ihm stellen wollte. »Was war mit Dennis Scholz, kanntest du ihn?«

Kai schüttelte ärgerlich den Kopf. »Kennen, nein. Wirklich nicht. Was denkst du dir eigentlich?«

Malte zog ein ausgedrucktes Foto aus seinen Unterlagen hervor und legte es vor Kai hin. Es war mit einer Digitalkamera auf einer Vereinsfeier von Hansa Rostock vor einem halben Jahr aufgenommen worden. Jean-Claude Yaméogo war darauf zu sehen, wie er neben seinem Trainer stehend in die Kamera lächelte. Im Hintergrund stand Kai mit seiner Freundin Tanja Schlüter im Arm, sie hielt ein Glas Sekt in der Hand, Kai stopfte sich etwas zu essen in den Mund. Etwas weiter am Rand waren Thorsten Schlüter und, wie Malte erfahren hatte, dessen Frau zu erkennen. Und nicht weit von der Vierergruppe entfernt stand Dennis Scholz. Es sah aus, als ginge er direkt auf Kai und die anderen zu.

Kai schob das Foto sofort von sich weg. »Jaja, aber davon kenne ich ihn doch nicht! Ich hatte keine Ahnung, wer das ist! Klar hab ich ihn manchmal gesehen, aber ich habe nie mit ihm gesprochen, und ich wusste auch nichts von ihm! Ich bin Polizist, glaubst du, jemand kommt ausgerechnet zu mir gerannt und sagt, hey, Kai, das ist ein Dealer, soll ich euch mal bekannt machen?« Kai verdrehte genervt die Augen und schlug sich mit der flachen Hand vor die Stirn. »Also echt! Weißte!«

»Ich werde wohl noch fragen dürfen«, sagte Malte beleidigt. Danach gab es nicht mehr viel zu besprechen, und Malte räumte seine Sachen wieder zusammen, um zu gehen. Er hatte sich schon von Kai verabschiedet, als dieser sagte: »Schick mir Anne noch mal vorbei. Vielleicht bringt's doch was.«

Malte blieb wie angewurzelt stehen. »Anne?«

»Yep. Hab mit ihr schon gesprochen, sie glaubt mir auch, aber Erik meinte, das sei nicht beweiskräftig, außerdem könnte es sein, dass ich einen Filmriss gehabt hätte. Hat mir irgendeinen Scheißdreck erzählt von wegen wenn ich selbst glauben würde, dass ich unschuldig wäre, würde ich jeden Lügendetektortest bestehen. Als ob ich so einen Filmriss haben könnte, dass ich einen Mord vergesse! Schwachsinn.«

»Du hast mit Anne gesprochen und sitzt trotzdem hier?« Malte verstand kein Wort.

»Nicht trotzdem, sondern genau deshalb! Ich war nie ein großer Fan von ihr, aber ich dachte, wenn mir einer glaubt, dann sie! Also erzähl ich ihr alles, und drei Minuten später steht Erik in der Tür und zerrt mich vor den Haftrichter.«

Maltes Gedanken purzelten durcheinander. »Sie arbeitet an diesem Fall?«

»Was weiß ich, mir sagt doch keiner was«, brummte Kai. »Also schick sie mir noch mal her, man kann ja nie wissen.« Mit diesen Worten ließ er sich von dem Aufseher wieder zu seiner Zelle bringen.

Erst als Malte wieder an der frischen Luft war, wurde ihm klar, was ihn so erschüttert hatte. Er hatte immer gedacht, Anne sei eine Freundin. Aber sie hatte sich nicht an ihn gewandt, sondern direkt an Erik. Sie hatte sich nicht einmal bei ihm gemeldet, um ihm davon zu erzählen. Malte schloss seinen Wagen auf und setzte sich hinter das Steuer. Er fuhr nicht los. Er starrte nur vor sich hin.

11.

Als Erik am Abend gedankenverloren nach Hause kam, ging er wie gewohnt als Erstes in sein Wohnzimmer und schaltete den CD-Player an. Er hatte das neue Album von Hot Hot Heat erwartet, aber was er zu hören bekam war P. J. Harvey. Er versuchte, sich auf die Musik zu konzentrieren und zu entspannen, aber es gelang ihm nicht. Düster, verzweifelt, wütend waren die Klänge, die an sein Ohr drangen, und das war nicht die richtige Stimmung für den Moment. Hatte er dieses Album zuletzt angehört? Er konnte sich nicht daran erinnern.

Nun fiel ihm wieder ein, dass Anne hier gewesen war, Anne und ihre Freundin Emma. Sie mussten die CD gewechselt haben. Er fühlte eine seltsame Enttäuschung darüber, dass die beiden nicht mehr hier waren. Erik stand auf und sah in Cordelias Zimmer nach, wo alles ordentlich aufgeräumt war.

Normalerweise war er froh darüber, alleine zu sein. Erik gehörte zu jenen Menschen, die erst einmal laut aufseufzten, wenn ihr Besuch – egal, wie lieb und teuer die Menschen ihm auch waren – sich wieder verabschiedete. Die Leere seiner eigenen vier Wände pflegte er dann still und vor allem einsam zu zelebrieren, mit einem schönen Glas Whisky, ein paar Zigaretten und einigen seiner Lieblings-CDs. Jetzt aber blieb er noch eine Weile unter der Tür stehen und starrte in das aufgeräumte Zimmer, während die Musik von ihm unbeachtet weiterlief, bis er es nicht mehr aushielt.

Er wollte schon zum Telefon greifen, um Anne anzurufen, doch dann überlegte er es sich anders. Er setzte sich wieder ins Auto und fuhr zu ihr.

Als er bei Anne klingelte, öffnete Emma Wagner gut gelaunt die Tür und ließ ihn rein. »Oh, haben wir was vergessen?«, wollte sie wissen. Erik schüttelte den Kopf und sagte, er habe einfach nur noch einmal nach Anne sehen wollen. Diese kam gerade aus der Küche und schleppte einen großen Topf ins Wohnzimmer.

»Könnte auch für drei reichen«, rief sie ihm zu. »Ich hab nur ein paar Nudeln gemacht mit Tomatensoße, irgendwie war uns beiden danach.«

Der Besuch ihrer Freundin tat ihr sichtlich gut. So setzten sie sich alle drei zum Essen, und Emma erzählte fröhlich ein paar Anekdoten über ihre Arbeitssuche: Absurditäten, die sich bei Vorstellungsgesprächen ereignet hatten, unmoralische Angebote, die sie erhalten hatte, unsäglich formulierte Absagebriefe und die kafkaesken Zustände bei der Agentur für Arbeit. Sie brachte Anne damit zum Lachen, und auch Erik amüsierte sich über die erfrischende Art, mit der die junge Frau erzählte. Nach dem Essen war Emma taktvoll genug, um den Abwasch zu übernehmen und die beiden alleine zu lassen.

»Danke für alles, gestern«, sagte Anne.

»Ich sehe, Sie haben sich wieder einigermaßen erholt? Es muss ein Albtraum für Sie gewesen sein«, sagte Erik.

Anne lächelte traurig. »Der eigentliche Albtraum war etwas ganz anderes«, antwortete sie.

»Sie haben mir nicht erzählt, was Sie geträumt haben.«

»Wissen Sie, das ist der Grund, warum ich keine Beruhigungsmittel nehmen wollte. Sie unterdrücken die Fähigkeit zu träumen und beeinträchtigen mich in meiner Wahrnehmung.«

»Aber nachher haben Sie sich doch welche geben lassen?«

Sie nickte. »Ich glaube aber, dass das ein Fehler war, denn der Traum war noch nicht zu Ende, als Sie mich geweckt haben.«

Erik beugte sich alarmiert zu ihr vor. »Noch nicht zu Ende? Aber Sie wussten doch, dass Noemi ... Und wo ...«, sagte er zögerlich.

»Ich habe von Noemi geträumt, wie sie von der Klinik weggelaufen und zu ihrem Elternhaus gegangen ist. Ich habe genau gesehen, wie bewusst und mit welcher Sicherheit sie es getan hat. Ich hatte das Gefühl, sie hatte dies schon seit Wochen geplant.«

»Wissen Sie auch, warum?«

»Sie wollte ihre Schwester bestrafen. Wenn sie Lilly schon nicht umbringen konnte, dann doch sich selbst. Die beiden waren jahrelang wie ein Spiegel füreinander, deshalb hat sie auch versucht, anders als Lilly auszusehen. Sie wollte alles, was sie miteinander verband, loswerden. Aber dazu gab es nur eine Möglichkeit. Vermutlich hat sie nach dem fehlgeschlagenen Schuss auf ihre Schwester gemerkt, wie wenig es gebracht hätte, Lilly zu töten. Sie hätte immer noch ihre Erinnerungen gehabt, ihr eigenes Gesicht und ihren eigenen Körper, dieselben Erbinformationen. Sich selbst zu töten war für sie der einzige Ausweg.«

Erik dachte eine Weile über das nach, was Anne ihm gerade gesagt hatte. »Und was war mit dem Traum?«, fragte er.

»Noemis Tod war friedlich und still, aber dann passierte etwas anderes, an das ich mich nicht mehr genau erinnern kann. Sie sagten, Sie seien wach geworden, weil ich geschrien hätte? Aber wegen des Traums von Noemi hätte ich nicht geschrien.«

Erik sah sie erwartungsvoll an. »Weswegen denn dann?«, fragte er auffordernd.

»Danach ging es um einen Jungen, und um Lilly.«

»Und warum haben Sie so geschrien?«

Anne zuckte die Schultern. »Er muss wohl Schmerzen gehabt haben. Es ist sinnlos. Ich kann mich nicht an mehr erinnern, weil Sie mich aufgeweckt haben!«

Hörte er da einen versteckten Vorwurf? Aber was hätte er tun sollen? Er hatte gedacht, sie hätte von Thomas Barner geträumt.

Nach Barner hatte er sich heute erkundigt, es ging ihm schon wieder recht gut, er musste aber noch mindestens eine Woche im Krankenhaus bleiben, bis abzusehen war, wie gut die Wunden verheilten. Anne hatte zwar keine wichtigen Organe erwischt, aber die Stiche und Schnitte waren tief gewesen. Barner hielt immer noch an seiner Aussage fest, Anne hätte ihn umbringen wollen, aber Erik hatte bereits mit Staatsanwalt Röder gesprochen und noch einmal bekräftigt, dass er von einer Notwehrsituation überzeugt war. Trotzdem würde Anne natürlich eine Aussage machen müssen, und zwar morgen, ein weiterer Grund, warum Erik heute Abend noch mit ihr reden musste.

»Wann haben Sie Ihren Termin beim Staatsanwalt?«

»Um zehn«, antwortete sie.

»Was werden Sie ihm sagen?«

Anne verzog das Gesicht. Sie verschränkte die Arme und zog die Beine an den Körper. »Was soll ich sagen?«, fragte sie, plötzlich trotzig. Erik seufzte, und sie schnitt ihm das Wort ab: »Und sagen Sie jetzt nicht *die Wahrheit*!«

»Ich weiß nicht, was passiert ist …«, begann er.

»Ich will auch nicht darüber reden!«, gab sie scharf zurück.

»Aber Sie müssen darüber reden, weil Ihnen genau in diesem Moment jemand unterstellt, dass Sie ihn umbringen wollten!«

»Wenn ich das wirklich gewollt hätte, wäre er tot.«

»Sie sollten ein bisschen vorsichtiger sein mit Ihren Äußerungen. Gestern Abend haben Sie sogar zu mir gesagt, dass Sie sich wünschten, er wäre tot!«

Anne starrte stumm vor sich hin, so als gäbe es ihn gar nicht.

»Na gut. Ich sage Ihnen jetzt ganz genau, was ich dem Staatsanwalt bereits erzählt habe und was Sie morgen mit ihm besprechen werden, okay?« Erik war wütend auf sie, doch er würde ihr helfen. »Es war so: Er kam rein, wollte Sie in der Küche angreifen, ist handgreiflich geworden und hat versucht, Sie zu vergewaltigen, aber Sie haben im letzten Moment ein Messer zu fassen bekommen und haben sich wehren können, bevor Schlimmeres geschah.« Er sah sie prüfend an. Sie nickte nur. Dann fiel ihr etwas ein.

»Muss ich sagen, dass er mich vergewaltigen wollte? Reicht es nicht, wenn ich sage, dass er mich angegriffen hat und ich Angst hatte?«

»Die Ärztin hat Ihre Verletzungen gesehen. Sie könnte als Zeugin auftreten«, sagte Erik nur und wartete auf Annes Reaktion. Sie hob den Blick und sah ihm direkt in die Augen.

»Er hat es nicht geschafft«, sagte sie nur. Diese Frage hatte die ganze Zeit zwischen ihnen gestanden. Erik war froh, dass sie es ihm nun gesagt hatte.

»Gut.« Er versuchte, möglichst normal zu klingen. Er hatte die Erfahrung gemacht, dass man mit Opfern, Geschädigten oder Angehörigen über eine Tat möglichst sachlich sprechen musste, um ihnen damit zu zeigen, wie ernst man sie nahm. In seiner Dienstzeit hatte er viele Menschen getroffen, die ihm dafür gedankt hatten. Sie hatten ihm gesagt, wie erleichtert sie darüber gewesen waren, endlich an jemanden zu geraten, der normal mit ihnen sprach und ihnen das Gefühl gab, sich ihrer richtig anzunehmen, sich mit ihnen und ihrem Problem auseinanderzusetzen, statt in Mitleid zu erstarren und unbeholfen um die eigentliche Sache herumzureden.

»Ich weiß, dass er in Ihrem Schlafzimmer war und dass die Reihenfolge der Ereignisse eine andere war. Ich weiß auch, dass es juristisch gesehen keine Notwehr war. Deshalb ist es so wichtig, dass Sie die Geschichte genau wie besprochen erzählen und dabei bleiben. Keiner kann Ihnen das Gegenteil beweisen, Barner schon gar nicht. Die Verletzungen können daher kommen, dass er Ihnen das T-Shirt hochgeschoben und dann versucht hat, Ihnen die Hose auszuziehen, es aber nicht geschafft hat. Denken Sie daran, es ist Blut auf Ihrer Kleidung! Die Ärztin hat Sie nicht von Nahem gesehen und Sie auch nicht offiziell untersucht. Das ist ein Vorteil für Sie. Schaffen Sie das?«

»Ich nehme Emma mit«, war die Antwort darauf, die er nicht richtig deuten konnte. Anne wechselte das Thema. »Wie geht es denn Noemis Eltern? Und Lilly?«

Mit Schaudern dachte Erik an sein Treffen mit Karen Behrens zurück. Wie sie nach ihrem hysterischen Lachanfall kreischend um sich geschlagen hatte und dann nach Luft ringend zusammengebrochen war. Die Bedienung in der Bacio Lounge hatte schon einen Notarzt verständigen wollen, als Erik – und da kam ihm der Zufall zu Hilfe – Dr. Freyer, den Gerichtsmediziner hatte hereinkommen sehen. Er hatte ihn zu sich gewunken und schnell darüber aufgeklärt, dass dies die Mutter des weiblichen Kokainselbstmords war. Freyer hatte als Erstes die Augenbrauen hochgezogen und gesagt, die Frau hätte wohl selbst ihre Nase etwas zu tief in das Puder gesteckt, doch als er Eriks Blick bemerkte, kümmerte er sich schleunigst um Karen, ließ sie in eine Papiertüte atmen, legte sie auf den Boden mit den Beinen nach oben, wickelte seine Jacke um sie und telefonierte mit einem seiner Assistenten wegen eines Beruhigungsmittels.

»Wie heißt sie?«, hatte Freyer routiniert gefragt.

»Karen Behrens.«

Freyer hatte die Augen aufgerissen. »Behrens! Oh Scheiße, jetzt versteh ich erst ...«

»Haben Sie denn nicht gewusst, wer das Mädchen war?«

»Nein, ich kenne noch nicht alle Namen, ich kann mir Namen sowieso nur schlecht merken. Ich habe überhaupt keine Verbindung gezogen!«, hatte Freyer gestammelt.

»Kein Wort! Sie reden mit niemandem darüber!«

»Selbstverständlich. Aber wir zwei, wir reden morgen über den Befund«, waren Freyers letzte Worte zu Erik gewesen, als auch schon sein Assistent mit dem Beruhigungsmittel gekommen war, offenbar stark genug, um ein Pferd damit zu betäuben, denn Karen Behrens schlief trotz ihres aufgeputschten Zustandes sofort ein. Erik hatte sie in sein Auto getragen und nach Hause zurückgebracht, wo der verwunderte Behrens sie in Empfang nahm. Erik hielt es nicht für nötig, ihm irgendetwas zu erklären, sondern setzte sich gleich wieder in seinen Wagen und fuhr zurück in die KPI. Früher oder später würde ohnehin jeder wissen, dass die Handynummer von Karen Behrens auf der Anrufliste des Dealers aufgetaucht war, er würde es nicht für immer vor seinen Kollegen verbergen können. Er hatte die Nase voll von all den Lügen und Heimlichtuereien. Erik konnte Behrens nicht ewig vor den Konsequenzen, die das Handeln seiner Frau und seiner Töchter nach sich ziehen würde, schützen. Aber er würde es versuchen, so lange es ging.

Was war aus seiner Welt geworden?, fragte er sich wieder. Und nun saß er hier und erzählte Anne, wie sie den Staatsanwalt am besten anlog; er selbst hatte es bereits getan.

»Denen geht es gar nicht gut«, war das Einzige, was er vorerst auf Annes Frage nach den Behrens' erwiderte. Er wollte noch etwas Zeit schinden. »Mit denen ist gerade nicht zu reden. Sie stehen alle unter Schock und sind mit Beruhigungsmitteln vollgepumpt.«

»Es gibt schließlich auch nichts, was Sie sie fragen müssten, oder? Bei einem Selbstmord?«

Erik dachte grimmig daran, dass es Noemi betreffend fast noch mehr unbeantwortete Fragen gab als im Mordfall Jean-Claude Yaméogo. »Es gibt keine Zeichen von Fremdeinwirkung, es wird nur Ärger in der Psychiatrie geben. Ich frage mich, wie es möglich war, dass sie von dort abgehauen ist.«

»Vielleicht hat ihr jemand geholfen«, überlegte Anne laut.

Erik sah sie misstrauisch an. »Wissen Sie etwas? Dann sagen Sie es mir!«

»Nein, ich weiß nichts, manchmal hab ich auch einfach nur so eine Idee, ohne dass ich einen Traum oder eine Vision gehabt habe, stellen Sie sich das mal vor!«

»Aber Sie waren doch lange alleine mit ihr im Musikzimmer, haben Sie da nicht irgendetwas …« Er suchte nach dem richtigen Wort.

»Sie meinen, ob ich da eine Vision hatte, von der Sie noch nichts wissen, oder ob ich noch etwas gespürt habe?« Sie schüttelte den Kopf. »Nein, nur, dass sie durch und durch mit sich im Einklang war. Es war für Noemi in dem Moment das einzig Richtige, sie hat es ohne Angst und mit voller Überzeugung getan. Es war Rache an ihrer Schwester. Sie saß an dem Flügel, an dem normalerweise Lilly gespielt hat, nicht an ihrem eigenen. So als sei sie stellvertretend für sie beide gestorben.«

»Kein Abschiedsbrief, das ist es, was mich etwas stutzig macht«, warf Erik ein.

»Nicht unbedingt. Was sie Lilly zu sagen hatte, hat sie ihr gesagt, indem sie sich an ihrem Platz getötet hat. Und wem hätte sie noch etwas schreiben sollen, und vor allem was? *Liebe Eltern, es hat alles keinen Sinn mehr?* Warum zweifeln Sie?«

Doch Erik hing noch immer an dem Gedanken fest, dass Noemi sich am Kokain ihrer Mutter vergriffen hatte. Er hatte es nicht sicher gewusst, aber geahnt, als er ihre Nummer auf einem alten Verbindungsnachweis von Dennis Scholz entdeckt hatte. Wo sonst hätte das Mädchen nach ihrer Flucht aus dem Krankenhaus den Stoff herhaben sollen? Ihre Schwester war in der Nacht nicht zu Hause gewesen, und daran, dass die Mädchen, die nur in den Semesterferien zu Besuch bei ihren Eltern waren, Kokain horteten, glaubte er nicht. Sie kauften wahrscheinlich immer nur gerade das, was sie brauchten. Ihre Mutter hingegen schien ohne gar nicht mehr vor die Tür zu gehen.

»Könnte es nicht eine spontane Entscheidung gewesen sein? Ich stelle mir das so vor: Sie kommt nach Hause. Lilly, mit der sie vielleicht reden will, ist nicht da, sie findet im Haus Kokain und zieht sich zu viel durch die Nase … Nein, Unsinn, dazu hat sie sich eine zu große Menge vorbereitet. Sie findet also Kokain und beschließt, sich damit umzubringen.«

»Nein«, sagte Anne überzeugt. »Das hab ich nicht geträumt.«

»Woher hatte sie denn wissen können, dass sie genug Drogen haben würde, um sich umzubringen?«

Anne sah ihn erstaunt an. »Aber es waren doch immer welche im Haus!«

»Woher wollen Sie das wissen?«

Anne dachte nach. Dann sagte sie: »Wenn ich an meinen Traum zurückdenke, dann gibt es, was die Art des Selbstmords angeht, überhaupt keinen Zweifel. Sie ist aus dem Krankenhaus einfach weggegangen. Niemand hat sie aufgehalten, aber ich kann auch nicht sagen, ob ihr jemand geholfen hat, so deutlich war der Traum an dieser Stelle nicht. Sie ist nach Hause gegangen, als sei es das Selbstverständlichste der Welt.«

»Können Sie es nicht genauer beschreiben, mit Bildern?«, bat Erik.

»Die Türen von der Psychiatrie standen offen. Das Gebäude war hell erleuchtet, und Noemi ist einfach rausspaziert und nach Hause gegangen.«

»Zu Fuß?«

»Es war ein Traum! Solche Dinge müssen Sie klären, Sie sind der Polizist, nicht ich!«

»Entschuldigung«, murmelte er.

»Also, sie ist nach Hause gegangen, und da wiederum standen ebenfalls alle Türen offen. In meinem Traum ist sie direkt zum Flügel gegangen, allerdings gab es da nur einen, und der stand im Erdgeschoss. Das übrigens auch nur aus einer riesigen Halle bestand, die aussah wie ein leerer Konzertsaal. Und dann hat sie etwas gespielt und ist vom Stuhl gesunken.«

»Und da wussten Sie, dass sie tot ist?«

»Erinnern Sie sich doch mal daran, wie es ist, wenn Sie träumen«, erwiderte sie ungeduldig. »Sie werden wach und wissen, Sie haben von Ihrem Elternhaus geträumt, obwohl das, was Sie im Traum gesehen haben, ganz anders aussah. Sie wissen es eben einfach.«

Erik überlegte angestrengt. Zum ersten Mal hatte er vor einem Jahr mit Anne zusammengearbeitet. Es war zugleich auch das letzte Mal gewesen. Seitdem hatten sie solche Gespräche nicht mehr geführt, aber er hatte sich im Laufe der Monate mit dem Gedanken abgefunden, dass es außer den harten Fakten seiner Realität noch etwas anderes gab, etwas, das er nicht greifen, nicht erklären konnte, und dessen Existenz er nur ungern akzeptierte. Anne allerdings war der lebende Beweis für diese Existenz. Er war gewohnt, mit Logik an die Fakten heranzugehen. Doch was sie hier taten, hatte weder mit Logik noch mit Fakten zu tun. Trotzdem ergab es für Anne mehr Sinn als eine DNS-Analyse oder ein toxikologisches Gutachten. Erik hingegen fühlte sich, als sei er gezwungen, über eine dünne Eisschicht zu gehen.

»Wo in dem Ganzen bleibt das Kokain?«, fragte er.

»Der Konzertsaal bedeutet öffentlicher Auftritt, und dieser wiederum bedeutet Kokain, so wie bei einem gedopten Sportler ein Wettkampf gleich auch Doping bedeutet. Ich wette, so hat bei den Mädchen alles begonnen. Die vielen Konzerte, der Stress, irgendwann haben sie angefangen, etwas gegen die Aufregung zu unternehmen, oder sie haben nach etwas gesucht, das die Leistung steigert.« Nun erst verstand er Annes Traum. Die Zielstrebigkeit, mit der Noemi in ihr Elternhaus zurückgekehrt war, die geöffneten Türen, der Umstand, dass es keine Hindernisse gab, dass es so selbstverständlich schien, sagte Anne, dass Noemi genau gewusst haben musste, was sie tat.

Warum aber nahm auch Karen Behrens Kokain, hatte es sogar in größeren Mengen zu Hause, und das als Ehefrau des KPI-Leiters? Waren denn alle verrückt geworden? Er beschloss, Anne nun doch von Karen zu erzählen, und sie hörte ruhig zu, so als überraschte es sie gar nicht.

»Sie haben es gewusst?«, fragte er. »Und haben nichts gesagt?«

»Was hätte ich tun sollen? Bei Ihnen anrufen und tratschen? Ich habe manchmal bemerkt, dass sie etwas genommen haben musste, was, wusste ich aber nicht. Sie ist mir dann immer sehr schnell aus dem Weg gegangen. Aber bisher dachte ich mehr an etwas harmlosere Substanzen, etwas, das beispielsweise der Arzt verschreibt, wenn man Stress hat oder schlecht schläft oder leicht depressiv ist. Ich habe keine allzu große Erfahrung mit Drogen.«

Erik musste über die Doppeldeutigkeit dieser Aussage schmunzeln. »Zum Glück«, sagte er, und es klang irgendwie liebevoll, wie er zu spät bemerkte. Er wurde unsicher, und obwohl er wusste, dass er dies vor Anne nicht verbergen konnte, versuchte er es trotzdem, indem er wieder zum Thema zurückkehrte.

»Wissen Sie, was mir Sorgen macht?«

»Ja«, überraschte ihn Anne. »Die Verbindung zu dem anderen Mordfall.«

Erik sah sie lange an, ohne zu antworten. Er versuchte, ihr Gesicht zu ergründen, aber sie saß einfach nur in ihrem Sessel, die Beine noch immer angewinkelt, und sah mit einem fast schon verträumten Gesichtsausdruck aus dem Fenster, während sie gedankenverloren an ihren Locken herumdrehte. Von irgendwoher in der Wohnung hörte er Emmas Stimme. Sie telefonierte mit jemandem. Dann begann er, seine Gedanken zusammenzufassen:

»Lilly Behrens telefoniert mit dem Dealer Dennis Scholz. Karen

Behrens und ihre Töchter stehen auf der Telefonliste von Dennis Scholz. Gut, da steht halb Rostock drauf, aber halb Rostock war nicht auf Kais Party, von der der letzte Anruf kam, den Scholz auf seinem Handy angenommen hat. Noemi Behrens bringt sich mit Drogen um, die ihre Mutter bei Dennis Scholz gekauft hat. Wo sonst, er war ihr Dealer. Noemis Freund Steffen hat einen Unfall auf einer Party, zu der Scholz die Drogen geliefert hat, so als wären es Getränke. Das konnten wir mittlerweile aus seinen Telefonverbindungen rekonstruieren«, erklärte er, als er sah, wie Anne die Stirn runzelte. »Irgendjemand fährt mit Kais Auto von dessen Party zum Seehafen, um sich mit Scholz zu treffen. Und dort wird Jean-Claude Yaméogo getötet.«

Anne sah ihn neugierig an, und er erklärte daraufhin: »Ich kann und will einfach nicht glauben, dass Kai etwas damit zu tun hat! Gehen wir also einmal davon aus, dass er unschuldig ist. Jemand fährt also mit Kais BMW zu einem Treffen mit Scholz und Yaméogo. Scholz kommt mit dem Taxi. Der Junge mit seinem Fahrrad. Einer von beiden bricht Yaméogo das Genick, anschließend wird die Leiche des Jungen verbrannt. Warum? Ich weiß es nicht. Das Handy von Scholz bleibt liegen, ob absichtlich oder weil er es in der Panik vergessen hat, ist ebenfalls noch nicht klar. Derjenige, der sich Kais BMW genommen hat, bringt diesen nicht zurück, sondern fährt damit zu Scholz. Von Scholz haben wir keinerlei DNS-Spuren in dem BMW gefunden, also kann der nicht im Wagen gesessen haben. Ein weiteres Rätsel. Ich glaube übrigens nicht, dass es im Hafen um einen Drogendeal ging. Denn sonst wäre der Stoff nicht im Kofferraum von Kais Wagen geblieben. Den hat entweder derjenige, der sich sein Auto geliehen hat, dort platziert, um Kai dranzukriegen. Oder Scholz hat das Zeug da hineingelegt, vielleicht aus demselben Grund, oder weil er es eilig hatte und die Gegend schon von Polizisten wimmelte.«

»Kurz gesagt, jemand will Kai gezielt etwas anhängen«, führte Anne seine Gedanken weiter.

»Vielleicht war das nicht von Anfang an so … Aber später! Wir haben Kais Wagen doch erst nach einer Weile gefunden. Zeit genug, noch etwas zu platzieren, um Kai das Leben schwer zu machen.«

»Der anonyme Anruf bei der Journalistin von der unbekannten Frau, was ist damit?«, fragte Anne.

»Sollte dieser Anruf wirklich stattgefunden haben, dann, weil es gezielt darum ging, Kai verdächtig zu machen, weil dieser sich plötzlich als Sündenbock anbot. Die Journalistin haben wir übrigens genau unter die Lupe genommen, und dass sie selbst in die Sache verwickelt ist, ist unwahrscheinlich. Sie hat keine Verbindungen zu Scholz, Yaméogo oder Kai.«

Anne dachte eine Weile nach. Dann fragte sie: »Haben Sie noch mehr über Jean-Claude herausgefunden?«

»Ja, wir haben eine gute Vorstellung davon, auf welchen Partys er sich herumgetrieben hat, wenn er nicht gerade mit seinen Vereinskumpanen am Feiern war. Nämlich auf solchen, auf denen sich das ganze junge Rostocker Künstlervolk trifft.«

»Auch die Behrens-Zwillinge.«

»Und Scholz als Garant für gute Laune«, fügte Erik trocken hinzu.

»Aber was wollte er denn dann im Hafen? War er denn auch auf Kais Party?«

»Offenbar nicht, aber vielleicht war er auf dem Weg dorthin. Vielleicht ist er mit Scholz verabredet gewesen und wollte noch etwas kaufen, bevor er zur Party ging. Scholz hat noch mit dem Jungen telefoniert.« Erik erklärte Anne, dass Jean-Claude vermutlich eine Handykarte von Dennis Scholz bekommen hatte, über die sie Kontakt gehalten hatten.

»Der Seehafen ist nur ein Katzensprung von Kais Haus entfernt«, gab Erik zu bedenken. »Sie trafen sich dort. Dann konnten sie sich aber offenbar über irgendetwas nicht einigen. Der Junge hat etwas gesehen, was er nicht sehen sollte. Oder er hat sich in etwas eingemischt. Vielleicht auch mit jemandem gestritten. Wer weiß.«

»Aber Jean-Claude hat doch gar keine Drogen genommen? Oder doch?«

Erik zuckte die Schultern. »Vielleicht hat er sie noch mal weiterverkauft, um sich etwas dazuzuverdienen. Denken Sie an das ganze elektronische Gerät, das wir bei ihm gefunden haben. Haben Sie nicht selbst gesagt, das sei alles ganz schön teuer für einen Jungen, dessen alleinerziehende Mutter noch drei weitere Kinder hat?«

»Sie glauben das alles doch selbst gerade nicht ... Aber Moment! Sie glauben, dass Lilly etwas mit alldem zu tun hat!«, rief Anne plötzlich. »Wie kommen Sie darauf?«

Erik war froh, dass ihm die Antwort erspart blieb. Denn es klingelte an der Haustür.

Malte hatte lange mit sich gerungen. Zuerst hatte er daran gedacht, bei Anne anzurufen. Aber dann hatte er es doch nicht getan. Er war so enttäuscht von ihr, darüber, dass sie ihn so außen vor gelassen hatte. Hatte er ihr irgendetwas getan? Wohl kaum. Hatte er sich denn zu viel auf die Freundschaft eingebildet, die sie beide verband? Wohl eher.

Nach dem seltsamen Arbeitstag, den er heute hinter sich gebracht hatte, war er zunächst am Stadthafen spazieren gegangen, dann aber hatte es ihn gepackt, und er war in Richtung ihrer Wohnung gelaufen. Wenn Licht brennt, werde ich klingeln, hatte er sich vorgenommen. Wenn nicht, gehe ich wieder nach Hause. Er hatte Kai versprochen, sie bei ihm vorbeizuschicken. Das konnte er als Vorwand nutzen. Dann würde er mit ihr ganz in Ruhe darüber sprechen, wie schade er es gefunden hatte, über Kai erfahren zu müssen, dass sie beide an demselben Fall saßen. Sie würde ihm sagen, warum sie sich noch nicht bei ihm gemeldet hatte. Sicher gab es eine einfache Erklärung. Vielleicht hatte sie aber auch schlichtweg nicht daran gedacht, ihn zu informieren.

Es brannte Licht, als er auf das Haus zuging, und so klingelte er.

Die Frau, die ihm die Tür öffnete, hatte er noch nie gesehen. Sie hatte langes blondes Haar und grüne Augen. Sie war im Siebziger-Jahre-Stil gekleidet und sah umwerfend aus. Ihr Alter konnte er schlecht schätzen. Fünfundzwanzig hätte er ihr ebenso geglaubt wie fünfunddreißig. Sie strahlte ihn an und stellte sich vor.

»Hi, ich bin Emma! Eigentlich Emilia, aber so nennt mich kein Mensch. Willst du zu Anne? Komm doch rein!«

Malte war so überfahren, dass er gar nicht daran dachte, diese Aufforderung abzulehnen. Er stotterte seinen Namen, wartete im Flur, während Emma ihn ankündigte, und wurde dann von ihr ins Wohnzimmer geschoben, wo er nicht nur Anne im Schneidersitz auf ihrem Sessel vorfand, sondern auch noch seinen Chef Erik, dessen Gesichtsausdruck mit Sicherheit genauso verblüfft war wie sein eigener.

»Oh«, sagte Malte, und Eriks Lippen formten gleichfalls einen Ausdruck des Erstaunens.

»Soll ich noch was zu trinken holen? Was möchtest du?«, fragte Emma, so als sei ihr die allgemeine Verwirrung gar nicht aufgefallen.

»Äh – ich … Also ich wollte nur kurz …«, stammelte Malte nervös, aber Anne fing an zu lachen und bat ihn, sich zu setzen.

»Setzt du dich auch zu uns?«, fragte sie ihre Freundin, und bevor diese antworten konnte, wandte sie sich an Erik: »Das ist doch okay?«

Erik zog die Augenbrauen hoch, sagte aber nichts.

»Ich weiß, dass mich das, was ihr besprecht, nichts angeht«, sagte Emma fröhlich. »Ich kann mich auch ins Schlafzimmer setzen und was lesen.«

»Bleiben Sie ruhig, ich plaudere schon keine Dienstgeheimnisse aus«, sagte Erik.

»Schade«, grinste Emma. »Ich bleib trotzdem!«

Und so kam es, dass sie zu viert in Annes Wohnzimmer saßen und sich mit Weißwein zuprosteten.

Malte spürte die erwartungsvollen Blicke der anderen auf sich ruhen. Also fing er an zu erzählen. »Ich war heute bei Kai, er würde sich gerne noch einmal mit dir unterhalten«, sagte er zu Anne. Sie warf Erik sogleich einen fragenden Blick zu.

»Das kann ich tun, nur weiß ich nicht, wie ich ihm helfen soll.«

»Ist ihm denn noch etwas eingefallen?«, wollte Erik wissen.

»Nicht direkt, jedenfalls nicht in Zusammenhang mit der Mordnacht. Ich glaube, er will einfach nur mit jemandem reden.«

Anne nickte nachdenklich.

»Er hatte übrigens noch eine interessante Theorie.« Malte berichtete von Kais Vermutung, Jean-Claude Yaméogo sei homosexuell gewesen.

»Das ist noch kein Mordmotiv«, sagte Erik nachdenklich.

»Das nicht, aber es erklärt, warum ihn seine Teamkameraden so wenig kannten, und es wirft ein ganz neues Licht auf sein Privatleben! Darüber hatten wir bisher doch kaum etwas!«, verteidigte sich Malte.

»Vielleicht … Da müssen wir morgen mal mit allen drüber reden, in welche Richtung uns das führen könnte. Ist er sich denn sicher?«

»Es ist eine Vermutung«, begann Malte.

»Dann lass uns damit lieber ganz vorsichtig umgehen, bevor wir Behauptungen aufstellen«, gab Erik zurück. Malte vermutete hinter Eriks Zögern, dass dieser bereits die Schlagzeilen der Tagespresse vor sich sah – »Schwuler Schwarzer in Rostock hingerichtet!« – und ihm zugleich auch davor graute, sie könnten wieder in eine Richtung losstürmen, die sich als Sackgasse erwies.

Erik fuhr fort: »Der Junge war gerade mal siebzehn, in dem Alter ist die sexuelle Orientierung noch etwas schwierig. Nur weil er keine Freundin hatte, muss das nicht gleich heißen, dass er schwul war. Außerdem war er schwarz …«

»Ein sportlicher, attraktiver Junge, exotisch, dazu noch besonders gefördert von dem Bundesligaverein der Stadt? Er hätte sich die Mädchen mit Sicherheit aussuchen können!«, unterbrach Anne. »Dass er eine andere Hautfarbe hatte, machte ihn nur noch attraktiver. Auch Mädchen haben ihre Trotzphasen und wollen es den Eltern zeigen. Gerade in der Adoleszenz suchen sie sich Partner, die im genauen Gegensatz zu den Vorstellungen der Familie stehen. Glauben Sie mir, er hätte drei Freundinnen gleichzeitig haben können. Ich denke, an dem, was Malte sagt, ist etwas dran.«

»Haben Sie etwa Vorurteile?«, fragte Emma neckend zu Erik gewandt, während sie sich Wein nachschenkte. Dieser griff sofort nach einer Zigarette und begann, sich zu verteidigen.

»Nicht ich habe diese Vorurteile! Aber ich begegne jeden Tag Menschen, die sie haben!«

»Jedenfalls können wir unsere Nachforschungen auf die schwule Szene in der Stadt ausdehnen«, kehrte Malte wieder zum Thema zurück.

»Das besprechen wir morgen auf jeden Fall erst mit den anderen. In Ordnung?«, lenkte Erik ein. »Von Scholz gibt es immer noch nichts Neues? Sein Auto hat keiner gesehen? Auch sonst nichts?«

Malte schüttelte den Kopf. »Nein, aber ich habe da so eine Idee …« Er spürte, dass er rot wurde.

»Na, denn mal los!«, munterte Erik ihn auf. Die beiden Frauen sahen ihn neugierig an, und wie üblich war ihm so viel Publikum zu viel. Verunsichert knetete er seine Finger und brachte keinen Ton heraus.

Als Emma und Anne Anstalten machten, unter einem Vorwand das Zimmer zu verlassen, hielt Erik sie zurück. »Nein, Sie bleiben hier. Malte, jetzt reiß dich mal zusammen, wenn du eine Idee hast, erzähl sie mir, sie kann nicht blöder sein als das, was ich mir den ganzen Tag so ausdenke. Also?«

Malte wurde es abwechselnd heiß und kalt. Eriks Art, ihn zu fordern, wenn er merkte, dass Malte etwas peinlich war, war Malte oft zu viel.

»Ich dachte, vielleicht wäre es nicht so verkehrt, wenn wir uns mit Dirk Sass unterhalten. Seine Telefonnummer ist ziemlich oft von Dennis Scholz angerufen worden, die Verbindung der beiden ist klar.«

Dirk Sass war, was jeder wusste, ihm aber bislang niemand nachweisen konnte, in die meisten unsauberen Geschäfte in Rostock, die mit organisierter Kriminalität zu tun hatten, verwickelt. Sass selbst machte sich die Finger nicht schmutzig, und er leistete sich hervorragende Anwälte, die bisher noch jede Verbindung, die ihn mit geschmuggelten Zigaretten, illegalen Prostituierten und harten Drogen in Zusammenhang gebracht hatte, wegerklärt hatten. Außerdem gehörte ihm eine Tageszeitung, die seit noch nicht ganz zwei Jahren versuchte, sich in Rostock zu etablieren, es bisher aber noch nicht geschafft hatte, den beiden eingesessenen Tageblättern ernsthafte Konkurrenz zu machen: Die Rostocker Rundschau. Nicht nur zwischen den Zeilen ließ Sass seine politische Überzeugung – im besten Fall reaktionär und konservativ, meistens jedoch tiefbraun – durch seinen Chefredakteur Gero Helm in einige der Artikel einfließen. Doch in den letzten Monaten war die Rostocker Rundschau offenbar darum bemüht, etwas zahmer aufzutreten, und zumindest die Titelstorys waren besser recherchiert als in der Vergangenheit.

Zu Maltes Überraschung antwortete Erik: »Das ist keine schlechte Idee, im Gegenteil. Ich habe selbst schon darüber nachgedacht.«

»Oh?«, war das Intelligenteste, was Malte gelang, dazu zu sagen.

»Nein, wirklich, das ist ein großartiger Vorschlag. Wenn uns jemand sagen kann, wo sich Scholz versteckt, dann er. Ich muss mir nur noch etwas einfallen lassen, um Sass davon zu überzeugen, dass er es mir unbedingt sagen muss. Aber ich bin sicher, das gelingt mir«, sagte Erik voller Zuversicht, und Malte verstand, dass es nun um Dinge ging, die sie in Gegenwart der Frauen auf keinen

Fall erörtern würden. Es klang außerdem wie eine Aufforderung zum Gehen. Malte erhob sich folgsam und verabschiedete sich. Es war wieder Emma, die ihn zur Tür brachte.

»Krebs, oder?«, fragte sie unvermittelt, als sie allein im Hausflur standen.

Im ersten Moment verstand er nicht, was sie meinte. »Äh, nein, ich bin eigentlich ganz gesund. Also soweit ich weiß«, antwortete er deshalb verunsichert.

Emma lachte laut los. »Quatsch! Ich meine dein Sternzeichen!«

»Ach so!«, rief er, einigermaßen erleichtert. Für eine Sekunde hatte er gedacht, Annes Freundin verfüge über hellseherische Fähigkeiten oder könne Krankheiten erkennen. Aber das war natürlich Unsinn gewesen. Er bestätigte ihr, dass sie mit seinem Sternzeichen richtiglag.

»Prima«, sagte sie zufrieden. »Ich bin Stier. Wir sollten mal was trinken gehen! Morgen Abend? Klingel einfach, okay?«

Malte sah ihr noch verblüfft hinterher, als sie schon längst wieder in Annes Wohnung verschwunden war.

12.

Als sie die Augen öffnete, hatte sie für einen süßen Moment das Gefühl, dass alles in Ordnung wäre. Das Tageslicht drang vorsichtig durch die gelben Vorhänge, kein Laut war zu hören. Doch das liebliche Vergessen war nur von kurzer Dauer. Als ihr Blick auf die Medikamentenschachtel fiel, die auf ihrem Nachttisch lag, war alles wieder da, und das Lächeln verschwand aus ihrem Gesicht. Sofort schloss sie wieder die Augen und zog sich die Decke über den Kopf. Lilith konnte die aufsteigenden Tränen nicht zurückhalten.

Aline war durch ihr Schluchzen wach geworden. Sie rollte sich zu ihr herüber, zog ihre Decke zurück und strich ihr über das Haar.

»Ganz ruhig«, sagte Aline leise und machte beruhigende Töne, wie eine Mutter zu ihrem weinenden Säugling. »Ich bin doch da.«

Aber Lilith konnte nicht aufhören zu weinen. Sie ließ es zu, dass Aline sie in ihre Arme schloss. Und nach einer Weile spürte sie, wie gut es tat, dass jemand da war, jetzt, wo sie nichts und niemanden mehr hatte. Sie erwiderte die Umarmung und beruhigte sich langsam.

»Danke«, flüsterte sie der Freundin endlich ins Ohr. »Es ist schön, dass du da bist.«

»Jemand muss doch auf dich aufpassen«, lächelte Aline und strich ihr wieder über die blonden Haare. Sanft löste sich Lilith von ihr, rieb sich die vom Weinen geschwollenen Augen und blinzelte den Tränenschleier weg, bis sie wieder klar sehen konnte. Wie fremd erschien ihr plötzlich die andere Frau. Nicht, weil Aline und sie sich erst seit ein paar Wochen kannten, sondern weil sie sich so sehr wünschte, in diesem Moment in ein anderes Gesicht blicken zu können, in ihr Spiegelbild, in das Gesicht ihres Zwillings. Ihre Schwester war der vertrauteste Mensch in ihrem Leben gewesen, sie hatte zu niemandem eine engere Bindung gehabt. Den größten Schmerz, die schlimmsten Erfahrungen hatten sie miteinander geteilt und dadurch gemildert. Sie waren zu zweit unschlagbar gewesen, und wann immer eine von ihnen ein Problem gehabt hatte, hatten sie darüber gesprochen. Allein dadurch, dass die andere davon wusste, wurde aus einer unbezwingbaren Klippe ein sanfter Hügel, den zu erklimmen ein Kinderspiel war. Sie hatten einander, und nichts würde sie jemals auseinanderbringen, das hatten sie sich versprochen, als sie noch ganz klein waren, und sie hatten all die Jahre daran festgehalten.

Nun wünschte sich Lilith das Gefühl ihrer Kindertage zurück. Das Gefühl der Unverwundbarkeit, das durch die Zweisamkeit verstärkt worden war, denn nur wer alleine war, musste Angst haben. Das Gefühl der Unbesiegbarkeit, denn was immer sie gemeinsam anpackten, würde ihnen gelingen. Und das Gefühl der Unsterblichkeit, von der sie wie selbstverständlich ausgegangen waren, nicht nur, weil sie dem Tod noch nie begegnet waren, sondern weil sie überzeugt gewesen waren, dass es niemals anders sein würde als in diesen Momenten.

Doch in den letzten Jahren war vieles anders geworden, schleichend hatte ein unumkehrbarer Prozess eingesetzt. Mit der Pubertät, mit dem Erwachen der Sexualität hatte es angefangen.

Zunächst noch hatten Noemi und sie gedacht, sie könnten es gemeinsam ignorieren. Oder einfach aussitzen. Was waren schon diese seltsamen Regungen des Körpers, schließlich musste da jeder Mensch einmal durch. Sie also auch. Es würde sich nichts ändern, schworen sie sich, denn sie konnten damals noch nicht wissen, dass sich von nun an alles ändern würde. Plötzlich gab es Sex, und sie teilten Intimstes mit anderen Menschen. Der Sex hatte sie auseinandergebracht, hatte das starke Band zwischen ihnen, das sie für unauflöslich gehalten hatten, einfach zerschnitten, irreversibel.

Es war ein langsamer Prozess gewesen, den sie sich beide nicht hatten eingestehen wollen. Wie immer hatten sie über alles gelacht, hatten alles von sich gewiesen, hatten sich und die dunklen Ahnungen betäubt, in der Hoffnung, am nächsten Tag aufzuwachen und festzustellen, dass die Welt wieder in Ordnung war, dass sich nichts geändert hatte.

Mit ebendieser Hoffnung war Lilith erwacht. Zu diesem beglückenden Gefühl der Leere, der Schwerelosigkeit hatte ihr jedoch nicht etwa ein erholsamer, gesunder Tiefschlaf verholfen, sondern eine hohe Dosis Schlaftabletten. Die Illusion hatte nur wenige Sekunden gehalten. Lilith lugte unter ihrer Decke hervor.

»Wie viele hab ich genommen?«, murmelte Lilith, während sie die Packung von ihrem Nachttisch nahm und nachdenklich darauf starrte. »Woher hab ich die überhaupt?«

Aline nahm ihr die Tablettenschachtel sanft aus der Hand. »Euer Hausarzt war gestern Morgen hier und hat dir eine Beruhigungsspritze gegeben. Er hat diese Tabletten dagelassen und gesagt, du sollst eine halbe nehmen, wenn die Wirkung nachlässt und du nicht schlafen kannst.«

Lilith erinnerte sich dunkel. »Gestern …«, sagte sie und ließ das Wort verklingen, so als würde sie hoffen, die Gedanken an gestern würden ebenso verklingen. »Welcher Tag ist heute? Wie spät ist es? Wie lange hab ich geschlafen?«

Aline setzte sich auf und zupfte das weiße Unterhemd, in dem sie geschlafen hatte, zurecht. »Es ist Donnerstag, sieben Uhr morgens, und du hast, warte mal …« Sie rechnete mithilfe ihrer Finger nach. »Genau. Du hast neunzehn Stunden geschlafen. Mehr oder weniger.«

Lilith riss erschrocken die Augen auf. »Neunzehn Stunden?«

Aline nickte mit einem beruhigenden Lächeln. »Das musste einfach sein. Du hast doch in der Nacht davor gar nicht geschlafen. Und außerdem hast du nicht gerade wenige von diesen Dingern genommen.« Um es ihr zu beweisen, zog sie das Heftchen mit den Tabletten heraus. Vier Stück fehlten.

»Oh mein Gott«, stöhnte Lilith nur. »Warum hast du das zugelassen?«

»Ich war doch gar nicht da. Deine Mutter hat mich am Abend angerufen, ob ich bei dir bleiben kann.«

»Wie geht es ihr?«, fragte Lilith schnell.

Aline zuckte die Schultern. »Wie soll es ihr gehen, sie war völlig fertig und total verheult.«

»Und mein Vater?«

»Von dem habe ich gar nichts gesehen. Moment, das stimmt nicht. Als ich gekommen bin, ist er weggegangen und hat eine Tür hinter sich zugeknallt. Deine Mutter hat mich gleich zu dir geschickt. Und du hast geschlafen.«

Natürlich hatte sie geschlafen. So viele Tabletten. Aber sie musste eine hohe Dosis nehmen, das wusste sie, denn die üblichen Mengen erzielten bei ihr keine Wirkung mehr. Es waren aber nicht nur die Tabletten, es waren zudem der Schock, die Erschöpfung, die Nachricht vom Selbstmord ihrer Schwester gewesen. Aline war mittlerweile aufgestanden und zur Stereoanlage gegangen. Sie schaltete den CD-Player ein, und leise erklang die Stimme von Tori Amos, begleitet von Streichern und Klavier. *Winter*, Liliths Lieblingslied.

Plötzlich wurde ihr schlecht. Lilith sprang aus dem Bett, um ins Badezimmer zu rennen, doch ihre Beine knickten ein, in ihren Ohren fing es an zu rauschen und ihr wurde schwarz vor Augen.

Als sie wieder zu sich kam, saßen Aline und ihre Mutter neben ihr auf dem Boden. Nur schwach nahm Lilith die beiden wahr. Sie hatten ihre Beine hochgelegt und sie in die Decke eingewickelt. Sie konnte ihre Augen nicht offen halten, blieb aber bei Bewusstsein.

»Kannst du aufstehen?«, hörte sie die besorgte Stimme ihrer Mutter. »Ich weiß nicht, ob der Teppichboden warm genug ist. Wir legen dich besser wieder ins Bett.«

Schwankend versuchte sie, mithilfe der beiden auf die Beine zu kommen. Sie bemerkte, dass die Musik aufgehört hatte, und ließ sich auf ihr Bett sacken. Aber sie legte sich nicht hin, sie wollte aufstehen und weggehen. Nicht mehr hierbleiben, wo sie alles an Noemi erinnerte. Noemi, die plötzlich ganz anders aussah, Noemi, die sie nicht mehr als ihre Schwester haben wollte, Noemi in der Psychiatrie, das alles war schlimm genug gewesen. Schrecklich, schmerzhaft, grauenvoll, aber nie aussichtslos. Lilith hatte sich an die Hoffnung geklammert, dass es eines Tages wieder genauso wie früher sein würde. Nun war diese Hoffnung gestorben, zusammen mit Noemi.

Lilith wusste, es war Noemis Abrechnung mit ihr gewesen. Sieh, was du angerichtet hast, ich lasse dich jetzt alleine, und ich werde dir nie vergeben, versuch doch, damit zu leben, versuch doch, ohne mich klarzukommen! Lilith hatte diese Botschaft genau verstanden. Und nun wollte sie nur noch weg von hier. Sie konnte nicht für immer vor dem Schmerz davonlaufen. Aber sie konnte es wenigstens für ein paar Stunden versuchen.

»Geht's wieder?«, fragte Aline.

Lilith nickte. »Alles gut. Ich gehe duschen.« Vorsichtig stand sie auf und verschwand ohne ein weiteres Wort ins Badezimmer, wo sie sich so heiß duschte, wie sie es nur ertragen konnte.

Dann zog sie sich an, trocknete ihr Haar und ging hinunter zu ihren Eltern, die am Frühstückstisch saßen. Beide schienen um Jahre gealtert. Ihre Gesichter waren grau und eingefallen, unter den Augen hatten sie tiefe Ringe. Ihre Mutter hatte erst gar nicht versucht, dies mit Make-up zu kaschieren. Nicht einmal ihre Haare hatte sie sich gekämmt. Unter ihrem Hausmantel trug sie noch ihren Pyjama. So etwas hatte Lilith noch nie erlebt. Sonst war ihre Mutter immer wie aus dem Ei gepellt.

Ihr Vater trug ausnahmsweise keinen Anzug, sondern eine dunkle Stoffhose, ein für seine Verhältnisse sportliches Hemd und einen Pullunder. Wenn er freihatte, sah er immer aus, als wollte er gleich zum Golf. Wenigstens das hatte sich seit gestern nicht geändert, dachte Lilith.

»Wo ist Aline?«, war ihre erste Frage, als sie sich setzte. Sie wollte damit ihren Vater provozieren, der selbst an einem Tag wie heute noch Wert auf Umgangsformen legen würde.

»Sagst du jetzt nicht mehr ›guten Morgen‹?«, fragte er gereizt.

»Dein Vater hat sie weggeschickt«, antwortete ihre Mutter

leise. »Wir wollten in Ruhe mit dir alleine reden, wenn es dir recht ist.«

»Was heißt, wenn es ihr recht ist? Es hat ihr recht zu sein!«, erwiderte ihr Vater.

Der Zorn auf ihn schob Liliths Schmerz für kurze Zeit beiseite. Es würde ihr Genugtuung bereiten, ihn zu verletzen.

»Es ist mir nicht recht. Ich wüsste nicht, was wir zu besprechen hätten«, antwortete sie kühl. »Außerdem muss ich weg.« Sie stand wieder auf, ohne etwas angerührt zu haben, und steuerte auf die Haustür zu. Als sie die raschen, schweren Schritte ihres Vaters hinter sich hörte, drehte sie sich nicht um. Bis er sie an der Schulter packte und herumriss. Er zwang sie, ihm direkt ins Gesicht zu sehen.

»Komm sofort an den Tisch zurück!« Er sagte es leise, und seine Stimme zitterte vor nur schlecht beherrschter Wut. Lilith überlegte gerade noch, wie sie sich am besten losreißen könnte, als es zur Überraschung beider an der Haustür klingelte. Da ihr Vater den harten Griff an ihrer Schulter gelockert hatte, machte sie sich rasch frei und stürzte nach vorn, um die Tür zu öffnen. Egal, wer es war, sie würde vorbeistürmen und wegrennen. Ihr Vater konnte sie dann nicht mehr aufhalten.

Aber ihr Plan ging nicht auf. Kaum hatte sie die Tür aufgemacht, sah sie, dass ihr zwei Männer im Weg standen. Unmöglich, an ihnen vorbeizukommen, ohne sie mit Gewalt über den Haufen zu rennen. Es waren Erik Kemper und Micha Anders.

»Guten Morgen«, sagte Micha Anders zu ihr. Er hatte ihren Vater im Hintergrund noch nicht wahrgenommen. »Zu Ihnen wollten wir gerade.«

Ihr Vater kam an die Tür gestürzt. »Jetzt nicht! Kommt später noch einmal wieder. Heute Mittag, morgen, aber nicht jetzt!«

Erik Kemper sagte zu ihm: »Tut mir leid, wir müssen mir ihr reden.«

»Nur in meiner Gegenwart!«

»Nein!«, rief Lilith und drehte sich zu Erik Kemper. »Fahren wir!« Ohne eine Antwort abzuwarten, stapfte sie zu dem Wagen der Polizisten und wartete dort auf die beiden, die noch mit ihrem Vater sprachen. Dieser blieb wie versteinert in der Tür stehen, als die beiden Männer endlich zu ihr kamen. Micha Anders schloss das Auto auf und öffnete die hintere Tür für sie. Sie kletterte auf den Rücksitz.

Als die beiden ebenfalls eingestiegen waren, sagte sie nur: »Am besten mit Vollgas und Blaulicht.« Erik drehte sich zu ihr um, die Augenbrauen fragend hochgezogen.

Sollten sie doch von ihr denken, was sie wollten. Hauptsache, sie kam weg von hier.

Erik reichte Lilly den vom warmen Pizzafett angeweichten Pappkarton. Lilly hatte sich eine Pizza gewünscht, und sie hatten ihr diesen Wunsch gewährt, auch wenn es erst elf Uhr am Morgen war. Während sie schweigend aß, sah er sich die blasse, hübsche junge Frau, die er in den letzten Jahren hatte erwachsen werden sehen, nachdenklich an. Die Tochter des KPI-Leiters: drogensüchtig und, wenn seine schlimmsten Befürchtungen zutreffen sollten, in einen Mordfall verwickelt. Oder gar in mehrere.

An diesem Donnerstagmorgen war er bereits um halb sieben im Büro gewesen. Der neue Pathologe hatte ihm am späten Abend eine SMS geschickt und sich für diese Uhrzeit bei ihm angekündigt.

Dr. Nicolas Freyer war pünktlich in Eriks Büro erschienen. Er sah frisch und ausgeruht aus, auch wenn er behauptete, die halbe Nacht aufgewesen zu sein, um Akten zu wälzen.

»Dienstagnacht gab es noch einen Toten, der Sie interessieren könnte«, begann Freyer ohne Umschweife. »Außer Noemi Behrens, die ich mir ja schon angesehen habe. Wie geht es eigentlich ihrer Mutter? Besser? Ah. Sie können von Selbsttötung ausgehen, Unfall schließe ich aus, Fremdverschulden ebenfalls.« Er legte seinen Bericht auf den Tisch. »Toxikologie braucht noch, wie immer, aber ich bin mir sicher. Übrigens weiß ich auch, wie sie aus der Psychiatrie gekommen ist.« Freyer sah Erik erwartungsvoll an, und Erik blickte ebenso erwartungsvoll zurück.

»Ja?«, fragte Erik aufmunternd, und Freyer, offensichtlich beruhigt, dass er einen interessierten Zuhörer vor sich hatte, lehnte sich in dem Besucherstuhl etwas nach vorne und stützte die Arme auf den Tisch.

»Ein früherer Kommilitone von mir arbeitet in der Klinik. Aber das bleibt vorerst unter uns! Natürlich nicht, dass er dort arbeitet, sondern was er mir gesagt hat.«

»Schon verstanden«, sagte Erik.

»Gut. Sehen Sie, Noemi Behrens war so etwas wie der Liebling sämtlicher Ärzte und Pfleger. Da spielten Mitleid und Sympathien eine Rolle, die über das professionelle Maß hinausgingen. So was passiert nun mal. Ein hübsches junges Mädchen, deren Freund stirbt, und dann kommt noch raus, dass ihre Zwillingsschwester mit dem Freund anbandeln wollte. Sie kommt mit der Situation nicht klar und muss stationär behandelt werden. Allzu menschlich, ihre Reaktion, und allzu nachvollziehbar.«

»Das ist passiert? Lilly hatte mit Noemis Freund angebandelt?«, hakte Erik nach.

Freyer nickte. »So hieß es. Ich kenne die Akte nicht, ich darf sie auch gar nicht kennen. Wie gesagt, das muss alles unter uns bleiben. Ich gebe Ihnen gerade nur Klatsch und Tratsch wieder. Jedenfalls hatte Noemi immer wieder Albträume. Schlaftabletten in einer üblichen Dosierung haben bei ihr nicht gewirkt. Sie sehen in meinem Bericht, dass sie eine erstaunliche Historie an Drogen- und Medikamentenmissbrauch haben musste, ihren Werten nach zu urteilen. Aber die Toxi…«

»… kommt noch«, vervollständigte Erik seinen Satz. »Ich weiß. Also sie hatte Albträume?«

Freyer nickte eifrig. »Dann hat sie immer geklingelt und sich rausbringen lassen, um frische Luft zu schnappen.« Er machte eine bedeutungsvolle Pause.

Erik verstand. »So auch in der Nacht, in der sie abgehauen ist. Man hat ihr vertraut, man hat sie nicht mehr so genau im Auge gehabt, als sie nachts rauswollte, und das, obwohl sie bereits versucht hatte, ihre Schwester zu erschießen«, schloss er trocken.

Nun machte Freyer große Augen. »Hat sie? Das wiederum wusste ich nicht.«

»Bleibt dann wohl auch unter uns«, gab Erik zurück. »Ich kann mir den Rest denken. Danke, dass sie es mir gesagt haben.«

Freyer nickte. »Eigentlich bin ich aus einem ganz anderen Grund hier. In der Nacht von Dienstag auf Mittwoch gab es noch einen weiteren Toten. Einen jungen Mann, dreiundzwanzig Jahre alt. Er wurde gestern Morgen auf der Höhe vom Gerberbruch in der Warnow gefunden.«

Erik tastete nach seiner Zigarettenschachtel, ohne Freyer dabei aus den Augen zu lassen. Als er eine herauszog und sie sich anzünden wollte, schüttelte Freyer nur tadelnd den Kopf.

»Wenn Sie wüssten …«, begann er.

»Das will ich gar nicht hören!«, brummte Erik. »Weiter, was ist mit dem Jungen?«

»Na gut. Es ist Ihr Leben«, seufzte Freyer. »Der Junge hatte eine gute Dosis Kokain inne.«

»Meine Güte, haben die Leute in dieser Stadt denn nichts anderes zu tun, als sich diesen Scheiß durch die Nase zu ziehen?«, stöhnte Erik. Er schüttelte resigniert den Kopf.

»Kokain ist wieder sehr in Mode. In Berlin ist es dieser Tage die Nummer eins. Auch Drogen feiern sporadisch ihre Comebacks. Und gerade in diesen Zeiten. Es gibt doch nur noch Hiobsbotschaften, überall schlechte Nachrichten Aber zurück zu dem Toten. Dem Zustand seiner Nasenscheidewände nach zu urteilen, war er schon längere Zeit regelmäßiger User. Nun könnte man meinen, der Ärmste hat es übertrieben und ist im Kokainrausch in den Fluss gefallen. Meiner Meinung nach hätte dann aber ein Herzinfarkt die Todesursache sein müssen. Zu viel Koks, kaltes Wasser und so weiter. War es aber nicht. Er ist ertrunken. Das ist auch nicht so spektakulär, vielleicht ist er ausgerutscht, hat sich den Kopf aufgeschlagen, war bewusstlos … Er hat auch eine sehr unschöne Prellung an der Schläfe, in der ich Holzsplitter gefunden habe, die theoretisch von dem Geländer an der Stelle stammen könnten, an der er ins Wasser gefallen ist.«

»Aber Sie haben Zweifel, dass die Prellung daher kommt.«

»Doch, doch, die Prellung kommt von dem Geländer. Aber er hätte schon sehr seltsam fallen müssen …« Freyer rieb sich das Kinn und sah Erik abwartend an.

»Sie können also nicht mit Sicherheit sagen, wie er sich die Prellung zugezogen hat.«

Nun schüttelte der Pathologe den Kopf und hob die Arme. »Könnte ich … eventuell … vielleicht aber auch nicht. Sie wissen schon. Ich habe mir die Stelle persönlich angesehen. Es kann sein, dass er ausgerutscht ist. Kennen Sie die Ecke? Da gibt es ein freies Stück am Ufer, mit Gras bewachsen. Eine kurze Holztreppe mit einem Geländer führt ins Wasser. Da könnte er ausgerutscht sein. Nach Spuren zu suchen ist jetzt wohl ziemlicher Unsinn, weil bereits so viele Menschen über die Stelle getrampelt sind, um den Leichnam zu bergen. Als ich da war, stiefelten außerdem ein paar Jugendliche dort herum, tranken Bier und rauchten. Die Stelle ist eine ziemliche Müllhalde, leider.«

»Aber Sie erzählen mir jetzt nicht auch noch, dass Sie irgendwelche Zeugen befragt haben, Dr. Quincy?«, fragte Erik mit einem Augenzwinkern.

»Ich gebe zu, ich bin noch etwas übermotiviert. Deshalb habe ich mir Arbeit gemacht, die im Grunde Ihr Spezialgebiet ist. Also. Seine Wunde hat zwar nicht geblutet, aber ich habe Haare an dem Geländer gefunden, die von dem Toten sind. Sein Kopf ist gegen das Geländer geknallt. Nur kann ich nicht sagen, ob aus Versehen oder weil jemand nachgeholfen hat. Der Winkel macht mich stutzig. Er müsste in einer Art Sitzposition oder Hocke dagegengefallen sein, wenn es ein Unfall war. Und wie wahrscheinlich ist das? Andererseits kann er auch sehr seltsam und unglücklich gestolpert sein.«

Die beiden Männer sahen sich einen Moment an, bis Erik fragte: »Wir beide wissen, dass Sie mit so etwas nicht direkt zu mir persönlich kommen müssten, also was steckt noch dahinter?«

Freyer räusperte sich umständlich und zog einige Papiere aus seiner Aktentasche. Erst jetzt fiel Erik auf, dass der Mediziner einen ausgesprochen teuren Geschmack hatte. Die Tasche war aus hervorragendem Leder und trug das Label eines teuren italienischen Designers.

»Sie haben recht. Die Sache hat mich nun mal interessiert, und ich dachte, nur mit vagen Zweifeln zu Ihnen zu kommen, wäre ziemlich schwach. Sie kennen mich schließlich kaum und wissen nicht, inwiefern Sie sich auf mein Urteil verlassen können.«

Erik musste grinsen. Das hatte Freyer sich ja schön zurechtgelegt.

»Es war eher Zufall, und es ist eine sehr delikate Angelegenheit. Aber ... Nein, warten Sie, ich muss anders anfangen. Wir haben hier einen toten Drogenkonsumenten, der vermeintlich einen Unfall hatte. Doch kurz zuvor gab es noch einen ähnlich gelagerten Fall. Und zwar den Tod von Steffen Lück. Dieser ist völlig zugekokst die Steilküste hinuntergefallen. Heißt es. Gegen die Feststellung dieser Todesursache ist nichts zu sagen, ich habe es mir angesehen«, sagte er schnell, als Erik genauer nachfragen wollte, und klopfte auf die Papiere, die er vor sich hingelegt hatte. »Aber sehen Sie, der Tote von Dienstagnacht – ich habe ihn ... Wie sage ich das jetzt nur am besten ...« Freyer starrte nachdenklich auf seine Unterlagen.

»Sagen Sie's einfach«, drängte Erik, der seine Ungeduld kaum noch beherrschen konnte.

»Na gut. Ich war am Dienstag im Theater, bei der öffentlichen Generalprobe von Hamlet. Nach dem Theater war ich noch etwas trinken, und dort sehe ich den Hauptdarsteller des Stücks mit zwei jungen Damen, die auch in der Vorstellung gewesen waren. Und am nächsten Tag ... Was soll ich sagen?« Er zuckte die Schultern. »Da liegt eine junge Frau auf meinem Seziertisch, die der anderen vom Vorabend wie aus dem Gesicht geschnitten war. Nur die Haare waren anders. Und der nächste Tote ist Hamlet selbst. Hinterher erfahre ich: Die Tote ist die Tochter vom KPI-Leiter, die, die ich quietschlebendig mit Hamlet gesehen habe, ist ihre Zwillingsschwester. Steffen Lück war der Freund des toten Mädchens. Ich habe keine Ahnung, was das zu bedeuten hat, das ist Ihr Job. Aber da sind überall seltsame Querverbindungen. Immer dieselbe Clique, immer dieselbe Droge – da stimmt doch etwas nicht!«

»Sie persönlich sind sich sicher, dass dieser Tote – wie heißt er eigentlich? Bestimmt nicht Hamlet.«

»Oh, Entschuldigung. Kevin Harms.«

»Dass Kevin Harms ermordet wurde.«

»Es ist wahrscheinlicher, dass ihn jemand mit dem Kopf gegen das Geländer geschlagen hat, sodass er bewusstlos wurde. Danach ist er entweder ins Wasser gestürzt, oder jemand hat mit einem leichten Schubs nachgeholfen. Dann ist er ertrunken. Und wenn Sie mich jetzt fragen: Mann oder Frau? Das hätte jeder machen können. Das Opfer fühlte sich nicht bedroht und rechnete nicht mit diesem Angriff, nichts deutet auf einen Kampf hin. Doch das sind alles Spekulationen. Vor Gericht unhaltbar«, gab Freyer zu. »Dann noch dieser Sturz von der Steilküste. So etwas passt zu Alkohol, aber irgendetwas sagt mir, dass es nicht zu Kokain passt. Nicht nachweisbar, aber vielleicht hat auch hier jemand nachgeholfen? Ebenfalls vor Gericht unhaltbar, was ich da von mir gebe. Hört sich das für Sie unlogisch an?«, fragte er, zum ersten Mal unsicher.

»Überhaupt nicht«, brummte Erik. »Aber was Sie mir hier sagen, ist, dass wir es eventuell mit zwei Morden zu tun haben.«

Freyer wand sich in seinem Stuhl. »Ich sage, wir haben hier zwei Tote, die unter – nennen wir es fragwürdigen Umständen ums Leben gekommen sind.«

Als Nicolas Freyer fort gewesen war, hatte sich Erik gar nicht mehr die Zeit genommen, in die Unterlagen zu sehen, die der Pathologe ihm dagelassen hatte. Für ihn war klar gewesen, was als Nächstes zu tun war. Micha war gerade im richtigen Moment zur Tür hereingekommen. Sie waren zu Behrens gefahren, und gegen acht Uhr hatten sie sich bereits wieder auf dem Rückweg zur KPI befunden, mit Lilith Behrens auf dem Rücksitz.

Nun hatten sie schon drei Stunden mit ihr gesprochen, und Erik wusste noch immer nicht, was er von all dem halten sollte. Lilly hatte freimütig zugegeben, zusammen mit ihrer Schwester schon seit Jahren Drogen konsumiert zu haben. Über ihre Mutter hatte sie keine Auskunft geben wollen, und auf die Frage, ob ihr Vater davon gewusst hatte, antwortete sie mit schallendem Gelächter

»Es ist so leicht, an die Sachen ranzukommen«, erklärte sie. »Jeder kennt Dennis Scholz. Jeder hat seine Telefonnummer. Vor ihm war's ein anderer, na und? Man muss nur anrufen, es ist leichter als Pizza zu bestellen.« Sie schob sich eine lange blonde Strähne aus dem Gesicht und zündete sich eine Zigarette an. Nachdem sie den ersten Zug genommen hatte, sprach sie weiter. »Wenn ich will, höre ich gleich damit auf. Aber warum sollte ich das wollen?« Lilly sah Erik herausfordernd an.

»Du bist intelligent genug, um zu wissen, dass jeder Abhängige auf dieser Welt genauso denkt wie du. Ich habe noch keinen getroffen, der nicht gesagt hätte, er könnte jederzeit aufhören«, war Eriks Antwort.

»Unsinn«, sagte sie nur und zog an ihrer Zigarette.

»Reden wir einen Moment über Jean-Claude Yaméogo«, übernahm Micha die Befragung. »Woher kannten Sie ihn?«

»Von Partys«, war die prompte Antwort. »Aber nicht näher.«

»Er schien ein enger Vertrauter von Dennis Scholz zu sein. Ist Ihnen in dieser Richtung etwas aufgefallen?«

Lilly zuckte die Schultern. »Komisch. Ich hatte nie den Eindruck, dass er was nimmt.«

»Aber Sie haben ihn zusammen mit Scholz gesehen?«

Sie nickte. »Ja, schon … Und ich habe mich jedes Mal gewundert. Natürlich habe ich mir keine großen Gedanken darüber gemacht. Aber ich erinnere mich, dass ich mir gedacht habe, dass das gar nicht zusammenpasst, wenn ich die beiden zusammen gesehen habe. Mehr weiß ich nicht.«

»Hatte er eine Freundin?«, fragte Micha weiter.

»Scholz? Gute Frage … Sicher keine feste, und wenn, dann würde sie mir leid tun. Scholz hat es ständig überall versucht, er war nicht sehr wählerisch. Einer von der Sorte, die ihren Schwanz nicht in der Hose lassen können.« Sie machte ein angeekeltes Gesicht.

»Hat er es bei Ihnen oder Ihrer Schwester auch schon versucht?«

Lilly schwieg eine Weile und sah regungslos aus dem Fenster. Sie war auf der Hut, das spürte Erik. Sie wusste nicht, was sie antworten sollte, und dachte so angestrengt nach, dass sie sogar vergaß, ihre Zigarette zu rauchen. Als die Asche schon fast ganz heruntergebrannt war und zu Boden fiel, wandte sie sich endlich wieder den beiden Ermittlern zu. Ihre Stimme zitterte ein wenig, als sie antwortete.

»Er hat es bei jeder versucht, okay? Also auch bei uns. Und wir sind nicht darauf eingestiegen. Wir hatten zum Glück immer genug Geld, um uns das Koks nicht auf diese Weise von ihm holen zu müssen.« Sie atmete tief durch, als sie zu Ende gesprochen hatte.

Erik stand auf und ging zum Fenster, um es zu öffnen. Drei Raucher waren zu viel für das kleine Büro, er brauchte frische Luft.

»Das heißt also, er hat Sex gegen Drogen getauscht? Bist du dir sicher?«

Lilly zuckte die Schultern. »Eigentlich ständig. Aber nicht bei uns. Wir hatten Geld«, wiederholte sie. »Außerdem war der Typ doch voll eklig.« Sie verzog wieder voller Abscheu das Gesicht.

Leichtsinnig für einen Dealer, dachte Erik. Denn schließlich musste er die Drogen, die er weiterverkaufte, einem anderen zunächst einmal abkaufen. Und das Geld dafür musste von irgendwoher kommen. Wenn das Geld aber nicht ausschließlich aus dem Verkauf der Drogen kam, woher nahm er es dann?

»Hatte Yaméogo eine Freundin?«, fragte Micha weiter. Erik, der die Augen nicht von Lilly ließ, bemerkte, wie sie zusammenzuckte. Nur ganz leicht, aber er hatte es gesehen. Nun streckte sie sich, so als bemühe sie sich um eine bessere Sitzhaltung.

»Keine Ahnung. Er war viel jünger als wir, und ich habe mich nicht dafür interessiert, was er tat. Wieso wollen Sie das wissen?« Sie versuchte, möglichst gleichgültig zu klingen und Micha dabei einen gelangweilten Blick zuzuwerfen. Doch Schauspielerei war nicht ihr Fach.

»Das ist ganz einfach. Wir haben einige Fotos gefunden, digitale Fotos von Partys, auf denen auch Sie und Ihre Schwester zu sehen sind. Und auf dem ein oder anderen Bild könnte man fast den Eindruck gewinnen, dass sich eine von Ihnen sehr gut mit Yaméogo verstanden hat.«

»Mit ihm, und mit jedem anderen auf einer Party! Da redet man doch mit hundert Leuten!«, gab sie barsch zurück. Sie tastete ihre Manteltasche nach ihren Zigaretten ab. Micha bot ihr eine von seinen an.

»Daraus können Sie nicht schließen, dass wir ihn gut gekannt haben«, sagte sie, bevor sie sich selbst Feuer gab. Und damit war das Thema für sie erledigt. Erik beschloss, sie nach dem Exfreund ihrer Schwester zu fragen. Der eigentliche Grund, warum er mit ihr hatte reden wollen: Steffen Lück und Kevin Harms.

»Hast du dich mit Steffen eigentlich gut verstanden?«

Darauf war Lilly nicht vorbereitet gewesen. Sie riss die Augen auf und wurde noch blasser, als sie ohnehin schon war.

»Wie hast du dich mit ihm verstanden?«, fragte Erik noch einmal, während er wieder zu seinem Schreibtisch zurückging, um sich hinzusetzen.

Lilly räusperte sich. Sie bekam wieder Farbe, ihre Wangen röteten sich. »Ja, ich meine, gut, klar, er war ja lange genug mit Noemi zusammen.«

»Fast zwei Jahre, wenn ich mich nicht irre?«

Sie schwieg, so als hätte sie Erik gar nicht gehört. Zu der Party befragt, bei der Steffen tödlich verunglückte, sagte sie nicht viel. Und als Erik auf Kevin Harms umlenkte, war es ganz vorbei. Sie zuckte nur noch mit den Schultern, gab sich gelangweilt, starrte aus dem Fenster und antwortete nur noch vage. Aber sie erholte sich zusehends von dem Schock, den sie bei der Frage nach dem Exfreund ihrer Schwester bekommen hatte.

Wir verschwenden hier unsere Zeit, dachte Erik ärgerlich.

Warum spricht sie überhaupt mit uns? Sie wird uns nichts mehr sagen, obwohl sie mehr weiß. Und wir können schlecht Druck auf sie ausüben. Ganze drei Stunden hatten sie mit ihr gesprochen, ohne ein Ergebnis erhalten zu haben, bis sie schließlich nach Pizza verlangt hatte. Bemerkenswert war, dass sie kein einziges Mal Anstalten gemacht hatte, gehen zu wollen. Erik konnte sich dies nur so erklären, dass sie einen Bogen um ihren Vater machte. Und dieser Ort schien ihr momentan der dafür am besten geeignete zu sein. Warum verließ sie sich darauf, dass Behrens nicht gleich höchstpersönlich in der Tür stehen würde, um sie wieder nach Hause zu holen?

Lilly hatte gerade einmal die Hälfte ihrer Pizza gegessen, als sie die Pappschachtel wieder zuklappte und auf den Boden stellte. Als Erik die Befragung wieder aufnehmen wollte, klingelte das Telefon. Micha nahm das Gespräch an. Er hörte eine Weile zu, antwortete nur einsilbig, dann legte er auf und erhob sich. Er warf Erik einen Blick zu, den dieser sofort verstand.

»Lilly, wenn du uns einen Moment entschuldigst, wir sind gleich wieder da.«

»Keine Eile«, sagte sie und drehte den Kopf wieder so, dass sie aus dem Fenster sehen konnte.

Als sie auf dem Flur standen, sagte Micha: »Das war Anne. Sie war gerade beim Staatsanwalt, und es ist gut gelaufen, jetzt ist sie wieder zu Hause. Behrens steht vor ihrer Tür, und der sieht scheinbar gar nicht gut gelaunt aus.«

»Und das heißt?«, fragte Erik verwirrt.

»Er scheint wütend auf sie zu sein. Sie will mit ihm reden, obwohl sie kein gutes Gefühl dabei hat. Sie hat gefragt, ob jemand von uns dazukommen kann.«

Erik seufzte. »Na gut, ich fahr gleich los. Was machen wir mit Lilly?«

»Sie hält viel zurück, keine Ahnung, wie lange es dauern wird, bis sie endlich redet, aber vielleicht hab ich Glück.« Micha schien selbst nicht davon überzeugt zu sein. »Glaubst du wirklich, dass die beiden Jungs umgebracht worden sind?«, fragte er zweifelnd.

Erik zuckte die Schultern. »Wir fischen im Trüben. Frag sie noch mal nach der Party bei Kai. Irgendetwas war da.«

»Du denkst, sie steckt ganz tief drin?«

»Das will ich mir gar nicht ausmalen«, entgegnete Erik ausweichend und machte sich auf den Weg. Als er die Haupttreppe hinabging, sah er Andreas Reeken in der Eingangshalle stehen und mit dem Mann vom Sicherheitsdienst reden. Als Andreas ihn sah, rannte er ihm sofort entgegen.

»Erik, du kannst jetzt nicht weg. Wir haben sie!«, sagte Andreas, fast atemlos, und machte eine umständliche Kopfbewegung in Richtung der Sitzgruppe, die für Besucher in der Eingangshalle bereitstand. Dort saß eine stark geschminkte, etwa fünfunddreißigjährige Frau mit blond gefärbten Haaren. Sie war in einen grünen Karomantel gehüllt und trug kniehohe weiße Stiefel über hellblauen engen Jeans. Obwohl das Wetter ganz und gar nicht danach war, verbarg sie ihre Augen hinter einer großen dunklen Sonnenbrille.

»Wir haben wen?«, fragte Erik verständnislos.

»Die Frau aus dem Hafen! Die mit dem Österreicher! Die Prostituierte aus dem LKW!«, flüsterte Andreas.

»Und sie will eine Aussage machen?«, wunderte sich Erik. »Nachdem wir sie tagelang suchen mussten? Wie hast du sie gefunden?«

»Ich hab sie nicht gefunden, sie hat sich freiwillig gemeldet! Sie hat gesagt, sie hätte seit Kurzem eine Art Lebensversicherung, und jetzt kann sie reden, mit wem sie will.«

»Oh nein«, stöhnte Erik. »Ausgerechnet jetzt! Ich muss dringend weg. Gib mir fünf Minuten. Blödsinn, zehn. Eine halbe Stunde. Sprich mit ihr, lass sie nicht weg, ich komme gleich wieder. Ich verlass mich auf dich! Ich muss unbedingt persönlich mit ihr sprechen!« Dann ließ er Andreas einfach stehen und stürmte raus zu seinem Wagen. Warum musste auch immer alles gleichzeitig passieren?

13.

Als Erik nur wenige Minuten später bei Annes Haus ankam, war Behrens schon wieder weg. Anne ging im Wohnzimmer auf und ab und ließ sich nur schlecht beruhigen.

»Was wollte er von Ihnen?«, fragte Erik.

»Er stand hier vor der Haustür, und als er uns gesehen hat, kam er sofort auf uns zu. Ihm war völlig egal, dass Emma dabei war. Er hat einfach nur gesagt, ich sei schuld daran, dass Noemi sich umgebracht hat, das Ganze sei nur meiner Inkompetenz zu verdanken.«

»Das hat er gesagt? Sie wissen aber schon, dass Sie das nicht ernst nehmen dürfen, oder?«

»Ach!« Anne winkte ungeduldig ab. »Mir bereitet gerade etwas ganz anderes viel größere Sorgen.«

»Nämlich?«

»Ich kann mir gut vorstellen, dass er in seinem Zustand durchaus zu Kurzschlusshandlungen fähig ist. Und bei Menschen, die so wie er ihr gesamtes Leben damit zugebracht haben, möglichst diszipliniert zu sein und Haltung nach außen zu demonstrieren, sind Kurzschlusshandlungen … Wie soll ich sagen …?«

»Nicht gerade aus der Abteilung ›fröhlicher Unfug‹?«

»Nicht wirklich.«

Erik nickte. Sie ging immer noch nervös im Zimmer auf und ab.

»Was denken Sie, was er tun könnte?«

Sie drehte sich zu ihm. »Ich kann nicht hellsehen. Keine Ahnung. Wie ist das denn zurzeit? Ist er krankgeschrieben?«

»Er hat natürlich Urlaub genommen.«

Anne schüttelte nachdenklich den Kopf. »Sie sollten ihn so schnell nicht mehr arbeiten lassen. Er ist völlig am Ende und nimmt alles, was gerade passiert, sehr persönlich. Ich habe den Eindruck, er glaubt allen Ernstes, die ganze Stadt habe sich gegen ihn und seine Familie verschworen. Vernünftige Entscheidungen kann er momentan nicht treffen. Wer ist sein Vorgesetzter? Könnten Sie da mit jemandem reden?«

Erik überlegte kurz. Er wollte Anne nicht sagen, dass er schon längst ganz ähnliche Gedanken gehabt hatte, und er hatte auch bereits mit Helmut Reuter darüber gesprochen. Reuter hatte sich daraufhin, zunächst informell, an den obersten Leiter der Polizeidirektion gewandt, was ihm leicht möglich war, denn die beiden kannten sich schon seit Jahrzehnten. Dieser hatte Behrens Sonderurlaub angeboten, doch Behrens hatte ihm zu verstehen gegeben, dass er bald wieder seine Arbeit aufnehmen wolle. Nun war es also an der Zeit, den offiziellen Weg zu gehen. Erik würde dafür sorgen müssen, dass sein eigener KPI-Leiter, mit dem er seit Jahren zwar nicht freundschaftlich, aber doch eng verbunden war, vorübergehend vom Dienst ausgeschlossen wurde. Er fühlte sich wie ein Verräter.

Zu Anne sagte er nur: »Ich denke darüber nach.« Dann hatte er eine Idee. »Hören Sie, ich muss mit Ihnen über etwas ganz anderes sprechen: Lilly ist zur Befragung bei Micha. Wir haben heute Morgen drei Stunden versucht, etwas aus ihr herauszubekommen. Sie hält etwas zurück, dazu muss man kein Psychologe sein und auch keine besonderen Fähigkeiten haben.« Er lächelte kurz entschuldigend in ihre Richtung. »Aber wenn wir schon die Königin der Interviewtechniken unter uns haben, die dazu auch noch die Situation und die zu befragende Person gut kennt, sollten wir das nutzen.«

Anne sah ihn lange und durchdringend an. Dann wandte sie sich von ihm ab und ging zum Fenster. Sie schloss ihre Arme fest um ihren Körper.

»Er hat mir gerade vorgeworfen, ich sei am Selbstmord seiner Tochter schuld. Ich weiß, dass es Unsinn ist. Aber wie soll ich jetzt mit seiner anderen Tochter reden können?«, fragte sie. Sie klang plötzlich sehr müde.

Daran hatte er nicht gedacht. Er fühlte sich wie ein Idiot. »Oh Scheiße. Tut mir leid. Aber alles, was ich dazu sagen kann, ist, dass das Mädchen einerseits reden möchte, sonst wäre sie nicht mitgekommen. Andererseits aber scheinen Micha und ich nicht die geeigneten Gesprächspartner gewesen zu sein. Kurz gesagt, ich bin mit meinem Polizistenlatein am Ende. Es geht mittlerweile auch um mehr als Kai Hauser und Jean-Claude Yaméogo. Sie müssen etwas tun. Bitte.«

Er stand auf und ging zu ihr. Er stellte sich direkt hinter sie und legte eine Hand auf ihre Schulter. Die ungewohnte Nähe verwirrte sowohl ihn als auch sie, und Anne machte hastig einen Schritt nach vorne.

»Entschuldigung! Ich hab nicht nachgedacht«, rief Erik erschrocken.

»Nein, es ist nichts ... Schon gut«, sagte Anne schnell und lachte nervös. »Gut, ich komme mit! Ich hole nur schnell meinen Mantel. Dann erzählen Sie mir auf dem Weg alles, was ich wissen muss.« Noch während sie sprach, ging sie eilig aus dem Zimmer, und Erik verlieh sich innerlich einen Oscar für seinen Part als Idiot des Jahres.

Zusammen mit Lilly hatte sich Anne für den Heumond, ein Café unweit des Unihauptgebäudes entschieden. Das Lokal lag im Souterrain des Rostocker Ökohauses und war gemütlich rustikal eingerichtet. Im hinteren Teil war ein Tisch frei. Anne und Lilly setzten sich auf das rote Samtsofa und bestellten Tee. Anne drückte Lilly ihr Beileid zum Tod ihrer Schwester aus, und die junge Frau nahm ihre Worte mit stummer Dankbarkeit entgegen. Tränen stiegen in ihren Augen auf. Anne nahm sie spontan in die Arme und hielt sie fest, und Lilly ließ es geschehen, bis man ihnen den Tee brachte.

Lilly hielt ihre Tasse mit beiden Händen umschlossen, so als wolle sie sich die Hände wärmen. Nach ein paar Sekunden zog sie ihre Hände wieder von dem heißen Behältnis zurück. Verlangsamte Reaktionen, dachte Anne. Verzögertes Schmerzempfinden, es könnte vom Kokain kommen, genauso gut aber auch von einer anderen Substanz. Was hatte das Mädchen bloß mit sich gemacht? Welche Drogen nahm sie sonst noch? Wahrscheinlich war Lilly schon längst in einem Strudel von Beruhigungsmitteln, Aufputschmitteln und Schmerzmitteln gefangen, um jeden einzelnen Tag wie ein normal funktionierender Mensch zu überstehen.

»Wann habt ihr mit den Drogen angefangen?«, fragte Anne leise.

Lilly stützte den Kopf seufzend in die Hände und rieb sich die Augen. »Vor Jahren, vor so vielen Jahren, ich weiß es gar nicht mehr. Wann war es das erste Mal? Ich glaube, da waren wir fünfzehn. Wir hatten fürs Kiffen nie viel übrig, und für Alkohol auch nicht.« Sie hob kurz den Kopf und lächelte. »Schade, im Nachhinein, oder? Wir hätten besser mal klein angefangen.«

Am Anfang hätten sie es nicht täglich genommen, erzählte sie. Hier und da kleine Mengen, die ihnen andere abgegeben hatten. Andere Musiker, erklärte Lilly. Orchestermusiker, mit denen sie Auftritte gehabt hätten und die schon älter als die Zwillinge waren. Ob sie aufgeregt seien, hatte man sie gefragt. Ob sie etwas dagegen unternehmen wollten. Sie hatten den Rat bekommen, auf keinen Fall Beruhigungsmittel zu nehmen. Man bot ihnen etwas völlig anderes an. Sie sollten es einfach mal ausprobieren.

So hatte es langsam begonnen. Mit achtzehn waren sie schon sehr geübt im Umgang mit Kokain, und als sie nach dem Abitur nach Italien gegangen waren, um an der Accademia di Santa Cecilia in Rom Klavier zu studieren, war es bereits Teil ihres Alltags gewesen. Anne erinnerte sich an einen Bericht, den sie kürzlich in der Zeitung gelesen hatte. Man hatte in italienischen Flüssen überraschend hohe Mengen Benzoylecgonin festgestellt, ein Stoffwechselabbauprodukt, das nur durch Kokaineinnahme im Körper entstand und danach ausgeschieden wurde. Kokain war in Italien ebenfalls in Mode, und damit verfügbar. So, wie wahrscheinlich überall sonst auch. Von Konsumenten zwischen fünfzehn und vierunddreißig Jahren im Durchschnitt war in dem Bericht die Rede gewesen. Fünfzehn Jahre …

Sie hatten ihre Drogen genommen, und sie waren nie damit aufgefallen, erzählte Lilly weiter. Keine Entgleisungen auf Partys, keine Exzesse, keine Blackouts bei Konzerten, keine schlechten Zensuren. Im Gegenteil.

»Sieh dir Kate Moss an«, sagte Lilly. »Alle machen es! Schauspieler, Moderatoren, Sportler, Models, Fotografen … Sag mir einen, der es nicht macht!«

Anne legte ihre Hand auf Lillys Arm. »Ich bin nicht hier, um über dich zu urteilen«, sagte sie leise. »Davon wegkommen musst du selbst wollen.«

Lilly nickte und nahm Annes Hand in ihre. »Ich glaube nicht, dass gerade der richtige Zeitpunkt ist, um darüber nachzudenken. Ich darf gar nicht daran denken, was alles passiert ist.«

Lilly drückte Annes Hand noch fester. Aus dem Augenwinkel bemerkte Anne, dass jemand auf ihren Tisch zukam. Es war eine junge Frau, etwa in Lillys Alter, mit langen braunen Haaren. Anne hatte kaum Zeit, sie sich in Ruhe anzusehen, denn auch Lilly hatte sie bemerkt und mit einem leichten Kopfschütteln wieder weggeschickt.

»Das war eine Freundin von mir, Aline. Sie hat sich in den letzten Wochen ein bisschen um mich gekümmert«, erklärte sie. »Sie macht ein Praktikum am Theater. Oder heißt es Hospitanz? Ist ja auch egal.«

»Warum hast du sie weggeschickt? Wir hätten uns doch wenigstens Hallo sagen können«, wunderte sich Anne.

»Ach, das ist schon in Ordnung. Ich möchte jetzt mit dir alleine reden. Sie versteht das schon«, versicherte Lilly und erzählte weiter. »Immer, wenn Noemi und ich in den Ferien nach Rostock gekommen sind, haben wir gleich Party gemacht. Und da hat es einfach dazugehört. Getränke organisieren, DJs anheuern, Scholz anrufen.«

Anne dachte einen Moment nach. »Wie passt Kai da hinein? Mit ihm wart ihr doch auch befreundet? Zumindest gut genug, um zu seiner Geburtstagsfeier zu gehen.«

»Weißt du, Kai hat damit nichts zu tun. Der war zwar auch

oft irgendwie mit dabei, aber ich glaube, er hat von den Drogen nichts mitbekommen. Oder er hat weggesehen. Es entwickelt sich automatisch so eine Art Zweiklassengesellschaft auf den Partys. Die einen nehmen etwas, die anderen nicht. Und das läuft ganz prima parallel.«

»Und euer Vater?«

Lilly schloss gequält die Augen. »Der perfekte Vater. Mit den perfekten Töchtern. Seine rosarote Brille war schon ganz bequem für ihn. Tagsüber arbeiten, und nach Dienstschluss ist die liebe Familie beim Abendessen versammelt. Er hat nichts gemerkt, überhaupt nichts! Er hat nicht mal gemerkt, was mit unserer Mutter los war, obwohl sie sich in ihrem Frust wirklich viel mehr reingehauen hat als wir.«

»Sie hat es gewusst? Und hat – mitgemacht?« Anne verstand nicht ganz.

»Sie hat es gewusst, das weiß ich. Sie hat aber nie etwas gesagt.«

Seit wann ihre Mutter selbst konsumierte, konnte sie nicht sagen. Eines Tages hatten die Zwillinge in ihrem Arbeitszimmer einen kleinen Vorrat Kokain gefunden. Sie hatten nie mit der Mutter darüber gesprochen.

»Und was meintest du mit Frust, den sie hatte?«

»Unser Vater hat bisher noch jeden mit seinem Perfektionismus in den Wahnsinn getrieben. Mutter hat versucht, ihm das Leben so angenehm wie möglich zu machen. Sie liebt ihn. Sehr sogar. Aber sie hatte wohl immer Angst, ihm nicht zu genügen, und wollte keine Fehler machen. Dabei hat er niemals auch nur ein böses Wort zu ihr gesagt. Er hat nichts gesagt, aber er hat diese Erwartung ausgestrahlt. Allerdings nur in ihren Augen. Verstehst du? Wenn sie vergessen hatte, etwas einzukaufen, machte sie sich

Vorwürfe. Hielt sich für einen Versager. Und dann schob sie es auf ihn. In Wirklichkeit haben sich beide total bescheuert aufgeführt. Kommt davon, wenn man nicht miteinander redet.«

Ihre Eltern würden in diesen Tagen feststellen, wie viel sie sich in den fünfundzwanzig Jahren, die sie sich kannten, gegenseitig vorgemacht hatten, wie wenig sie von dem anderen wussten und wie fremd sie sich geworden waren.

»Wie war es für dich, als Noemi plötzlich einen Freund hatte?« Anne fragte sanft und liebevoll, und der Ton in ihrer Stimme sollte Lilly zeigen, dass sie bereits wusste, wie verstörend und schmerzhaft es für Lilly gewesen sein musste. Lilly ließ sich Zeit mit der Antwort.

»Wir wollten uns Zeit mit dem Sex lassen. Aber eines Tages haben wir angefangen rumzuprobieren, mit ein paar Typen rumzufummeln, du weißt schon, dann haben wir auch mal mit welchen geschlafen. Aber Steffen war plötzlich etwas Festes, etwas Ernstes. Damit hatte ich nicht gerechnet. Und schon gar nicht mit so einem Typen.« Lillys Blick wurde düster, sie zog ihre Augenbrauen zusammen und verkrampfte ihre Finger ineinander. Dann stand sie plötzlich ohne ein weiteres Wort auf und verschwand durch die Tür, die zu den Toiletten führte. Nach ein paar Minuten kam sie zurück. Sie hatte sich Zigaretten gekauft. Nachdem sie sich eine angezündet hatte, sprach sie weiter. Ihre Stimme zitterte, und sie rang um Selbstbeherrschung.

»Ich habe es ihr immer gesagt, aber sie hat mir nicht geglaubt. Sie dachte, ich sei eifersüchtig, aber das war ich nicht. Nicht auf ihn. Ich fand ihn entsetzlich.«

»Du warst eifersüchtig, weil du nicht mehr so viel Zeit mit ihr verbringen konntest«, sagte Anne.

Lilly nickte und zog an ihrer Zigarette. »Aber daran habe ich mich gewöhnt. Das musste kommen, und ich habe genau wie sie angefangen, mir einen eigenen Freundeskreis aufzubauen. Sie dachte trotzdem, ich würde ihr diesen Typen nicht gönnen, weil ich selbst scharf auf ihn sei. Lächerlich!« Eine Träne lief ihr über das Gesicht. Sie wischte sie schnell mit dem Ärmel weg.

»Was war mit ihm?«

Lilly schwieg. Anne begriff, dass sie gerade nicht sprechen konnte, weil sie gegen die Tränen kämpfte. Nach einer Weile weinte sie still, dann wischte sie sich das Gesicht wieder trocken und erzählte weiter.

Steffen Lück war sechs Jahre älter gewesen als die Zwillinge. Als sie ihn kennenlernten, hatte er gerade mit seiner Physikpromotion an der Rostocker Uni begonnen. Lilly war von Anfang an klar gewesen, dass sich Steffen für beide interessierte. Ihm ging es nicht um Noemi als Individuum. Er verliebte sich in das Konzept Zwilling, und wenn er mit Noemi zusammen war, dachte er zugleich auch an Lilly. Oder an eine doppelte Noemi. Er hatte selbst mehrmals zu Lilly gesagt, dass er sich Sex mit beiden wünschte. Wann immer er high war, hatte er davon angefangen. Noemi hatte nichts davon gewusst. Und Lilly hatte keine Ahnung gehabt, wie sie es ihrer Schwester beibringen sollte. Noemi hätte ihr nicht geglaubt. Jedes Wort, das sich gegen Steffen richtete, hatte sie stets weit von sich gewiesen. Wie also hätte Lilly ihr die Wahrheit sagen können?

»Und auf der Party an der Steilküste hat er wieder damit angefangen?«

Lilly schluchzte leise, dann flüsterte sie: »Mir ist der Kragen geplatzt. Ich konnte es nicht mehr hören! Monatelang hat er mich damit belästigt, und ich fand es einfach nur noch widerlich!« Sie weinte weiter.

Anne legte tröstend den Arm um sie. »Aber was ist dann passiert? Du musst mir alles ganz genau erzählen, auch wenn es schwer ist.«

Lilly hatte sich ein Stück von der Partygesellschaft entfernt, um hinter einem Baum zu pinkeln. Steffen war ihr nachgegangen. Mit heruntergelassener Hose hatte er vor ihr gestanden und sie bedrängt, ihn wenigstens anzufassen. Sie hatte ihn mit Nichtachtung gestraft, aber er hatte nur gelacht und versucht, sich an sie ranzumachen. Sie hatte ihn abgeschüttelt und war dann angewidert und aufgebracht wieder zurück zu den anderen gegangen. Steffen war kurz nach ihr ebenfalls wieder zu ihnen gestoßen. Er hatte sich demonstrativ neben Noemi gesetzt, diese in den Arm genommen und ihr irgendetwas zugeflüstert. Hinterher hatte Lilly erfahren, dass Steffen tatsächlich Noemi gegenüber behauptet hatte, sie hätte versucht, ihn anzumachen.

»Das erklärt natürlich einiges«, sagte Anne bitter. »Hat denn niemand etwas davon mitbekommen? Hattest du nicht eine Freundin oder einen Freund dabei, irgendjemanden, der Steffens Verhalten von einem anderen Standpunkt aus beurteilen konnte und mit Noemi hätte reden können?«

»Nein, ich war nur mit den beiden da. Mit meiner Schwester und eben Steffen.«

»Was ist mit Aline? Hat sie irgendwann einmal etwas beobachtet?«

»Ich habe sie doch erst an diesem Abend kennengelernt.«

»Also stand dein Wort gegen das von Steffen.«

Lilly nickte. »Noemi hat ihm geglaubt, nicht mir. Wie konnte sie ihm glauben? Sie kannte mich besser als jeden anderen Menschen auf der Welt, aber sie hat ihm geglaubt! Liebe macht wirklich blind, oder?«

Anne musste an Tom denken. Schnell schob sie den Gedanken beiseite. »Was ist dann passiert?«, wechselte sie das Thema.

»Ich weiß es nicht. Sie hat sich angehört, was er zu sagen hatte, und dann ist sie aufgestanden und in den Wald gelaufen. Ich bin ihr hinterher, aber ich habe sie nicht gefunden, und nach einer Weile bin ich wieder zurück zu den anderen. Ich wollte Steffen zur Rede stellen, aber er hat nur gelacht, immer nur gelacht und nicht mehr aufgehört. Ich habe ihn dann stehen lassen und versucht, nicht mehr auf ihn zu achten. Irgendwann war er nicht mehr da, ich dachte, bestimmt ist er Noemi suchen gegangen. Aber dann kam Noemi alleine zurück und wollte wissen, wo er ist. Wir haben ihn erst gefunden, als die Sonne wieder aufging.« Sie verstummte bei der Erinnerung.

Anne wechselte das Thema.

»Erzähl mir von Kevin Harms. Er war Schauspieler?«

»Student an der HMT. Aber der Intendant vom Volkstheater fand ihn offenbar so großartig, dass er ihm gleich eine Hauptrolle angeboten hat. So hat Kevin es mir zumindest erzählt.«

»Kanntest du ihn gut?«

Lilly schüttelte den Kopf. »Nur vom Sehen. Er hat mich vor ein paar Tagen angesprochen. Na ja, eigentlich nicht mich, sondern Aline.«

»Er kennt sie vom Theater? Interessierte er sich für sie, oder sie für ihn?«

Lilly musste lächeln. »Nein, das glaube ich nicht!« Ihr Lächeln wurde plötzlich geheimnisvoll.

»Ist das so abwegig?«, fragte Anne.

Lilly schmunzelte. »Aline ist überhaupt nicht an ihm interessiert. Er hat sich außerdem sofort an mich rangemacht. Wir haben uns gut unterhalten, und es war lustig. Dann hat er uns eingeladen, zur Generalprobe zu kommen.« Nun verdunkelte sich ihr Blick. »Er wollte, dass ich meine Mutter zur Premiere schicke. Das war der wirkliche Grund, warum er sich so für mich interessiert hat.« Lilly starrte auf ihren Tee, dann nahm sie die Tasse mit beiden Händen und trank einen Schluck.

»Das hat er gesagt?«

»Nicht direkt. Aber er hat dauernd Andeutungen gemacht, so von wegen, er wünscht sich so, dass er gute Kritiken bekommt, die seien doch so wichtig, und als ich nicht darauf reagiert hab, hat er direkt gefragt, ob ich irgendwie mit einer Karen Behrens verwandt sei. Ich bin mir sicher, er hat genau gewusst, dass sie meine Mutter ist.«

Anne beobachtete Lilly ganz genau. Sie konnte nicht erkennen, dass Lilly log. Andererseits sprach sie nun schon zum zweiten Mal von einem jungen Mann, der sie, wenn auch auf eine etwas andere Weise, beleidigt und gedemütigt hatte, der sie nur hatte ausnutzen wollen. Jeder Ermittler hätte darin ein klares Motiv gesehen.

»Was ist am Dienstag passiert? Ihr wart im Theater?«

Lilly nickte. Sie konzentrierte sich immer noch auf die Tasse, die sie in den Händen hielt. »Hamlet. Ein grauenhaftes Stück«, war alles, was sie sagte.

»Meinst du die Inszenierung?«

Das Mädchen schüttelte langsam den Kopf. Die langen blonden Haare fielen ihr vor die Augen, aber sie schob sie nicht zur Seite. »Ich meine das Stück selbst. Hamlet spielt den Wahnsinnigen, treibt seine große Liebe in den Selbstmord ...« Sie verstummte.

»Hatte deine Mutter überhaupt vor, sich die Premiere anzusehen?«

»Nein, ich glaube, sie hatte zwar eine Einladung, so wie zu allen Premieren, aber sie hat mal erwähnt, dass ein Kollege vom NDR die Kritik für diese Inszenierung übernehmen würde. Oder war es ein Praktikant? Ich habe es vergessen. Ich hätte sie auch nicht darum gebeten.«

»Aber obwohl du nicht so reagiert hast, wie er es sich gewünscht hat, hat er weiterhin den Abend mit dir verbracht?«

»Mit mir und Aline, so wie verabredet. Wir haben nach der Vorstellung im Foyer auf ihn gewartet, und dann sind wir mit noch ein paar anderen durch ein paar Bars gezogen und am Ende im Pleitegeier gelandet.«

Der Pleitegeier war eine berüchtigte Absturzkneipe in der KTV. Der Alkohol war billig, den ganzen Abend über lief Musik der härteren Sorte, und das Publikum reichte von bekifften Schülern bis hin zu langhaarigen Altrockern. Anne war nur einmal für kurze Zeit dort gewesen. Ihr hatte die Musik nicht gefallen, die Luft war ihr selbst für eine Kneipe zu verraucht gewesen. Aber sie hatte die erstaunlich entspannte Atmosphäre sehr genossen. Es war ein Ort, an dem niemand irgendetwas beweisen wollte – oder musste.

»Es waren ein paar von den anderen Schauspielern dort, und die Dramaturgin war noch dabei. Ein paar von den Bühnentechnikern sind nachgekommen. Irgendwann war es so voll, dass ich überhaupt nicht mehr auf Kevin geachtet habe.«

»Wie lange warst du im Pleitegeier?«

Lilly fuhr sich mit einer Hand durch ihr Haar und blickte zur

Decke hinauf. »Ich weiß es nicht. Draußen war es noch nicht hell. Fünf? Jedenfalls war ich unter den Letzten. Danach sind wir noch zu jemandem nach Hause, ich glaube, es war der Tontechniker. Er wohnt auch in der Fritz-Reuter-Straße, nur drei Häuser von der Kneipe weg. Und gegen sieben bin ich mit einem Taxi nach Hause gefahren. Für das Fahrrad war ich zu kaputt.«

Anne nahm Lillys Hand in ihre und sah ihr fest in die Augen. »Du weißt, ich muss dich das fragen …«

»Nein, ich habe nichts mit seinem Tod zu tun!«, unterbrach Lilly sie in genervtem Ton und zog ihre Hand weg. »Hör mit diesem Polizeischeiß auf. Das musst du doch wissen! Ich geh jetzt am besten wieder.« Lilly stand auf und knöpfte ihren Mantel, den sie die ganze Zeit anbehalten hatte, zu.

»Bitte, bleib hier! Wo willst du denn hin? Lilly!«, versuchte Anne sie aufzuhalten, aber Lilly war schon auf dem Weg zum Ausgang. Sie drehte sich nur einmal kurz um und rief quer durch das Lokal: »Ich heiße Lilith! Begreift das denn keiner?«

Später, als sie Erik von dem Gespräch berichtete, musste sie zugeben, dass sie nicht mit hundertprozentiger Sicherheit sagen konnte, ob das Mädchen direkt etwas mit den Todesfällen zu tun hatte.

»Sie war so durcheinander. Dann hat sie sich verschlossen und wollte einfach nicht mehr reden, und am Ende war sie wütend. Mehr kann ich Ihnen wirklich nicht sagen.«

Erik hatte sich alles genau angehört und sogar Notizen gemacht. »Nach Yaméogo haben Sie sie nicht mehr fragen können?«, wollte er wissen.

»Nein. Es tut mir leid.«

»Schon gut«, sagte er, aber sie wusste, dass es nicht gut war. Er hatte gehofft, viel mehr von ihr zu erfahren. Es war unfair, denn er selbst hatte so gut wie nichts in den drei Stunden, die er mit Lilly gesprochen hatte, herausbekommen. Für ihn war Lilly – Lilith! – nun noch verdächtiger als zuvor, davon konnte sie ihn nicht abbringen.

Erik wechselte plötzlich das Thema.

»Wir haben eine Zeugin gefunden, die in der Mordnacht im Hafen war. Die Prostituierte, die den LKW-Fahrer eigentlich hätte glücklich machen sollen. Sie hat einen Wagen gesehen, genauer gesagt Kais Wagen.«

»Noch ein Belastungszeuge gegen Kai?«, fragte Anne entsetzt. »Oh nein, ich kann mir nicht vorstellen, dass er etwas damit zu tun hat!«

Erik schüttelte den Kopf. »Hat er wahrscheinlich auch nicht«, murmelte er, während er weiter an irgendetwas schrieb. »Sie hat eine andere Person am Steuer gesehen. Der Wagen war schon da, als sie zu ihrem Kunden gegangen ist. Sie hat einen genaueren Blick riskiert, in der Hoffnung, der Fahrer wäre an ihr interessiert, was er aber nicht war. Sie meinte, ein Kunde von dem Kaliber BMW-Fahrer wäre ihr nun einmal lieber gewesen als, und jetzt zitiere ich, ›einer von diesen primitiven Truckern‹.«

»Das hat sie gesagt?«, fragte Anne erstaunt.

»Natürlich, den Frauen ist es schließlich auch nicht egal, an wem sie herumfingern müssen. Und diese Dame hat in Polen ein Philosophiestudium absolviert. Nur leider nie einen Job bekommen, außer dem, den sie nun hat und der ihr herzlich wenig Spaß macht.« Nun sah er von seinen Notizen auf. »Ich muss jetzt weg. Auf mich wartet ein interessantes Gespräch mit dem allseits bekannten und beliebten Herrn Dirk Sass.«

»Er spricht freiwillig mit Ihnen?«

»Definieren Sie freiwillig«, antwortete Erik und grinste. Aber mehr sagte er nicht dazu.

Was hatte sie eigentlich erwartet?, fragte sie sich, als sie kurz darauf aus dem riesigen grauen Gebäude heraustrat und der Wind ihre Haare zerzauste. Dass Erik vor Dankbarkeit überfloss? Wohl kaum. Aber sie fühlte sich von ihm nicht ernst genommen und auch ausgenutzt. Er zog sie wie selbstverständlich zu Diensten heran, für die sie keinen offiziellen Auftrag hatte. Er hätte sich wenigstens bedanken können. Ihr ein besseres Gefühl geben können. Aber nein, er führte sich fast genauso auf wie vor einem Jahr, als sie mit ihm zusammengearbeitet hatte. Er hörte zu, machte sich Notizen, traf dann aber seine eigenen Entscheidungen, die oft nichts mit ihren Einschätzungen zu tun hatten.

Anne wartete auf eine Lücke im Verkehr, um die Richard-Wagner-Straße zu überqueren und in die Augustenstraße zu gelangen. Dabei rannte sie fast in einen Radfahrer, der sich lautstark über sie beschwerte. Anne freute sich auf eine heiße Kanne Tee, auf einen angenehmen Plausch mit ihrer Freundin Emma und auf einen gemütlichen Fernsehabend zu zweit. Vielleicht würden sie eine Flasche Wein trinken und die alten Zeiten beschwören. Gut, dass wenigstens Emma da war. Mit diesem Hoffnungsschimmer am Horizont stapfte sie die dicht beparkte, enge Straße hinunter, als Emma ihr entgegengerannt kam.

»Da bist du ja! Hast du schon wieder dein Handy ausgeschaltet?«, plapperte sie los. »Ich hab nachher eine Verabredung und nichts zum Anziehen!«

Annes Freude über Emmas unerwartetes Auftauchen legte sich schlagartig. »Nimm was von mir«, brummelte sie.

»Geht nicht. Er könnte es merken, und das wäre mir echt peinlich!«, gab Emma fröhlich zurück.

Anne nahm den Blick vom Kopfsteinpflaster der Straße und sah ihre Freundin prüfend an. »Du wolltest jetzt nicht etwa zur KPI rennen, um mir zu sagen, dass du nichts anzuziehen hast?«

»Doch«, strahlte Emma.

»Aber du triffst dich nicht mit jemandem, den ich kenne?«

»Noch mal doch!«, erklärte sie unter eifrigem Kopfnicken.

»Malte«, stöhnte Anne.

»Genau!«

»Sei nett zu ihm.«

»Du kennst mich doch!«

»Deshalb sag ich's ja. Die letzten Verabredungen endeten damit, dass du die Typen im Bett hattest und dir danach plötzlich nicht mehr sicher warst, ob du sie wirklich so toll fandest.«

»Das war höchstens ein- oder zweimal!«, maulte ihre Freundin.

»Mach neun- oder zehnmal draus«, gab Anne zurück und tastete nach ihrem Schlüssel.

»Du bist unfair! Und jetzt sag mir, wo ich in dieser Metropole vernünftig einkaufen kann!« Emma hängte sich an Annes Arm und legte ihr den Kopf auf die Schulter. »Bitte, bitte, bitte …«, drängelte sie.

»Ich hasse einkaufen!«

»Oh prima, ich wusste, du würdest Ja sagen!«, freute sich Emma.

14.

Emma und Malte waren bereits seit über einer Stunde weg, und Anne wusste nichts mit sich anzufangen. Das Fernsehprogramm war unerträglich langweilig, und auf Ian McEwans neuesten Roman konnte sie sich nicht konzentrieren, denn ihre Gedanken kreisten abwechselnd um Erik und Tom.

Sie hatte Tom kein einziges Mal im Krankenhaus besucht. Sie wusste, dass er in der nächsten Woche entlassen werden würde, aber sie sah keinen Grund, zu ihm zu gehen. Was sollte sie auch zu ihm sagen? »Tut's noch weh?« Zu ihm zu gehen würde einer Entschuldigung gleichkommen, und sie hatte nicht vor, klein beizugeben. Doch daran wollte sie nun nicht denken, überhaupt war sie in den letzten Tagen die Meisterin des Verdrängens geworden, und deshalb zog sie sich eine Strickjacke an und ihren warmen Cordmantel drüber, um gegen die herbstliche Kühle, die durch den Wind noch verstärkt wurde, gewappnet zu sein. Anne ging los in Richtung Steintor, dann weiter, bis sie zum Kuhtor gelangte.

Das Kuhtor war das älteste Gebäude der Stadt, es stammte aus dem dreizehnten Jahrhundert. Anne liebte das alte Gemäuer, wie sie weite Teile der Altstadt liebte. Ein paar Meter weiter unten war ein gemütliches Café, die Likörfabrik. Dort würde sie etwas Warmes trinken und eine Kleinigkeit essen.

Doch als sie dort ankam, sah sie Emma und Malte durchs

Fenster. Schnell ging sie weiter. Sie würde sich etwas anderes suchen müssen.

Das Hemingway neben der Musikhochschule? Dort würden sie vielleicht wieder Livemusik spielen. Sie entschied sich, nicht den direkten Weg zu nehmen, sondern noch ein wenig durch die Altstadt zu spazieren. An den beiden Kirchen vorbei, ein wenig auf und ab über das Kopfsteinpflaster der verwinkelten Straßen, vorbei an den schönen kleinen alten Häusern und der Nikolaikirche. Jedes Mal, wenn sie dort vorbeiging, fragte sie sich, wie die Wohnungen unter dem Dach der Kirche wohl aussahen. Dieser Kuriosität auf den Grund zu gehen, dazu war sie noch nicht gekommen, sie empfand auch eine gewisse Scheu den Menschen gegenüber, die dort wohnten. Wahrscheinlich gab es eine Menge Neugieriger, die ständig wissen wollten, wie es sich in einer Kirche wohnte.

Es zog sie weiter zum Gerberbruch. Sie ging eine schmale Straße hinunter und gelangte zu dem großen Abenteuerspielplatz, der unterhalb der alten Stadtmauer lag. Gegenüber dem Spielplatz standen große rote Backsteingebäude, eines war innen noch beleuchtet, sodass Anne erkennen konnte, was darin war: Theaterkulissen. Sie ging näher an das Gebäude heran, um das Schild lesen zu können, das außen angebracht war. Das Haus wurde vom Volkstheater genutzt. Hier also waren die Theaterwerkstätten.

Sie ging weiter die Straße hinunter, über die stillgelegten Straßenbahnschienen, immer weiter geradeaus. Die Häuser im Gerberbruch sahen alt und verfallen aus, die Straße war keine Straße mehr, sondern eher eine Aneinanderreihung von Schlaglöchern. Trotzdem standen vereinzelt Autos vor den Häusern. Anne ging in langsamem Zickzack zwischen den Häusern hin und her und las neugierig die Türschilder. Lauter gemeinnützige Vereine, dachte sie, kein Wunder, die Mieten waren hier bestimmt niedrig. Am Ende der kurzen Straße war das Warnowufer. Hinter Zäunen ließen sich trotz der Dunkelheit Anlegeplätze für kleinere Yachten ausmachen.

Etwas trieb Anne immer weiter. Sie rief sich den Stadtplan ins Gedächtnis: Wenn sie hier weiter links lief, würde sie ein Stück an der Warnow entlangkommen, dann allerdings auf die Bundesstraße treffen. Kein sehr gemütlicher Weg, außerdem sah das Ufer in der Dunkelheit unheimlich und verlassen aus. Am besten, sie ginge zurück. Doch sie tat es nicht. Sie ging immer weiter. Bis auf der rechten Seite neben einem Lagerschuppen ein Stück Wiese kam, das freien Zugang zum Fluss gewährte. Anne sprang über einen kleinen Graben und näherte sich dem Wasser.

Zwei Angler saßen dort einträchtig und still nebeneinander, um sich herum hatten sie eine stattliche Sammlung leerer Bierflaschen. Nikotinschwaden hingen über ihren Köpfen. Die Männer drehten sich irritiert zu ihr um, sagten aber nichts und wandten sich gleich wieder von ihr ab. Sie machte einen Bogen um sie herum, denn sie wollte nicht stören.

Am Ufer blieb Anne stehen und blickte angestrengt in die Dunkelheit. Einen halben Kilometer weiter südlich trennte sich die Warnow in zwei Arme auf. Hier, wo sie gerade stand, flossen diese wieder zusammen. Was auf der anderen Seite des Flusses war, konnte sie nicht erkennen. Aber es schien alles so friedlich und angenehm. Um sie herum wurde es ganz still, die Umgebung verschwamm langsam vor ihren Augen, und sie konnte ihren Körper kaum noch spüren.

Plötzlich zuckten Blitze vor ihren Augen, und bunte Bilder

jagten durch ihren Kopf, die sie nicht verstand. Sie folgten zu schnell aufeinander, als dass sie sie hätte erkennen können. Ihr Puls begann zu rasen. Sie wollte einen Schritt zurücktreten, doch sie hatte keine Kontrolle mehr über das, was sie tat. Stattdessen setzte sie sich auf die oberste der Holzstufen, die direkt hinab in den Fluss führten. Und sie fühlte noch, wie sich jemand neben sie setzte, aber sie erkannte niemanden, denn sie sah nicht hin, und sie empfand auch keine Angst. Nur grenzenlose Erregung in jeder Faser ihres Körpers.

Der Schmerz traf sie unvorbereitet. Ihr Kopf schlug gegen das Geländer, sie fühlte sich, als müsste sie sich übergeben, und das Letzte, was sie bemerkte, war, wie sie vornüberkippte und wie das schwarze kalte Wasser der Warnow immer näher kam. Dann verlor sie das Bewusstsein.

Es war achtzehn nach zehn an diesem Abend, als Erik zusammen mit Micha und zwei uniformierten Kollegen im fünften Stock eines Hauses in der Rügener Straße in Lütten Klein stand. Sie hielten sich eng an die Wand gedrückt, damit man sie durch den Türspion der Wohnung, für die sie sich interessierten, nicht sehen konnte. Ihre Waffen waren schussbereit.

»Seid ihr sicher, dass wir hier richtig sind?«, flüsterte Erik. Er fragte nicht zum ersten Mal. Für ihn sahen die Häuser alle gleich aus, die Aufgänge unterschieden sich durch nichts, wahrscheinlich waren die Wohnungen auch noch bis auf die Einrichtung identisch.

»Du hast uns doch selbst die Adresse gesagt«, zischte Micha genervt zurück. »Schließlich hast du den Tipp bekommen, nicht ich.«

Erik wusste, dass Micha gekränkt war, weil Erik mal wieder ein

Geheimnis hatte und noch nicht bereit war, es mit ihm zu teilen. Wenn alles gut gegangen war, würde er mit Micha darüber reden.

»Später«, flüsterte Erik daher nur zurück und sah dann seine Kollegen der Reihe nach an.

»Fertig?«

Jeder einzelne nickte ihm zu. Nun drückte Micha auf die Klingel. Nichts rührte sich. Er klingelte noch einmal und klopfte gleichzeitig. Von innen waren leise Schritte zu hören. Micha klingelte Sturm. Wieder Schritte, dann ein misstrauisches: »Wer ist denn da?« Micha klopfte laut und rhythmisch.

Endlich war es dem Mann auf der anderen Seite der Tür zu dumm, und er öffnete einen kleinen Spalt. Das reichte aus. Die vier Männer stürmten die Wohnung. Der Mann schrie laut auf und wollte sich in eines der Zimmer retten. Micha erwischte ihn aber vorher und drückte ihn an die Wand, während Erik und die beiden anderen die Wohnung sicherten. Es war nur eine Zweiraumwohnung, und sie war bis auf die Grundausstattung der Küche und des Badezimmers leer. In einem Zimmer lag eine Matratze mit ein paar Wolldecken, daneben eine Sporttasche mit Kleidungsstücken, ein Laptop, einige Einkaufstüten aus Plastik mit Lebensmitteln und Hygieneartikeln.

Erik kippte die Sporttasche aus, inspizierte den Inhalt und fand schließlich einen Personalausweis, der auf den Namen Dennis Scholz ausgestellt war. Er nahm den Ausweis und ging in den Flur, wo sich Micha und der Mann gegenseitig anbrüllten, weil dieser seine Personalien nicht nennen wollte. Erik hielt den Ausweis hoch, wie um den Mann mit dem Passfoto zu vergleichen. Der Ausweis verriet, dass Scholz einunddreißig Jahre alt war. Die Größe war mit einsdreiundsiebzig angegeben, die Augenfarbe graublau. Scholz hatte kurz geschnittenes blondes Haar von vielleicht einem Zentimeter Länge und trug einen ausgewaschenen, ehemals blauen Trainingsanzug mit dem Werbeaufdruck eines Rostocker Fitnessstudios. Sein Körper verriet, dass er noch bis vor einiger Zeit intensiv trainiert hatte.

»Herr Scholz, wir haben einen Haftbefehl gegen Sie und einen Durchsuchungsbefehl für diese Wohnung«, versuchte Erik sich bemerkbar zu machen. Endlich verstummten die beiden, und er wiederholte, was er gerade gesagt hatte.

»Haftbefehl wegen was?«, plärrte Scholz.

»Es geht auch ein bisschen leiser, Herr Scholz. Sie sind vorläufig festgenommen, denn Sie stehen unter dem dringenden Verdacht, Jean-Claude Yaméogo ermordet zu haben. Außerdem würden sich die Kollegen vom Rauschgiftdezernat gerne mit Ihnen unterhalten. Gegen Ihre Bewährungsauflagen haben Sie auch verstoßen, den letzten Termin mit Ihrem Bewährungshelfer haben Sie nicht wahrgenommen. Ich bin sicher, die Liste wird noch länger, aber der Staatsanwalt und der Haftrichter hatten es eilig. Ich glaube, sie wollten noch ein Bier trinken gehen.«

»Mord? Was is das fürn Scheiß? Ich hab nix mit Mord am Hut! Das is ja wohl der Hammer!«, schrie er, so als würde die Lautstärke seine Glaubwürdigkeit erhöhen.

»Darüber würden wir uns wirklich sehr gerne mit Ihnen unterhalten«, sagte Erik höflich. »Und wenn Sie nichts dagegen haben, legt Ihnen mein Kollege nun Handschellen an.« Micha reagierte sofort. »Wir nehmen Ihre Habseligkeiten mit, damit sie sich nicht so einsam fühlen in Ihrer neuen Bleibe.«

Scholz fing wieder an, wild zu schimpfen, während Micha dagegenhielt, um ihn ruhigzustellen. Erik versuchte, das Geschrei auszublenden, während er den beiden uniformierten Kollegen half, die persönlichen Sachen von Scholz einzusammeln und in Plastiktüten zu verstauen.

»Ich brauch noch meine Schuhe!«, keifte Dennis Scholz, als sie alle bereit waren zu gehen.

»Schuhe?«, Erik tat so, als sei er zutiefst erschrocken. »Jetzt haben wir schon alles eingepackt! Ach, das geht auch so, wir parken direkt vor der Tür.«

Unter den unverhohlen neugierigen Blicken einiger Nachbarn, die sich, angelockt von dem Lärm, im Treppenhaus versammelt hatten, führten sie Scholz ab.

»Hier gibt's 'nen Aufzug«, jammerte Scholz.

»Treppensteigen soll doch gesund sein«, sagte Erik mit gespielter Verwunderung.

»Nur aufwärts, abwärts geht es auf die Knie!«, erklärte Micha in übertrieben belehrendem Ton.

»Ach, das eine Mal«, sagte einer der Uniformierten. Und dann grinsten die vier Polizisten zufrieden.

Es war fast ein Uhr morgens, als Erik fröhlich pfeifend aus der KPI tänzelte, sich in seinen Volvo setzte und nach Hause fuhr. Er drehte das Radio ganz laut, die neue Garbage-CD hatte er im CD-Wechsler. Beschwingt summte er mit. Der Fall war gelöst, nur die Vernehmung von Dennis Scholz am nächsten Morgen trennte ihn noch von einer Rückkehr zu humanen Arbeitszeiten und einem längst fälligen Urlaub. Am Wochenende würde seine Tochter zu Besuch kommen, und er hätte endlich richtig viel Zeit für sie. Keine Überstunden. Und dann Urlaub. Eine Woche, überlegte er, eine Woche mit einem Billigflieger irgendwohin. Er dachte an

Edinburgh oder Glasgow. Von Hamburg oder Berlin aus gab es günstige Verbindungen, wenn er sich recht erinnerte. Cordelia hatte es mal erwähnt. Wann hatte sie Herbstferien? In der ersten Oktoberhälfte? Das sollte machbar sein. Er würde sie gleich am Wochenende fragen, ob sie Lust hätte, mit ihm zu kommen.

Wie es zu der Verhaftung von Dennis Scholz gekommen war, gehörte zu den kurioseren Begebenheiten in Eriks Laufbahn. Um herauszufinden, wo sich der Dealer aufhielt, hatte er sich am Abend mit Dirk Sass in dessen Villa in Brinckmansdorf getroffen. Das Anwesen war so gut gesichert, selbst die Justizbehörden hätten sich davon noch eine Scheibe abschneiden können. Überall gab es gut versteckte Überwachungskameras, die keinen Winkel des Grundstücks unbeobachtet ließen. Sass hatte zudem eigene Sicherheitsleute, die die Monitore überwachten und Besucher genauestens überprüften. Haus und Grundstück waren zusätzlich durch eine erstklassige Alarmanlage gesichert, es gab zwei Wachhunde, und die Mauer, die das Anwesen umgab, war nicht ohne Weiteres zu überwinden.

Erik hatte dieses ausgeklügelte Sicherheitssystem, das er vor über einem Jahr zum ersten Mal gesehen hatte, zunächst darauf zurückgeführt, dass Sass wegen seiner kriminellen Verbindungen um sein Leben bangte. Doch es gab noch einen weiteren Grund, einen viel wichtigeren: Er wollte seinen neunjährigen Sohn Sören beschützen, der vor ein paar Jahren fast entführt worden war. Sicher, er hätte sich auch verschanzt, wenn es Sören nicht gäbe, aber vermutlich hätte er nicht so übertrieben.

Erik wurde von einem der Bodyguards in das Arbeitszimmer geführt. Es war ein großzügig geschnittener Raum mit schönen alten Erkerfenstern, Holzvertäfelung und einem teuren dunklen

Parkettboden. Sass saß hinter seinem zwei Meter breiten Mahagonischreibtisch und bot Erik einen Ledersessel an, der wie ein Besucherstuhl vor dem Tisch stand. Ein einfacher Trick, um die Fronten klarzumachen.

»Was kann ich für Sie tun?«, fragte Sass mit einem freundlichen Lächeln.

»Zunächst könnten Sie mir etwas zu trinken anbieten«, antwortete Erik, ebenso freundlich. Für den Bruchteil einer Sekunde huschte Verwirrung über Sass' Gesicht, doch er fing sich sofort wieder, griff nach dem Telefon auf seinem Schreibtisch und drückte einen Knopf.

»Was hätten Sie gerne?«

»Ein Glas Wasser. Gerne auch Leitungswasser«, sagte Erik bescheiden.

»Leitungswasser«, wiederholte Sass und lächelte weiter. Keine zwanzig Sekunden später kam derselbe Bodyguard, der Erik hereingeführt hatte, mit einem Glas Wasser herein. Erik bedankte sich und wandte sich wieder Sass zu.

»Schönes Zimmer«, kommentierte er.

»Danke. Und wie kann ich Ihnen nun helfen? Sie waren am Telefon eher zurückhaltend.«

»Man weiß nie, wer alles zuhört«, entgegnete Erik gelassen. »Wissen Sie, ich wollte mit Ihnen über einen Ihrer Mitarbeiter sprechen.«

»Ein Mitarbeiter der *Rostocker Rundschau*? Ist Ihnen einer meiner Journalisten in die Quere gekommen? Wie ich hörte, war genau das Gegenteil der Fall und Herr Helm hat sich bezüglich der Angelegenheit mit dem Internetartikel ausgesprochen kooperativ gezeigt.«

»Ich rede eher von Ihren – wie soll ich sagen – anderen Mitarbeitern.«

»Meinem Hauspersonal?«

»Wenn Sie es so nennen wollen, bitte. Konkret geht es um einen Herrn Scholz, Dennis Scholz. Er sollte Ihnen nicht ganz unbekannt sein. Tun Sie uns beiden den Gefallen und verzichten Sie darauf, mir jetzt eine Theatervorstellung zu geben.«

Sass hatte angefangen, die Hände wie in Unwissenheit zu heben, um zu einer Verteidigungsrede anzusetzen. Erik ließ ihn nicht zu Wort kommen.

»Hören Sie sich erst einmal an, was ich zu sagen habe. Ich bin nicht hier, um Ihnen etwas vorzuwerfen oder anzuhängen, das würde mir ohnehin nicht gelingen, bei den Anwälten und den Verbindungen, die Sie haben. Wenn es darum ginge, wäre sicherlich auch ein anderer hier als ich. Ich bin nur ein kleiner Kriminalbeamter, und mein Job ist es, Morde aufzuklären. Ich interessiere mich nicht für Ihre Drogengeschäfte, ich interessiere mich auch nicht für die Frauen, die Sie auf den Strich schicken.«

Wieder wollte Sass protestieren, aber Erik hob nur die Hand. »Hören Sie mir bis zum Ende zu, habe ich gesagt. Dann sparen wir beide Zeit.«

Sass sah ihn einen Moment misstrauisch an, dann nickte er. »Also gut. Weiter.«

»Wo war ich stehen geblieben? Genau. Bei Ihren Drogengeschäften und den Milieugeschichten. Damit habe ich normalerweise nichts zu tun. Ich sage normalerweise. Denn ganz plötzlich habe ich eine Menge damit zu tun bekommen. Ich habe einen Mordfall, bei dem sich alles um Drogen dreht. Das gefällt mir nicht. Es macht meine Arbeit irgendwie – schwierig …« Erik machte eine kurze Pause, um zu sehen, wie Sass auf seinen ironischen Unterton reagierte. Sass hatte konzentriert zugehört und schien gespannt zu sein, was Erik noch zu sagen hatte.

»Wissen Sie, immer wenn es um Drogen geht, muss ich an Sie denken. Und in diesem speziellen Fall brauche ich ganz dringend Ihre Expertise. Ich suche Dennis Scholz, weil ich mich wirklich gerne ein wenig mit ihm unterhalten möchte, und ich kann mir vorstellen, dass Sie mir sagen können, wo ich ihn finde.«

»Ich habe keine Ahnung, wie Sie darauf kommen. Und selbst wenn ich diesen Herrn Schulz – Scholz – kennen würde, warum sollte ich Ihnen sagen, wo er ist? Ist es nicht Ihre Aufgabe, genau das herauszufinden?«

»Herr Sass, Sie haben nicht zugehört. Deshalb bin ich doch hier! Um herauszufinden, wo er ist! Sehen Sie, ich habe da so eine Theorie. Sprechen wir einmal für eine Weile rein hypothetisch. Nicht von Ihnen, nicht von Dennis Scholz und nicht von mir. Sprechen wir nur von einem Dealer in einer Stadt, die ungefähr die Größe von – sagen wir – Rostock hat. Einverstanden?«

Sass nickte zögerlich.

Erik strahlte. »Gut! Weiter. Dieser Dealer bekommt also Ware von jemandem, und diesem Jemand muss er dafür Geld bezahlen. Dieses Geld wiederum erhält er durch den Weiterverkauf der Drogen, und ein bisschen bleibt dabei auch für ihn hängen. Was aber, wenn der Dealer einen beträchtlichen Teil seiner Ware gar nicht verkauft, sondern verschleudert, sogar verschenkt, besonders gerne an Frauen, die als Gegenleistung dafür mit ihm ins Bett gehen? Was, wenn er sich mithilfe des Stoffs ein regelmäßiges, ausschweifendes Sexualleben sichert?«

Sass' Augen weiteten sich für eine Zehntelsekunde, dann zog er die Augenbrauen zusammen. »Das kann er halten, wie er will, solange er die Ware bezahlt.«

Erik hob den linken Zeigefinger. »Richtig. Aber nun sind wir Menschen doch alle recht neugierig, und uns interessiert, womit der Dealer seine Ware bezahlt, wenn nicht über den direkten Verkauf, nicht wahr?«

»Das könnte uns durchaus interessieren, aber ist das denn relevant?«, fragte Sass vorsichtig.

»Erst einmal nicht. Bis auf den Umstand, dass manche Menschen einfach nicht schlafen können, wenn sie auf manche Fragen keine Antworten haben. Nur, wie gesagt, erst einmal mag es uns nicht interessieren, sicher wird es das aber später. Bis dahin frage ich Sie, rein hypothetisch, was denn so ein Dealer zu erwarten hat, wenn ihm – sagen wir – ein Kilo Kokain abhanden kommt?«

Sass blieb einige Sekunden regungslos. Dann fragte er: »Wie meinen Sie das genau mit dem Abhandenkommen?«

»Ganz einfach. Stellen wir uns einmal vor, unser Dealer, den wir uns eben ausgedacht haben, verliert ein Kilo Kokain.«

»Niemand verliert einfach so ein Kilo Kokain!«

»Na ja, seien Sie mal nicht so hart. Es gibt Stresssituationen, beispielsweise könnte die Polizei vor der Tür stehen, und das Zeug muss weg! So etwas passiert doch alle Tage! Wir lesen es immer wieder in den Zeitungen, und ich frage mich, was passiert eigentlich, wenn ein Dealer ein Kilo wegwirft oder verliert? Dann kann er die Ware nicht mehr weiterverkaufen, er bekommt kein Geld dafür, er hat Schulden bei dem, der ihm den Stoff gegeben hat.«

Sass' Gesicht entspannte sich plötzlich. »Unser fiktiver Dealer ist aber doch ein schlauer Kerl, der offenbar Nebeneinnahmen hat, durch die er den Ankauf der Ware finanzieren kann. Und damit hat er den Kopf aus der Schlinge.«

»Aha! Da kommen also doch wieder die Nebeneinnahmen ins Spiel, die wir eben noch außer Acht gelassen haben. Welcher Art könnten diese Nebeneinnahmen wohl sein?«

Sass zuckte die Schultern. »Wieso interessieren Sie sich dafür?«

Erik lächelte nachsichtig und sagte betont geduldig: »Nehmen wir einmal an, dass auch diese Nebeneinnahmen plötzlich versiegen, weil etwas Unvorhergesehenes vorgefallen ist. Da gibt es eine Leiche im Seehafen, unser Dealer muss fliehen, er lässt ein Kilo Stoff liegen. Tja ja, in seiner Haut möchte ich im Moment nicht stecken …« Er musterte Sass kurz, dann fuhr er fort. »Ich habe da so eine Theorie. Wissen Sie, wenn ein Dealer mit einem jungen Menschen befreundet ist, der keinerlei Drogen konsumiert, muss es dafür einen anderen Grund geben. Der junge Mensch ist homosexuell, der Dealer nicht. Trotzdem haben beide ständig miteinander Kontakt, treffen sich und telefonieren. Da denke ich doch an diese andere, sehr lukrative Einnahmequelle, nämlich Prostitution. Und nun ist das Pferdchen im Stall tot, der Geldhahn versiegt, und der Stoff ist weg.«

Es war reine Spekulation von Erik. Alles, was seine Mitarbeiter über Jean-Claude Yaméogos Privatleben hatten herausfinden können, war, dass er sich hin und wieder in den einschlägigen Bars der homosexuellen Szene hatte blicken lassen, mehr nicht. Aber Prostitution wäre eine Erklärung für die Verbindung zwischen dem jungen Fußballer und dem Dealer. Die einzige, die für Erik Sinn ergab.

»Wissen Sie, nun hätte ich gerne von Ihnen gewusst, wo sich so ein Dealer rein theoretisch versteckt.«

Sass verschränkte die Arme und lehnte sich zurück. Er schloss einen Moment die Augen, dann sagte er: »Das ist alles sehr interessant, Herr Kemper, aber warum sollte ein möglicher Auftraggeber seinen möglichen Dealer an die Polizei verraten, besonders in einem so speziellen Fall? Dann hätte der vermeintliche Auftraggeber doch jede Chance, sein Geld jemals wiederzusehen, für immer verspielt?«

Erik lächelte. »Darüber habe ich auch schon nachgedacht. Der Dealer ist für seinen Auftraggeber nichts wert, solange er untergetaucht ist. Wie soll er an Geld kommen? Er müsste sich schleunigst eine neue Einnahmequelle suchen. Und wenn er aus der Versenkung auftaucht, steht die Polizei gleich bei ihm auf der Matte und kassiert ihn ein. Die Chancen für den Auftraggeber, in den nächsten Monaten oder sogar Jahren an sein Geld zu kommen, sind so oder so recht gering. Und manchmal gibt es einfach gute Gründe, sich gut mit der Polizei zu verstehen.« Er lehnte sich gemütlich zurück und schlug die Beine übereinander. »Nun verlassen wir mal kurz die Märchenwelt, in der wir gerade waren, und stellen uns etwas Neues vor. Und zwar würde ich Sie bitten, einmal eine junge Frau vor ihr geistiges Auge treten zu lassen, die auf eine gesellschaftlich nicht sehr geachtete Weise ihr Geld verdient. Diese junge Frau hat Pech gehabt im Leben und tut deshalb, was sie tut.«

»Es wird sie niemand dazu zwingen!«

»Aber nein, von zwingen soll hier gar nicht die Rede sein, wo denken Sie hin! Aber zurück zu dieser jungen Frau. Sie ist nämlich sehr clever. Intelligent! Sie erinnern sich an diese unschönen Prozesse, die wir zu Beginn des Jahres gegen einen – äh – Bekannten von Ihnen geführt haben?«

»Ich entsinne mich.«

»Ja, das war alles sehr aufregend«, sagte Erik im Märchenonkelton. »Die armen Mädchen, die da aussagen sollten, ach, denen ging es hinterher gar nicht mehr gut.«

Ein paar Prostituierte hatten sich damals der Staatsanwaltschaft gegenüber bereit erklärt, gegen ihren Zuhälter auszusagen. Ihre Aussagen reichten zwar für eine Verurteilung des Angeklagten, doch der hatte natürlich noch seine Gefolgsleute, die sich nach dem Prozess eingehend um die Frauen kümmerten. Einige von ihnen wurden mit schweren Verletzungen ins Krankenhaus eingeliefert, andere verschwanden ganz aus der Stadt. Der Staatsanwalt hatte seine Zusagen, die Zeuginnen zu schützen, nicht einhalten können und war danach kurzerhand versetzt worden.

»Aus diesem Grund hat sich diese sehr intelligente junge Dame so eine Art – wie soll ich es nennen – Berufsunfähigkeitsversicherung zugelegt. Lebensversicherung würde doch zu dramatisch klingen, meinen Sie nicht auch? Und weil einer meiner Kollegen so nett mit ihr geplaudert hat, hat sie ihm doch tatsächlich von dieser Versicherung erzählt. Wissen Sie, was es ist?«

Sass war um die Nase herum etwas blass geworden, hielt sich ansonsten aber gut. Erik genoss den Moment.

»Fast hätte ich vergessen zu sagen, dass wir noch immer ganz hypothetisch reden. Sie denken doch daran? Wie schnell verwechselt man Dichtung und Wahrheit. Stellen Sie sich also vor, da gibt es einen Mann, einen Familienvater, dem sein kleiner Sohn über alles geht. Und dem dazu sein Ansehen in der Öffentlichkeit wichtig ist. Dieser Mann hat eine Ehefrau, die – sagen wir mal – nicht ganz auf dem Damm ist. Und weil das wiederum niemand erfahren soll, schirmt er sie von der Öffentlichkeit ab. Es gibt so gut wie keine Fotos von dieser Ehefrau. Die wenigen, die es gibt, zeigen sie als strahlende Schönheit, respektable Ehefrau und treu sorgende Mutter. Was aber würde passieren, wenn es auch andere Fotos gäbe? Die sie in einem recht desolaten Zustand zeigen? Peinlich, nicht wahr? Sein ganzes schönes Ansehen wäre dahin, sein Ruf ruiniert, die Glaubwürdigkeit stünde auf dem Spiel. Umso schlimmer, wenn dieser Mann auch noch Herausgeber einer Zeitung wäre. Glauben Sie nicht, die Konkurrenzblätter würden sich um diese Fotos reißen?«

Sass war aschfahl geworden und hielt seine Wut nur mit Mühe zurück. »Es gibt keine solchen Fotos von meiner Frau«, zischte er. »Das wüsste ich.«

»Ach, Herr Sass, wer redet denn von Ihrer Frau? Aber was ich noch sagen wollte«, fuhr er im Plauderton fort, »letztens wollte ich mir ein neues Handy kaufen. Ich bin technisch nicht sehr versiert, weshalb ich ein ganz einfaches, simples Telefon wollte. Aber die gibt es gar nicht mehr. Alle haben diese vielen überflüssigen Funktionen. Man kann sogar Bilder mit ihnen machen. Jeder hat mittlerweile so ein Ding, und alle machen sie ständig überall Fotos! Das fällt einem gar nicht mehr auf, oder?«

Die Prostituierte, die sich bei Andreas als Zeugin gemeldet hatte, hatte überraschend Fotos von Frau Sass gezeigt, wie diese, offenbar volltrunken, auf allen vieren vor der Sass-Villa herumgekrochen war, nachdem sie ihren Wagen gegen das Tor der Einfahrt gesetzt hatte. Die Motorhaube des schönen Mercedes war dahin, und die respektable Dame musste geflucht haben »wie eine aus der Gosse«, hatte die Prostituierte erzählt. In der Nacht, bevor sie sich bei der Polizei gemeldet hatte, hatte sie Frau Sass in diesem Zustand angetroffen – und geistesgegenwärtig mit ihrem Handy

Bilder davon geschossen. Dies war von da an ihre Lebensversicherung. Mit den Bildern in der Hinterhand hatte sie sich getraut, eine Aussage zu machen.

Dass Sass' Frau ein schweres Alkohol- und Tablettenproblem hatte, wurde schon seit Jahren hinter vorgehaltener Hand in bestimmten Kreisen getuschelt. Doch Sass hielt ziemlich erfolgreich die Fassade von der glücklichen Familie aufrecht.

»Es gibt Leute, die behaupten eine Menge«, sagte Sass. Er klang sehr vorsichtig.

Erik lächelte. »Wie geht's Ihrem Mercedes? Ist die Motorhaube wieder repariert?«

Nun wusste Sass, was Erik wusste. Er dachte einen Moment nach.

»Rein hypothetisch«, sagte er schließlich, und Erik nickte aufmunternd. »Diese Fotos gelangen nicht an die Öffentlichkeit?«

»Herr Sass, ich wusste schon immer, dass wir uns verstehen würden«, strahlte Erik.

»Und was ist mit der Frau, die sie gemacht hat?«

»Oh, solange niemand sie ärgert, unternimmt sie sicherlich nichts. So einen Joker behält man gerne eine Weile im Ärmel. Und sollte ihr etwas zustoßen, wüsste die Polizei doch auch sofort, wer dahintersteckt …«

»Also gut.« Sass erhob sich und sagte: »Herr Kemper, interessieren Sie sich eigentlich für Immobilien? Das ist eine sehr gute Geldanlage. Falls Sie sich dazu entschließen, eine Eigentumswohnung zu kaufen, hätte ich da eine Empfehlung. Ein Freund von mir hat von einer leer stehenden Zweiraumwohnung in Lütten Klein gehört. Sie können sie sich ja mal ansehen.« Er nannte Erik die genaue Adresse und begleitete ihn dann zur Eingangstür.

»Jetzt haben Sie gar nicht mehr Ihr Wasser getrunken«, sagte Sass mit gespieltem Bedauern.

»Das nächste Mal«, antwortete Erik und zwinkerte ihm zu. »Das nächste Mal bestimmt.« Als er schon auf seinen Wagen zuging, rief Sass ihm noch nach.

»Herr Kemper, ich gratuliere. Sie haben sich soeben mit Dennis Scholz auf eine Stufe gestellt.«

Erik hielt verwundert inne. »Was meinen Sie?«

»Wollten Sie denn nicht wissen, wie er sein Geld verdient, wenn er nicht gerade dealt?«

»Hatten wir das nicht geklärt?«

»Ich fürchte, Sie haben es noch nicht ganz begriffen, Herr Kemper.«

Mit diesen Worten und einem freudlosen Lächeln drehte sich Sass um und ging zu seinem Haus zurück. Das große Tor, das das Grundstück zur Straße hin begrenzte, fiel langsam zu und nahm dem verdutzten Erik jede Sicht auf das Anwesen.

Von da an war alles sehr schnell gegangen. Sie hatten sich einen Haftbefehl besorgt, waren nach Lütten Klein gefahren und hatten Scholz mit in die KPI zur Vernehmung genommen. Scholz hatte sich natürlich geweigert auszusagen, bevor sein Anwalt da war. Da sein Anwalt – da war sich Erik sicher – von Sass gestellt werden würde, tauchte dieser allerdings nicht auf. Sass wollte Scholz eine Weile schmoren lassen.

Erik war es egal. Denn so kam er schneller nach Hause, und es war wirklich schon spät genug. Die Prostituierte hatte Scholz am Tatort in der Nacht gesehen und würde dies auch aussagen. Den Fahrer von Kais BMW hatte sie nicht identifizieren können, er hatte eine Wollmütze getragen, aber sie war sich sicher, dass es nicht Kai Hauser gewesen war. So viele Sommersprossen hätte sie selbst im fahlen Laternenlicht des Hafenparkplatzes erkannt, meinte sie mit felsenfester Überzeugung. Wer der Mann, den sie am Steuer des Wagens gesehen hatte, war, würde Scholz ihnen morgen sagen, da gab es für Erik keinen Zweifel.

Als er die Landreiterstraße in Gehlsdorf hinunter zu seiner Wohnung fuhr, sah er zu seinem Erstaunen, dass Annes Beetle Cabrio vor seinem Haus parkte. Er stellte den Motor ab, stieg aus und klopfte gegen die Scheibe der Fahrertür. Anne schlief auf dem Sitz. Er machte die Tür auf und rüttelte sie leicht an der Schulter. Ihre Jacke war feucht, ihre Haare sahen strähnig aus, und in dem Wagen roch es nach modrigem Schlick.

»Oh, da sind Sie ja endlich«, murmelte sie, als sie endlich die Augen aufmachte.

»Was zum Teufel ist denn mit Ihnen passiert?«, fragte Erik entsetzt. »Sie sind ja klatschnass! Sind Sie in den Fluss gefallen?«

»Woher wissen Sie das?«, fragte sie erstaunt, und dann: »Ach, das sollte ein Witz sein! Ich bin zu müde für Witze. Lassen Sie uns reingehen, mir ist kalt.« Sie kletterte aus dem Auto und schlurfte erschöpft auf das Haus zu. Erik zog ihren Autoschlüssel ab, verriegelte das Cabrio und folgte ihr.

»Wollen Sie mir nicht erzählen, was los ist?«, drängte Erik.

»Später. Bitte. Ich muss erst unter die Dusche und in trockene Klamotten, und ich würde außerdem gerne darüber nachdenken, bevor ich es dem großen Skeptiker Kemper präsentiere.«

Erik verstand kein Wort. »Warum haben Sie sich nicht erst einmal zu Hause was Trockenes angezogen? Oder sind Sie hier unten ins Wasser gefallen?«

Anne murmelte etwas Unverständliches.

»Was?«, fragte er ungeduldig.

»Zu Hause hätte ich doch nur gestört!« Sie wechselte schnell das Thema. »Außerdem dachte ich, ich muss es Ihnen sofort erzählen!«

»Und warum sind Sie nicht in mein Büro gekommen?«

»Weil ich dachte, Sie seien zu Hause, abends um elf! Wo waren Sie denn?«

»Wir haben Scholz verhaftet«, sagte er stolz. »Und damit haben wir den Mordfall an Yaméogo gelöst.«

»Haben Sie nicht. Scholz war es nicht.«

Erik starrte sie finster an. »Sie können einem auch jeden Spaß vermiesen. Das machen Sie absichtlich, oder?«

15.

Als Anne nach einer heißen Dusche in Eriks Bademantel gewickelt und von einigen Wolldecken begraben auf seinem Sofa saß, dampfenden Tee in den Händen haltend, merkte sie schon, dass sie eine Erkältung bekommen würde.

Wie immer hatte die Vision sie unvorbereitet überkommen, wie immer hatte sie sich ihr völlig hingeben müssen. Sie hatte die letzten Minuten von Kevin Harms' Leben durchlebt, und die Intensität des Ereignisses hatte sie in das Wasser gerissen. Wie Kevin war sie in die Warnow gestürzt. Nur, dass sie überlebt hatte.

Anne roch an ihrer Tasse.

»Ich hab Ihnen etwas Rum in den Tee getan«, erklärte Erik.

Wohl eher Tee in den Rum, dachte Anne und sah ihm zu, wie er sich eine Zigarette anzündete. Sich selbst hatte er einen Whisky eingeschenkt.

Anfangs hatte er partout nicht glauben wollen, dass Scholz der Falsche war. Was wusste sie denn schon? In der Zeit, in der sie geduscht hatte, war er aber offenbar zum Nachdenken gekommen. Müde lenkte er ein.

»Wenn Scholz es nicht war, dann war es eben sein Komplize, mir soll's recht sein. Morgen wissen wir mehr.«

Anne schüttelte energisch den Kopf. »Sein Komplize? Dann hat sein Komplize aber in seinem eigenen Interesse gehandelt, keinesfalls im Auftrag von Scholz.«

»Was macht Sie da so verdammt sicher?«, fragte er gereizt. »Scholz war es nicht, sein Komplize war es nicht …«

»Moment, das hab ich nicht gesagt. Ich habe nur gesagt, dass Scholz meiner Meinung nach nichts mit dem Mord zu tun hat. Er passt nicht ins Profil. Sollten Sie Wert auf ein ausführliches Profil legen, sehe ich ihn mir gerne gleich morgen früh an«, entgegnete sie säuerlich. »Und ich dachte immer, vorschnelles Urteilen sei die Todsünde der Ermittler.«

»Vorschnell! Von wegen! Entweder er war's oder der Typ, mit dem er sich im Hafen verabredet hat. Also der, der von Kais Haus aus telefoniert hat und mit Kais BMW in den Hafen gefahren ist. In jedem Fall war er an dem Mord beteiligt.«

»Das glaube ich nicht. Für einen Moment dachte ich, Scholz hätte sein Handy absichtlich in der Nähe des Tatorts platziert, um die Polizei auf eine falsche Fährte zu lenken. Vielleicht auch, um Sass glauben zu lassen, er sei tot. Aber dann wäre er richtig untergetaucht.«

Erik nahm einen tiefen Schluck aus seinem Glas und sagte gar nichts.

»Wenn Sie vorhaben, sich zu betrinken, brauchen wir jetzt gar nicht weiterzureden.«

Aber Erik reagierte nicht, er schwenkte nur die bernsteinfarbene Flüssigkeit im Glas herum. Anne seufzte. »Na gut. Dennis Scholz vergnügt sich gerne, aber er scheint bei allem, was er tut, genau zu kalkulieren, was er sich leisten kann und was nicht. Wenn er Stoff verschenkt, dann nur für Gegenleistungen und weil er weiß, er kann das Geld an anderer Stelle auftreiben. Wenn Yaméogo für ihn, wie Sie vermuten, anschaffen gegangen ist, hatte er eine ziemlich zuverlässige Einnahmequelle. Warum sollte er ihn töten? Es gibt niemanden, der sagte, dass der Junge in letzter Zeit traurig oder depressiv gewirkt hätte oder ängstlich. Jean-Claude erscheint mir nicht als jemand, der das mit sich hätte machen lassen. Sich für Sex bezahlen zu lassen, hätte er alleine sehr gut hinbekommen können. Dazu hätte er keinen Zuhälter gebraucht, oder?«

»Was ist mit den Kontakten? Vielleicht hat Scholz ihm die Kontakte gemacht und sich das bezahlen lassen.«

»Nein, jemand wie Jean-Claude Yaméogo war nicht der Typ dazu. Er war nicht scheu, nur manchen gegenüber zurückhaltend. Er hätte sich nicht einschüchtern lassen. Wenn, dann haben die beiden bei etwas anderem gemeinsame Sache gemacht, und es würde mich nicht wundern, wenn der Junge die treibende Kraft gewesen wäre und die Idee dazu gehabt hätte. Nach allem, was ich bis jetzt gehört habe, scheint er deutlich intelligenter gewesen zu sein als Scholz.«

Erik zog die Augenbrauen zusammen und rieb sich das Kinn.

»Was ist?«, fragte Anne.

»Etwas, das Sass zu mir gesagt hat ... Aber es fällt mir nicht mehr ein.«

»Weniger trinken«, bemerkte Anne trocken. »Ich berufe mich nur auf das, was ich durch Sie weiß, deshalb kann ich auch komplett falschliegen. Eigentlich sollte ich gar nichts dazu sagen. Aber ich habe das starke Gefühl, dass Sie sich verrennen und irgendetwas übersehen.«

»Selbst wenn«, brummte Erik und erhob sich. »Morgen wissen wir es. Oder vielmehr nachher. Es ist ja schon fast drei. Vielleicht sollten wir schlafen gehen?«

»Ich bin noch nicht fertig! Es wäre schön, wenn Sie mich ernst nehmen würden!«, fauchte Anne.

Erik, erschrocken über dieses ungewöhnliche Verhalten, setzte sich sofort wieder hin. Sie zog sich die Decken enger um den Körper, weil sie immer noch fror. Fast hätte sie den Tee vergessen, den Erik ihr gemacht hatte. Mittlerweile war er fast kalt.

»Jean-Claude Yaméogo. Ein selbstbewusster junger Mann, der sich seinen Mitschülern und Teamkollegen gegenüber aber zurückhaltend präsentierte, weil er damit rechnen musste, dass seine sexuelle Orientierung ein Problem für sie, aber auch für sein Weiterkommen im Verein wäre. Trotzdem bin ich mir sicher, dass er seine Sexualität auslebte und zumindest selbst kein moralisches Problem damit hatte.«

»Und woraus schließen Sie das nun schon wieder?«, fragte er genervt und goss sich noch ein großzügiges Glas Whisky ein. Macallan, las Anne auf dem Etikett. Er trank nun in erster Linie, um sie zu provozieren.

»Gerade weil er sich von den anderen Jungs in seinem Alter ferngehalten hat. Ein sexuell verwirrter, orientierungsloser Jugendlicher hätte vielmehr deren Nähe gesucht. Er hätte versucht herauszufinden, ob nicht jemand von den anderen ähnlich fühlte wie er. Er hätte dadurch, dass er seinem sexuellen Verlangen nicht nachgehen konnte, keine Gelegenheit ausgelassen, Ersatzbefriedigung zu finden. Den anderen wäre sein seltsames Verhalten in der Umkleidekabine oder beim Duschen aufgefallen. Verstehen Sie, was ich meine?«

Erik nickte langsam.

»Unterdrückte Sexualität bringt Verhaltensauffälligkeiten erst zutage. Die einhergehenden Schuldgefühle, die angestauten Hormone … Man hätte Ihnen ein anderes Bild von Yaméogo gezeichnet. Glauben Sie mir einfach mal zur Abwechslung.«

»Und was hat das alles damit zu tun, dass Scholz nicht doch sein Mörder sein kann?« Erik klang patzig. »Wenn Yaméogo so ein selbstbewusster junger Mann war, vielleicht wollte er bei dem Deal, den er mit Scholz am Laufen hatte, besser abschneiden als bisher? Vielleicht hat er den Mund zu voll genommen?«

»Vielleicht. Aber die Situation, in der sie sich getroffen haben, spricht nicht dafür. Die beiden hatten ständig Kontakt. Wenn sie etwas zu besprechen hatten, dann sicher nicht so umständlich im Seehafen. Wenn Yaméogo Forderungen stellen wollte, warum dann nicht an einem gemütlicheren Ort? Fremde, die sich nicht über den Weg trauen, treffen sich im Seehafen.«

»Also der unbekannte Dritte.«

»Der unbekannte Dritte«, wiederholte Anne.

»Und das werden wir morgen erfahren«, sagte Erik und erhob sich.

Anne explodierte. »Verdammt noch mal! Ich fasse einfach nicht, was Sie hier gerade für eine Nummer abziehen!«

»Was hab ich denn jetzt schon wieder gemacht? Ich hab Ihnen doch zugehört!«

»Und fragen Sie vielleicht auch mal, was mir vorhin passiert ist?«

»Sie haben selbst gesagt, Sie wollten nicht darüber reden!«

Anne verdrehte die Augen. »Später, hab ich gesagt!«

Mit einem theatralischen Seufzer sah Erik auf die Uhr und setzte sich wieder in seinen Sessel. »Ich muss bald wieder zur Arbeit! Ich würde gerne wenigstens ein paar Stunden vorher schlafen, denn wie Sie wissen, habe ich dann gleich als Erstes eine anstrengende und wichtige Vernehmung!«

Erik kippte den Rest Whisky hinunter. »Also?«

»Steffen Lück und Kevin Harms, ich bin mir sicher, das waren keine Unfälle.«

»Ach ja?«

»Warum sind Sie denn schon wieder so feindselig? Hören Sie mir doch erst mal zu. Als ich eben – na ja, mittlerweile vor ein paar Stunden – spazieren war, kam ich an der Stelle vorbei, an der Kevin Harms ums Leben gekommen ist.«

»Wer hat Ihnen gesagt, wo das war?«, fragte Erik gelangweilt.

»Niemand. Es war … Es war, als ob mich etwas dorthin gezogen hätte. Und dann, als ich am Wasser stand, hatte ich eine Vision, in der ich gesehen habe, was mit Kevin Harms passiert ist.«

Endlich hatte sie Eriks Aufmerksamkeit. Er sah sie mit großen, entsetzten Augen an. »Sie wissen, wer ihn umgebracht hat?«

Sie zögerte. Sie hatte diesen Effekt falsch ausgespielt. Er würde sie fertigmachen. »Nicht direkt … Aber ich weiß sicher, dass er absichtlich mit dem Kopf gegen das Geländer gestoßen wurde, und bei dem darauf folgenden Sturz ins Wasser hat auch jemand nachgeholfen. Es war kein Unfall!«

Erik hatte sich fast sofort wieder beruhigt. »Kurz gesagt, Sie wissen gar nichts. Sie können nur genauso spekulieren wie Dr. Freyer. Oder jeder andere sonst auch.«

»Aber wenn ich es Ihnen doch sage!«

»Was genau sagen Sie mir? Haben Sie in Ihrer – Vision oder was auch immer das war, jemanden gesehen? Jemanden, mit dem ich mich unterhalten kann? Oder haben Sie irgendwelche Beweise? Nein, haben Sie nicht! Wir verschwenden hier unsere Zeit.« Wieder stand er auf, und Anne wusste, dass sie ihn nun mit nichts mehr zurückhalten konnte. »Wenn Sie jetzt auch noch eine Vision von Steffen Lück auf Lager haben, tun Sie mir den Gefallen, sparen Sie sich die für morgen auf. Es sei denn, Sie wissen, wer's war«, brummte er ungnädig im Hinausgehen.

Kochend vor Wut sprang Anne auf und rannte ins Bad. Sie hatte geglaubt, Erik sei mittlerweile so weit, dass er sie mit ihren Fähigkeiten ernst genug nahm, um das, was sie ihm sagte, wie eine Zeugenaussage in Betracht zu ziehen. Sie musste sich geirrt haben. Sie beide waren also wieder da angelangt, wo sie ganz am Anfang ihres Kennenlernens schon einmal gewesen waren: im Kriegszustand.

Sie zog sich ihre noch nassen Sachen wieder an und verließ Türen schlagend das Haus.

Erst als sie in ihrem Auto saß und in Richtung ihrer Wohnung fuhr, dämmerte ihr, was mit ihm los war.

Es gab nämlich noch eine ganz andere Erklärung für Eriks ignorantes Verhalten. Er wollte nicht, dass etwas an die Oberfläche kam, das jemanden, der ihm sehr wichtig war, in Schwierigkeiten bringen würde. Er versuchte, Informationen zurückzuhalten, zu vertuschen, die Aufmerksamkeit von bestimmten Dingen abzulenken. Erik schützte jemanden: Lilith, weil er fürchtete, sie könnte die Mörderin sein, und Behrens, weil dieser vielleicht mehr über seine Tochter wusste, als ihm lieb war.

Malte hatte an diesem Freitagmorgen zum ersten Mal in seinem Berufsleben verschlafen. Aber er hatte auch einen sehr guten Grund dafür gehabt. Hastig rannte er die Stufen hoch und kam gerade noch rechtzeitig zur Dienstbesprechung. Die Kollegen musterten ihn amüsiert. Schließlich war er sonst immer der Erste. Malte murmelte eine Entschuldigung und setzte sich auf den letzten freien Stuhl neben Andreas. Zu seinem Leidwesen war sogar Helmut Reuter bereits da, der normalerweise immer etwas später kam.

Andreas konnte sich einen Kommentar nicht verkneifen. »Na, Date gehabt?«, sagte er gerade so laut, dass es auch die anderen mitbekamen, und machte Tippbewegungen mit den Händen. Micha und Olaf prusteten los.

»Lasst ihn in Ruhe«, sagte Erik, der ungewöhnlich entspannt wirkte. Warum dem so war, erfuhr Malte auch sogleich durch die Zusammenfassung, die der Leiter der Mordkommission gab. Dennis Scholz war gefunden worden, sein Anwalt würde gleich eintreffen, und Malte sollte bei der Vernehmung mit dabei sein.

»Warum ich?«, rutschte es Malte heraus. Im selben Moment wünschte er sich, die Worte wieder in seinen Mund zurückstopfen zu können.

Erik sah von seinen Unterlagen auf. »Warum nicht du? Hast du was anderes vor?«

»Wäre gut möglich«, mischte sich Olaf plötzlich ein. »Nach den Make-up-Spuren auf seinem Hemd zu schließen hat er entweder eine heiße Nacht hinter sich – und wer weiß was noch alles vor sich …«

»… oder er geht heimlichen Leidenschaften nach, die wir unbedingt in einer Kaffeepause näher erörtern sollten«, fiel ihm Andreas ins Wort. »Ziehst du auch manchmal ein Kleid dazu an, oder schminkst du dich nur?« Sofort lachten wieder alle los, und Malte merkte, dass er knallrot wurde.

»Jetzt reicht's aber langsam, ja?«, mahnte Erik in einem milden, ruhigen Ton. »Malte, du kommst mit, weil du nicht bei der Festnahme dabei warst, ich hätte gerne einen frischen Blick auf das, was Scholz zu sagen hat.«

Während Malte sein Hemd panisch auf Make-up-Spuren von Emma untersuchte, aber keine fand, verteilte Erik die weiteren

Aufgaben, die in erster Linie aus Berichteschreiben und Akteneinsehen bestanden. Dann bat er sich noch ein paar Minuten alleine mit Helmut Reuter aus, und Malte blieb zögerlich auf dem Flur stehen, um zu überlegen, ob er in sein Büro gehen oder ein passendes Versteck suchen sollte. Während er noch nachdachte, hörte er von drinnen, dass sich Erik und Helmut über Roland Behrens unterhielten. Malte erschrak, denn es war ihm peinlich, wenn er Dinge mit anhörte, die ihn nichts angingen. Schnell ging er ein paar Schritte von der Tür weg und entschied resigniert, dass er wohl keine andere Wahl hatte, als in seinem Büro auf Erik zu warten.

Natürlich standen die drei Kollegen bereits dort und grinsten ihn an.

»Internet-Date?«, fragte Micha.

»Was macht eigentlich Hansa? Immer noch am Absteigen?«, konterte Malte und gratulierte sich innerlich für diesen seltenen Anfall von Schlagfertigkeit. Micha zog ein beleidigtes Gesicht und fing an, über Fußball zu schwafeln, worauf die anderen beiden sofort ansprangen.

»Wenn die gegen Paderborn verlieren, kannst du dir gleich einen neuen Verein suchen, weil dann sind die irgendwann nur noch Kreisklasse!«, grinste Olaf. »Wie wär's mit den Bayern? Da hast du ein Abo auf die erste Liga!«

»Nee, wie fies! Nur nicht die Bayern!«, rief Micha verächtlich.

»Rasanter Abstieg, Mann, hätte ich nicht gedacht, dass die so schnell abbauen«, kommentierte Andreas betroffen, und Malte wunderte sich, wie sehr Fußball die Gemüter aufwühlte.

»Das wird schon. Ich seh's mir an«, sagte Micha, um Zuversicht bemüht. »Erst mal wird aber gewählt.«

Nun philosophierten die drei ebenso leidenschaftlich über Politik wie gerade noch über Fußball, jedoch mit deutlich weniger Sachverstand. Malte und das Make-up auf seinem Hemd waren vergessen, und dann stand Erik auch schon in der Tür.

Im Vernehmungszimmer trafen sie auf einen nervösen Dennis Scholz, der neben einem völlig entspannten jungen Rechtsanwalt saß. Der Rechtsanwalt stellte sich mit seinem Namen, sämtlichen Titeln und den Namen seiner Hamburger Kanzleipartner vor und schob Erik eine Visitenkarte hin. Das Einzige, was bei Malte hängen blieb, war sein Vorname, Leopold, auf den irgendetwas unsäglich Langes und unsäglich Adeliges mit von und zu folgte.

»Mein Mandant wird umfassend Stellung nehmen«, stellte Leopold, der Anwalt, strahlend fest. Malte registrierte den teuren Anzug, die professionell gebleichten Zähne, den perfekten Haarschnitt und das erschreckend junge Alter. Dreißig? Konnte das denn sein? Auf keinen Fall war Leopold viel älter als Malte. Meine Güte, dachte Malte frustriert und merkte, wie er unwillkürlich zusammensank. Diese erfolgreichen Karrieretypen gaben ihm immer das Gefühl, mit seinem Leben auf ganzer Linie gescheitert zu sein.

»Ein Geständnis? Das freut uns«, sagte Erik zufrieden.

»Von Geständnis ist nicht die Rede. Es geht um eine Zeugenaussage, nicht mehr und nicht weniger. Dass Herr Scholz hier in Untersuchungshaft sitzt, ist selbstverständlich ein Witz.«

»Selbstverständlich«, entgegnete Erik liebenswürdig. »Das ganze Gefängnis ist voll von Witzbolden, die die Pointe versaut haben. Dann mal los mit Ihrer Zeugenaussage.«

Dennis Scholz, die Hände vor sich auf dem Tisch gefaltet oder vielmehr zusammengekrampft, räusperte sich nervös und schielte auf seinen Anwalt, der ihm nun aufmunternd auf die Schulter klopfte. »Wir haben doch alles besprochen. Erzählen Sie es den Herren ruhig ganz genau so, wie Sie es mir erzählt haben, dann haben Sie nichts zu befürchten.«

Man sah Scholz an, wie unwohl er sich trotz seines Anwalts fühlte. Mit einer Mischung aus Misstrauen und ungläubigem Staunen blinzelte der Dealer noch einmal in Richtung des Anwalts und begann dann endlich, von der Nacht zu erzählen, in der Jean-Claude Yaméogo ums Leben gekommen war.

»Ich war im Hafen, mit Jean-Claude, das stimmt, aber ich hab ihn nicht umgebracht!«, sagte Scholz aufgeregt.

»Sie müssen schon ein bisschen mehr erzählen«, meinte sein kooperativer Anwalt und wandte sich dann selbst an Erik und Malte: »Mein Mandant und der junge Mann waren mit einem anderen Herrn verabredet.«

»Ja, und als ich hinkam, war schon alles vorbei!«, rief Scholz dazwischen.

»Moment, langsam. Mit wem waren Sie dort verabredet?«, wollte Erik wissen.

»Na, mit dem Schlüter!«, sagte Scholz in einem Ton, als hätten sie es längst wissen müssen.

»Schlüter? Thorsten Schlüter? Physiotherapeut von Hansa?«, hakte Erik nach.

»Ja klar! Und der hat den Jungen umgebracht!«

Der Anwalt des Dealers nickte. Zufrieden darüber, wie sein Mandant sich gerade schlug, warf er herausfordernde Blicke in Richtung der Kommissare.

»Thorsten Schlüter? Und warum hat er das getan?«

»Na, weil der hat doch Streit gehabt mit dem Jungen!«

»Und Sie konnten nicht dazwischengehen und den Mord verhindern?«

»Ich war doch gar nicht dabei!«, sagte Scholz, fassungslos angesichts so viel offenkundiger Begriffsstutzigkeit, und sah Hilfe suchend zu seinem Anwalt.

»Sie haben doch gerade gesagt, Sie waren im Hafen?«, fragte Erik weiter. »Heißt das, Sie sind erst gekommen, nachdem der Mord schon geschehen war? Ich möchte Sie an dieser Stelle darauf hinweisen, dass wir von dem Taxifahrer, der sie gebracht hat, die genaue Uhrzeit Ihrer Ankunft im Seehafen haben, und das war, bevor der Mord geschah, also überlegen Sie sich genau, was Sie sagen.«

»Ich muss nichts überlegen! Klar war ich vorher da. Aber ich war zu früh, und der Schlüter war weit und breit noch nicht zu sehen. Dabei hatte der doch angerufen! Jean-Claude kam mit dem Fahrrad. Ich hab den Jungen mal 'nen Moment allein gelassen, weil ich pinkeln wollte. Na, nicht nur pinkeln. Sie wissen schon. Da gibt's ein Klo gleich neben dem Duty-free-Laden, und da bin ich hin. Und als ich zurückkam, war der Junge tot. Ehrlich!«

»Mein Gott, wie lange waren Sie denn auf der Toilette?«, fragte Erik ungläubig.

»Na, ich hatte doch was beim Inder geholt, und ich vertrag das nicht so gut. Das wusste ich aber vorher nicht!«

»Also länger als – fünf Minuten?«

»Auf jeden Fall!«, kam die Antwort mit Inbrunst. »Haben Sie das Teufelszeug schon mal probiert? Doberaner Platz, noch 'n Stück rauf, da is der Laden. Meine Fresse, so was von scharf!«, lamentierte er.

»Herr Scholz, erzählen Sie ruhig noch ein wenig von Herrn Schlüter«, riet ihm sein Anwalt geduldig.

»Ach so, also ich komme zurück, und da steht der Schlüter, und der Junge liegt vor ihm und regt sich nicht mehr. Ich frage den Schlüter, was das soll, und der geht wie eine Wildsau auf mich los und packt mich am Kragen! Na, da bin ich aber gerannt!«

»Und Schlüter ist Ihnen nicht gefolgt?«

Scholz schüttelte energisch den Kopf. »Nee, Mann, das war vielleicht was. Der is über den Jungen gestolpert, als er mir hinterher wollte. Voll mit der Fresse auf ihn drauf gefallen.«

Das erklärt das Feuer, dachte Malte. Schlüter war sich vermutlich nicht sicher gewesen, ob das Wasser alle Faserspuren vollständig vernichten würde und hatte deshalb die Leiche nicht einfach nur ins Hafenbecken geworfen.

»Wirklich interessant, Herr Scholz«, entgegnete Erik ruhig. »Nur fragen wir uns immer noch, warum Sie sich mit Herrn Schlüter getroffen haben? Und dazu noch mitten in der Nacht im Seehafen? Ging es um eines Ihrer Geschäfte?«

»Mein Mandant wird diese Andeutung ignorieren«, fiel der Anwalt ein. »Es ist kein Verbrechen, sich egal zu welcher Uhrzeit auf einem öffentlichen Parkplatz zu verabreden. Dafür kann es viele Gründe geben, vielleicht wollten sich die Herren einfach nur den Hafen bei Nacht ansehen, oder sie wollten angeln? Mein Mandant hat in dieser Richtung seiner Aussage nichts hinzuzufügen«, schloss Leopold, der Anwalt.

Erik sah ihn an, als wollte er ihn ohrfeigen, doch er sprach mit ruhiger Stimme weiter. »Sie sind also mit dem Taxi zum Seehafen gefahren?«

»Ja klar, und zurück bin ich gelaufen und hab mich jedes Mal versteckt, wenn ein Auto kam. Ich hatte ganz schön Angst. Ich hab Stunden gebraucht, um nach Hause zu kommen. Hab ich das noch nicht gesagt?«, fragte er seinen Anwalt verwirrt. »Ich weiß nicht mehr, was ich Ihnen gesagt habe und was ich denen gesagt habe!«

»Sie machen das wunderbar, Herr Scholz«, antwortete der Anwalt mit einem Lächeln, und Erik sah aus, als müsse er sich gleich übergeben.

»Verteilen Sie auch Fleißbienchen an Ihre Mandanten?«, rutschte es ihm heraus.

Leopold der Anwalt, wie ihn Malte in Gedanken nur noch nannte, sah ihn verwirrt an. »Bitte?«

»Ach nichts. Wissen Sie, worum es bei dem Streit zwischen Jean-Claude Yaméogo und Thorsten Schlüter ging?«

»Muss ich darauf antworten?«, fragte Dennis Scholz unsicher in Richtung Anwalt.

»Solange Sie sich nicht selbst belasten, sollten Sie alles sagen, was den Herrschaften von der Polizei hilft. Wir haben doch eben alles besprochen, erinnern Sie sich?«, wiederholte dieser geduldig.

Dennis Scholz versuchte, sich zu erinnern, dann sagte er zuversichtlich: »Die beiden hatten was miteinander!«

»Sie meinen, Thorsten Schlüter hatte ein Verhältnis mit Yaméogo? Ist Schlüter nicht verheiratet?«

»Allemal! Aber hinter dem Rücken seiner Frau, ich kann Ihnen sagen! Und glauben Sie nicht, dass das der Einzige ist, der so was macht.«

»Herr Scholz, danach hat Herr Kemper nicht gefragt«, warnte der Anwalt.

»Eine kurze Affäre, oder ging es über längere Zeit?«, wollte Erik wissen.

»Ein paar Wochen vielleicht«, war die unsichere Antwort.

»Schätzen Sie das, oder wissen Sie es?«

»Äh … Ich weiß nicht, zumindest hat der Junge es mir so gesagt.«

»Wie oft haben sich die beiden gesehen?«

Scholz zuckte die Schultern. »Keine Ahnung. Mehrmals die Woche? Wirklich keine Ahnung.«

»Also regelmäßig?«

»Ja, ich denke schon.«

Erik sah zu Malte hinüber, wie um sicherzustellen, dass dieser auch alles mitschrieb. »Wusste außer Ihnen noch jemand von dieser Verbindung?«

Scholz musste lachen. »Das glaube ich ja nicht, sonst …«

»Mein Mandant geht davon aus, dass niemand davon wusste, da Herr Schlüter verheiratet ist und auch ein Kind mit seiner Ehefrau hat«, ging der Anwalt dazwischen. »Seine homosexuelle Neigung ist keineswegs ein offenes Geheimnis, er lebt sie nur unter extremen Vorsichtsmaßnahmen aus.«

»Aha«, sagte Erik nur. »Aber Sie wussten davon. Interessant. Dann könnte es doch sein, dass Ihr Freund, Herr Yaméogo, auch noch anderen davon berichtet hat?«

Diesmal antwortete der Anwalt sofort selbst, und um sicherzustellen, dass Scholz den Mund hielt, legte er ihm die Hand auf den Arm. Während der Anwalt sprach, starrte Scholz irritiert auf dessen Hand und schien darüber nachzudenken, wie er diese Geste zu verstehen hatte.

»Mein Mandant war der engste Vertraute des Opfers, daher gehen wir davon aus, dass das Opfer mit niemandem außer ihm über die Verbindung zu Herrn Schlüter gesprochen hat. Mein Mandant hat außerdem die Vermutung, dass das Opfer die Verbindung lösen wollte, was Herrn Schlüter zu dieser Überreaktion veranlasst haben könnte.«

»Aha«, sagte Erik wieder. »Und warum wollte er dann auch noch Ihren Mandanten umbringen?«

»Selbstverständlich um ihn als Zeugen unschädlich zu machen. Vielleicht auch, weil er dachte, mein Mandant hätte Yaméogo dazu überredet, die Verbindung zu beenden. Auch das wäre eine durchaus plausible Erklärung.«

Erik sah den Anwalt lange schweigend an. Dann wandte er sich kurz Maltes Notizen zu. Malte, der nicht wagte, auch nur ein Wort zu sagen, wartete nervös ab, was als Nächstes kommen würde. Warum hielt sich Erik so zurück? Es war doch offensichtlich, dass er dem Anwalt kein Wort glaubte.

»Geben Sie uns nun bitte noch einmal die genauen Uhrzeiten an, und dann sind wir auch schon fertig für heute«, sagte Erik zu Scholz.

Kein Nachbohren? Keine Zweifel an der Aussage des Dealers? Malte verstand Erik nicht. Als sich die Vernehmung dem Ende zuneigte, fragte Scholz besorgt: »Ich kann doch noch hierbleiben?«

Erik sah ihn erstaunt an. »Sie müssen sogar noch hierbleiben, so schnell lassen wir Sie nicht laufen. Schließlich haben Sie gegen Ihre Bewährungsauflagen verstoßen. Aber dass Sie unbedingt bleiben wollen, finde ich bemerkenswert!«

»Na, wenn Schlüter jetzt mitbekommt, dass ich ihn verpfeife, dreht der ab! Der hat mich doch bestimmt die ganze Zeit über gesucht!«

»Hier passiert Ihnen nichts, Herr Scholz, und glauben Sie mir, das wird auch noch eine ganze Weile so bleiben. Erst mal wird die Bewährung wieder aufgehoben, na, den Rest erklärt Ihnen dann schon Ihr Anwalt.« Trotz der im Grunde schlechten Nachricht sah Scholz zufrieden aus.

»Puh, zum Glück. Umbringen wollte mich noch keiner. Ich sag Ihnen, das war ganz schön unheimlich!«

Sie verabschiedeten sich, und der Anwalt schob Scholz auf den Flur, wo er bereits von einem Beamten erwartet wurde, der ihn in seine Zelle zurückbringen sollte.

»Ach, noch eine Kleinigkeit, Herr Scholz«, sagte Erik plötzlich. Scholz und sein Anwalt blieben stehen und sahen Erik fragend an.

»Warum haben Sie das Koks eigentlich nicht mitgenommen, sondern in den Kofferraum des BMWs gelegt?«

»Um Schlüter dranzukriegen«, kam es wie aus der Pistole geschossen, noch bevor sein Anwalt Scholz darauf hinweisen konnte, dass er sich dazu nicht äußern musste. Zu spät merkte Scholz, was er gerade eingestanden hatte. Er schlug beide Hände vor den Mund und riss die Augen erschrocken auf.

Erik lächelte nur gelassen. »Ihre Fingerabdrücke waren sowieso auf dem Päckchen. Sie hatten vergessen, sie abzuwischen.«

Nun verstand Malte, warum Erik vorhin nicht weitergebohrt hatte: Er hatte Scholz genüsslich ins Messer laufen lassen wollen.

Unter beruhigendem Schultertätscheln und gutem Zureden des Anwalts wurde Scholz wieder zurück in seine Zelle gebracht.

»Noch nie war jemand so glücklich darüber, hier zu sein«, sagte Erik nachdenklich. Malte nickte. Dann merkte er, wie Erik auf seinen Hemdkragen starrte. »Also bevor wir zu Schlüter fahren, ziehst du dich um. Ich fahr dich schnell heim.«

Malte lief wieder knallrot an und nickte resigniert. »So schlimm?«, fragte er kleinlaut.

Erik grinste breit und legte den Arm um Maltes Schultern.

»Nee, Junge, nichts, wofür du dich schämen müsstest! Sag mal, krieg ich sie noch zu sehen, wenn wir jetzt zu dir fahren?«

Malte verdrehte fassungslos die Augen und ging rasch vor.

Erik hatte Maltes Damenbekanntschaft nicht mehr zu Gesicht bekommen. Malte hatte bereits im Wagen angefangen, wie besessen Textnachrichten in sein Handy zu tippen, um sicherzustellen, dass die Luft auch rein war, wenn er mit Erik in seiner Wohnung eintreffen würde.

Sie parkten am Alten Markt, gingen an der Petrikirche vorbei, an einer Reihe hübscher alter Fachwerkhäuser entlang, bis sie zu einem Durchgang kamen, der sie zu einem Innenhof führte. Der Innenhof war linker Hand durch die alte Stadtmauer begrenzt, und am anderen Ende des Hofs stand ein schönes, aufwändig renoviertes, ebenfalls sehr altes Backsteingebäude. Es war in mehrere Wohneinheiten aufgeteilt. Das Innenleben des Hauses hatte der Besitzer komplett erneuert, die einzelnen Wohnungen hatten hohe Decken und eine großzügige Raumaufteilung.

Erik war bisher noch nie bei Malte zu Hause gewesen, und nun musste er sich eingestehen, dass er seinen Mitarbeiter die ganze Zeit falsch eingeschätzt hatte. Maltes Wohnung bestand aus einem sehr großen und durch die hohen Fenster sehr hellen Raum, der an ein Fabrikloft erinnerte. Küche und Bad waren durch eine Wand mit Schiebetüren, die bis unter die Decke reichten, abgetrennt. Nach allem, was Erik sehen konnte, hatte Malte sich schlicht, aber mit gutem Geschmack eingerichtet. Die wenigen Möbel, die er besaß, hatten ein modernes, geradliniges Design. Die langen grünen Vorhänge, die die Fenster umrahmten, waren aus schwerem, gutem Stoff.

»Wow«, staunte Erik. »Malte, du schaffst es immer wieder, mich zu überraschen!«

Malte rannte hektisch zwischen seinem Kleiderschrank und dem Badezimmer hin und her, um sich schnell umzuziehen.

»Danke«, rief er nur und war fertig, bevor Erik sich genauer hatte umsehen können.

»Ich glaube, wir zahlen dir zu viel Gehalt«, schmunzelte Erik, als sie wieder im Wagen saßen und in Richtung Kassebohm fuhren.

»Die Miete ist niedriger, als du vielleicht denkst«, verteidigte sich Malte.

»Hey, das war doch nur ein Spaß!«, gab Erik gut gelaunt zurück. »Wirklich, du hast einen verdammt guten Geschmack! Sieh doch mal bitte nach der genauen Adresse.«

Malte blätterte in den Unterlagen, die Erik ihm gegeben hatte.

»Vicke-Schorler-Ring«, sagte er und sah im Plan nach. »Ganz einfach zu finden.«

Der Teil von Kassebohm, in dem die Familie Schlüter wohnte, bestand zu einem großen Teil aus neuen Fertighäusern. Dieser Entwurf einer Eigenheimidylle in ruhiger Lage mit günstiger Verkehrsanbindung jagte Erik Schauer über den Rücken, auch wenn er verstehen konnte, dass es für viele junge Familien ein großes Glück war, sich dort niederlassen zu können. Es war eben einfach nicht Eriks Geschmack. Neubausiedlungen erschienen ihm viel zu künstlich und unwirklich. Ohne Atmosphäre, wie unter einer Käseglocke.

Schlüters Haus war gelb gestrichen und hatte glänzende blaue Dachziegel. Das uneingezäunte Grundstück war frisch bepflanzt, ein kleines Dreirad und anderes Kinderspielzeug lagen auf einer mit Terracottasteinen ausgelegten Terrasse. Die Gartenmöbel standen trotz der vorgerückten Jahreszeit noch draußen, und zwischen verblühenden Topfpflanzen waren bunte Keramikfiguren zu erkennen.

»Schön zu sehen, wie manche Menschen ihr Geld zum Fenster rauswerfen«, brummte Erik.

»Das würden andere wiederum über deine Whiskysammlung sagen«, konterte Malte.

»Mensch, Junge, letzte Nacht hat dir gewaltig gutgetan! So kenn ich dich ja gar nicht!« Erik musterte Malte anerkennend, der prompt wieder rot anlief.

Sie klingelten neben einem großen Keramikschild, das in geschwungener Schreibschrift den Familiennamen kundtat. An der blau gestrichenen Haustür hing ein Kunstblumenkranz.

»Ich möchte wirklich nicht anderer Leute Gefühle verletzen, und es darf auch von mir aus jeder so leben, wie er es für richtig hält, aber irgendwo hört es auf«, flüsterte Erik seinem Kollegen zu. Beim Anblick des Kranzes musste auch Malte grinsen. Drinnen waren Stimmen und das Geschrei eines Kindes zu hören, dann endlich auch Schritte, und eine genervt wirkende Frau mit blond gesträhntem Pagenschnitt öffnete die Tür.

»Guten Tag«, sagte sie desinteressiert.

»Frau Schlüter?«, erkundigte sich Erik. Sie nickte, während sie vom anschwellenden Kindergebrüll abgelenkt über die Schulter zurückblickte.

Erik stellte sich und Malte vor, was ihm die Aufmerksamkeit der Frau zurückbrachte. »Ist Ihr Mann zu Hause? Wir hätten uns gerne mit ihm unterhalten.«

»Mein Mann? Ja, sicher … Wir sind gerade beim Mittagessen.

Ich hole ihn.« Sie machte die Tür wieder zu. Malte und Erik sahen sich an.

»Nicht sehr gastfreundlich«, stellte Erik fest. Nach ein paar Minuten kam Thorsten Schlüter an die Tür. Auch er bat die beiden nicht herein. Auf die Frage, wie er ihnen helfen könnte, sagte Erik: »Herr Schlüter, wir müssen Sie bitten, mit uns zu kommen.«

»Das geht jetzt nicht«, entgegnete Schlüter sofort. »Wir sind beim Essen, und heute Nachmittag muss ich auf meinen Sohn aufpassen, weil meine Frau arbeitet.«

»Ich fürchte, da werden Sie sich etwas überlegen müssen.« Erik konnte sehen, wie Schlüters Frau den Kopf aus einer Tür steckte, um mitzubekommen, was die Polizisten von ihrem Mann wollten.

»Ich verstehe nicht, Sie können mit Ihren Fragen doch noch eine Weile warten, oder etwa nicht? Hätten Sie nicht vorher anrufen können? Mitkommen kann ich jetzt wirklich nicht«, sagte er ungeduldig. Das Kindergeschrei, das für einen Moment aufgehört hatte, setzte nun wieder ein, und Frau Schlüters Kopf verschwand.

»Herr Schlüter, wir müssen Sie leider mitnehmen, weil wir gegen Sie im Mordfall Jean-Claude Yaméogo als dringend Tatverdächtigen ermitteln. Es gibt eine Zeugenaussage, die sie schwer belastet.«

Thorsten Schlüter starrte Erik mit offenem Mund an, dann knallte er die Haustür vor ihnen zu.

»Scheiße!«, brüllte Erik. »Du links rum, ich rechts rum. Der haut uns ab!«

Malte rannte sofort los, und Erik sah noch, wie er im Laufen unter seiner Jacke nach etwas tastete. Die Pistole! Sie brauchten sie selten genug bei der täglichen Arbeit. Wann war ich zum letzten Mal beim Schießtraining, fragte er sich, während er um die andere Seite des Hauses herumrannte. Im Auto, schoss es ihm durch den Kopf, ich hab sie im Auto liegen, ich Idiot! Wie lange mache ich den Job schon? Drei Tage? Vier? Sie waren zu zweit. Er würde die Waffe nicht brauchen, hoffte er und rannte weiter. Sein Weg war länger, denn auf seiner Seite war die Garage, die zum Haus gehörte. Versuchte Schlüter ernsthaft, über die Terrasse abzuhauen? Dann müsste Malte ihn abgefangen haben.

Als er um das Haus herumgerannt war, sah er Schlüter durch die Gärten der Nachbarn rennen, ihm hinterher Malte, immer wieder rufend, dass er stehen bleiben solle. Auch Frau Schlüter schrie ihrem Mann aus dem Haus nach: »Thorsten! Bleib doch hier!« Zurück zum Auto, dachte Erik. Das bringt mehr. Ihm mit dem Auto den Weg abschneiden.

Er rannte zurück, startete den Wagen und fuhr mit quietschenden Reifen in die Richtung, in der er den flüchtigen Schlüter vermutete. Schlüter kam tatsächlich gerade zwischen zwei Häusern hervor, sah Erik im Wagen und schlug einen Haken, um wieder zwischen den Häusern zu verschwinden. Erik bremste scharf, nahm die Pistole, die er im Handschuhfach liegen hatte, und sprang aus dem Wagen. Malte raste gerade an ihm vorbei, und Erik hängte sich an ihn dran.

Die Kondition des Physiotherapeuten war besser als die der beiden Polizisten. Der Abstand zwischen ihnen wurde immer größer, während es durch gepflegte Vorgärten, frisch aufgeschüttete Grünanlagen und exakt geschnittene Rasenflächen ging, vorbei an den bunten schlüsselfertigen Einfamilieneigenheimen, die in Eriks Wahrnehmung an ihm vorbeizogen wie überdimensionierte Spielzeughäuschen, durch die Kleingartenanlage hindurch, bis sie auf das angrenzende Waldstück zusteuerten.

»Ich muss schießen!«, rief Malte. »Verdammt, ich muss schießen, sonst ist er weg!«

Malte blieb mit einem Mal stehen, und während sich Erik noch darüber wunderte, gab es einen ohrenbetäubenden Knall. Ein zweiter Knall, und noch ein dritter. Erik drehte sich im Laufen nach Malte um, der wie angewurzelt dort stand, die Augen weit aufgerissen, die Pistole noch in beiden Händen und auf sein Ziel gerichtet. Er sah wieder nach vorne und rannte immer weiter. Nur wenige Meter vor ihm lag Thorsten Schlüter auf dem Bauch zwischen den Bäumen. Blut quoll aus seinem Bein.

16.

Wieso läuft der denn hier frei rum, das gibt's doch nicht!« Eriks Stimme ließ Malte zusammenzucken. Verwirrt sah er, wie sein Chef sich aus dem Stuhl im Wartebereich des Krankenhauses erhob, auf dem er bis eben noch vor sich hingedöst hatte.

»Hey, hey, ganz ruhig, ja?«, rief ein blonder Mann im schwarzen Seidenpyjama, auf den es Erik ganz offensichtlich abgesehen hatte. Malte rutschte erschrocken ein Stückchen tiefer in seinen Stuhl und legte die Zeitschrift, in der er zuvor noch geblättert hatte, vorsichtig auf den Tisch zu den anderen, während er beobachtete, wie Erik den Mann im Pyjama an Nacken und Arm packte, was diesem große Schmerzen bereitete.

»Aua, Sie tun mir weh, lassen Sie mich in Ruhe!«

»Einen Dreck werde ich. Wo ist Ihre Wache?«

»Ich hab doch gar nichts gemacht! Jetzt lassen Sie mich endlich los! Ich bin schließlich schwer verletzt!«, verteidigte sich der andere heftig.

»Nicht ohne Grund, mein Lieber, nicht ohne Grund! Und wenn es nach mir ginge, wären Sie noch was ganz anderes«, grollte Erik. »Seien Sie froh, dass wir uns nicht privat begegnet sind, dann würden Sie hier jetzt nämlich nicht fröhlich rumspazieren. Ist hier irgendwo ein Arzt?«, rief er dann und sah sich suchend um, den Mann noch immer fest im Griff.

»Was unterstellen Sie mir? Sie wollte mich umbringen! Und hätte es ja auch fast geschafft!«, giftete der Mann im Pyjama zurück.

»Sie wollten sie vergewaltigen, also seien Sie jetzt mal besser ganz ruhig!«

»Pah, das ist ja lächerlich! Meine eigene Freundin vergewaltigen! So ein Unsinn!« Nun schrie der Mann.

»Ihre Freundin? Das hab ich aber ganz anders verstanden. Wo ist denn jetzt ein Arzt? Arbeitet hier niemand?«, rief er den Krankenhausflur entlang. »Malte, jetzt tu mal was!«

Doch bevor der überforderte Malte etwas unternehmen konnte, kam ein junger Assistenzarzt den Krankenhausflur heruntergeeilt und schob Erik von dem Mann im Pyjama weg. Der Kranke flüchtete sich hinter den Rücken des Arztes.

»Geht's Ihnen nicht gut? Sich an einem meiner Patienten zu vergreifen?«, fragte der Arzt wütend.

»Und an meiner Freundin!«, fügte der Mann, der sich nun in sicherer Entfernung zu Erik glaubte, hinzu.

»Ich hab nichts mit ihr!«, schrie Erik ihn an, machte eine Bewegung auf ihn zu und wurde knallrot. Der Arzt ging dazwischen.

»Moment! Noch ein Wort, und ich schmeiße Sie raus! Was ist denn los?«

Erik atmete tief durch, dann erklärte er dem Mediziner: »Ihr Patient steht unter polizeilicher Bewachung. Wo ist seine Wache?« Er zeigte seinen Ausweis.

»Seine Wache holt sich mal eben einen Kaffee und hat sich dafür bei mir abgemeldet. Ich habe meinem Patienten gesagt, wenn er sich danach fühlt, ein paar Schritte zu gehen, soll er dies bitte tun, das ist gut für den Kreislauf und vermindert die Thrombosegefahr. Also wenn Sie jemanden anblöken wollen, dann bitte mich«, entgegnete der Arzt kühl und sachlich.

»Es ist gegen die Vorschrift …«, begann Erik.

»Sie sehen auch nicht so aus, als hielten Sie sich an Vorschriften«, unterbrach ihn der Arzt von oben herab. »Ist was passiert? Nein. Also.« Er packte den Patienten am Arm und brachte ihn in dessen Zimmer.

Malte sah Erik nur erstaunt an, während sich dieser Hose und Pullover abklopfte, so als sei er schmutzig geworden. In diesem Moment tauchte am Ende des Korridors ein uniformierter Kollege mit einem Kaffeebecher in der Hand auf. Als er Erik und Malte erkannte, galoppierte er schnell wieder auf seinen Posten und tat so, als würde er den düsteren Blick, den Erik ihm zuwarf, nicht bemerken. Erik schien zu überlegen, ob er dem Kollegen einen Anschiss erteilen sollte, entschied sich aber anders und wandte sich wieder Malte zu.

»Das ist eine ganz andere Geschichte, und die gehört hier nicht her.«

»Ich hab gar nichts gesagt!«

»Trotzdem. Und wenn ich mitbekomme, dass irgendjemand von den anderen …«

»Also so gut solltest du mich mittlerweile kennen«, protestierte Malte, nun ehrlich verletzt.

Erik sah ihn eine Weile schweigend an, dann nickte er. »Du hast recht. Entschuldige. Ich erzähle dir die Geschichte bei Gelegenheit, aber jetzt ist, glaube ich, nicht der richtige Zeitpunkt.«

Malte konnte sich vage zusammenreimen, dass der Vorfall gerade etwas mit dem Stalker zu tun haben musste, den Erik letztens vor Annes Haus festgenommen hatte. Davon hatte er gerüchteweise erst vor Kurzem in der Kantine erfahren. Als er Emma danach gefragt hatte, hatte diese den Vorfall heruntergespielt und verharmlost.

War der Patient von eben der Stalker? Hatte er etwa versucht, Anne zu vergewaltigen? Und hatte Anne sich so gewehrt, dass er nun im Krankenhaus lag, schwer verletzt? Hatte Erik etwa, wie der Mann ihm unterstellte, mit Anne …? Malte merkte gar nicht, dass er, während er nachdachte, die Augen vor lauter Überraschung weit aufriss. Erik hingegen war dies nicht entgangen.

»Ich habe nichts mit Anne. Frau Dr. Wahlberg. Du weißt schon«, brummte Erik unwirsch, der sich natürlich denken konnte, was in Maltes Kopf vor sich ging. »Okay, ich erzähl es dir. Die Kurzfassung. Dieser Typ, Thomas Barner, denkt, ich hätte was mit ihr, aber das stimmt nicht. Ich habe ihn schon einmal von ihrer Wohnung weggescheucht, aber er ist am nächsten Tag wiedergekommen, hat sich Zutritt zu ihrer Wohnung verschafft und sie angegriffen. Sie hat sich gewehrt, und seitdem ist er hier.«

»Oh nein!«, entfuhr es Malte. »Das ist schrecklich! Hat er sie … Ich meine …«

»Nein, nein, es ist alles gut gegangen.«

»Ist deshalb ihre Freundin da?« Malte gelang es tatsächlich, so über Emma zu reden, dass Erik keinen Verdacht schöpfte. Wenn er es sich recht überlegte, dann war er Emma auch nicht böse, im Gegenteil. Er war froh, dass Anne eine gute Freundin hatte, die ein Geheimnis bewahren konnte.

»Ich hab sie angerufen. Aber es ist wirklich alles in Ordnung, es ist überhaupt nichts passiert, und der da, der wird auch wieder«, antwortete Erik. »Leider«, fügte er leise hinzu. Malte merkte, dass Erik nicht mehr dazu sagen wollte. Also bohrte er nicht weiter nach.

»Danke, dass du es mir anvertraut hast«, sagte er stattdessen, und Erik nickte ihm zu.

»Wie geht es dir denn?«, fragte Erik.

Malte zuckte die Schultern. »Ich glaub, ich steh noch unter Schock oder so was«, antwortete er und versuchte ein Lächeln. Erik klopfte ihm auf die Schulter. »Das ist normal«, sagte er. »Geht vorbei. Wenigstens kannst du wieder hören.«

Malte schluckte, um den Druck in den Ohren auszugleichen – das machte er nun schon seit drei Stunden –, und als es dieses Mal zufriedenstellend knackte, nickte er und rieb sich gedankenverloren das rechte Handgelenk.

Es war das erste Mal, dass Malte auf einen Menschen geschossen hatte. Und er wunderte sich, wie klar er in diesem Moment gewesen war. Auf dem Schießstand zögerte er oft zu lange, dachte an tausend andere Dinge, zuckte trotz der Kopfhörer bei jedem Knall zusammen und nahm den Rückstoß der Waffe wie einen elektrischen Schlag durch den ganzen Körper wahr. Nicht so eben in Kassebohm. Da war alles ganz anders gewesen: Er war stehen geblieben und hatte gezielt. Er hatte sich exakt so hingestellt, wie er es gelernt hatte, die Waffe genau so in den Händen, wie man es ihm beigebracht hatte. Er hatte gezielt, das erste Mal daneben, denn ein Warnschuss war Pflicht, das zweite Mal ein Treffer, doch die Zielperson hatte sich weiterbewegt. Also ein dritter Schuss, und diesmal war die Zielperson zusammengebrochen und liegen geblieben. Die Zielperson war Thorsten Schlüter. Aber er hatte während dieser wenigen Sekunden nur gedacht: die Zielperson.

Erik hatte den Krankenwagen gerufen, und noch vor Ort hatte der Notarzt festgestellt, dass es schlimmer aussah, als es war. Streifschüsse, alle beide, und alle beide in das rechte Bein. Schmerzhaft, ja. Blutverlust, sicher. Wunden, die behandelt und genäht werden mussten, auf jeden Fall. Aber lebensgefährlich? Absolut nicht. Malte war immer noch peinlich, dass er angefangen hatte zu weinen. Einer der Sanitäter hatte sofort reagiert und ihm eine Spritze mit einem leichten Beruhigungsmittel verpasst. »Schock«, hatte der Sanitäter lakonisch gesagt. Trotzdem schämte Malte sich dafür.

»Du willst nicht wissen, wer alles schon wann wo gekotzt hat oder umgekippt ist«, war alles, was Erik in dem Moment zu ihm gesagt hatte. Malte hätte es liebend gerne gewusst, aber er wagte nicht, danach zu fragen.

Als der Assistenzarzt wieder an ihnen vorbeikam, sagte Erik: »Wir sind eigentlich wegen des Patienten Schlüter hier. Wissen Sie etwas über ihn?«

Der Arzt zuckte die Schultern und sagte im Weitergehen nur: »Fragen Sie vorne im Schwesternzimmer nach.«

Was sie dann auch taten. Man rief dort den zuständigen Stationsarzt, der ihnen erklärte, sie könnten zwar zu Schlüter, dürften ihn aber noch nicht wieder mitnehmen.

»Kein Thema, danke«, sagte Erik. »Wo liegt er?«

Der Stationsarzt zeigte ihnen den Weg und ließ die beiden ins Krankenzimmer hinein. Dort stand ein weiteres Bett, aber es war leer. An der Wand gegenüber den Betten stand ein kleiner Tisch mit zwei Stühlen. Sie nahmen sich jeder einen Stuhl, stellten sie näher an Schlüters Bett heran und setzten sich. Schlüter trug noch den grünen Kittel von der OP, sein rechtes Bein lag auf der Decke und war von der Hüfte bis über das Knie bandagiert. In seinem Arm steckte ein Tropf.

»Weiß meine Frau Bescheid?«, fragte er als Erstes.

»Natürlich weiß sie Bescheid. Sollen wir sie anrufen, damit sie kommt?«, antwortete Erik.

»Auf keinen Fall, nein! Was haben Sie ihr genau gesagt?«

»Weshalb wir hinter Ihnen hergelaufen sind, was dachten Sie?«

Schlüter schüttelte schwach den Kopf. »Nein, nein, haben Sie ihr gesagt, warum Sie mich – ähm – verdächtigen?«

»Wir mussten sie schließlich befragen. Abgesehen davon hat Ihre Frau uns mehr Fragen gestellt als wir ihr. Man merkt, dass sie Anwältin ist.«

»Wie viel weiß sie?«

Erik zuckte die Schultern. »So ziemlich all das, was wir bislang über Sie wissen.«

Schlüter drehte den Kopf weg und starrte auf seinen Infusionsbeutel. »Wie hat sie reagiert?«

»Bemerkenswert gefasst, muss ich sagen. Nur einmal war sie etwas bissig. Sie lässt Ihnen nämlich ausrichten, dass sie für Ihre Verteidigung nicht zur Verfügung steht.«

»Kann ich mir vorstellen«, sagte Schlüter leise. »Und mein Sohn?«

»Auf den passt Ihre Schwester Tanja auf.«

Schlüter nickte, dann wandte er sich ihnen wieder zu. »Weiß sie auch Bescheid?«

»Nicht von uns«, antwortete Erik.

Schlüter musterte die beiden schweigend. »Wer von Ihnen hat auf mich geschossen?«

Malte sah nervös zu Erik, der im Gegenzug ihn ansah. Zögerlich hob Malte die Hand. »Ich.«

»Gehen Sie raus«, sagte Schlüter leise.

Malte stand sofort auf und ging zur Tür des Krankenzimmers. Wenn er ehrlich war, fühlte er sich erleichtert.

»Moment«, sagte Erik. »Das geht so nicht. Ich brauche einen Kollegen hier.«

»Aber nicht ihn!«

Malte stand zögerlich an der Tür, eine Hand auf dem Griff. Erik rieb sich am Kinn. »Sie sind nicht gerade in der Position, darüber zu entscheiden.«

»Dann sage ich nichts«, entgegnete Schlüter.

»Na gut«, Erik erhob sich, »Ihre Frau wird sicherlich gleich hier sein.«

»Sie erpressen mich?« Schlüter war fassungslos.

»Das sind Sie doch schon gewohnt«, erwiderte Erik trocken. Malte runzelte die Stirn. Also wieder eine Information, die Erik vor ihnen allen zurückgehalten hatte.

»Bleiben Sie hier. Alle beide.« Schlüter klang erschöpft. »Wir reden einfach, in Ordnung? Ich sage Ihnen, was Sie wissen wollen. Ich habe sowieso kein Leben mehr.«

Erik ging wieder zurück zu Schlüters Bett und setzte sich auf einen der Stühle. Malte folgte ihm zögerlich.

»Hören Sie, ich hab …«, begann er.

»Seien Sie still«, zischte Schlüter. »Wenn Sie schon unbedingt hier sein müssen, dann halten Sie wenigstens den Mund, verstanden?«

Malte nickte nervös. Aber Erik war ganz und gar nicht einverstanden.

»Nicht in diesem Ton mit meinem Mitarbeiter! Und ich hoffe, das haben Sie jetzt verstanden. Es gibt keinen Grund, warum wir Sie mit Samthandschuhen anfassen sollten.« Nun kam Erik langsam in Fahrt. »Wir haben einen Augenzeugen für den Mord. Wir haben eine weitere Zeugin, die Sie im Wagen von Kai Hauser gesehen hat und die Sie bei einer Gegenüberstellung auch identifizieren kann. Wir haben DNS-Vergleichsmaterial aus Herrn Hausers Wagen. Wir brauchen Ihre Aussage nicht.«

Für einen Moment war es plötzlich sehr ruhig. Schlüter starrte nur auf seinen Tropf und blinzelte, so als versuche er, Tränen zurückzuhalten.

»Wollen Sie einen Anwalt?«, brach Erik endlich die Stille.

»Nein. Ich will keinen Anwalt. Der kann mir auch nicht mehr helfen.« Und dann erzählte Thorsten Schlüter ihnen, was sich in der Mordnacht zugetragen hatte.

Dennis Scholz hatte ungefähr zwei Wochen vor dem Mord angefangen, ihn zu erpressen. Da waren Jean-Claude und er bereits seit über einem Monat zusammen gewesen. Scholz hatte eine DVD, auf der Schlüter und Jean-Claude zu sehen waren. Beim Sex. Schlüter hatte keine Ahnung gehabt, dass sie gefilmt worden waren. Er hatte versucht, Jean-Claude anzurufen, um herauszufinden, ob Scholz auch ihn erpresste. Aber Jean-Claude war nicht ans Telefon gegangen, hatte auch nicht auf SMS reagiert. Zu diesem Zeitpunkt hatte Schlüter noch nicht gewusst, dass Scholz und Jean-Claude gemeinsame Sache gemacht hatten. Zu diesem Zeitpunkt hatte er noch geglaubt, der Junge sei ebenfalls ein Opfer.

»Wie kommt es, dass wir Ihre Nummer nicht in der Anruferliste von dem Jungen gefunden haben?«

»Meine Rufnummer ist unterdrückt. Die Textnachrichten hat er wahrscheinlich alle gelöscht. Und er hat mich nur sehr selten angerufen.«

Was ihnen beim Durchsehen der Anruflisten nicht aufgefallen

war. Natürlich telefonierte ein Fußballer hin und wieder mit seinem Physiotherapeuten. Wäre Schlüters Nummer öfter angerufen worden, hätten sie vielleicht früher etwas bemerkt.

»Er hatte doch kein Geld, und mit dem Handy zu telefonieren ist so teuer«, erklärte Thorsten Schlüter und verzog plötzlich das Gesicht. »Die Betäubung lässt nach«, stöhnte er.

»Sollen wir einen Arzt rufen oder einen Pfleger?«, bot Erik an.

»Geht schon wieder. Wissen Sie, ich dachte, Jean-Claude wird auch erpresst und traut sich deshalb nicht mehr, mit mir zu reden. Ich dachte – ich weiß nicht, ob Sie das verstehen. Ich dachte, wir lieben uns«, sagte er leise.

»Es mag ja naiv sein, Herr Schlüter, aber wenn ich mich recht entsinne, sind Sie verheiratet, und das mit einer Frau. Die Verbindung mit Jean-Claude Yaméogo erscheint mir unter diesen Umständen etwas ungewöhnlich.«

»Er war nicht der Erste«, gab Schlüter zu. »Ich hatte schon immer Affären mit Männern.«

»Weshalb dann Ihre Ehe? Sie haben einen kleinen Sohn zusammen, wie alt ist das Kind? Fast drei Jahre?«

Schlüter nickte. »Ich habe mir jahrelang eingeredet, ich sei bisexuell. Und dass dies etwas sei, das man gut verstecken könne. Man lebt mit einer Frau, damit alle zufrieden sind, und das andere macht man nebenher. Ich habe mir da wohl selbst etwas vorgemacht.«

»Sie liebten den Jungen also?«

Schlüter nickte wieder. »Dass ich Verhältnisse mit Männern habe, wäre schlimm genug. Für meine Frau, für meinen Job – schließlich habe ich jeden Tag mit jungen Männern zu tun, stellen Sie sich das doch mal vor! Wissen Sie, wie groß die Angst dieser

Jungs vor Schwulen ist? Sie denken, ein Schwuler hätte sich nicht im Griff und würde sie ständig begrabschen und befummeln!«

»Sie wären Frau und Job los. Aber was es noch schlimmer macht, dass sie mit Yaméogo ein Verhältnis hatten, ist die Tatsache, dass er in gewisser Weise ein Schutzbefohlener war, weil er noch nicht volljährig war – wobei siebzehn rechtlich kein Problem ist. Aber die Presse hätte sich gefreut. Und dann ist er auch noch ein Schwarzer. Vor alledem hatten Sie Angst. Deshalb haben Sie ihn umgebracht und wollten auch Dennis Scholz ermorden?«

»Nein, nein, gar nicht! Sie verstehen nicht! Deshalb habe ich gezahlt, was Scholz wollte, und ich würde wohl immer noch zahlen, wenn das alles nicht passiert wäre.«

»Um welchen Betrag ging es?«

»Zwanzigtausend.«

»Nicht schlecht. Wo hatten Sie das Geld her?«

»Ich habe noch einen zweiten Kredit aufgenommen. Der Bank habe ich gesagt, es wären durch den Hausbau noch weitere Kosten entstanden, und weil meine Frau und ich gut verdienen, war es kein Problem. Früher oder später hätte es meine Frau rausgefunden, aber das war mir in dem Moment egal. Ich dachte doch, Jean-Claude liebt mich! Ich dachte, er ist auch ein Opfer.«

»Sie haben also gezahlt. Wie ging es dann weiter? Wollte Scholz mehr?«

»Allerdings. Ich hatte außerdem seit zwei Wochen nichts von Jean-Claude gehört. Ich hatte Angst um ihn. Und ich hatte Sehnsucht. Also rief ich Scholz an und bat ihn um ein Treffen. Ich dachte, Scholz stecke dahinter, dass sich der Junge nicht mehr bei mir meldete! Ich sagte ihm, er bekäme sein Geld, wenn er Jean-Claude mitbrächte. Das war an dem Tag der Feier von Kai. Ich hatte dann noch mal von der Party aus bei Scholz angerufen, um die genaue Zeit und den genauen Treffpunkt zu vereinbaren. Ich wollte Jean-Claude sehen.«

»Sie haben also Kais Telefon benutzt, als Sie Scholz anriefen«, warf Erik ein.

»Es ging hoch her, es wurde viel getrunken, irgendjemand hat das Telefon rundgehen lassen, alle haben sich totgelacht, weil man jetzt auf Kais Kosten die berühmte Tante in Australien anrufen konnte. Und ich habe dann einfach mit Scholz telefoniert. Keiner hat darauf geachtet, was ich sagte oder wen ich anrief.«

»Also nicht Island.«

»Island?«, fragte Schlüter verwundert.

»Das letzte Mal haben Sie mir gesagt, Sie hätten so getan, als würden Sie mit Island telefonieren. Egal. Warum haben Sie Kais Wagen genommen?«

»Ich wollte nicht, dass mich jemand erkennt. Ich bin in den Hafen gefahren und habe Scholz erwartet, doch der Einzige, der da war, war Jean-Claude. Ich habe mich so gefreut, ihn wiederzusehen, dass ich ohne nachzudenken auf ihn zugestürmt bin. Aber Jean-Claude hat mich weggestoßen, und in dem Moment war mir klar, dass er mit Scholz unter einer Decke steckte.«

»Und da sind Sie natürlich sauer geworden«, fügte Erik trocken hinzu.

»Jean-Claude hat mich nur benutzt, sexuell und finanziell, ohne Rücksicht auf meine Gefühle. Ich habe rot gesehen! Mein Gott, ich war verliebt in den Jungen!« Er atmete schnell und schwer, den Blick starr ins Leere gerichtet.

»Dann haben Sie beschlossen, ihn umzubringen«, sagte Erik ruhig.

»Nein. So war das nicht! Wir haben – gerauft.«

»Er hatte einen Genickbruch. Der kommt sicher nicht vom Raufen.«

»Ach verdammt, Sie glauben mir doch sowieso kein Wort!«, stieß Schlüter verzweifelt hervor. »Ich kann Ihnen zwanzig Mal sagen, dass es ein Unfall war, es wäre Ihnen egal! Bitte, verstehen Sie: Ich habe im Affekt gehandelt. Das müssen Sie dem Staatsanwalt klarmachen!«

Erik sah Schlüter eine Weile schweigend an. Dann sagte er: »Ob es Totschlag oder Mord war, das hat ein Gericht zu entscheiden, nicht ich.«

Schlüter wollte etwas erwidern, aber Erik gab ihm dazu keine Gelegenheit. »Sie sagten eben, der Junge hatte kein Geld, und wir haben auch keinen Hinweis auf größere Geldsummen bei ihm gefunden. Sind Sie sicher, dass Scholz und er gemeinsame Sache gemacht haben?«

»Natürlich bin ich mir sicher! Und wissen Sie was? Scholz und er, die haben das nicht nur mit mir gemacht. Es gab bestimmt noch zwei oder drei andere vor mir!«

»Wissen Sie das, oder vermuten Sie es?«

»Jean-Claude hat so etwas angedeutet«, murmelte er. »Er sagte etwas in der Art wie ›Ihr fallt auch alle immer wieder drauf rein‹ oder so.«

»Mehr hat er nicht gesagt? Vielleicht einen Namen oder so etwas?«

Schlüter schüttelte den Kopf.

»Und wozu hat Jean-Claude das Geld gebraucht? Irgendetwas muss er doch damit gemacht haben, sonst hätten wir es doch finden müssen.«

»Er hat es in der Wohnung seiner Mutter versteckt, er wollte irgendwann einfach weg von hier. Er hatte auf den Fußball und auf die Schule keine Lust mehr. Ich hätte es wissen müssen, er war erst siebzehn und in manchen Dingen einfach noch sehr naiv, sehr jung. Das ganze Gerede von der großen Stadt, von Berlin oder London oder New York …«

»Wissen Sie was?«, sagte Erik plötzlich. »Wäre es ein Unfall gewesen, hätten Sie das alles gar nicht wissen können.«

Schweigen. Schlüter schloss die Augen und atmete tief aus. Dann murmelte er leise: »Sie haben ja keine Ahnung, wozu man fähig sein kann, wenn einem das Herz herausgerissen wird.«

Erik rollte die Augen und rieb sich einen Moment die Schläfen. »Schon klar. Was geschah dann mit Dennis Scholz?«

»Der ist plötzlich aufgetaucht, als Jean-Claude schon tot war. Ich kniete noch über ihm, da hatte Scholz auch schon die Digikamera rausgeholt und alles aufgenommen. Ich hab dann versucht, ihm die Kamera abzunehmen. Ich hab sie auf den Boden geworfen und zertreten. Scholz wollte mich daran hindern, und dabei sind wir über die Leiche gestolpert. Und dann ist Scholz abgehauen.«

»Und Sie haben versucht, alle Beweise zu vernichten?«

»Die Kamera habe ich ins Wasser geworfen, da konnte ich mir sicher sein, dass alles zerstört werden würde. Jean-Claudes Fahrrad ebenfalls, daran gab es auch keine Spuren von mir, und dasselbe habe ich auch mit dem Handy gemacht, das der Junge dabeihatte. Bei der Leiche war ich mir nicht sicher, ob es ausreichen würde. Man kann heutzutage kriminaltechnisch so viel feststellen.«

»Also haben Sie im Kofferraum einen Benzinkanister gesucht und auch gefunden, und dachten sich dann, so ein Feuer …«

Schlüter liefen Tränen die Wangen hinunter. »Lassen Sie mich in Ruhe. Sie wissen jetzt alles. Gehen Sie.«

Erik nickte, dann verließen sie beide den Raum. Vor der Krankenzimmertür blieb Erik stehen.

»Tu mir den Gefallen, geh erst gar nicht zum Polizeipsychologen wegen der Sache. Du hast nämlich genau den Richtigen getroffen«, sagte er trocken. »So ein verlogener Arsch. Ich frage mich, wie sein Sohn damit klarkommen soll.« Dann stapfte er den Flur hinunter. Malte folgte ihm kopfschüttelnd.

Ihre Mutter wischte sich gerade mit den bloßen Händen die Tränen aus dem Gesicht, als Lilith ihr Arbeitszimmer betrat.

»Hast du mich nicht gehört? Ich habe nach dir gerufen«, sagte Lilith leise. Ihre Mutter schüttelte den Kopf.

»Lass mich alleine«, sagte sie nur.

»Du verlässt uns, und ich habe keine Ahnung, wohin oder wann du wiederkommst, und ich soll dich alleine lassen. Alles klar.« Lilith hatte die gepackten Koffer und Taschen im Schlafzimmer ihrer Eltern gesehen. Kein Wort hatte ihre Mutter darüber verloren, keine Vorwarnung gegeben. Sie hatte einfach nur ihre Koffer gepackt. Lilith fühlte Wut in sich aufsteigen.

»Warum lässt du mich nicht in Ruhe?«, fragte ihre Mutter.

»Scheiße, du bist meine Mutter!«

Karen weinte immer noch, nun drehte sie sich von Lilith weg und schluchzte ungehemmt. »Ich bin die schlechteste Mutter, die ihr haben konntet!«, heulte sie.

Ich fühle kein Mitleid mit ihr, dachte Lilith. Aber sie sagte: »Du bist nur dann eine schlechte Mutter, wenn du gehst, ohne dich wenigstens zu verabschieden.«

Karen drehte sich wieder zu ihr um.

»Irgendwann reden wir«, sagte sie, und es klang wie eines dieser leeren Versprechen, die Kinder so oft von ihren Eltern hören. Irgendwann, eines Tages, wenn du erst einmal …

»Ich hatte die ganze Zeit unbedingt mit euch reden wollen. Über mich«, sagte Lilith.

Ihre Mutter versuchte zu lächeln. Sie nahm Liliths Hand und zog sie zu dem gemütlichen roten Sessel, in dem sie immer gelesen hatte. Während sie sich hineinsetzte, ließ sich Lilith auf der Armlehne nieder.

»Sag es mir jetzt«, bat Karen und streichelte Liliths Hand. Aber Lilith schüttelte nur den Kopf.

»Das geht nicht. Vielleicht, wenn es uns allen wieder besser geht.« Sie konnte es ihr unmöglich jetzt sagen. »Wohin gehst du? Fährst du zu Oma und Opa?«

Ihre Mutter wandte den Blick von ihr ab und starrte auf ihren Laptop, der noch auf dem Schreibtisch stand. Dann stand sie auf und fing an, den Laptop wegzupacken.

»Ich nehme mir eine Wohnung in Hamburg. Dann bin ich näher beim Sender und den großen Zeitungen.«

»Und Papa und ich?«

Nun räumte sie CD-ROMs und einige Bücher in einen Karton. »Du gehst doch wieder nach Rom, und dein Vater hat seine Arbeit. Ihr braucht mich nicht.«

Wieder dieses Selbstmitleid, dachte Lilith, und wieder keine Regung von Mitgefühl für ihre Mutter.

»Ich gehe nicht zurück nach Rom«, sagte Lilith. Ihre Mutter hielt inne. Die Bücher, die sie gerade in der Hand hielt, rutschten polternd in den Karton.

»Du gehst nicht zurück nach Rom? Ist es das, worüber du mit uns sprechen wolltest?«

»Nein. Aber du hast doch nicht im Ernst geglaubt, dass ich wieder zurückgehe?«

»Was willst du denn sonst machen?«

Lilith zuckte die Schultern. »Es gibt genügend Musikhochschulen auf dieser Welt. Sogar hier in Rostock. Warum sollte ich mich nicht an der HMT bewerben? Oder etwas ganz anderes studieren?«

»Du willst hierbleiben? In dieser Stadt? Nach allem, was passiert ist?«

Nun explodierte Lilith. »Soll ich auch wegrennen, so wie du? Soll ich auch den Kopf in den Sand stecken und einfach abwarten, in der Hoffnung, dass es vorbeigeht? Dass ich eines Tages aufwache und es nicht mehr wehtut? Ich kann nicht weglaufen! Jeden Tag sehe ich sie im Spiegel, ich höre sie, wenn ich spreche, ich denke an sie, wenn ich mich an etwas erinnere! Es gab keine Zeit in meinem Leben ohne sie, und es wird nie eine geben! Aber wenn du weglaufen kannst, bitte schön! Wenn du sie vergessen willst, musst du auch mich vergessen. Hast du darüber schon einmal nachgedacht? Also geh und lass nie wieder etwas von dir hören!«

Sie sprang auf und rannte aus dem Zimmer. Auf dem Flur rannte sie an ihrem Vater vorbei. Sie wusste nicht, wie viel er mitgehört hatte, und es war ihr auch egal. Lilith lief in ihr Zimmer und knallte die Tür zu.

Es war, als sei sie alleine nichts mehr wert. Sie würde ihre Mutter ihr Leben lang an die verlorene Tochter erinnern. Ihrem Vater würde sie jeden Tag in seinem Leben tiefen Schmerz bereiten. Lilith als Lilith ohne Noemi, das war eine ganz neue Person. Eine, die sie noch nicht kannten. Wenn ihre Eltern wüssten, wer sie wirklich war, was würde dann passieren? Würden sie sie nicht mehr als ihre Tochter akzeptieren? Würden sie dasitzen und sich fragen, was sie bloß falsch gemacht hatten, dass ihre nunmehr einzige Tochter ihnen so etwas antat? Andererseits machte all das keinen Unterschied mehr. Konnte der Schmerz der beiden noch größer werden? Konnte der Schmerz, den sie selbst fühlte, noch größer werden?

Vielleicht konnte er das, dachte Lilith. Und dies allein hielt sie davon ab, den beiden die Wahrheit zu sagen. Kein Wort also. Gut möglich, dass niemals der richtige Zeitpunkt kommen würde.

Kraftlos saß Lilith auf der Kante ihres Betts. Sie konnte nicht einmal mehr weinen. Sie hatte keine Tränen mehr. Erschöpft ließ sie sich in ihr Kissen zurückfallen.

Sie musste eingeschlafen sein, denn sie hatte nicht gehört, dass ihr Vater in ihr Zimmer gekommen war.

»Sie ist weg«, sagte er nur und ging ans Fenster. Die Hände hatte er in die Hosentaschen geschoben. Mit steinerner Miene sah er nach draußen, wo der Wind ein paar kleine Wölkchen am spätsommerlichen Himmel vor sich hertrieb.

»Und was tust du jetzt?«, fragte Lilith, während sie sich aufrichtete.

»Das kann ich mir wohl kaum aussuchen. Ich bin noch einige Zeit beurlaubt, dann wird man irgendeinen überflüssigen Posten für mich finden, auf den man mich hinaufbefördern kann. Ich werde dann offiziell eine Arbeitsgruppe leiten, etwa ›Zur Verbesserung der Verkehrssicherheit auf den Hohlwegen in MV‹ oder etwas ähnlich Lächerliches.« Er klang nicht resigniert, nur unbeteiligt. »Ausgerechnet Erik Kemper und Helmut Reuter haben sich darum gekümmert, weil sie der Meinung waren, es wäre besser für mich, nach allem, was passiert sei. Damit es keine Aufregung gäbe, falls jemand dahinterkommen würde, was deine Schwester ...«

»Das meinte ich nicht«, unterbrach Lilith. »Dein Job interessiert mich nicht. Ich will wissen, was du tun wirst, mit ihr, mit mir.«

Ihr Vater sah weiter aus dem Fenster. Eine Weile sagte er nichts. Lilith kam es vor, als vergingen viele Minuten, in Wirklichkeit waren es aber nur dreißig Sekunden.

»Die Beerdigung ist nächsten Mittwoch«, sagte er und ging dann aus dem Zimmer.

Lilith stand von ihrem Bett auf und verließ ebenfalls den Raum, aber nicht, um ihrem Vater zu folgen. Sie ging in das Zimmer ihrer Schwester und begann, dort alles aus den Schränken zu zerren und auf den Fußboden zu werfen. Kleider, Bücher, Fotos, Gläser, CDs, alte Spielsachen, Noten, einfach alles. Als sie damit fertig war, riss sie die Bettbezüge herunter, dann warf sie den Fernseher auf den Haufen in der Zimmermitte. Sie hasste dies alles, sie wollte es zerstören, anzünden, vernichten, sie wollte nie wieder an ihre Schwester erinnert werden. Gerade, als sie noch die Stereoanlage folgen lassen wollte, packte sie jemand von hinten. Es war ihr Vater. Sie wehrte sich gegen ihn, sie schrie und biss und kratzte, trat mit den Füßen und bearbeitete ihn mit geballten Fäusten. Erst als er ihr eine Ohrfeige gab, die sie durch das halbe Zimmer schleuderte, kam sie wieder zu sich.

17.

Zu blöd zum Wählen«, seufzte Cordelia kopfschüttelnd, als Erik sie am Sonntagabend zum Bahnhof fuhr. Im Radio waren gerade die ersten Hochrechnungen zu den Ergebnissen der Bundestagswahl durchgegeben worden. »Und dann sagen sie auch noch alle, sie hätten gewonnen. Politik ist so ein Schwachsinn!«

»Nächstes Jahr wird alles anders, dann darfst du ja wählen«, sagte Erik gut gelaunt.

»Ein Grund mehr, auszuwandern.« Cordelia rollte dramatisch mit den Augen. »Was für ein Zirkus!«

Er hielt mit seinem Volvo hinter einem Taxi und stieg aus, um ihren Rucksack aus dem Kofferraum zu holen.

»Soll ich schöne Grüße ausrichten?«, fragte Cordelia spitzbübisch zum Abschied, als sie sich umarmten.

»Untersteh dich«, antwortete Erik und gab ihr einen Kuss auf die Wange. Seine Tochter grinste und verschwand in Richtung Bahnhofshalle. Sie winkte noch einmal, allerdings ohne sich dabei nach ihm umzudrehen. Natürlich wusste sie, dass er noch dort stand und ihr hinterhersah, dachte er und lächelte.

Die beiden Tage mit ihr waren viel zu schnell vergangen, wie immer. Sie waren gar nicht dazu gekommen, etwas zu unternehmen, denn sie hatten sich eine Menge zu erzählen gehabt. Das Schöne und Erstaunliche an seiner Tochter war, dass er mit ihr fast besser reden konnte als mit jedem Erwachsenen. Immer schien sie ihn genau zu verstehen, sie wusste, wie er empfand und sie ertrug seine Eigenheiten. Dass er mit seiner Exfrau Inga nicht mehr als nötig zu tun haben wollte, dass er mit seinen Eltern, in deren Villa Cordelia und Inga lebten, nicht klarkam, war für sie kein Problem, sondern eher Grund zur Erheiterung. Als hätten sie die Rollen vertauscht, dachte er oft.

Wie üblich hatte sie ihm neue CDs mitgebracht, The Strokes und Goldfrapp, außerdem Maximo Park, eine junge Band aus Newcastle, die hatte er aber schon zu Hause.

»Du hast schon Maximo Park und sagst mir kein Wort?«, hatte sie beleidigt gefragt.

»Ich hab im *Spiegel* was darüber gelesen«, verteidigte er sich. Und sie hatte das Thema sofort gewechselt. Aus Rücksicht, weil er doch gerade einen Mordfall hatte aufklären müssen. Wie alt ist dieses Kind in Wirklichkeit?, fragte sich Erik.

»Die neue Franz Ferdinand geht dafür auf mich«, rief Erik ihr nach, bevor sie im Bahnhofsgebäude verschwand. Er wusste nicht, ob sie ihn noch gehört hatte. Er würde ihr eine SMS hinterherschicken. Aber erst würde er einen Besuch machen, der schon längst überfällig war. Einen Besuch zusammen mit einer Entschuldigung. Das war das Mindeste. Sollte er noch eine Flasche Wein mitbringen? Etwas anderes? Was brachte man in so einer Situation mit? Brachte man überhaupt etwas mit?

Er grübelte noch immer, als er schon längst mit seinem Wagen vor Kais Haus stand. Unter den Autos, die am Straßenrand und in der mit Gras bewachsenen Einfahrt zu Kais Grundstück in Alt Hinrichsdorf standen, entdeckte er Michas Mini. Auch die anderen Fahrzeuge kannte er. Er kam offenbar genau richtig. Erik stieg aus und ging die Einfahrt hoch zu dem Haus, das etwas zurückgesetzt von der Straße lag. Er klingelte, und fast sofort öffnete Olaf Nies, der eine Flasche Becks in der Hand hielt, die Tür. Statt ihn zu begrüßen, drehte er sich um und rief: »Chef ist da!« Von hinten kam lautes Gejohle.

Erik folgte Olaf zu den anderen, die sich im Wohnzimmer um den Fernseher versammelt hatten, um sich den Ausgang der Wahl anzusehen. Eriks gesamte Abteilung war anwesend und noch ein paar Kollegen aus anderen Abteilungen. Es war Sonntag, aber es waren keine Frauen dabei. Haben wir alle kein Familienleben mehr, oder wollen wir keines haben?, fragte sich Erik.

Er fand Kai in der Küche, wo dieser Tiefkühlpizza auf verschiedene Teller verteilte.

»Soll ich dir helfen?«, fragte Erik.

»Hey, klasse, dass du auch da bist!«, sagte Kai und strahlte. Er schien sich wirklich zu freuen.

Erik streckte die Hand aus und sagte: »Tut mir leid, dass ich es nicht früher geschafft habe, aber meine Tochter war da.«

Kai schüttelte gut gelaunt die ausgestreckte Hand. »Alles klar, wir haben doch telefoniert, das ist schon okay. Und du konntest ja nichts dazu, dass dieser Scheißrichter mich gleich in U-Haft gesteckt hat. War mal 'ne interessante Erfahrung!«

»Wo ist denn deine Freundin?«, fragte Erik.

»Wieso, weil's nur Tiefkühlpizza gibt?« Kai lachte. »Die Freundin hab ich entsorgt. Oder sie mich, je nachdem, wie man die Sache sehen will. Wahrscheinlich ist es korrekt zu sagen, dass wir uns gegenseitig entsorgt haben. Sie hatte keine Lust mehr darauf, mit einem Polizisten zusammen zu sein, und dann auch noch mit einem, der eingesperrt war und dessen Chef ihren Bruder verhaftet hat. Ich meinerseits wollte nicht mehr mit einer Frau zusammen sein, der ich Tag und Nacht was vorgaukeln muss. Fußball ist einfach nicht meine Abteilung. Dann noch diese Sache mit ihren Depressionen, weil sie schon so lange arbeitslos ist, plus ihre ewigen Eifersuchtsarien … Ich denke, es ist besser so.« Kai machte wirklich einen sehr entspannten Eindruck, sodass es Erik leichtfiel, ihm zu glauben.

»Und das Beste«, fuhr Kai fort, »das Beste war noch, dass sie gesagt hat, sie interessiere sich ebenfalls nicht für Fußball, sie habe nur wegen mir so getan, weil das doch alle Männer gut finden!« Er lachte wieder laut los.

Als Erik zu den anderen ins Wohnzimmer zurückkam, nahm ihn dort Micha gleich beiseite.

»Wir haben beschlossen, dass wir alle zusammenlegen und Kai etwas schenken. So eine Art nachträgliches Geburtstagsgeschenk und Wiedergutmachung auf den Schreck.«

»Natürlich«, sagte Erik sofort und zog seinen Geldbeutel aus der Hosentasche. »Wie viel gibt jeder? Und was schenkt ihr ihm?«

Micha grinste. »Jeder gibt, was er will, und Kai bekommt ein Wochenende Hamburg.«

»Hamburg? Wieso Hamburg?«

»Na – dann kann er sich auch mal ein St.-Pauli-Spiel ansehen!«

»St. Pauli? Das könnt ihr mir schenken, aber nicht ihm! Er findet Fußball doch so richtig scheiße!«

Micha grinste nun noch breiter und klopfte Erik auf die Schulter. »Glaubst du, das hätten wir nicht schon selbst vor Monaten rausgefunden? Wir schenken ihm trotzdem ein Wochenende in Hamburg. Das ist seine Traumstadt, da wollte er eigentlich immer arbeiten und leben, hat aber nie geklappt. Ein paar von uns fahren mit, und wir ziehen um die Häuser. Ich glaube, das hat er gerade richtig nötig.«

Erik musste sich eingestehen, dass er gerührt war. »Ihr seid prima Kollegen«, sagte er und steuerte fünfzig Euro bei. »Wenn euch noch was fehlt …«

»Wow, das ist großzügig!«, staunte Micha und fügte hinzu: »Es fehlt nichts. Alle haben reichlich zusammengelegt.«

Erik nickte, nahm sich eine Flasche Bier und setzte sich zu den anderen vor den Fernseher. Als Kai mit seinen Tiefkühlpizzen aus der Küche kam und ihn alle mit Jubel begrüßten, kam es Erik fast so vor, als sei die Welt schwer in Ordnung.

Doch sein gutes Gefühl hielt nicht lange an. Sofort begannen düstere Gedanken an ihm zu nagen, alles, was er seit der Festnahme von Thorsten Schlüter zur Seite geschoben hatte.

Dass er für Kai vielleicht nicht genug getan hatte, um ihn schneller aus der Untersuchungshaft herauszuholen, weil er ihm eben doch nicht ganz vertraut hatte. Obwohl Anne noch ein zweites Mal mit ihm gesprochen hatte und mehr als zuvor von Kais Unschuld überzeugt gewesen war.

Dass er Anne abgewiesen hatte, als diese mit ihm über ihre Vision reden wollte. Er hatte schon immer Probleme mit ihrer Fähigkeit, mehr zu wissen, zu spüren und zu sehen als andere, gehabt. Aber das allein war es nicht, denn schließlich machte er sich diese Fähigkeit zunutze, wenn er sie brauchen konnte. Aber im Moment konnte er sie gar nicht gebrauchen …

Zu guter Letzt gab es noch etwas, und das hing unmittelbar mit Annes letzter Vision zusammen, die er so gerne ignorieren würde: dass er wusste, er ließ vielleicht einen Mörder ungestraft davonkommen, wenn er die Todesfälle Kevin Harms und Steffen Lück nicht untersuchen ließ.

»Aber ihr müsst zugeben, dass es durchaus einen gewissen Unterhaltungswert hat!« Maltes Stimme riss Erik aus seinen Gedanken. Er versuchte, sich wieder darauf zu konzentrieren, was um ihn herum vorging. Über den Bildschirm flimmerten Tabellen mit den vorläufigen Hochrechnungen, Politiker verschiedener Parteien sagten etwas dazu. Malte hatte recht. Wäre die Verwirrung über das knappe, uneindeutige Wahlergebnis nicht symptomatisch für den Zustand des gesamten Landes, könnte man es mit der Distanz eines ausländischen Beobachters auf sich wirken lassen, und der Entertainmentfaktor wäre unschlagbar. Während die anderen über die Kopflosigkeit der Politiker lachten, noch ganz berauscht von Kais Freilassung und von der Aufklärung des Mordes an Yaméogo, vom Bier und von der Intimität ihres Zusammenseins – ein Abend nur für die Jungs –, während um ihn herum also ausgelassene Partystimmung herrschte, fühlte sich Erik immer bedrückter.

Er verschloss die Augen vor einer Wahrheit, die er weder begreifen noch ertragen könnte. Die Angst, beim Hinsehen Lilly Behrens zu begegnen, zu sehen, dass sie Blut an ihren Händen hatte, zu erkennen, dass ihr Vater sie wider besseres Wissen schützte, war übermächtig. Dr. Freyer würde nichts weiter unternehmen, er hatte die Entscheidung, den beiden Fällen nachzugehen, ihm überlassen. Erik selbst hatte zum Schein einen seiner Leute losgeschickt, wissend, dass er nichts finden würde. Der Staatsanwalt hatte Freyers Bedenken ad acta gelegt. Erik hatte sich den Rücken freigeschafft. Aber Anne würde nicht lockerlassen.

Als in diesem Moment sein Handy klingelte und Annes

Nummer anzeigte, drückte er das Gespräch weg. Er konnte jetzt unmöglich mit ihr reden. Er musste erst noch einmal über alles nachdenken.

Anne klappte ihr Handy zu und steckte es in ihre Handtasche. Erik antwortete nicht. Sie blieb noch eine Weile an das Geländer des Aussichtspunktes gelehnt stehen und starrte die Steilküste von Koserow hinunter auf das Meer. Dann stieg sie wieder hinunter und spazierte langsam durch das kleine Wäldchen zurück zu ihrem Auto.

Sie hatte am Freitag einfach ein paar Sachen zusammengesucht und war losgefahren. Nach Usedom. Dort hatte sie sich in Ahlbeck in einer schönen Pension unmittelbar am Strand ein Zimmer genommen und begonnen, die Insel zu erkunden. In ihrer Wohnung in Rostock hatte sie es einfach nicht mehr ausgehalten. Erik ging ihr auf die Nerven, und Emma …

Anne war eifersüchtig. Es war ihr mit einem Schlag ganz klar: Sie war eifersüchtig auf Emma, weil sie mit Malte zusammen war. Nicht, dass sich Anne für Malte interessiert hätte, jedenfalls nicht sexuell. Malte war immer ihr Bewunderer gewesen, ein Verehrer aus der Ferne, mit dem niemals eine Beziehung zustande gekommen wäre. Aber wenn der Verehrer eine andere hatte, fehlte ganz plötzlich etwas, und das Ego war angeknackst. Doch war sie nicht nur wegen Malte eifersüchtig. Sie war es auch wegen Emma selbst. Emma sah etwas und nahm es sich, einfach so, ohne lange zu zögern oder gar an die Konsequenzen zu denken.

Wahrscheinlich bin ich einfach nur spießig und verbittert und werde alt, dachte Anne zerknirscht. Eifersüchtig auf die beste Freundin, weil sie mit einem jungen Kerl ins Bett ging, der eine

Weile für sie selbst geschwärmt hatte. Aber war sie nicht selbst daran schuld, wenn sich Menschen plötzlich von ihr abwandten? Sie ließ schließlich niemanden wirklich in ihr Leben. Sie wahrte stets einen Rest Distanz.

Das hatte sie sogar Tom gegenüber getan, obwohl sie in ihn verliebt gewesen war. Oder sich in ihn hätte verlieben können. Was war es gewesen, Verliebtheit, Liebe, Schwärmerei, einfach nur Sehnsucht nach jemandem, der da war? Wenn sie nicht einmal mit ihrem eigenen Innenleben klarkam, wie konnte sie sich anmaßen, die Gefühle anderer richtig zu interpretieren?

Genau das war ihr wunder Punkt. Sie konnte mit absoluter Sicherheit sagen, wie sich jemand fühlte. Aber über die Gründe für diese Gefühle konnte sie auch nur spekulieren. An dieser Stelle hatte Erik sie immer wieder gepackt. Was er ihr stets sagte, war: »Gib mir Fakten! Kein Staatsanwalt leitet ein Ermittlungsverfahren ein aufgrund eines Gefühls!«

Damit streute er jedes Mal Salz in die Wunden, die sie sich in ihrer Unsicherheit, in ihrer selbstzweiflerischen Art täglich selbst zufügte.

Überhaupt, Erik. Wie er sie teilweise behandelte, war unmöglich. Wenn er sie brauchte, war er nett. Wenn nicht, hörte er ihr nicht einmal zu. Und war nicht Erik auch der Grund, warum die Sache mit Tom eskaliert war? Ohne ihn hätten sie vielleicht eine einvernehmliche Lösung gefunden, hätten sich in Ruhe ausgesprochen und ohne Drama getrennt. Aber Tom war auf Erik eifersüchtig gewesen, und sie hatte es ihm nicht verdenken können. Erik hatte sich ungefragt eingemischt. Andererseits – tief in ihrem Inneren wusste sie, dass sie Erik gegenüber ungerecht war. Sie selbst hatte sich nicht richtig zu Tom bekannt, sie selbst hatte ihn loswerden wollen. Sie selbst hatte mal wieder keine Stellung zu ihren Gefühlen beziehen wollen. Also war sie auch daran selbst schuld.

Als sie an ihrem Auto angelangt war, fühlte sie sich noch deprimierter als zuvor. Prima Idee, so ein Kurzurlaub, dachte sie bitter, da kommt man so richtig auf andere Gedanken! Sie stieg ein und fuhr zurück nach Ahlbeck. Doch statt sich einsam in ihr Zimmer vor den Fernseher zu hocken, beschloss sie, in eine der Kneipen an der Strandpromenade zu gehen. Sie fand ein Lokal, das nicht so touristisch aussah wie die meisten anderen, ging direkt zur Theke und bestellte sich, ganz gegen ihre Gewohnheit, ein Bier. Dann setzte sie sich an einen der Tische und nahm den ersten Schluck.

Außer ihr war noch ein älteres Ehepaar in dem Lokal. Die beiden saßen über eine Zeitung gebeugt und lasen gemeinsam. An der Theke saßen zwei ältere Männer, die aussahen, als verbrächten sie jeden ihrer Abende hier.

Über der Theke hing ein Fernseher. Wahrscheinlich wurden hier manchmal Sportübertragungen gezeigt. Im Moment lief ein Musiksender, ohne Ton. Der Kellner ließ Radiomusik laufen, die dem Durchschnittsalter der anwesenden Gäste eher entsprach als der Fernsehsender. Robbie Williams sprang mit wild bemaltem Gesicht durch ein Schwarz-Weiß-Video.

»Was für ein Spinner«, sagte einer der Stammgäste. Er holte eine Pfeife aus seiner Jackentasche und begann sie zu stopfen. Der Kellner sah kurz auf den Bildschirm und zuckte mit den Schultern.

»Schwuchtel«, sagte er nur.

»Im Ernst?«, meldete sich der andere Gast zu Wort. »Meine Enkeltochter findet den so toll. Hat das ganze Zimmer mit Bildern von ihm zugeklebt!«

»Ach, das weiß keiner so genau«, gab der Kellner zurück. »Aber wenn ich ihn mir so ansehe …«

»Quatsch, der kann doch jede Frau haben! So einer wird doch nicht schwul!«, meinte der Mann mit der Pfeife wiederum. »Ist doch so«, fügte er dann etwas unsicher hinzu und versuchte, den Tabak anzuzünden.

»Er kann nicht schwul sein«, hörte Anne den Mann sagen, dessen Enkelin für den englischen Sänger schwärmte. »Meine Enkeltochter, die Thea, die hat mir gesagt, dass er eine Frau zum Heiraten sucht. Das hat sie gelesen.«

»Sag ich doch«, brummte der Pfeifenraucher und paffte zufrieden.

»Er hat auch gesagt, dass er immer berühmt werden wollte, damit ihn niemand mehr hänseln könnte«, mischte sich der Kellner ein. »Stand letztens erst in der Zeitung. Da war so ein ewig langes Interview. In der Schule haben ihn immer alle gehänselt, und da hat er sich gedacht, er wird ein Star, und alle können ihn mal. Aber jetzt lästert die ganze Welt über ihn, und er ist immer noch unglücklich, hat er gesagt.«

»Ich hab doch gesagt, er ist ein Spinner! Wer ist denn unglücklich, wenn er alles haben kann? Soll er uns was abgeben, wenn ihn das glücklicher macht!«, sagte der Mann, der die Diskussion losgetreten hatte, und die anderen lachten.

Plötzlich arbeitete es in Anne. Irgendetwas von dem, was die Männer an der Theke gesagt hatten, war wichtig. Worüber hatte sie eben selbst nachgedacht? Über Eifersucht … Tom war eifersüchtig auf Erik, weil er dachte, Erik würde ihm etwas wegnehmen. Sie war eifersüchtig auf Emma und Malte, weil sie etwas hatten, das sie ebenfalls gerne hätte. Aber auch, weil sie ihr etwas weggenommen hatten. Aufmerksamkeit und Zuneigung. Bei Eifersucht ging es nicht immer nur um Liebe. Wahrscheinlich ging es in den seltensten Fällen um Liebe, stattdessen vielmehr um gekränkte Eitelkeit und fehlende Zuneigung. Zuneigung bedeutete Anerkennung und bewies, dass man etwas wert war.

Und um Anerkennung von denen, die man liebt, zu bekommen, tat man alles. Die ersten Menschen, die Anerkennung, Zuneigung und Liebe geben sollten, waren die Eltern. Wenn sie versagten, suchte man ewig nach der Bestätigung und versuchte, mit äußeren Erfolgen den inneren Misserfolg zu kompensieren.

Anne musste an ein junges Mädchen denken, das genau dieses Problem hatte. »Seht her, ich habe etwas geschafft«, schien sie ihren Eltern stets zuzurufen, wenn sie etwas erreicht, einen Preis bekommen, gute Noten geschrieben hatte. Doch sie standen da und tätschelten ihr den Kopf, als sei es selbstverständlich, und warnten sie eindringlich davor, sich auf den Lorbeeren auszuruhen, statt ihr die Wärme und Anerkennung zu geben, die sie brauchte.

Was, wenn dieses Mädchen nun nach so vielen Jahren des Kampfes um Liebesbeweise und klar geäußerte Anerkennung ihren Eltern etwas mitzuteilen hatte, das diese gänzlich und womöglich für immer von ihr wegtreiben würde? Was, wenn dieses Mädchen nun eine Schwester hatte, deren Leben ab einem bestimmten Punkt ganz anders gelaufen war, was dieser wiederum die Anerkennung der Eltern sicherte? Sie wäre eifersüchtig auf ihre Schwester gewesen.

Was, wenn dieses Mädchen Lilith Behrens war? Sie hätte ihre Schwester hassen müssen, aber das hatte sie nicht getan. So zu denken machte keinen Sinn. Anne überlegte weiter. Und dann fiel es ihr endlich ein: Lilith war es nicht allein, es gab da noch eine andere, die Aufmerksamkeit verlangte und offenbar bereit war, alles dafür zu tun: Aline.

Liliths Berührungen, als sie mit Anne im Heumond gewesen war. Alines Schmerz, als sie vor den beiden stand. Anne hatte gedacht, Aline sei verletzt, weil Lilith sie ohne ein Wort weggeschickt hatte. Aber der Schmerz, den sie bei Aline gefühlt hatte, hatte andere Ursachen gehabt. Eifersucht. Sie musste unbedingt zurück und mit Lilith reden. Wie blind war sie gewesen? Sie hätte schon längst wissen müssen, dass Lilith Behrens lesbisch war. Dass sie eine Beziehung mit Aline König hatte. Anne zog ihr Handy hervor und schaltete es wieder ein. Dann wählte sie Liliths Nummer.

18.

Erwischt!«

Malte, der gerade aus Emmas Auto gestiegen war, drehte sich erschrocken um. Erik stand mit einem breiten Grinsen hinter ihm.

»Keine Angst, ich sag's keinem.« Erik grinste immer noch.

»Ich hab nur … Das war so, sie hat mich gefragt, ob wir was trinken gehen, und dann hat sie … Also …«

»Tu nicht so, ihr vögelt seit letzter Woche wie die Kaninchen, und das musst du niemandem erklären. Aber wenn ich dir einen Tipp geben soll, lass die anderen ruhig mitbekommen, was für eine tolle Frau du dir da geangelt hast. Die werden platzen vor Neid.«

»Aber das geht doch nicht, ich kann doch nicht einfach …«

»Du kannst, und glaub mir: Jeder an deiner Stelle würde die Geschichte sofort brühwarm erzählen! Also?« Erik zündete sich schmunzelnd eine Zigarette an und ging auf den Eingang der KPI zu, während Malte immer noch unschlüssig auf dem Gehsteig stand.

»Was ist jetzt, kommst du?«, rief Erik und hielt ihm die Tür auf. Malte setzte sich in Bewegung, und Erik ließ ihn an sich vorbeigehen. Doch statt dem jungen Mann zu folgen, blieb er in der offenen Tür stehen. Sein Gesicht wurde ernst, sein Blick nachdenklich. Er wartete, bis der andere Mann, der auf das Gebäude zukam, ebenfalls eingetreten war. Es war Roland Behrens.

»Doch, ich bin noch im Urlaub«, sagte Behrens, nachdem er Erik zur Begrüßung zugenickt hatte. »Aber noch hab ich meinen Job.«

Erik bemerkte aus dem Augenwinkel, dass Malte stehen geblieben war und Behrens unsicher ansah. Nun drehte er sich um und lief schnell die Treppen hinauf, zwei Stufen auf einmal nehmend. Erik ließ die Tür zufallen und gesellte sich zu Behrens.

»Wie geht es dir?«, fragte er, weil ihm aus Verlegenheit nichts Besseres einfiel. Was für eine dämliche Frage. Behrens ließ es ihn spüren.

»Wie soll es mir gehen? Eine meiner Töchter hat sich das Leben genommen, meine Frau ist ausgezogen, mich wird man unauffällig wegbefördern, und die Tochter, die mir noch geblieben ist, zieht es vor, mir aus dem Weg zu gehen. Also tut wenigstens so, als hätte ich hier noch etwas zu melden. Tut einfach nur so! Es kotzt mich an zu Hause.«

Erstaunt über die für Behrens untypische Ausdrucksweise, zog Erik nur still die Augenbrauen hoch und begleitete den Leiter der Kriminalpolizeiinspektion in sein Büro. Behrens' Sekretärin telefonierte gut gelaunt und gar nicht dienstlich, als die beiden hereinkamen. Sie hatte mit dem Rücken zur Tür in ihrem Drehstuhl gesessen, nun wirbelte sie hektisch herum. Ohne der Person am anderen Ende mitzuteilen, was los war, legte sie einfach auf.

»Reuter soll auch kommen«, sagte Behrens zu ihr, ohne auf ihre gestammelten Entschuldigungen einzugehen, dann schloss er energisch die Tür zu seinem Büro. Er hatte nicht wie sonst seine Aktentasche dabei. Er trug auch keinen Anzug. Er hatte nicht einmal eine Jacke angezogen, obwohl es draußen ziemlich kühl war. Es schien ihn nicht zu stören. Während sich Erik vorsichtig in einen der Besucherstühle des geräumigen Büros setzte, ging Behrens um seinen Schreibtisch herum und begann, die Fotos, die er von seiner Familie aufgestellt und an die Wand gehängt hatte, der Reihe nach in eine Schublade zu legen, ohne sie sich dabei anzusehen.

Jahrelang hatte Erik nichts als stille Bewunderung für die unerschütterliche Disziplin seines Chefs gehabt. Erst heute bemerkte er, dass Behrens dadurch nicht in der Lage war, seine Gefühle zu zeigen. Daran wird er zerbrechen, schoss es Erik durch den Kopf. Nicht einen einzigen Tag in den fast fünfzehn Jahren, die sie sich kannten, hätte er auf ihn neidisch sein müssen.

Zu Eriks Erleichterung klopfte es nun an der Tür, und Helmut Reuter gesellte sich zu ihnen.

»Reden wir nicht lange herum«, begann Behrens. »Ich weiß, ich habe es euch zu verdanken, dass ich bald auf dem Abstellgleis lande. Sagt mir einfach, wie ihr den Fall Yaméogo abgeschlossen habt.« Seine Sekretärin kam leise ins Zimmer getippelt und stellte jedem einen Kaffee hin.

»Die Staatsanwaltschaft hat Anklage gegen Thorsten Schlüter wegen Mordes erhoben. Er hat uns gegenüber ein Geständnis abgelegt, allerdings mündlich und im Krankenhaus, sein Anwalt hat ihm natürlich geraten, bis zur Verhandlung nichts mehr zu sagen.«

»Die Beweislage reicht aus?«

»Wir haben die Prostituierte als Zeugin, wir haben außerdem Dennis Scholz«, begann Erik.

»Beweise?«, wiederholte Behrens.

»Fingerabdrücke und DNS in Kais Auto«, antwortete nun Reuter.

»Sonst noch was?«, unterbrach ihn sein Chef.

»Es war von belastendem DVD-Material die Rede, da sind wir noch am Suchen.«

»Die DVD kann von der Anklage nur als Motiv Schlüters angeführt werden, nicht aber als Beweis. Wie sieht es mit Scholz aus?«

»Der Staatsanwalt lässt wegen Erpressung ermitteln«, sagte Reuter. »Der Fall Schlüter war sicherlich nicht der einzige.«

Behrens schüttelte den Kopf. »Ihr braucht mehr. Die Zeugenaussagen sollten besser gestützt werden. Was noch?«

»Jemand von Kais Party könnte vielleicht bezeugen, dass Schlüter mit Scholz telefoniert hat«, sagte Erik mit nur schlecht verhohlenem Zorn.

Behrens sah ihn eine Weile schweigend an. »Meine Tochter wird sicherlich gerne vor Gericht aussagen, falls sie etwas zu sagen hat«, sagte er endlich kühl.

»Der Staatsanwalt ist zufrieden.« Erik klang schärfer, als er beabsichtigt hatte.

»Ich will nur sichergehen. Und wehe, einer von euch sagt jetzt, es gehe mich nichts mehr an. Es ist der letzte Fall, mit dem ich noch zu tun habe, und ich verspreche euch, er geht mich eine Menge an. Was ist mit Malte Böttcher? Wie geht es ihm?«

»Unser Psychologe betreut ihn, er hat heute seine erste Sitzung«, gab Helmut Reuter zurück.

»Kai Hauser?«

»Hat alles gut weggesteckt und ist ab heute wieder normal im Dienst. Die Staatsanwaltschaft und der Haftrichter haben sich schon bei ihm entschuldigt.«

»Was ist mit seiner Freundin, er war doch mit Schlüters Schwester zusammen?«

»Getrennt und trotzdem gut gelaunt. Oder gerade deshalb.«

Reuter zuckte die Schultern. »Der Junge kommt gut klar, aus ihm wird sicher noch was.«

»Ich hatte zwischendurch kein gutes Gefühl«, sagte Behrens zu Eriks Überraschung. Auch Reuter hob erstaunt die Augenbrauen.

»Dachtest du, er hätte etwas mit der Sache zu tun?«

Behrens nickte. »Das Haus, in dem er wohnt, ist groß und teuer. Aber meine Tochter hat mir erzählt, es gehöre seinen Eltern, die ein Hotel auf Rügen haben und dort auch den größten Teil ihrer Zeit verbringen. Trotzdem wundert man sich. Wer weiß, wo bei einem Polizisten manchmal das Geld herkommt … Wo wir gerade beim Thema Korruption sind, was ist mit Meyerbrinck?«

»Dafür, dass du offiziell im Urlaub bist, weißt du erstaunlich viel«, bemerkte Reuter trocken.

»Dafür habe ich eine Sekretärin, die mich zu Hause per Telefon und Fax erreichen kann. Außerdem habe ich gestern kurz mit dem Staatsanwalt telefoniert. Also?«

Dann weißt du doch schon alles, dachte Erik verärgert. Warum also diese Show jetzt? »Meyerbrinck hat einen Anschiss bekommen, die Journalistin haben wir uns noch einmal genauer angesehen, allerdings ist dabei nichts herausgekommen, und wer ihr den anonymen Hinweis gegeben hat, ist bis heute unklar. Sie hat behauptet, dass es eine Frau war. Ich glaube nach wie vor nicht daran, dass sie diesen Anruf erhalten hat. Sie will nur Meyerbrinck nicht ganz so tief reinreißen. Falls es den Anruf aber doch gab – Tanja Schlüter hätte das stärkste Motiv, nachweisen können wir ihr aber nichts. Die Nutte vom Hafen war es ziemlich sicher nicht.«

»Wir müssen in jedem Fall sehen, dass wir alles genau abgeklopft haben, bevor es vor Gericht geht.«

»Keiner hat vorgehabt, die Akten zuzuklappen und für drei Wochen nach Tahiti zu fliegen«, antwortete Erik eisig. »Was soll das alles? Wir haben bis jetzt einen prima Job gemacht.«

»Das dachten auch die Kollegen, die vor ein paar Monaten die Rauschgiftdealer und die Mädchenhändler verhaftet haben«, antwortete Behrens scheinbar gelassen. Reuter fühlte sich angegriffen, denn diese Ermittlungen hatten teilweise ihm als Fachkommissariatsleiter unterstanden.

»Dieser Fall liegt doch völlig anders! Dass uns damals die Zeugen in letzter Sekunde umgefallen sind …«, begann er hitzig, bevor Behrens ihn unterbrach.

»Und wieder ein Fall, in dem es nur Zeugen und keine klaren forensischen Beweise gibt. Seht zu, dass es nicht wieder eine Blamage gibt. Warum steht eigentlich so wenig in der Zeitung?«

»Weil wir erst heute den genauen Wortlaut mit der Presseabteilung absprechen, schließlich ist nicht irgendjemand ermordet worden, sondern ein schwarzer homosexueller Jugendlicher, noch dazu ein Nachwuchsfußballer. Wir können froh sein, dass bis jetzt die Leute im Verein, Yaméogos Familie und seine Mitschüler stillgehalten haben, sonst hätten wir die tollsten Schlagzeilen! Außerdem habe ich mit den zuständigen Redakteuren persönlich gesprochen und sie eingelullt!« Erik gab sich nun keine Mühe mehr, seine Wut zurückzuhalten.

»Ja, da war eine Menge Glück dabei«, sagte Behrens. »Ich wünsche euch, dass es noch eine Weile anhält.«

»Kann ich jetzt gehen, ich würde heute gerne noch was arbeiten, bevor mich mein Glück verlässt!« Erik erhob sich. Er hatte schon die Türklinke in der Hand, als Behrens ihn zurückrief.

»Noch nicht. Da gibt es noch eine Kleinigkeit, die ich mit euch beiden besprechen muss.«

Erik blieb er an der Tür stehen.

»Staatsanwalt Röder hat gestern am Telefon etwas angedeutet, das wir aber nicht weiter vertiefen konnten. Er war unterwegs und hatte angeblich schlechten Empfang. Ich vermute allerdings, dass er einfach keine Lust hatte, am Sonntag ausführlich mit mir darüber zu sprechen.«

Erik wartete mit verschränkten Armen ab und ignorierte Helmut Reuters auffordernden Blick, gepaart mit einer diskreten Handbewegung, die ihm bedeutete, sich doch wieder hinzusetzen.

»Röder sagte etwas davon, dass Frau Dr. Wahlberg Probleme hatte?«

»Notwehrsituation, wird nicht weiter verfolgt.«

»Aber der Angriff auf sie wird untersucht?«

»Natürlich. Ihre Aussage ist protokolliert«, mischte sich Helmut Reuter ein. »Dr. Thomas Barner, der Mann, der sie angegriffen hat und gegen den sie sich verteidigen musste, ist noch im Krankenhaus, wird aber in dieser Woche entlassen. Er hat Meldepflicht bis zur Verhandlung. Frau Dr. Wahlberg wird als Zeugin, nicht aber als Nebenklägerin auftreten. Aber das haben wir doch alles schon mit Röder besprochen.«

»Reine Neugier«, erwiderte Behrens. »Viel mehr interessiert mich ohnehin Röders Andeutung, dass dieser neue Gerichtsmediziner, Dr. Freyer, der Meinung ist, wir hätten noch zwei weitere ungeklärte Todesfälle. Er sagte, er hätte mit Erik darüber gesprochen.«

Erik machte einen Schritt nach vorne auf seine beiden Vorgesetzten zu. Sein Blick blieb auf Behrens gerichtet.

»Ja, und ich hab mit Röder gesprochen und alles geklärt. In

erster Linie geht es um einen Fall. Freyer ist sich bei Kevin Harms nicht ganz sicher gewesen.«

»Aber der Staatsanwalt sprach von zwei?«

»Bei dem anderen Opfer hat er lediglich die Akten gelesen, die Obduktion aber nicht selbst vorgenommen. Reine Spekulationen, das sagt er selbst. Hast du nicht eben gesagt, wir brauchen Fakten?«, provozierte er.

Behrens ging nicht darauf ein. »Und da handelt es sich um wen?«

Erik ging einen weiteren Schritt nach vorne. »Um den Freund deiner verstorbenen Tochter«, sagte er leise.

Behrens ließ sich nichts anmerken. »Was ist in diesen beiden Fällen ermittelt worden?«

»Die Unfallorte sind von Andreas und Stefan Kleine von der KTU besichtigt worden, aber es gab keine verwertbaren Spuren und nichts, was auf Fremdverschulden hingewiesen hätte. Die Befragung des Umfelds der Opfer hat ebenfalls nichts Verdächtiges ergeben, und auch die Zeugenbefragungen haben uns nicht weitergebracht. Wir sind der Meinung, dass es beide Male Unfälle waren, hervorgerufen durch übermäßigen Drogenkonsum.« Er ließ Behrens keine Sekunde aus den Augen, während er ihm berichtete.

»Drogenkonsum«, wiederholte Behrens nur und überlegte einen Moment. »Das heißt, diese beiden Sachen sind auch von Seiten der Staatsanwaltschaft abgehakt?«

»Das hoffe ich«, antwortete Erik. »Formal haben wir getan, was zu tun war.«

Behrens neigte erstaunt den Kopf ein wenig zur Seite, und auch Reuter rutschte in seinem Stuhl herum, um Erik besser sehen zu können.

»Was bedeutet das, formal?«, wollte Behrens wissen.

»Es bedeutet, was ich sage. Formal. Ich habe machen lassen, was notwendig war, um das Gewissen der Staatsanwaltschaft zu beruhigen, wenn sie die Todesfälle offiziell als Unglück deklariert.«

Die zwei Sekunden des Schweigens empfand Erik als halbe Ewigkeit. Er war bis zur Unerträglichkeit angespannt. Endlich räusperte sich Behrens.

»Das heißt, man hätte mehr tun können?«

Erik ging vor, bis er direkt an Behrens' Schreibtisch stand. Er stützte die Hände auf die Tischplatte und beugte sich leicht nach vorne.

»Das heißt, man hätte mehr tun können. Zum Beispiel ein junges Mädchen noch mal genauer unter die Lupe nehmen, um zu sehen, was sie dazu zu sagen hat, dass ausgerechnet sie die Letzte war, die die beiden Jungs lebend gesehen hat. Und ob es öfter vorkommt, dass junge Männer tödliche Unfälle haben, nachdem sie sie angemacht oder beleidigt haben.« Erik machte eine Pause, während Behrens regungslos vor ihm saß und ihn anstarrte, sein Gesicht war eine starre Maske. »Aber weißt du was, ich hatte irgendwie das Gefühl, dass es dir nicht passt, wenn ich mich noch einmal mit deiner Tochter unterhalten würde.« Erik drehte sich um und ging zur Tür. Diesmal rief ihn niemand zurück.

»Sonnenblumen, Margeriten und gelbe Rosen. Geht das?«

»Selbstverständlich. Die Margeriten auch in Gelb?«

»Wie? Nein … Wäre das nicht ein bisschen viel Gelb?«

»Schon, aber wir berücksichtigen natürlich ganz Ihre Wünsche und Vorstellungen.«

Behrens schloss kurz die Augen. »Das tun Sie ganz sicher nicht«, sagte er leise.

»Äh – wie bitte?«, antwortete der Bestattungsunternehmer verwirrt und strich sich, etwas aus dem Konzept gebracht, mit der Hand über die kurz geschnittenen dünnen Haare. Sein rundes Gesicht lief rot an, wodurch die fast weißen Augenbrauen noch unvorteilhafter zur Geltung kamen. Er ist noch sehr jung für das, was er hier tut, dachte Behrens. Er konnte nicht viel älter als dreißig sein. Was wusste dieser junge Mann denn schon über den Tod?

»Nichts, schon gut. Ich habe nur laut gedacht. Weiße Margeriten sind besser, das finden Sie doch auch.«

Der Bestatter schob diskret den Katalog mit den Sargmodellen einen Zentimeter weiter in Behrens' Richtung.

»Haben Sie auch schon …?«, murmelte er kaum hörbar. Der Rest der Frage verlor sich in der leisen klassischen Musik, die im Hintergrund lief. Behrens zeigte ohne ein Wort auf das Modell. Ein weißer Kiefernsarg mit schwarzen Tragegriffen. Schlicht gezimmert, ohne Verzierungen. Weißer Sarg, gelbe Blumen. Ob seine Frau ihm zugestimmt hätte? Es kümmerte ihn nicht. Sie hatte ihn alleine gelassen, also entschied er auch alleine. Und er entschied sich anders als sie.

Als sie fertig waren und er hinaus auf die Straße trat, war er fast schockiert von dem bunten Treiben um ihn herum. Die Stille und das Dämmerlicht des Bestattungsunternehmens hatten ihn ganz gefangen genommen. Die belebten Straßen von Warnemünde, die Touristen, die Sonnenstrahlen und die frische Brise, die vom Meer kam, überforderten ihn. Tränen stiegen ihm in die Augen, und er konnte selbst nicht sagen, ob sie vom plötzlichen Lichtwechsel und dem Wind kamen, oder ob endlich seine Trauer ihren Weg an die Oberfläche gefunden hatte.

Der Tag in der KPI hatte ihn mehr Kraft gekostet, als er angenommen hatte. Der Morgen hatte sich unendlich in die Länge gezogen. Die Zeit, die er überbrücken musste, bis er seinen Termin beim Bestatter wahrnehmen konnte, war ihm unermesslich lang vorgekommen. Zwei Stunden früher als geplant war er nach Warnemünde aufgebrochen.

Zum Mittagessen hatte er sich in ein nur mäßig besuchtes italienisches Lokal gesetzt. Einerseits wollte er Ruhe, andererseits hoffte er, die emsig vorbeiziehenden Touristenmassen würden ihn ablenken.

Das lieblos zubereitete, überteuerte Essen des Italieners hatte ihn geärgert, aber er war sitzen geblieben und hatte versucht, die lokale Tageszeitung zu lesen, bis er endlich seinen Termin hatte.

Nun stand er auf der Straße und überlegte wieder, wo er hinsollte, denn zu Hause erwartete ihn nichts und niemand. Gerade wollte er die Straße überqueren, als ein Taxi hupend direkt auf ihn zukam. Erschrocken sprang er wieder auf den Bürgersteig zurück, doch er verlor den Halt, strauchelte und stürzte. Der Bestatter musste das Hupen gehört haben, oder er hatte ihn vom Geschäft aus beobachtet, denn er kam sofort herausgerannt, um ihm auf die Beine zu helfen.

»Geht es Ihnen gut? Ist Ihnen auch nichts passiert?«

»Nein, nein, gehen Sie nur wieder hinein«, antwortete Behrens barsch und klopfte Hosen und Pullover ab. Die Situation war ihm peinlich. So etwas war ihm noch nie passiert. Hatten ihn viele Leute gesehen? Rasch blickte er sich um, als er bemerkte, dass das Taxi nur wenige Meter entfernt angehalten hatte.

»Wenigstens bleibt er stehen, ein anderer wäre einfach weitergefahren«, versuchte der Bestatter ihn aufzumuntern, doch als Behrens ihm einen strengen Blick zuwarf, verschwand er schnell wieder in seinem Geschäft.

Behrens ging, um Fassung bemüht, auf den beigefarbenen Mercedes zu und klopfte gegen die Scheibe der Fahrertür. Der Fahrer sah nur kurz zu ihm, dann drehte er sich wieder zu seinem Fahrgast. Behrens klopfte wieder. Die Beifahrertür öffnete sich und der Fahrgast stieg aus. Es war Lilly.

»Du hättest auf mich warten können!«, rief sie aufgebracht und knallte die Wagentür zu. Das Taxi fuhr davon, und Vater und Tochter standen sich gegenüber.

»Warum hast du nicht gewartet?«

Ihre Augen waren rot und verquollen, sie wirkten groß, verloren und viel zu dunkel in ihrem blassen Gesicht. Die blonden langen Haare fielen ihr wirr über die Schultern. Die schwarze Kleidung, die sie in letzter Zeit fast ausschließlich trug, unterstrich ihre Blässe. Behrens fragte sich, ob die schwarzen Sachen eine dauerhafte Trauerphase ausdrücken sollten oder ob es lediglich eine modische Laune von Lilly war. Trugen Künstler und Intellektuelle nicht immer Schwarz? Was es allerdings bedeuten sollte, wusste er nicht mehr. Aber was würde sie tun, um die Trauer um ihre Schwester auch nach außen zu dokumentieren? Würde sie darüber überhaupt nachdenken? Und unweigerlich kam der Gedanke, der ihn schon seit Wochen vergiftete: Wie gut kannte er seine Tochter eigentlich?

»Wir hatten gesagt, wir würden uns hier um zwei Uhr treffen. Ich war pünktlich, aber du warst nicht da. Was hätte ich deiner Meinung nach tun sollen?«

Lilly starrte ihn an. »Mich anrufen, zum Beispiel?«

»Du bist alt genug, um selbst auf deine Termine zu achten. Wo kommst du überhaupt her?«

Sie zuckte die Schultern. »Ich war in der Stadt.«

»Warum hast du mich nicht angerufen, ich hätte dich mitnehmen können?«

Wieder zuckte sie nur die Schultern. Dann begann sie plötzlich, die Taschen ihres schwarzen Cordmantels abzuklopfen. »Oh shit, ich hab mein Handy irgendwo liegen lassen!«

Er seufzte. »Wo hast du es zuletzt gehabt?«

»Ich weiß es nicht! Vielleicht … Keine Ahnung.«

Behrens seufzte. »Na gut, ich habe gleich hier geparkt. Lass uns fahren, dann sehen wir zu Hause nach.«

Nun schüttelte sie den Kopf. »Was hast du ausgesucht? Kann ich es mir ansehen?«

Er hatte sich schon zum Gehen gewandt, doch nun hielt er erstaunt inne. »Es interessiert dich also doch?«

»Was denkst du denn? Glaubst du, ich wollte nicht mitkommen? Ich hab einfach die Zeit vergessen. Verdammt noch mal, es geht mir richtig scheiße! Aber du hältst es ja nicht mal für nötig, mich auch nur ein einziges Mal danach zu fragen!« Lilly brach in Tränen aus. Behrens bemerkte, wie einige Leute stehen blieben und sie ansahen. Er fühlte, wie Mitleid in ihm aufstieg, doch gleichzeitig war er von der Szene peinlich berührt. Rasch trat er auf sie zu und nahm sie unbeholfen in die Arme.

»Beruhige dich! Es tut mir leid. Lass uns hineingehen, dann zeige ich dir alles.« Er führte Lilly eilig in den Laden des Bestatters, der schon an der Tür auf die beiden wartete, mit einem Gesicht, das seinem schwarzen Traueranzug alle Ehre machte, und stumm grüßte.

»Mama hat vor ein paar Tagen einen anderen ausgesucht«, sagte Lilly mit konzentriert zusammengezogenen Augenbrauen, als der Bestatter ihr das Bild des Sarges zeigte. »Warum dieses Modell? Geht das überhaupt noch so kurzfristig?«

»Selbstverständlich«, antwortete der Bestatter hilfsbereit.

»Lilly, bitte, ich habe meine Gründe, warum ich mich umentschieden habe. Du wirst das sicherlich respektieren. Wir reden zu Hause darüber. Vielen Dank«, wandte er sich an den jungen Mann und erhob sich. Aber Lilly blieb sitzen.

»Nein, ich möchte jetzt gerne wissen, warum du dich anders entschieden hast. Schließlich geht es um meine Schwester, und denkst du nicht, du hättest mich auch mal fragen können?« Ihre Stimme wurde immer lauter. Nervös sah sich Behrens nach allen Seiten um, so als suche er einen Fluchtweg.

»Lilly, bitte!«, sagte er eindringlich, während sich der Bestatter, eine Ausrede murmelnd, in Richtung des Hinterzimmers zurückzog.

»Ich heiße nicht Lilly!«, schrie sie plötzlich und ballte ihre Hände zu Fäusten.

Behrens starrte sie verwirrt an. »Was meinst du?«, begann er.

»Ich heiße Lilith! Schon vergessen? Du warst doch damals wohl dabei, als ihr mir diesen Namen gegeben habt!«

»Jetzt beruhige dich erst mal und schrei hier nicht so rum! Ich verstehe nicht ganz, du hast dich doch selbst immer so genannt ...«

Lilly dachte nicht im Traum daran, leiser zu reden. »Ich habe mich als Kind so genannt, aber ich tu es schon seit Jahren nicht mehr! Wie gut kennst du mich eigentlich?« Sie brüllte ihre ganze Verzweiflung heraus. Behrens registrierte, wie sich die Tür zum

Hinterzimmer einen Spalt öffnete. Was musste dieser Mann von ihnen nur denken?

Schnell sagte er: »Lilith. Es tut mir leid, du hast recht. Du hättest einen besseren Vater verdient, ich hätte mir einfach mehr Zeit nehmen müssen. Aber jetzt lass uns nach Hause fahren, da reden wir in Ruhe über alles. Der Pfarrer kommt heute Abend gegen sechs Uhr bei uns vorbei, und bis dahin können wir gemeinsam …«

»Ich höre mir diese Scheiße von dir nicht länger an!«, schrie sie, sprang von dem Sessel der gepolsterten Sitzgruppe auf und stieß den Tisch um. Der Katalog mit den Särgen plumpste zu Boden. Sofort stellte Behrens den Tisch wieder auf und legte den Katalog zurück. Lilly begann, auf und ab zu gehen wie ein eingesperrter Löwe. Als ihr Blick auf die nur angelehnte Tür des Hinterzimmers fiel, ging sie energisch darauf zu und schloss sie mit einem Knall.

Erst jetzt begriff er, dass sie auf Drogen war. Er begriff es nur deshalb, weil er nun davon wusste. Sonst hätte er ihr Verhalten wie in all den Jahren zuvor auf ihr Temperament geschoben. Ihre Mutter war schließlich ebenso unberechenbar. Mal melancholisch, mal aufbrausend. In diesem Punkt hatten sich Mutter und Töchter immer geglichen. Dass es nicht allein die Gene waren, hatte er nie geahnt. Dass ihr Verhalten trotzdem dieselben Ursachen hatte, wusste er erst seit Kurzem.

»Und die totale Oberhärte ist, dass ich dir im Moment einfach nur peinlich bin! Alles ist gut, solange keiner was mitbekommt, oder was? Sollen es doch alle mitbekommen, alle!« Sie riss nun die Tür wieder auf. Ihre Stimme überschlug sich. »Kommen Sie ruhig her und hören Sie zu! Dieses Arschloch ist der größte Lügner aller Zeiten!«, brüllte sie dem verdutzten Bestatter ins Gesicht. Die Lippen des jungen Mannes zitterten, seine Finger nestelten an seiner Krawatte, er wagte weder zu sprechen noch sich Lillys Anweisungen zu widersetzen. Vorsichtig trat er durch die Tür, als Lilly ihn bei den Schultern packte und grob in Richtung ihres Vaters stieß. »Da, sehen Sie ihn sich genau an! Dieser Mann hat meine Schwester auf dem Gewissen. Und er hat meine Mutter aus dem Haus getrieben. Und mich hat er auch bald auf dem Gewissen!«

»Lilly!«, rief Behrens, nun völlig aus der Fassung. »Lass den armen Mann in Ruhe!«

Sie lachte nur, laut und schrill. »Ist es dir wieder peinlich, ja? Ist es dir peinlich?«

»Jetzt reicht es. Ich lasse nicht zu, dass du …«

»Was lässt du nicht zu? Was, bitte schön, lässt du nicht zu? Du weißt doch gar nichts! Nichts! Du hast noch nie irgendwas gewusst! Was weißt du denn schon?« Sie schrie die Worte, so laut sie konnte. Für einen Moment dachte er, seine Trommelfelle würden platzen. Er schnappte nach Luft, weil er ihr etwas entgegnen wollte, aber ihm fiel nichts mehr ein. Ungläubig starrte er auf die junge Frau, die über zwanzig Jahre seine Tochter gewesen war. Er erkannte sie nicht wieder. Aber sie war ihm weit voraus, sie durchschaute ihn.

»Du verachtest mich, stimmt's? Du ekelst dich geradezu vor mir! Ich sehe es dir an! Wir haben jahrelang Theater mit dir gespielt. Aber du hast uns noch nie etwas vormachen können, nicht eine Sekunde.« Sie hielt keuchend inne. An ihrem Hals konnte er sehen, wie rasch ihr Pulsschlag war. Ihr Herz musste dem Zerspringen nahe sein, so wie es hämmerte.

»Lilly«, begann er, dann besann er sich schnell. »Lilith, hör doch, wir schaffen das. Deine Mutter kommt bestimmt wieder zurück nach ihrer Therapie, und du wirst auch …«

»Therapie? Du glaubst doch nicht im Ernst, dass sie eine machen wird? Und ich werde auch keine machen! Wozu denn? Damit ich mir diese ganze Scheiße ungefiltert geben kann? Nein, danke! Bloß nicht!« Sie spuckte die Worte verächtlich aus.

»Hör mir doch mal zu«, versuchte es Behrens noch einmal. Der Bestatter hatte sich inzwischen atemlos und mit riesigen Augen auf dem kleinen zweisitzigen Sofa der Sitzgruppe niedergelassen. »Sag mir, was ich tun kann, und ich werde es tun! Bitte!«

»Was du tun kannst? Fall einfach tot um! Ich habe keine Ahnung, was du tun kannst. Lass mich in Ruhe, das ist das Beste! Mit mir willst du sowieso nichts zu tun haben. Du findest mich doch zum Kotzen. Und weißt du was, ich finde dich auch zum Kotzen.«

»Du weißt doch gar nicht, was du da redest.« Er erhob sich und ging auf sie zu. »Du kannst über mich denken, was du willst, aber ich finde dich nicht – zum Kotzen.« Er öffnete die Arme, aber sie machte einen Schritt zurück. Dabei stieß sie gegen ein großes Kranzgesteck.

»Tust du nicht? Weil du nicht weißt, wen du vor dir hast! Du bildest dir nur was ein. Deine Lilly gibt es gar nicht.«

»Ich weiß, du bist jetzt eine erwachsene Frau. Lilith. Ich verspreche dir, dass wir das als Familie schaffen werden …«

»Was redest du! Hörst du dir überhaupt zu? Wir als Familie werden das schaffen«, äffte sie ihn mit ätzender Bösartigkeit nach. »Schlag doch zu! So wie letztens! Na los, schlag mich!«

»Mein Gott! Du warst hysterisch, was sollte ich denn tun?«

»Und was, wenn ich nicht hysterisch war, sondern einfach nur ich? Was dann? Na, komm schon, schlag mich!«

Er versuchte sich zusammenzureißen, um nur nichts Falsches zu sagen. Seine Tochter war wie ein Minenfeld, und er schien gerade ein besonderes Talent zu haben, jede einzelne Mine explodieren zu lassen. Beide starrten sich an, Lilly atmete schwer und schnell durch den Mund. Er beschloss, noch einmal zu versuchen, sie in den Arm zu nehmen. Er legte ihr beide Hände auf die Schultern, doch sie stieß mit aller Kraft ihre geballten Fäuste in seine Magengrube. Behrens taumelte ein paar Schritte zurück. Er krümmte sich vor Schmerz. Tränen schossen ihm in die Augen, und für einen Moment sah er nichts als kleine tanzende Lichter. Der Bestatter sprang auf und schob ihm einen Sessel hin, damit er sich setzen konnte. Benommen blinzelte er den Schleier vor seinen Augen zurück, doch er erkannte Lilly nur verschwommen. Für eine grauenhafte Sekunde halluzinierte er, sah sie doppelt und glaubte, Noemi sei zurückgekommen, um sich an ihm zu rächen. Er schüttelte die Vision ab, und sie verflog völlig, als Lilly auf ihn zukam und sich auf die Lehne des Sessels setzte.

»Weißt du was, Papi?«, gurrte sie in der Parodie einer Kinderstimme. »Deine kleinen Töchterchen waren alle beide ganz unartig. Viel, viel unartiger, als du dir das vorstellen kannst. Sie haben böse Drogen genommen und sich mit dunklen Gesellen nachts herumgetrieben, sie haben immer und überall herumgevögelt, und das mit der Musikerkarriere wäre ganz bestimmt nie was geworden.« Sie beugte sich zu ihm, sodass er ihr ins Gesicht sehen musste. Sie schenkte ihm ein falsches Lächeln und riss die Augen ganz weit auf. Dann gurrte sie weiter: »Und weißt du, was richtig schade ist? Dass ausgerechnet die Brave von den beiden tot ist. Die, die ihr in Wirklichkeit immer viel mehr geliebt habt. Ach, wie schade, dass die Falsche dran glauben musste! Und jetzt hast du nur noch ein Töchterchen, und das wird dir noch viel, viel mehr Kummer bereiten.« Sie stand auf und ging zum Ausgang. Und schon im Gehen fügte sie hinzu – nun wieder mit ihrer normalen Stimme, in die sie alle Härte legte, zu der sie fähig war: »Dein Töchterchen fickt nämlich Frauen.«

Ohne sich umzudrehen, verließ sie das Bestattungsinstitut. Behrens war wie gelähmt. Lillys Worte hingen mitten im Raum. Er wusste nicht, wovon ihm auf einmal schlecht war: von ihrem Schlag oder von ihrer Enthüllung.

»Die Trauer um einen geliebten Menschen macht uns oft schwerer zu schaffen, als wir bereit sind zu glauben«, drang die Stimme des Bestatters an sein Ohr. Behrens nahm das Glas Wasser, das ihm der Mann hinhielt, mit einem dankbaren Kopfnicken an.

»Sie waren Zwillinge. Sie hat es nicht leicht im Moment«, versuchte er, seine Tochter zu entschuldigen. Oh, sie hatte recht. Selbst jetzt noch war er um Fassung, um eine gute Außenwirkung bemüht, stets die Etikette wahrend.

»Ich meine nicht Ihre Tochter«, antwortete der andere Mann. »Ich meine Sie.«

Verwundert sah er, dass der andere Mann ihm ein Päckchen Papiertaschentücher reichte. Er hatte gar nicht bemerkt, dass er weinte.

19.

Es war zehn Uhr am Abend, als Anne auf dem stockdunklen Parkplatz am Mühlendamm ankam. Außer zwei einsamen LKW waren hier keine weiteren Autos mehr geparkt. Nebel, der vom Fluss kam, hing über dem Platz, und als sie aus ihrem Wagen stieg, fröstelte sie. Im September konnten die Tage an der Küste zwar noch sehr angenehm sein, die Nächte hingegen waren stets kalt, feucht und unbehaglich.

Ein seltsamer Ort für ein Treffen, dachte Anne. Hoffentlich wartete Lilith bereits am Kanuclub auf sie. Anne war noch nie da gewesen, aber Lilith hatte in ihrer SMS den Treffpunkt genau beschrieben.

Anne überquerte die um diese Zeit kaum befahrene Straße, suchte den schmalen Fußweg vor der Schleusenbrücke, der hinunter ans Ufer führte. Ein Hinweisschild auf den Club sagte ihr, dass sie richtig war. Doch als sie einige Meter dem Pfad gefolgt war, gelangte sie an eine Gabelung. Geradeaus sah sie ein Absperrband, aber zu ihrer Rechten war es so dunkel, dass sie nichts erkennen konnte. Sie hatte gedacht, sie würden sich im Vereinslokal des Kanuclubs treffen. Aber sie konnte kein erleuchtetes Gebäude entdecken. Anne blieb stehen. Das Licht der Straßenlampen gelangte nicht bis hierher und das der Lampen vom Schleusengebäude ebenfalls nicht. Hinzu kam, dass der Nebel das Licht zu verschlucken schien.

Nach einer Weile hatten sich ihre Augen aber an die Dunkelheit gewöhnt. Soweit sie erkennen konnte, gehörte das Absperrband nicht zu einer Baustelle. Es war wahrscheinlicher, dass es jemand angebracht hatte, um Fußgänger fernzuhalten. Vielleicht gehörte das Gelände zu dem gegenüberliegenden Schleusenbereich. Oder es diente der Sicherheit, damit niemand zu nah ans Wasser spazierte. Lilith würde sich hier auskennen. Vielleicht hatte Anne aber auch einfach den falschen Fußweg gewählt. Sie zog ihr Handy aus der Manteltasche und wählte Liliths Nummer. Sie erreichte nur die Mailbox.

»Hallo, hier ist Anne. Ich bin schon da, glaube ich jedenfalls«, sagte sie zögerlich. »Ich bin mir aber nicht ganz sicher, ob ich richtig bin. Ich kann die Schleuse sehen, und es gab auch ein Schild zum Kanuclub, aber hier ist irgendeine Absperrung und eine Gabelung, ich weiß nicht genau, in welche Richtung ich gehen soll. Bitte ruf mich doch zurück. Bis gleich!« Sie klappte ihr Handy wieder zu, steckte es ein, lehnte sich an einen Baum und wartete.

Lilith. Von klein auf war sie von allen nur Lilly genannt worden. Einmal hatte Anne Liliths Vater gefragt, ob ihr eigentlicher Name Elisabeth sei. Daraufhin hatte er ihr erzählt, wie es zu dem Namen gekommen war. Lilith, die Nächtliche, hatte er gesagt und gelacht. Lilith war die Erstgeborene. Mitten in der Nacht hatte sie herausgewollt und Komplikationen verursacht, die die Geburt fast tödlich hatten ausgehen lassen. Stunden später war Noemi endlich geboren worden, als es draußen schon wieder hell wurde. Karen Behrens hatte sie in die Arme geschlossen und als »das Schönste auf der Welt« bezeichnet. Noemi ging auf das hebräische Wort für Freude zurück, hatte Behrens erklärt und gelächelt. »Wir haben sie immer genau gleich behandelt. Es ist nie eine von ihnen bevorzugt worden. Das Einzige, was sie unterscheidet, ist, wie sie geboren wurden.«

Anne hatte schon damals ihre Zweifel gehabt. Kinder spürten selbst das geringste Anzeichen von Ablehnung oder Ungleichbehandlung bei den Eltern. Und Eltern waren auch nur Menschen, fehlbar und schnell überfordert. Am schlimmsten war es aber, wenn sie sich selbst ihre Überforderung nicht eingestanden. Sicher hatte Lilith gespürt, dass Mutter und Vater mehr Liebe für Noemi empfanden.

Es äußerte sich in Kleinigkeiten, in zu viel Aufmerksamkeit, die dem schlechten Gewissen entsprang, in winzigen Gesten der Ablehnung, in einem Zögern, das nur Sekundenbruchteile dauerte. Kinder begriffen intuitiv, was um sie herum geschah. Ihre Sinne waren noch geschärft, waren noch nicht dominiert und verfälscht durch den Verstand. Wenn Eltern mehr als ein Kind hatten, dann teilten sie ihre Liebe auf. Und sie teilten immer ungerecht.

Später hatten die Mädchen sicher einmal nachgefragt, was ihre Namen bedeuteten. Das tat jedes Kind. Was hatten die Eltern ihren Töchtern als offizielle Variante verkauft? Eure Mutter hatte damals einen Hang zum Hebräischen?

Wie musste ihr zumute gewesen sein, als sie von Lilith, der ersten Frau Adams erfuhr? Die verlangte, beim Beischlaf mit Adam oben zu liegen, was dieser nicht akzeptieren wollte. Die jüdische Überlieferung, soweit sich Anne erinnern konnte, sprach von einem Streit zwischen den beiden. Adam wollte, dass sie sich unterordnete. Lilith hingegen sah sich als ihm gleichwertig an und floh aus dem Paradies. Danach schuf Gott Eva, aus der Rippe Adams. Im Laufe der Jahrhunderte machte man aus der Figur Lilith die

Gemahlin des Teufels, das Sinnbild für die rebellische Frau, die Schutzheilige der Huren, das Symbol der Frauenbewegung. Am wichtigsten aber war die Andersartigkeit zu Eva. Lilith, die Frau, die wie der Mann nach Gottes Bild geschaffen worden war, nicht aus Adams Rippe. Lilith, die die Gleichberechtigung wollte, die für das Ausleben einer aktiven Sexualität der Frau stand. Ob das Mädchen die Schriften jüdischer Feministinnen dazu gelesen hatte? Wie hatte sie darauf reagiert?

Und warum bestand sie nun darauf, mit ihrem richtigen Namen angesprochen zu werden? War es ein Zeichen für ihr Erwachsenwerden? Oder stand sie erst, seitdem sie ihre Homosexualität auslebte, hinter diesem Namen? Hatte er für sie eine symbolische Bedeutung? Anne wünschte sich, dem Mädchen all diese Fragen stellen zu können. Aber die Unruhe vor dem, was sie allem voran mit ihr heute Abend zu besprechen hatte, verdrängte ihre psychologische Neugier. Im Moment ging es um zwei junge Männer, die einen gewaltsamen Tod gefunden hatten. Die ermordet worden waren.

Und es ging um Liliths Rolle dabei. Sie würde die Wahrheit schon herausfinden, dessen war sie sich sicher. Ganz egal, was Erik von ihr dachte. Wäre er ans Telefon gegangen, hätte sie ihm alles erzählen können, aber nein, er hatte sie wegdrücken müssen.

Anne sah auf die Uhr im Display ihres Handys. Zehn Minuten nach zehn. Vielleicht sollte sie doch noch ein Stück weitergehen, so falsch konnte sie nicht sein. Gestern Abend hatte sie eine SMS an Lilith geschickt, um ein Treffen zu vereinbaren. Sie hatten sich für Dienstag zu einem gemeinsamen Mittagessen verabredet. Heute Nachmittag aber hatte sie eine SMS von Lilith erhalten, in der sie das Treffen am Dienstag absagte und um ein Gespräch noch am selben Abend um zehn Uhr bat. Anne hatte zugesagt, obwohl sie dadurch früher von Usedom wegfahren musste, als sie geplant hatte, und außerdem völlig kaputt war. Die Erkältung, die sie sich bei dem nächtlichen Sturz in die Warnow eingefangen hatte, war nicht mehr aufzuhalten. Bald würde sie richtig ausbrechen, dachte Anne und entschied sich, den Pfad zu nehmen, der nach rechts abbog.

Nach ein paar Metern erkannte sie endlich ein Tor, das offen stand. Es war das Gelände des Kanuclubs, und es lag völlig im Dunkeln. Nur schemenhaft konnte sie einzelne flache Gebäude ausmachen. Sie ging ein Stück weiter, bis sie die Gegenwart eines Menschen fühlte. Ihr Orientierungssinn hatte sie verlassen. Würde sie ans Wasser kommen, wenn sie geradeaus weiterging? Irgendwo musste Lilith sein und sich wundern, wo Anne blieb. Sie rief laut ihren Namen, erhielt aber keine Antwort. Nur ein Geräusch, dem sie weiter an den lang gezogenen, flachen Baracken vorbei folgte, bis sie an das Flussufer kam.

In der Dunkelheit erkannte sie eine schlanke Gestalt mit blonden Haaren. Lilith wartete also bereits auf sie.

»Entschuldige, ich habe da vorne an dieser Absperrung gewartet und mir die Beine in den Bauch gestanden. Hast du denn meine Nachricht nicht bekommen? Ich hab dich angerufen. Na, egal, jetzt haben wir uns ja gefunden«, begann sie im Plauderton, während sie auf das Mädchen zuging.

Lilith stand direkt neben einem Boot, das ans Ufer gezogen worden war. Sie trug einen schwarzen Mantel, der bis zu ihren Knien reichte, und hatte einen dicken Schal umgebunden. Die Hände hatte sie auf dem Rücken verschränkt. Sie sagte kein Wort. Ihr Gesicht war nicht zu erkennen, nur die blonden Haare hoben sich schwach von der Dunkelheit ab. Anne spürte eine Feindseligkeit, die sie nicht verstand. War Lilith verärgert, weil Anne sie hatte warten lassen? Oder war sie wütend, weil sie sich vorstellen konnte, weshalb Anne mit ihr reden wollte?

»Du frierst bestimmt schon. Tut mir ehrlich leid, aber ich Angsthase hab mich im ersten Moment nicht weitergetraut«, fuhr Anne fort und versuchte ein fröhliches Lachen.

Das Lachen blieb ihr jedoch im Hals stecken, als die Person, die im Dunkeln auf sie gewartet hatte, plötzlich mit einem langen Stock ausholte und auf sie zielte.

An diesem Montagabend saß Erik vor seinem Fernseher und versuchte, sich auf die DVD zu konzentrieren, die anzusehen er sich entschieden hatte. Der Film war schon einige Jahre alt, aber wie die meisten Filme hatte er ihn im Kino verpasst. Cordelia hatte ihm die DVD besorgt, als es sie irgendwo im Sonderangebot gegeben hatte: *About a boy*, eine Nick Hornby-Verfilmung mit Hugh Grant in der Hauptrolle. Erik war zuerst skeptisch, gewöhnte sich dann aber schnell an den Engländer, der ihm ansonsten zutiefst unsympathisch war. Nicht so in dieser Rolle. Er verfolgte ein paar Minuten des Films, hing aber immer wieder seinen Gedanken nach, sodass er ständig den Faden der Handlung verlor.

Er würde sich erst noch einen winzigen Schluck seines fünfzehnjährigen Laphroaigs gönnen, bevor er sich wieder voll auf den Film konzentrierte. Nachdem er sich eingegossen hatte, starrte er auf den Bildschirm, ohne zu verstehen, was gerade passierte, schwenkte das Whiskyglas, schnupperte und trank einen Schluck.

Heute Morgen war Erik schlagartig klar geworden, dass Behrens nichts mit den Todesfällen Lück und Harms zu tun hatte.

Dass er nicht einmal versucht hatte, Lilly vor den Ermittlungen zu schützen. Behrens hatte nicht im Traum daran gedacht, dass seine Tochter eine Mörderin sein könnte. Er hatte nur seine Familie vor noch mehr Aufregung und Elend bewahren wollen.

Was war nur in ihn gefahren, dass er diesen Mann, den er schon so lange kannte und schätzte, derartig hatte verdächtigen können? Erik hatte seine Stellung ausgenutzt, um Ermittlungen zu manipulieren. Er hatte seinen Job für Behrens riskiert. Und dieser wusste nicht einmal davon. Letzten Endes hatte er nur sich selbst damit geschadet, wenn herauskommen sollte, dass die beiden Jungen ermordet worden waren, und er hatte das ungute Gefühl, dass dem so war. Lilly war für ihn noch lange nicht aus dem Schneider.

Er hatte am Nachmittag haargenau in den Berichten nachgelesen, was Andreas Reeken und die Kollegen vor ihm über die Vorfälle in Erfahrung gebracht hatten. Das Papier verriet jedoch nichts, was eine Mordermittlung gerechtfertigt hätte. Wie auch? Anfangs waren die Kollegen von Unfällen ausgegangen, und später hatte Erik Andreas absichtlich in eine falsche Richtung geschickt: nämlich vorbei an Lilly Behrens. Erik las lediglich heraus, dass Steffen Lück zwar viele Bekannte, aber fast keine Freunde gehabt hatte, dass viele zwar mit ihm gefeiert und, auch wenn sie es bei der Polizei nicht zugaben, Drogen genommen hatten, fast keiner ihn aber wirklich näher gekannt hatte. Es blieb der Eindruck eines oberflächlichen, arroganten, nicht sehr beliebten jungen Mannes, der immer ein bisschen zu laut und zu schrill, zu viel von allem gewesen war. Warum Noemi mit ihm zusammen gewesen war, blieb ihm ein Rätsel. Von den Unstimmigkeiten zwischen Lilly, Noemi und ihm hatte niemand etwas mitbekommen. Erik schenkte es sich, die Familie des Jungen nochmals zu belästigen, es blieb für heute nur noch Steffens Arbeitsumfeld zu erforschen.

Doch an der Universität erfuhr er auch nichts Neues, nur, dass ihn dort alle für einen Weiberhelden gehalten hatten. Der Fall Steffen Lück war eine Sackgasse. Die einzige Person, die Motiv und Gelegenheit gehabt hätte, Steffen etwas anzutun, war nach wie vor Lilly.

Erik beschloss, sich am Theater umzuhören, ob jemandem während der Hamlet-Produktion etwas Ungewöhnliches in Bezug auf Kevin Harms aufgefallen war. Wieder würde alles nur auf Lilly Behrens hinauslaufen, er konnte es bereits spüren. Sie war und blieb das einzige Bindeglied zwischen Steffen und Kevin.

Als er über den Vorplatz des Theaters ging, fiel ihm ein, dass er hier noch kein einziges Mal eine Vorstellung besucht hatte. Er suchte eine Weile nach einem Eingang, fand eine Tür, die sich öffnen ließ, wurde aber sogleich von einem Pförtner – oder war es eine Frau? – unwirsch darauf hingewiesen, dass er hier nichts zu suchen hatte. Er zeigte seinen Ausweis.

»Ich wollte zum Intendanten«, erklärte er.

»Eingang Pattiweg«, raunzte die Person in Uniform hinter der Glasscheibe und wandte sich wieder der Lektüre einer Boulevardzeitung zu, während schrille Popmusik aus einem kleinen Radio quäkte.

Erik ging hinunter zum Patriotischen Weg, der von vielen nur kurz Pattiweg genannt wurde, und entdeckte dort an einer Fassade, der eine Renovierung nicht schaden würde, das Logo des Volkstheaters. Er fand nun auch den richtigen Eingang und geriet in dem Haus, das auch innen Ausbesserungsarbeiten dringend nötig hatte, an einen Mann von einem privaten Wachdienst. Er telefonierte mit wichtiger Miene eine Weile herum, um ihn anzukündigen, und ließ sich dann seine Genugtuung darüber, dass Erik warten musste, genau anmerken. Erik musste am Fuß des Treppenhauses stehen bleiben. Er fühlte sich mies und überflüssig, während die Schauspieler und Bühnenarbeiter geschäftig ein und aus gingen.

Die Sekretärin des Intendanten, Frau Wulf, eine attraktive Enddreißigerin mit hochgesteckten dunklen Haaren und einem schlichten, aber vortrefflich ihre Figur betonenden grauen Hosenanzug, kam schließlich nach zwanzig Minuten die Treppe herunter, allerdings nur um zu erklären, dass sich ihr Chef momentan gar nicht im Hause befände. Der Regisseur, der Kevins Hamlet inszeniert hatte, wäre bereits in Magdeburg, um dort ein neues Stück zu proben. Mit Kevins Kommilitonen hatte das Volkstheater nichts zu tun, da müsse er sich direkt an die HMT wenden, und die Dramaturgin des Stücks wäre in der Probennachbesprechung einer neuen Produktion, wo sich auch die meisten der Schauspieler befanden, die mit Kevin in Hamlet gespielt hatten. Sie blieben die ganze Zeit im Eingangsbereich stehen. Erik spürte das herablassende Grinsen des Wachmanns jede Sekunde auf sich.

»Wir haben schon Ihrem Kollegen stundenlang Auskunft gegeben«, sagte Frau Wulf herablassend. »Wenn das so weitergeht, werden wir uns bei dem Chef der Mordkommission beschweren müssen. Sprechen Sie sich denn nicht untereinander ab?«

»Ich bin der Chef«, sagte Erik und merkte, wie armselig gerade das auf die Frau wirken musste.

Sie zog eine Augenbraue hoch, musterte ihn von oben bis unten und sagte dann kühl: »Ein bisschen mehr Autorität und besseres Management würden Ihnen offenbar nicht schaden.« Mit diesen Worten drehte sie sich um und ging wieder die beängstigend baufällig erscheinende Treppe nach oben. Erik sah ihr nach und ärgerte sich über seine schwache Vorstellung. Sie war eine attraktive Frau, und unter anderen Umständen hätte er sie gerne zu einem Drink eingeladen. Aber diese Möglichkeit hatte er sich nun bestimmt bis in alle Ewigkeiten verbaut. Der Mann vom Wachdienst grinste immer noch und tippte sich zum Abschied, militärisch grüßend, an eine nicht vorhandene Mütze.

Gerade als Erik das Haus verlassen wollte, ging die Tür auf, und eine dünne, kleine Frauengestalt mit langen dunklen Haaren huschte an ihm vorbei. Es dauerte ein paar Sekunden, bis ihm einfiel, woher er sie kannte und wie sie hieß.

»Frau König«, rief er ihr hinterher.

Aline König blieb stehen und drehte sich um. Ihr Gesicht war nicht so blass wie bei ihrer letzten Begegnung, ihre Wangen waren gerötet, und ihr Atem ging schnell. Sie hatte es offenbar sehr eilig.

»Was ist denn?«, fragte sie, während sie die Stufen, die sie schon hinaufgerannt war, wieder herunterhüpfte.

»Haben Sie einen Moment Zeit? Ich wollte Ihnen ein paar Fragen zu Kevin Harms stellen. Sie waren doch mit Lilly und ihm an dem Abend unterwegs, an dem er verunglückte?«

Sie zögerte keine Sekunde. »Ihr Kollege ist schon letzte Woche hier gewesen.«

»Ich weiß, und es tut mir leid, dass wir Sie schon wieder belästigen. Aber ich würde gerne …« Was? Sollte er ihr sagen, dass er sich gerne selbst um die Sache kümmerte? Das sähe aus, als vertraue er seinem Kollegen nicht. Dass neue Beweise aufgetaucht seien? Was ja nicht stimmte. Dann würde das Mädchen denken, es ginge definitiv um einen Mord. »Ich würde gerne noch einmal persönlich mit Ihnen sprechen. Routinebefragung.«

Sie glaubte ihm nicht, und er konnte es ihr nicht verübeln.

»Stimmt was nicht?«, wollte sie wissen.

»Hören Sie, ich wollte nur noch mal wissen, was sie genau an jenem Abend gemacht haben, das ist alles.«

Aline König sah ihn lange an. Sie stand mit einem Bein noch auf der ersten Treppenstufe, so als wolle sie jede Sekunde wieder loslaufen. Dann sagte sie: »Wir waren im Theater, wir waren was trinken, wir waren auf einer Party, dann gegen Morgen zu Hause. Ihr Kollege hat die Zeiten aufgeschrieben. Sind Sie wirklich deshalb hier?«

»Ist Ihnen aufgefallen, dass Kevin Harms an jenem Abend Drogen genommen hatte?«

»Fragen Sie mich lieber, ob mir einmal aufgefallen ist, dass Kevin nichts genommen hat. Das wäre einfacher. Ich muss jetzt weiterarbeiten.« Sie drehte sich abrupt um und sprang die Treppe hinauf.

»Kannten Sie eigentlich auch Steffen Lück, den Freund von Noemi Behrens?«, rief er ihr hinterher, einer plötzlichen Eingebung folgend.

»Nur dem Namen nach, ich hab ihn nie kennengelernt«, kam die Antwort, und dann hörte er nur noch ihre schnellen Schritte auf den Treppenstufen.

Er hatte nichts herausgefunden. Den ganzen Nachmittag hatte er verplempert und nichts erreicht. Erik fühlte sich wie ein Idiot. Auf dem Rückweg zu seinem Wagen überlegte er, was er über Aline König wusste. Sie kam aus Magdeburg, war im Stadtteil Neu-Olvenstedt aufgewachsen, wo sie eine Lehre als kaufmännische Angestellte gemacht und dann das Abitur nachgeholt hatte. Sicherlich um der Enge der Plattenbauwohnung ihrer alleinerziehenden Mutter zu entfliehen, hatte sie sich um einen Studienplatz in Rostock beworben und überbrückte nun die Zeit bis zum Semesteranfang im Oktober mit einer Theaterhospitanz. Sie musste sich, nachdem sie in Rostock angekommen war, mit Lilly angefreundet haben. Aber auf der Feier, bei der Steffen Lück ums Leben gekommen war, war sie offenbar nicht gewesen. Immer wieder kehrten seine Gedanken zu Lilly zurück. Vielleicht waren die beiden Todesfälle der jungen Männer doch nur Unfälle gewesen?

Um sich weitere Pein zu ersparen, hatte Erik sich die Akten mit nach Hause genommen und sich dann für einen gemütlichen Filmabend entschieden. Sein Laphroaig schmeckte fantastisch, aber die aufrichtige Freude darüber blieb aus. Der Film hätte ihn an jedem anderen Abend vielleicht interessiert, aber jetzt war er so zerstreut, dass er nicht einmal den Teletubbies hätte folgen können. Es war kurz nach zehn, und er fragte sich gerade, warum Hugh Grant in einer Gruppe alleinerziehender Frauen herumsaß und über ein Kind sprach, das er am Anfang des Films noch nicht gehabt hatte, als das Telefon klingelte.

»Fahr sofort zur Schleuse, schnell!«, brüllte ihn jemand an. Im Hintergrund waren die Geräusche eines fahrenden Autos zu hören.

»Was? Wer ist denn da?«

»Kai! Zur Schleuse, schnell! Anne ist dort! Ich bin schon unterwegs, und ich hab eine Streife hingeschickt, die sind am schnellsten dort. Mach los!«

»Kai, ich versteh nicht ganz …«

»Setz dich ins Auto und fahr los, und wenn du unterwegs bist, ruf mich von deinem Handy aus an, dann erklär ich dir alles! Aber mach jetzt endlich! Sie ist in Lebensgefahr!«

Die Verbindung wurde unterbrochen, und ohne weiter nachzudenken, griff er nach seinem Autoschlüssel und rannte, wie er war – in Socken, alten Jeans und einem knittrigen T-Shirt – los. Im Auto merkte er, dass er sein Handy nicht dabeihatte, dafür fand er im Handschuhfach aber das Blaulicht. Während er versuchte, es zum Laufen zu bringen, indem er es am Zigarettenanzünder anschloss, verlor er fast die Kontrolle über seinen Wagen. Mit Vollgas bretterte er über die dunkle Straße, rutschte, als er auf den Petridamm einbog, fast aus der Kurve, überholte unter lautem Hupen, wen es um diese Zeit zu überholen gab, und fluchte auf den letzten zwei Kilometern darüber, dass er in seiner Eitelkeit unbedingt eine Wohnung hatte nehmen müssen, die so unvorteilhaft zum Stadtkern lag. Er hatte keine Ahnung, was ihn erwartete und ob er noch rechtzeitig ankam. Er wusste nur eins: dass er es sich nie verzeihen könnte, wenn Anne etwas passiert wäre. Denn es wäre seine Schuld, weil er ihr wieder einmal nicht hatte zuhören wollen. Die Fahrt zur Warnowschleuse kam ihm vor wie die längste seines Lebens.

20.

Anne reagierte, ohne zu zögern. Blitzschnell bückte sie sich und rannte mit gesenktem Kopf nach vorne. Sie fühlte den Wunsch zu töten bei der anderen, und ihr Überlebensinstinkt ließ sie flinker und stärker agieren, als sie es sich selbst zugetraut hätte.

Anne rammte ihren Kopf in den Bauch der Frau, die sofort mit einem Aufschrei nach hinten taumelte. Der Stock fiel auf Annes Rücken, doch sie spürte keinen Schmerz. Sie warf sich auf die Angreiferin, kniete sich auf deren Brust und hielt ihre Arme fest. Die Frau strampelte mit den Beinen, konnte aber nichts mehr gegen Anne ausrichten. Nun erst bemerkte Anne, wie klein und zierlich die Frau war. Für einen Moment dachte sie, eine Vierzehnjährige habe sie angegriffen. Anne war selbst nur knapp über eins sechzig groß und wog keine sechzig Kilo, weshalb sie bei Menschen, die kleiner und zierlicher als sie waren, davon ausging, dass diese noch nicht erwachsen sein konnten. Dieses Mädchen aber war keine vierzehn mehr. Und jetzt erkannte sie sie: Es war Aline König, Liliths Freundin, Liliths Geliebte. Sie hatte sich ihr Haar blond gefärbt.

Anne spürte, dass nun Aline diejenige war, die Todesangst hatte. Mit dieser Situation hatte das Mädchen nicht gerechnet.

»Was fällt dir ein?«, schrie Anne. »Warum wolltest du mich umbringen?«

»Ich bekomme keine Luft mehr«, keuchte Aline.

»Das ist mir scheißegal! Du wolltest mich umbringen!«

Die Angst bei Aline wuchs.

»Noch eine Bewegung, und ich breche dir jeden einzelnen Knochen«, zischte Anne. Das Adrenalin schoss durch ihren Körper, und ihre Fantasie drohte mit ihr durchzugehen. Sie stellte sich vor, wie sie Aline mit dem Knie die Luftröhre eindrücken würde. Wie sie mit einem Sprung auf den Körper des Mädchens all ihre Rippen brechen würde. Wie sie ihr mit der Faust die Nase und die Zähne einschlagen würde. Die Augen eindrücken …

Anne versuchte, sich zusammenzureißen. »Du hast mir mit Liliths Handy die SMS geschrieben!« Als keine Antwort kam, verstärkte sie den Druck ihrer Knie. »Sag mir die Wahrheit!«

Anne wusste, dass sie recht hatte. Das Mädchen winselte etwas, das sich nach einem Ja anhörte.

Und dann sah Anne alles ganz klar vor sich, es durchfuhr sie wie ein Blitz. Sie durchlebte noch einmal ihre Vision, doch diesmal aus einer neuen Perspektive, so als stünde sie daneben und schaute zu. Sie sah, wie Aline mit Kevin Harms zum Fluss ging, wie sie den Kopf des nichts ahnenden, überraschten Jungen hart gegen das Geländer schlug, neben das sie sich gesetzt hatten, sodass er bewusstlos wurde und sich nicht mehr wehren konnte, als sie ihm den letzten Stoß versetzte, der ihn ins Wasser beförderte.

»Du hast Kevin umgebracht! Hast du auch Steffen getötet? Warum? Was haben sie dir getan?«

»Sie haben mir nichts getan«, keuchte Aline. »Geh von mir runter, dann sage ich dir alles.«

»Einen Dreck werde ich tun«, sagte Anne kalt. Alines Handgelenke waren so dünn, sicher könnte Anne beide Arme mit nur einer Hand festhalten und dann mit der anderen nach ihrem Handy suchen, um die Polizei zu rufen. »Warum hast du sie umgebracht? Und warum wolltest du mich umbringen?«

Aline schluchzte. Das Mädchen hatte noch immer Todesangst, aber Anne spürte, dass diese Angst ihre Kräfte wieder aktivieren würde. Zwischen ihren Schluchzern flüsterte Aline: »Lilith wollte es so!«

Anne erschrak. Lilith hatte die Morde gewollt? Lilith hatte Aline angestiftet? Was Aline gerade gesagt hatte, war kein Täuschungsmanöver. Sie hatte nicht gelogen.

Aline musste gemerkt haben, wie die Kraft in Annes Händen nachließ, wie sie im Moment der Verwirrung unaufmerksam wurde. Sie riss ihre Arme aus Annes Umklammerung und schlug ihr so heftig ins Gesicht, dass Anne auf die Seite fiel. Anne wollte sich wieder aufrappeln, aber Aline schlug weiter zu, um sich zu befreien, bis sie es tatsächlich schaffte, die Oberhand zu gewinnen. Sie versuchte, sich auf Anne zu setzen, so wie diese es zuvor mit ihr gemacht hatte, aber dazu reichte ihre Kraft nicht aus.

Sie ist so leicht, dachte Anne, sie wiegt vielleicht nur vierzig Kilo. Seltsam, welche absurden Gedanken ihr in diesem Moment kamen. Anne schaffte es, Aline abzuschütteln, aber Aline klammerte sich an Anne fest. Ineinanderverhakt rollten sie das Flussufer entlang. Dann gelang es Anne endlich, sich freizumachen. Sie schlug zu. Sie sah nicht mehr, wohin sie schlug. Aline wollte aufstehen und weglaufen, aber Anne hielt das vor Schmerz schreiende Mädchen fest, wo auch immer sie sie zu fassen bekam. Sie schlug ihr ins Gesicht, auf den Körper. Und sie kassierte selbst einige Faustschläge und Fußtritte, doch Alines Widerstand wurde immer schwächer.

Plötzlich wurde sie von hinten gepackt und weggerissen. Sie konnte noch sehen, dass Aline regungslos am Boden liegen blieb.

Der Polizist drehte ihre Arme mit Gewalt auf den Rücken und ließ die Handschellen zuklicken. Sein Kollege kniete sich neben Aline und ließ das Licht seiner Taschenlampe über sie gleiten.

»Wie geht es Ihnen?«, fragte er das Mädchen.

»Sie müssen Sie festnehmen, nicht mich!«, schrie Anne.

»Wir werden sie beide mitnehmen, dass das mal klar ist«, sagte der, der sie immer noch am Arm festhielt.

»Sie hat bereits zwei Menschen umgebracht und wollte mich auch noch töten!«

»Ja, das werden wir alles noch klären«, sagte er in dem Tonfall eines Beamten, der schon zu viele handgreifliche Auseinandersetzungen in seiner Laufbahn geschlichtet hatte, um überhaupt noch irgendetwas ernst zu nehmen, das von einem Verdächtigen in der Hitze des Gefechts geäußert wurde. »Jetzt kommen sie erst mal mit. Oder brauchen wir die Sanis?«, fragte er seinen Kollegen, der Aline vorsichtig untersucht hatte und nun Anne ableuchtete. Sie drehte ihr Gesicht weg, das Licht schmerzte in ihren Augen.

»Ich glaube schon. Sieht nach einigen gebrochenen Rippen aus. Außerdem ist die Nase hin.«

»Ich habe ihr die Rippen und die Nase gebrochen?«, fragte Anne fassungslos. Langsam wurde sie etwas ruhiger, der Terror der Todesangst wich, und sie fing an, Entsetzen für das, was sie getan hatte, zu empfinden.

»Ihr haben Sie die Rippen gebrochen. Und sie Ihnen die Nase.«

»Meine …?« Anne schmeckte jetzt erst das Blut in ihrem Mund und spürte die warme Flüssigkeit, die bis zu ihrem Kinn hinunterlief. Der Polizist, der ihr die Handschellen angelegt hatte, zog ein Papiertaschentuch hervor.

»Wer von Ihnen ist Frau Wahlberg?«, fragte er zu Annes Erstaunen.

»Ich! Woher wussten Sie, dass ich hier bin?«

»Ein Kollege von der Kripo hat uns informiert, Kai Hauser. Der müsste jeden Moment hier sein. Er hätte aber einen längeren Anfahrtsweg, meinte er.«

»Jetzt, da Sie wissen, wer ich bin, können Sie mir doch die Handschellen abnehmen?«

»Oh nein. Ich habe nur Ihr Wort, und ich habe gesehen, wie Sie dieses Mädchen da verprügelt haben. Die Handschellen bleiben, wo sie sind. Aber ich werde Ihnen mal das Gröbste wegwischen, das sieht nämlich nicht sehr elegant aus.« Vorsichtig tupfte er ihr das Blut aus dem Gesicht. Anne zuckte vor Schmerz mehrmals zurück.

»Ganz ruhig, das wird desinfiziert, in ein paar Wochen sehen Sie wieder normal aus.«

»In ein paar Wochen? Wie sehe ich denn jetzt aus?«

»Die Augenbraue muss eventuell genäht werden. Ein Veilchen bekommen Sie ganz sicher. Die Lippe verheilt schnell, aber die Nase … die wird eine Weile brauchen. Aber halb so schlimm, hatte ich auch schon, und jetzt sieht man kaum noch was.«

Sein Kollege hatte in der Zwischenzeit einen Krankenwagen angefordert. Er kniete wieder neben Aline und redete ihr gut zu, möglichst regelmäßig und ruhig zu atmen und sich auf keinen Fall zu bewegen.

»Ist es sehr schlimm?«, fragte Anne leise.

»Sieht nicht so aus, aber die werden sie genau durchchecken müssen«, antwortete er.

Anne sah zu Aline, und diese wandte den Kopf gerade so, dass sie Anne direkt in die Augen sah. Dieser Blick …

Mit einem Mal wusste Anne alles. Es war ein einziger Blick gewesen, der die Katastrophe ausgelöst hatte. Ein Blick zwischen Aline und Lilith, der Aline fortan in dunkler und mächtiger Liebe an Lilith gefesselt hatte. Ein Blick am Lagerfeuer einer großen Party an der Steilküste zwischen zwei Frauen, die sich nie zuvor gesehen hatten. Ein einziger Blick hatte Aline genügt, um zu wissen, dass sie von da an nur noch einem Menschen gehören würde: Lilith. Lilith war Alines Königin, ihre Erlöserin, auf die sie ein Leben lang gewartet hatte. Aline würde alles für Lilith tun, solange sie nur in Liliths Nähe sein durfte. Ohne Lilith wäre sie verloren.

Anne wurde von den mächtigen Emotionen schwarz vor Augen, und die Stimmen von Kai und Lilith, die wie aus dem Nichts auf sie zukamen, hörte sie nur noch dumpf und wie aus weiter Ferne.

Jemand hatte sie zu dem Streifenwagen gebracht, der am Straßenrand auf der Brücke stand, und sie auf den Beifahrersitz gesetzt. Ihre Füße hingen auf die Straße, die Tür stand offen. Wie sie hergekommen war, daran konnte sich Anne nicht erinnern. Man hatte ihr eine Decke umgelegt und die Handschellen abgenommen. Ein Krankenwagen stand hinter dem Streifenwagen, und vor dem Polizeiauto stand ein Notarztwagen. Die vielen Blaulichter taten Anne in den Augen weh. Sie blinzelte und sah, wie zwei Sanitäter eine Bahre, auf der Aline lag, zum Krankenwagen brachten.

»Ich gebe Ihnen jetzt eine Spritze«, sagte eine Stimme, und jetzt sah Anne, dass ein Notarzt neben ihr stand.

»Sie stehen unter Schock. Wir nehmen Sie am besten mit.«

Anne nickte nur. Sie sah, dass Kai den Arm um Lilith gelegt hatte. Lilith weinte. Dann hörte sie, wie ein Auto angerauscht kam und mit quietschenden Reifen bremste. Während der Arzt ihr die Spritze gab, knallte ganz in der Nähe eine Autotür zu, Stimmen wurden laut. Die Türen des Krankenwagens wurden geschlossen, und Aline wurde weggebracht. Kai und Lilith waren verschwunden. Vielleicht waren sie mitgefahren. Erik stand plötzlich vor ihr.

»Was ist mit dir passiert? Wie geht es dir? Sag, dass es dir gut geht«, stammelte er.

Ihre Augenlider wurden immer schwerer. Der Notarzt tätschelte ihren Arm und klebte ein Pflaster auf die Einstichstelle.

»Das wird Sie beruhigen. Kann sein, dass Sie gleich einschlafen«, drang seine Stimme an ihr Ohr. Das blinkende Blaulicht ging ihr gar nicht mehr auf die Nerven. Ihr Blick fiel auf Eriks Füße.

»Warum hast du keine Schuhe an?«, fragte sie ihn. Dann wurde alles sanft, leicht und dunkel.

Als sie im Krankenhaus wieder zu sich kam, saß Erik schlafend auf einem Stuhl neben ihrem Bett. Ihr Gesicht fühlte sich schrecklich an. Sie konnte das linke Auge kaum öffnen, und ihre Lippen brannten und stachen. Vorsichtig betastete sie ihre Nase. Der Bruch fühlte sich seltsam an, tat aber verhältnismäßig wenig weh. Ob die Schmerzen im Hals von der Erkältung kamen oder ebenfalls auf ihre Schlägerei zurückzuführen waren, wusste sie nicht. Neben ihrem Bett brannte ein kleines Licht. Anne sah auf ihre Armbanduhr, es war drei Uhr morgens. An ihren Händen klebte eine bräunliche Schicht. Blut und Erde. Alines Blut, vermischt mit ihrem eigenen.

Man hatte sie in ihrer Kleidung schlafen lassen, nur die Schuhe hatte ihr jemand ausgezogen. Ihr fiel ein, was sie zuletzt zu Erik gesagt hatte. Sie hatte ihn gefragt, warum er keine Schuhe trug. Oder hatte sie das geträumt? Anne richtete sich im Bett auf, um ihn besser sehen zu können. Sie verzog das Gesicht vor Schmerz und stöhnte leise auf. Aline hatte ihr mit einem Stock auf den Rücken geschlagen, das hatte sie fast schon wieder vergessen. Der Stock hatte in etwa die Größe eines Baseballschlägers gehabt. Vielleicht ein Ast, dachte Anne. Aber sie konnte sich aufsetzen, ihrer Wirbelsäule war nichts passiert. Um bequemer sitzen zu können, stopfte sie sich das Kopfkissen in den Rücken. Sie musterte Erik. Tatsächlich, nur in Socken, und diese waren schlammverkrustet und zerrissen.

Erik wurde von Annes Bewegungen wach. Er blinzelte sie an, erst verwundert, doch als ihm einfiel, wo er war, strahlte er über das ganze Gesicht.

»Alles in Ordnung?«, fragte er, stand auf und setzte sich zu ihr aufs Bett.

»Ich fühle mich scheußlich, und ich wette, ich sehe auch so aus.«

»Ganz entzückend, wie ein kleiner Preisboxer!« Erik lächelte, aber es war ein trauriges Lächeln.

»Wie geht es Aline?«, fragte Anne ernst.

»Gut. Ihr ist nicht viel passiert. Zwei Rippen sind angebrochen, und sie hat blaue Flecken, wobei ich sagen muss, Sie sehen schlimmer aus.« Wieder versuchte er, ein wenig zu grinsen, aber es gelang ihm nicht überzeugend.

»Hören Sie, es tut mir so leid, dass ich Ihnen …«

»Schon gut«, unterbrach sie ihn. »Wir reden ein anderes Mal darüber, okay? Und wenn ich mich recht erinnere, waren wir schon beim Du, oder hab ich das geträumt?« Anne grinste breit, während Erik ein bisschen verschämt auf den Boden sah. »Bleiben wir dabei, hm?« Sie wollte nach seiner Hand greifen, um sie zu drücken, zog sie aber im letzten Moment zurück. »Ich sollte mir wohl langsam mal die Hände waschen«, murmelte sie. »Unter angenehmeren Umständen wären Aline und ich jetzt Blutsschwestern.«

Erik räusperte sich umständlich. »Sie hat die ganze Zeit gesagt, Lilly hätte sie zu den Morden angestiftet. Deshalb mussten wir Lilly auch vorläufig festnehmen.«

»Weiß Behrens schon davon?«

Erik nickte. »Ich habe ihn angerufen. Er hat nur gesagt, dass er seinen Anwalt schickt, aber er selbst käme erst morgen früh vorbei, er fühle sich nicht gut. Seltsam. Noch vor Kurzem hätte er keine Sekunde gezögert und wäre höchstpersönlich angerückt, damit er bloß jedes Husten von Lilly kontrollieren kann, das sie in unserer Gegenwart loslässt.«

»Vielleicht haben sie sich gestritten«, mutmaßte Anne. »Vielleicht hat sie endlich das Gespräch mit ihm gesucht, und er war gar nicht begeistert von dem, was er zu hören bekam.«

»Du meinst, sie hat ihm alles gestanden?«, fragte Erik entgeistert.

In diesem Moment öffnete sich leise die Tür zum Krankenzimmer. Die Nachtschwester steckte den Kopf herein. Als sie sah, dass Anne wach war, lächelte sie und nickte ihr zu.

»Brauchen Sie etwas?«

»Hätten Sie etwas zu trinken? Wasser oder Tee?«

»Das kann doch ich schnell holen gehen«, bot Erik an und stand auf.

»Nein, lassen Sie. Ich mach das schon«, sagte die Nachtschwester und schloss die Tür wieder ebenso vorsichtig, wie sie sie geöffnet hatte.

»Einzelzimmer mit Service, was für ein Luxus! Bin ich privat versichert und wusste nur noch nichts davon?«

»Bei Schwerverbrechern nennt sich das Isolationshaft«, gab Erik zurück. Und dann fügte er nachdenklich hinzu: »Irgendwie ist es komisch, Sie zu duzen.«

Anne lachte. »Wir werden uns schon dran gewöhnen.«

Aber Erik wurde mit einem Mal verstockt, und sie schien fast schon etwas wie Feindseligkeit bei ihm zu spüren. Schnell wechselte sie das Thema.

»Lilith hat Aline nicht angestiftet«, sagte sie.

»Woher weißt du das?«

Sie strich nachdenklich mit den Händen die Decke über ihren Beinen glatt. Dann sagte sie, ohne ihn anzusehen: »Es würde so viel Sinn ergeben, wenn sie es getan hätte, nicht?«

»Es tut mir so leid, dass ich nicht auf dich hören wollte«, begann Erik wieder. »Ich habe das Gefühl, mitschuldig zu sein. Ich bin am Nachmittag im Theater gewesen und habe Aline noch einmal befragt. Sie hat mich angelogen und gesagt, sie kenne Steffen Lück gar nicht. Mir ist erst hinterher eingefallen, dass sie Lilly aber auf dieser Party kennengelernt hat, wie du mir erzählt hattest. Ich glaube, ich habe sie erst unruhig gemacht. Sonst hätte sie sich weiter in Sicherheit gewogen und geglaubt, ihr kommt so schnell niemand auf die Schliche.«

»Erik, das stimmt nicht. Sie hat Liliths Handy an sich genommen und darin Nachrichten von mir gefunden, wann und wo ich mich mit ihr treffen wollte. Sie war eifersüchtig auf mich und dachte, ich wolle ihr Lilith wegnehmen. Die beiden hatten ein Verhältnis!«

Erik zog die Augenbrauen hoch. »Du meinst, Lilly ist … lesbisch? Was hab ich denn noch alles verpasst?«

Wärst du ans Telefon gegangen … Fast hätte sie es gesagt. Aber nur fast. Stattdessen sagte sie: »In meinem Fall war Eifersucht das Motiv, und vor Kevin und Steffen wollte sie Lilith schützen. Aline hat mir von Liliths Handy aus eine Nachricht geschickt, wo und wann sie mich treffen wollte. Ich habe keinen Verdacht geschöpft. Warum auch? Also bin ich dorthin gegangen. Und da sie sich kurz vorher die Haare blond gefärbt hatte, habe ich erst zu spät gemerkt, dass sie gar nicht Lilith ist.«

»Sie hat sich extra die Haare gefärbt, damit du die beiden im Dunkeln verwechselst? Ein bisschen viel Aufwand. Sie hat am Theater gearbeitet, eine Perücke hätte es auch getan!«, warf Erik ein.

»Sie hat es nicht wegen mir getan, sondern wegen Lilith. Ist dir nicht aufgefallen, dass sie sich genau wie Lilith kleidet? Sie wollte Noemi ersetzen. Vielleicht wollte sie anfangs einfach nur einen ähnlichen Platz wie Noemi einnehmen, weil sie gemerkt hat, wie sehr Lilith ihre Schwester, seit diese einen Freund hatte, vermisste. Als Noemi dann tot war, hat sie ihre Chance gesehen, diesen Platz in Liliths Leben vollständig einzunehmen, und darüber hinaus noch mehr.«

»Moment«, unterbrach Erik. »Das verstehe ich nicht. Warum sollte sie dann Noemis Freund umbringen? Der war doch prima, um Noemi weiter von Lilly zu entfremden.«

»Ich weiß, was du meinst, aber dieser Mord hatte andere Gründe. Steffen hat Lilith angemacht. Aline dachte, Lilith fühle sich bedroht von diesem Mann, und sie wollte ihr helfen. Sie dachte sogar, Lilith hätte ihr den Auftrag gegeben, diesen Typen von ihr fernzuhalten.«

Es klopfte leicht an der Tür, und die Nachtschwester kam wieder herein. Sie hatte ein Tablett mit einer Thermoskanne Tee und zwei dickwandigen weißen Tassen dabei. Erik stand auf, um es ihr abzunehmen. Er bedankte sich bei ihr und schenkte Anne eine Tasse ein. Er selbst nahm nichts.

»Warum hast du keine Schuhe an?«, fragte Anne.

»Weil ich keine Zeit mehr hatte.« Erik sah verlegen zu Boden, dann wechselte er schnell das Thema. »Weißt du, wie wir dich gefunden haben?«

Anne schüttelte neugierig den Kopf. »Wie? Das wollte ich die ganze Zeit schon fragen!«

»Lilith war gerade bei Kai ...«

»Sie scheint ihrem Vater mit allen Mitteln aus dem Weg zu gehen«, warf Anne ein.

»Was ich mich aber frage, ist, warum war sie ausgerechnet bei ihm? Ich meine, so eng waren die beiden doch nun auch nicht miteinander befreundet.«

»Ich denke, Kai repräsentiert im Moment den einzigen Menschen in ihrem Leben, der mit Drogen und mit allem, was ihr widerfahren ist, nichts zu tun hat. Er war wohl der einzige Ansprechpartner, der ihr in ihrer Verzweiflung eingefallen ist«, erklärte Anne. »Vielleicht hat sie sich aber auch bei Kai entschuldigen wollen. Schließlich hat sie ihn mit dem, was sie euch von der Party erzählt hat, auch ein Stück weit reingerissen.«

Erik nickte nachdenklich, dann fuhr er fort. »Sie war also bei Kai und konnte schon seit dem Mittag ihr Handy nicht mehr finden. Kai hatte ihr vorgeschlagen, ihre Mailbox anzurufen, um eventuell eingegangene Nachrichten abzurufen. Das hat sie auch getan, und zwar um eine Minute nach zehn. Und rate mal, wer auf der Mailbox war.«

»Das war ich. Danach habe ich noch ungefähr zehn Minuten gewartet, ob sie zurückruft, und dann bin ich zu dem Treffpunkt gegangen. Das war perfektes Timing, wenn auch sehr knapp!«

»Lilith wusste gar nicht, was los war, hat es sich aber sehr schnell zusammengereimt. Dass nur Aline das Handy haben kann und dass Aline sich mit dir treffen will.«

»Und du glaubst jetzt, weil Lilith sofort wusste, was dieser Anruf von mir zu bedeuten hatte, weil sie im richtigen Augenblick ihre Mailbox abgehört hat, weil sie da auch noch gerade bei Kai war, hat sie etwas damit zu tun. Ein perfekt eingefädelter, minutiös durchgetimter Mordplan mit mir als Opfer. Lilith konnte nicht wissen, dass ich überlebe, wollte so tun, als setze sie alles dran, mich zu retten, und wollte dadurch Aline als alleinige Übeltäterin drankriegen.«

Erik nickte. »Aline hat bisher nicht viel gesagt, außer dass Lilith alles so gewollt hat.«

»Das hat sie auch zu mir gesagt«, erwiderte Anne nachdenklich.

»Und … hat sie gelogen?«

Anne schüttelte den Kopf. »Nein, das hat sie nicht. Sie hat nicht gelogen. Sie hat die reine Wahrheit gesagt, aber es ist ihre Wahrheit.«

»Ihre Wahrheit?«

»Erinnerst du dich daran, was du zu mir gesagt hast, nachdem ich mit Kai gesprochen hatte und davon überzeugt war, dass er mir die Wahrheit sagte?«

»Ich habe dich gefragt, was wäre, wenn Kai einen Filmriss gehabt hätte und glauben würde, nichts damit zu tun zu haben. Du würdest nur spüren, dass er nicht lügt … Selbst wenn er lügt. Weil er an das glaubt, was er sagt.«

»Genau. Aline ist fest von dem überzeugt, was sie sagt. Sie glaubt tatsächlich, den Auftrag von Lilith erhalten zu haben, Steffen und Kevin zu töten.«

»Und auch dich zu töten?«

»Wahrscheinlich auch das. Wir werden es genau erfahren, wenn wir mit ihr reden.«

Sie sah, dass Erik zweifelte. Sie fühlte sich selbst nicht besonders gut. Es war mitten in der Nacht. Der Kampf, die Beruhigungsspritze, die Erkältung und die Verletzungen, das alles schwächte sie. Ihr Kopf dröhnte, aber sie wusste, es war wichtig, ihm noch vor dem Morgen klarzumachen, was vorhin passiert war.

»Darf ich dir die Version erzählen, von der ich glaube, dass sie die richtige ist?« Sie sagte es in einem Ton, der Erik zwischen den Zeilen ganz klarmachte, was sie eigentlich sagen wollte: »Hör mir dieses Mal zu, statt es schon wieder zu vermasseln.«

Erik kratzte sich am Kinn, dann stand er von ihrem Bett auf und setzte sich wieder in den Stuhl. Er nickte ihr zu, und sie begann.

»Lilith und Noemi kommen in ihren Semesterferien nach Rostock. Noemi, um ihren Freund zu sehen, Lilith, weil sie eigentlich immer da ist, wo Noemi ist. Sie treffen sich mit den Leuten, mit denen sie sich immer treffen, anderen Studenten, Leuten vom Theater, Freunden von früher. Steffen organisiert über Dennis Scholz die Drogen, alles läuft gut. Auf der Party an der Steilküste lernen sich Aline und Lilith kennen. Und jetzt passiert es: Aline verliebt sich auf der Stelle in Lilith. Ein Blick genügt, ein gemeinsames Lachen über dieselbe Sache, und Aline glaubt, der Funke sei auf beiden Seiten übergesprungen. Lilith, die zunehmend enttäuscht davon ist, wie sich die Beziehung zu ihrer Schwester Noemi entwickelt hat, geht darauf ein. Wahrscheinlich weiß sie schon eine ganze Weile, dass sie lesbisch ist, eben anders als ihre Schwester. Und dadurch fühlt sie sich von Noemi noch mehr entfremdet. Noemi scheint alles zu gelingen. Sie hat die Liebe der Eltern sicher. Lilith hingegen wird die Ausgestoßene sein, sobald jemand in der Familie ihr Geheimnis erfährt. Vielleicht ist es erst eine Freundschaft zwischen Lilith und Aline, vielleicht gehen sie gleich miteinander ins Bett. Auf jeden Fall benutzt Lilith Aline nur, um sich selbst zu zeigen, dass sie Noemi nicht braucht.«

»Oder um Noemi zu zeigen, dass sie auch eine Beziehung haben kann.«

»Eben nicht! Nicht einmal Noemi weiß davon. Die Beziehung muss geheim bleiben! Hör zu: Als Lilith auf der Party an der Steilküste von Steffen, dem Freund ihrer Schwester, angemacht wird, reagiert sie entsetzt. Aline, die in diesem Moment in ihrer Nähe ist, glaubt, etwas für Lilith tun zu müssen, das ihre Liebe von Anfang an und bis in alle Ewigkeit sichert, und bringt Steffen um. Und dabei haben sich die beiden gerade vor ein paar Minuten kennengelernt! Noemi glaubte bis zuletzt, Lilith hätte ihr, weil sie eifersüchtig war, den Mann ausspannen wollen und hätte ihn dann, aus Wut, weil er nicht darauf eingegangen war, die Klippen hinuntergestürzt. Aline, die dies hätte aufklären können – sie hätte sich ja nicht belasten müssen, sie hätte nur bestätigen können, dass Steffen Lilith belästigt hat, nicht umgekehrt –, Aline also unternimmt natürlich nichts, um das Verhältnis der Schwestern zu verbessern, denn sie will Lilith näherstehen, als Noemi es je tat. Sie will jeden aus dem Weg haben, der Lilith nahekommt. Zugleich will sie Lilith an sich binden, indem sie jeden beseitigt, der ihr wehtut.«

»Und Lilith hat nichts davon gewusst?«

»Sicher nicht. Sie hat sich erst jetzt auf alles einen Reim gemacht, aber an diesem Abend und auch noch bis vor Kurzem hatte sie keine Ahnung, sonst hätte sie sich von Aline abgewandt.«

»Und der Schauspieler, hat der auch versucht, Lilith anzumachen?«

»Nicht nur das. Es kommt noch ein anderes Detail dazu. Kevin war Lilith gegenüber so aufdringlich, weil er dachte, Lilith könnte ihn seiner Mutter vorstellen. Du weißt, wie scharf Schauspieler auf gute Kritiken sind. Sie leben davon. Lilith lehnt ihn und sein Anliegen ab und ist menschlich von ihm enttäuscht. Aline sieht sich wieder in der Rolle der Aufpasserin, die für Lilith die Dinge regelt.«

»Kurz gesagt, du bist der Meinung, dass Aline schwer gestört ist. Und du bist sicher, dass die beiden Mädchen diese schrecklichen Sachen nicht zusammen ausgeheckt haben?«

»Bring etwas über ihren familiären Hintergrund in Erfahrung, ich mach dir ein Profil. Aline hat garantiert nie richtig Anschluss zu Gleichaltrigen gefunden, sie hatte sicherlich nie enge Freunde oder eine Beziehung. Sie stand zu Hause wahrscheinlich unter großem Druck, gekoppelt an bestimmte Erwartungshaltungen, die sie nicht erfüllen konnte, und davon wollte sie sich befreien. Wenn das innere Bedürfnis und der Druck von außen ganz weit voneinander entfernt sind, und das über Jahre hinweg, dann zerreißt es einen. Wahrscheinlich wurde von ihr verlangt, dass sie eine Ausbildung macht und sich ihr eigenes Geld verdient, heiratet und Kinder bekommt. Aber sie war zu intelligent, wollte mehr aus ihrem Leben und ihren Fähigkeiten machen, und auf eine Beziehung mit einem Mann hatte sie schon gar keine Lust. Hatte sie einen Vater?«

Erik schüttelte den Kopf. »Allein erziehende Mutter, aber mehr weiß ich nicht.«

»Über das Verhältnis zu ihren Eltern – zu beiden! – würde ich gerne mehr wissen. Was ihre Mutter ihr vorgelebt hat, welches Verhältnis sie zu Männern hatte, ob sie vielleicht sogar in ihrer Kindheit sexuell missbraucht wurde …«

»Und deshalb ist sie lesbisch geworden?«

»Nein. Homosexuell zu sein ist keine aktive Entscheidung, auch wenn viele Menschen das glauben. Sieh dir Lilith an. Sie hatte keine Negativerfahrungen mit Männern. Es gibt aber durchaus Frauen, die aufgrund schlimmer sexueller Erfahrungen mit männlichen Partnern nur noch mit Frauen intim sein können oder wollen. Manche entscheiden sich aktiv gegen die Männer, andere empfinden beim Anblick eines Mannes Ekel, wollen aber auf Zweisamkeit nicht verzichten. Es gibt keine feste Regel, was nach sexuellem Missbrauch mit dem Menschen passiert. Es gibt aber verschiedene Muster.«

Erik nickte nachdenklich vor sich hin. »Wie ging es deiner Meinung nach weiter?«

»Seit der Nacht, in der auch Noemi starb, sah sich Aline ihrem Ziel deutlich näher. Sie hatte freie Bahn, konnte sich rund um die Uhr um Lilith kümmern. Lilith brauchte sie, denn Lilith brauchte einen Schwesterersatz, und natürlich auch eine Geliebte. Und sie wollte beides sein. Sie wollte der einzige Mensch in Liliths Leben sein. Aber dann sah sie uns beide.«

»Dich und Lilith? Als ihr im Heumond wart?«

»Genau. Wieder nur ein kurzer Blick. Lilith hat sie weggeschickt wie einen Dienstboten. Aline war schwer enttäuscht. Im ersten Moment dachte ich, sie sei so verletzt, weil Lilith sie derart behandelt hatte. Aber das war es gar nicht. Aline war es vielmehr gewöhnt, von Lilith herablassend behandelt zu werden, denn sie sah es als verabredeten Gestus zwischen den beiden an. In der Öffentlichkeit bloß keine zu große Vertrautheit zeigen, um ihre geheime Verbindung nicht zu verraten! Aline fühlte sich in diesem Moment so verletzt, weil sie dachte, es könnte sich etwas zwischen Lilith und mir abspielen, etwas Sexuelles einerseits, aber auch etwas, das dem Vertrauen zu Noemi gleichkam. Als sie uns sah, hielten wir uns an den Händen. Das hat ihre Eifersucht noch geschürt.«

»Deshalb wollte sie dich auch aus dem Weg räumen.«

»Ich war ihre Feindin. Ich bin gespannt, was sie dazu sagt. Ob sie behauptet, dass Lilith sie auch beauftragt hat, mich umzubringen. Bei den beiden Männern glaubt sie fest daran.«

»Wie kommt das?«

»Es gibt ein Phänomen, das erst in den letzten Jahren intensiver erforscht wurde, weil sich die Fälle häuften und weil man es nicht immer ernst genommen hat. Oft wird es heute nicht einmal richtig erkannt und stattdessen nur belächelt. Stalking ist dir ein Begriff. Manche nennen es auch Liebeswahn. Es gibt noch viele andere Bezeichnungen dafür. Im Grunde geht es darum: Eine Person verliebt sich in jemanden, der zunächst unerreichbar scheint. Deshalb sind so viele Prominente Stalkingopfer. Stalker steigern sich in diese vermeintliche Liebe hinein und glauben sogar, der andere liebe sie auch, könne sich aber nur nicht offen zu ihnen bekennen.

Manche bilden sich daher ein, sie erhielten geheime Zeichen von ihnen. Botschaften, Aufträge, Nachrichten, alles Mögliche. Auch schlecht behandelt und verleugnet zu werden, gehört dazu, es bedeutet, dass man ein Geheimnis teilt. Als Aline merkte, dass Lilith ihr Handy bei ihr vergessen hatte, sah sie dies als Zeichen an. Sie fand die Nachrichten von mir und dachte, Lilith wolle nun, dass sie mich aus dem Weg schaffe.«

»Wie ist das möglich? Das Mädchen muss doch einen Riesenschaden gehabt haben – entschuldige, ich weiß, ihr Psychologen hört so was nicht gerne ... Aber du weißt, was ich meine. Das muss doch vorher schon einmal jemandem aufgefallen sein!«

»Nicht unbedingt. Oder wie viele Menschen kommen jede Woche zu dir und sagen: Ich glaube, aus meinem Nachbarn könnte eines Tages mal ein Serienkiller werden oder vielleicht ein Massenvergewaltiger? Man kann leider nicht sagen, dass es nur bei Menschen passiert, die in besonders wohlbehüteten oder besonders vernachlässigten Verhältnissen groß geworden sind, die nur eine Mutter oder nur einen Vater hatten. Im Grunde kann es jeden treffen. Manche Menschen sind empfänglicher dafür als andere.«

Erik schüttelte sich. »Das ist ja unheimlich.«

»Ich fürchte, es wird noch viel unheimlicher, wenn du erst mal mit Aline sprichst. Ich bin sehr neugierig, was ihr in ihrer Wohnung finden werdet. Sicherlich viele Bilder von Lilith, Kleinigkeiten, die sie von ihr gestohlen hat, um sie zu Hause verehren zu können ... Hätte Lilith sie nicht erhört, wäre sie um Liliths Haus herumgeschlichen, auf jeder Party erschienen, zu der sie geht. Sie hätte sie angerufen, um sofort wieder aufzulegen, nur um kurz ihre Stimme zu hören. Die Liste ist endlos. Aber Lilith hat sie irgendwann erhört, und zum Dank dafür hat sie alles für Lilith getan. Alles, von dem sie dachte, Lilith verlange es von ihr. Sie hat nicht erkannt, dass Lilith sie in Wirklichkeit nicht liebte, sondern sich nur mit ihr abgab, weil sie gerade da war.«

»Moment«, unterbrach Erik. »Das ist mir alles etwas zu viel um diese Uhrzeit. Und ehrlich gesagt auch ein bisschen viel Spekulation.«

»Ja, ja, nenn es ruhig Spekulation. Ich bin mir sicher, dass es so ist. Ich habe es in ihrem Blick gesehen, ich habe es gespürt, als wir am Fluss waren.« Anne merkte, dass es keinen Zweck mehr hatte, weiter mit Erik darüber zu reden. Was er jetzt brauchte, waren noch ein paar Stunden Schlaf, und dann möglichst Aussagen, Geständnisse und harte Fakten. Sie wusste, dass er all das bekommen würde.

»Fahr nach Hause«, sagte sie mit einem Lächeln. »Ich bin hier bestens versorgt.«

»Vergiss es. Ich lasse dich hier nicht alleine. Das Mädchen, das dich eben noch umbringen wollte, ist im selben Gebäude. Und der Verrückte auch.«

Er meinte Tom.

»Mach dir keine Gedanken um ihn«, sagte sie leichthin. »Und Aline wird doch sicherlich bewacht?«

»Ich bleibe«, sagte Erik stur.

»Na gut, und ich werde jetzt wieder schlafen. Das solltest du übrigens auch tun.«

Erik nickte gehorsam, rutschte sich ein wenig auf dem Stuhl zurecht, verschränkte die Arme und schloss die Augen. Anne beobachtete ihn eine Weile, dann kuschelte sie sich mit einem Lächeln in ihr Kissen.

»Es war keine echte Notwehr, oder?«, fragte Erik plötzlich.

Anne bewegte sich nicht. Sie überlegte, was sie zu ihm sagen sollte. »Der Staatsanwalt ist zufrieden«, sagte sie nur. »Und jetzt müssen wir schlafen.«

»Es könnte vielleicht doch noch ein Verfahren gegen dich geben. Tom wird gegen dich aussagen.«

»Es wird keines geben. Gute Nacht«, sagte sie und legte so viel Entschlossenheit und Zuversicht in ihre Stimme, wie sie in diesem Moment aufbringen konnte.

Aber obwohl sie entsetzlich müde war, konnte sie lange nicht einschlafen.

Erik schlich sich gegen sechs Uhr aus Annes Krankenzimmer. Er versicherte sich, dass sowohl Thomas Barner als auch Aline König bestens bewacht waren, dann fuhr er nach Hause. Duschen, neue Klamotten und vor allem – Schuhe. Er musste an Dennis Scholz denken, den er ohne Schuhe verhaftet und mitgenommen hatte.

Wieder zurück im Krankenhaus, vernahm er Aline König im Beisein von Micha, und er kam schnell zu der Überzeugung, dass Anne recht hatte. Erik sprach auch ausführlich mit Lilith. Sie hatte sich bei Kai einquartiert, weil sie ihrem Vater nicht mehr begegnen wollte, vorerst nicht. Deshalb war sie gestern Abend bei ihm gewesen. Und er glaubte ihr, weil er ihr und Anne glauben wollte. Es kam zu keinem Haftbefehl gegen Lilith Behrens wegen Anstiftung zum Mord in zwei Fällen, ihr Anwalt konnte wieder unverrichteter Dinge in seine Kanzlei zurück.

Erst am Nachmittag hatte Erik Zeit zum Nachdenken. Unweigerlich dachte er an Tom Barner, daran, dass ihn nicht viel von Aline König unterschied. Was war das für ein Wahnsinn, in den sich die Menschen hineinsteigerten, wenn sie liebten, unglücklich liebten? Dass Liebe und Wahnsinn so eng beieinanderlagen, das vergaß man gerne. Und doch war Liebe oft eine zerstörerischere Kraft als Wut.

»Erik!« Malte platzte plötzlich in sein Büro und riss ihn aus seinen Gedanken. »Sorry. Hab ich dich erschreckt? Das wollte ich nicht.« Verschämt blieb er in der Tür stehen.

»Schon okay. Was ist?«

»Die anonyme Anruferin, die sich bei der Journalistin gemeldet hat, weißt du noch?«

»Ah ja«, sagte Erik. »Wer war es? Auch Aline König?«

»Nein.« Offenbar war Malte in der Laune, Erik raten lassen zu wollen.

»Tanja Schlüter? Die Ex von Kai?«

»Auch nicht.«

»Doch Lilith?«

»Falsch.«

»Sag's mir.«

»Na gut. Du hattest recht. Es gab keine anonyme Anruferin. Sie hatte alles von Meyerbrinck. Die beiden haben sich dieses Märchen zusammen ausgedacht für den Fall, dass sie irgendwann einmal auffliegen würden.«

»Zum Glück haben wir dadurch nicht tagelang in die falsche Richtung ermittelt. Den Kerl knöpf ich mir noch mal persönlich vor. Woher weißt du das eigentlich?«

Malte grinste schief. »Das bleibt ein Geheimnis.«

Erik sah ihn verstört an. »Ein Geheimnis? Egal. Ich frag jetzt nicht nach. Irgendwann erzählst du's mir doch. Ich glaub, ich fahre jetzt noch mal ins Krankenhaus.« Er stand auf und suchte seinen Autoschlüssel in dem Chaos auf seinem Schreibtisch. Wann würde er lernen, Ordnung zu halten? Wohl nie.

»Falls du Anne suchst, die ist wieder zu Hause.«

»So schnell wieder? Wahrscheinlich auf eigene Verantwortung?«

Malte nickte.

»Unmöglich, diese Frau.« Erik hielt eine Sekunde inne, dann sagte er: »Gut, dann geh ich eben zu ihr nach Hause. Kommst du mit? Wir laden uns einfach bei den Damen zum Essen ein. Und du kannst Emma etwas ablenken.«

Er ging an Malte vorbei, den Flur hinunter. Malte rannte sofort hinter ihm her. »Wieso ablenken? Wie meinst du das, ablenken? Wovon ablenken?«

»Oh Mann, das hab ich doch nur einfach so gesagt! Das war ein Scherz. Du kümmerst dich um Emma, und ich … Du weißt schon. Irgendwas halt.«

»Emma kennt sich total gut mit Sternzeichen aus«, plapperte Malte.

Erik überlegte, wie er das nun wieder meinen könnte, während sie die Treppen hinuntergingen. »Dann können wir uns ja vielleicht von ihr die Zukunft weissagen lassen, wenn Anne das schon nicht kann«, frotzelte er.

»Quatsch, das geht doch gar nicht. Emma hat gemeint, wer behauptet, dass er das kann, sei total unseriös. Aber sie sagt, Löwe und Fische, das wäre nicht so toll, da würde es ganz schön oft krachen. Es sei denn, die Aszendenten stimmen«, erklärte er eifrig.

»Löwe und Fische? Was soll denn das?« Irgendwie musste er gerade denken, dass ihm Malte lieber gewesen war, als er noch keine Freundin gehabt hatte.

»Na, du bist doch Löwe …«, begann Malte.

»Aber ich will überhaupt nichts von Anne! Diese Frau ist anstrengend, sie geht mir auf die Nerven, und sie ist mir unheimlich. Hab ich mich klar ausgedrückt?«

»Aber du wusstest gleich, wen ich meine! Und du weißt, wann ihr Geburtstag ist und welches Sternzeichen sie hat«, triumphierte Malte.

»Noch ein Wort, und ich werde alles tun, was ich kann, um dich zurück zu deinen Schweriner Wirtschaftskriminalitätsfuzzis zu versetzen!«, drohte Erik. »Mir reicht schon eine Psychologin, die ständig mit ihren Visionen vor der Tür steht. Horoskop-Hokuspokus brauche ich echt nicht auch noch. Verstanden?«

Malte nickte nur stumm, und Erik hörte tatsächlich auf dem Weg zu Anne kein Wort mehr von ihm.

Danksagung

Viele Menschen haben mich bei der Arbeit an diesem Buch unterstützt, oft auch, ohne es zu merken. Ich kann nur versuchen, mich bei allen für diese Bereicherung zu bedanken. Mögliche Fehler hingegen sind einzig mir zuzuschreiben.

Für die kompetente Fachberatung in den Bereichen Psychologie und Forensik danke ich Dr. Klaus Gramann von der LMU München. Exzellent unterstützt im Bereich Polizeiarbeit haben mich KHK Karsten Lauber vom bayerischen LKA und Richter am Amtsgericht Oliver Ottmann. Weiterer Dank geht an den Leiter a. D. des Fachkommissariats 1 der KPI Rostock, Erster KHK Eckard Schuldt; an KHK Holger Ewe von der Kripo Mittelhessen; außerdem an Jörg Hückler, Jürgen Opel und Bärbel Schlapmann vom Volkstheater Rostock.

Ich danke ganz besonders:

Dr. Caroline Sommerfeld-Lethen und Prof. Dr. Helmut Lethen für ihre Großzügigkeit, ihre Herzenswärme und ihre Gastfreundschaft. Ohne sie wäre Rostock für mich nur halb so schön.

Frank Schneider für seine Strenge und Genauigkeit, seine Beratung und seine Zeit.

Nicole Bürger, Frank Dommel, Kathrin Eckl, Gabriele Loock-Stritzel, Andrea Partscht und Ilka Witthaus für ihre wertvolle

Freundschaft. Immer dann, wenn die Wolken besonders dunkel waren.

Lianne Kolf, Isabel Schickinger, Ingeborg Castell und Tatjana Seel für ihre großartige Betreuung.

Allen bei Lübbe für ihr Engagement, besonders Sabine Cramer und Petra Lang für ihre fantastische Unterstützung.

Andreas Wisbauer und Torsten Weber, die den Musiker in mir wach halten, ohne es zu wissen.

Gert Heiland für seinen Enthusiasmus.

Günter Heiland und Jutta Vogel dafür, dass sie zueinander gefunden haben.

Thomas und Sabine Heinz für die Rückendeckung.

Und C. W. für sein tiefes Verständnis für meine Launen und meine Arbeit, fürs Zuhören und immer die richtigen Worte finden, für seinen unerschütterlichen Glauben an mich und für seine Liebe. Jeden Tag, jede Stunde.